김영석 시와 천득론적 상상력

김영석 시와
천득론적 상상력

王立群 지음

국학자료원

책을 펴내며

“人法地, 地法天, 天法道, 道法自然.” ―『도덕경』 제25장에 나오는 가르침이다. 이를 풀이하면 “사람은 땅을 본받고, 땅은 하늘을 본받고, 하늘은 도를 본받으며 도는 자연을 본받는다.”는 것이다. 이런 의미에서 김영석 시인이 지난 반세기 가까운 시력(詩歷)에서 굳건히 다져왔던 ‘도의 시학’이란 곧 ‘자연의 시학’과 다르지 않다. 현대사회는 물질문명의 파고에 눌려 나날이 무엇이 진실이고 무엇이 허구인지 구분하기 어려워져 가는 지경으로 치닫고 있다. 시가 진실에 가까워서 소중하다면, 그의 시는 여기에서 한 발짝 더 나아가 원형 그대로의 자연과 실재를 현시한다는 점에서 더더욱 귀하게 여길 만한 가치가 있다.

한마디로 말해서 그의 시업은 자연에 대한 본원적인 발견을 전제로 시작하여 오롯이 자연에서 끝난다. 이때 자연의 발견이란 실재 세계의 참모습에 대한 발견이며, 인간의 언어나 사유의 맹아와 상관없이 본래적으로 존재하던 도의 실재다. 그것은 오직 탐구의 대상일 뿐 결코 창조의 대상이 아니므로 김영석의 시는 도의 원리를 손상시키는 인위적 조작으로서의 창조나 발명과는 거리가 멀다. 따라서 기교에 의지한 말놀이의 양식을 철저히 배제하고 경계한 나머지 그의 시는 무위(無爲)로서의 참된 진리를 구현할 수 있었던 것이다.

이와 같은 참된 진리는 김영석의 시세계에서 다양한 진술이나 심상으로 변주되어 현현하는 특질을 지닌다. 그것은 ‘텅 빈 허공’이나 ‘거울’, 또는 ‘사이’와도 같이 모든 것을 받아들일 수 있는 부재의 공간으로 드러나

기도 하고, '물'이나 '바람', 또는 '안개'와도 같이 만물 속에 내재되어 온갖 만물을 상관적으로 아우르는 직접적인 형상으로 나타나기도 하고, 또는 언어의 의미가 지니는 불상영(不相盈)의 빈틈에 의해 간접적으로 드러나기도 한다. 어떤 경우이든 간에 그의 시는 엄격히 '도문일체(道文一體)'라는 동양의 시적 전통에 입각하여 창작한 것으로서 그것이 지닌 미학적 심미성을 보여주는 작업이기도 하다.

나아가 철학적이고 천연적인 사유와 상상력의 깊이를 감안할 때, 그 자체로 시학적인 가치는 물론 그 시적 기법 또한 한국 시단의 소중한 자산이다. 그런데도 불구하고 김영석 시인의 시에 대한 본격적인 연구가 아직 출발단계에 머물고 있다는 것은 실로 안타까운 일이다. 이에 필자는 갓 끝낸 조악한 학위 논문을 단행본으로 엮을 섣부른 용기를 내보기로 했다. 고작 3년 가까이 두문불출하며 겨우 완성한 논문이므로 서투른 구석이 한두 군데가 아닌데다가 필자의 과문천식으로 인해 시인이 이룩한 값진 시적 성과를 온전히 다루지 못했다는 생각에 부끄러움이 앞설 따름이다. 그저 지금까지 김영석 시인의 시에 대한 본격적인 접근을 시도한 첫 박사학위 논문인 만큼 벽돌을 던져서 구슬이 따랐으면 하는 심정으로 이 책을 감히 세상에 내어 놓는다.

이 책을 편집하면서 최종 작업인 제목을 정하는 데 이러한 번민에 휩싸였다. 시인의 시세계 전체를 포괄할 용어를 고민한 끝에 김영석의 시는 오롯이 시인의 천득론적 상상력의 산물이었다는 사실에 새삼 주목하게 되었다. 홍만종에 따르면 천득(天得)이란 저 마음의 깊은 곳에서 저절로 우러나오는 것을 말한다. 곧 시란 인위적인 기교로 이루어지는 것이 아니라 뜻이 그 도를 따라 정연히 움직여 가면, 즉 기상(氣象)이 늠연하게 되면 저절로 이루어진다는 것이다. 이 말은 억지로 시를 짓고 기교를 부리려고 할 것이 아니라 기상의 움직임을 다만 기다려야 한다는 말이기도 하다. 곧 시는 시인이 말하는 것이 아니라 천지자연이 말하는 것이고, 시인은 다만 천지자연의 뜻이 말할 수 있는 계기와 매개가 될 뿐이다. 이로 미루어 볼 때 김영석 시인이 추구한 도의 시학은 곧 자연의 시학이자 궁극적으로는 천득론과 깊은 관련을 맺고 있으므로 책의 제명을 『김영석 시와 천득론적 상상력』으로 정하였다.

오늘에 이르기까지 여러모로 따뜻한 손을 내밀어 주신 많은 분들이 떠오른다. 우선 현대문학의 문을 활짝 열어 주시며 학위 전 과정에 걸쳐 각별한 배려로 이끌어 주신 강희안 교수님을 비롯하여 지난 10년 간 외로운 유학 생활에 한결같이 가족의 정을 베풀어 주신 이영조 교수님께 고개 숙여 감사드린다. 학위논문 심사 과정에서 조언과 격려를 아끼지 않으신 정문권, 황정산, 윤은경 교수님께도 감사의 말씀을 올린다. 그리고 바쁜 데도 불구하고 언제나 흔쾌히 도식 작업을 도맡아 해준 내 친구 정이에게도 고마움을 표하며, 마지막으로 부족한 자식에게 한쪽 날개를 빌려 주시며 학업에만 전념할 수 있도록 묵묵히 기다려 주신 부모님의 은혜도 잊을 수가 없다. 지난 세월 동안 이리도 벅차게 받은 관심과 사랑에 조금이나마 보답할 수 있기를 바라며 이 책을 두 손 모아 바친다.

2019년 2월

王立群

목 차

제1장
들머리

1. 연구의 목적

이 연구는 그동안 다양한 주제 및 형식의 시를 창작하여 자신만의 독특한 시세계를 구축한 김영석 시인의 시를 역사 · 전기적 문학 연구 방법론을 원용하여 연구하고자 한다. 하인(何人) 김영석(金榮錫 1945~)은 1970년 ≪동아일보≫ 신춘문예에 시 「방화」가 가작으로 입선하면서 등단한 뒤, 한동안 문학수업에 열중하여 시단 활동을 중단하고 있다가 4년 후인 1974년에 ≪한국일보≫ 신춘문예에 시 「단식」으로 다시 당선되어 시단의 주목을 받기 시작하였다.[1)]

그 후 등단 20여 년 만에 첫 시집인 『썩지 않는 슬픔』(1992)을 출간한 이래 『나는 거기에 없었다』(1999), 『모든 돌은 한때 새였다』(2003), 『외눈이 마을 그 짐승』(2007), 『거울 속 모래나라』(2011), 『바람의 애벌레』(2011) 및 『고양이가 다 보고 있다』(2014)와 같이 총 일곱 권의 시집 및 한 권의 시선집 『모든 구멍은 따뜻하다』(2012) 등을 발간하였다. 이처럼

---

1) 김영석, 「젊은 날의 초상」, 『한국 현대시의 단면』, 국학자료원, 2012, 220-222쪽 참조.

김영석 시인은 비록 반세기 가까이 시를 연구하고 써왔으나 그동안 발표한 작품의 양으로 볼 때는 비교적 과작의 시인에 속한다. 그런데도 불구하고 그는 특별한 실험의식과 독창성으로 전통적 서정시를 고수하면서도 '사설시(辭說詩)'와 '관상시(觀象詩)'라는 새로운 형태의 시를 모색하고 창작함으로써 한국 현대 시문학사에서 독보적인 존재로 자리매김을 하였다.

한편 시창작과 동시에 김영석 시인은 동양의 사유 구조가 전형적으로 드러난 역의 본체, 즉 도의 개념과 원리에 의거하여 『道의 시학』이라는 책을 펴내면서 자신만의 시론을 소개한 바도 있다. 이 책은 합리적 경험주의라는 서양의 전통적 이원론적 사고와 생성의 원리에 근본을 두고 있는 동양의 전통적 일여적(一如的) 사유 구조의 차이에서 출발하여 서구의 문학 이론을 일방적으로 적용해 온 그간 한국 문학 연구 상황의 부당성을 지적하였다. 이어서 동양의 전통적인 철학 사상인 도의 사상과 개념을 중심으로 논리적 근거와 더불어 한국 문학은 한국 문학적 관점에서 논의해야 한다는 당위성, 나아가 한국시를 현대적인 관점과 논리 체계 위에서 재해석하는 방법을 제시하였다. 이 논리는 참신할 뿐만 아니라 한국 현대시를 분석하는 데 매우 합당하기도 하여 그간의 학계의 이목을 끌어왔다. 이 책이 발표된 뒤 주역의 괘를 기호학적으로 해석하면서 문학론에 적용하거나, 음양, 오행 등의 용어를 문학적 논의에서 사용하거나, 또는 이 책에서 나온 핵심적인 개념의 하나인 '전일성(全一性)'이란 용어를 원용하여 시세계를 해명하는 등 많은 사실들이 이 점을 입증해 준다.[2)]

이와 같이 한국 시의 풍요로운 방법론을 제시하면서 자신의 독특한 시세계를 확보한 김영석 시의 연구는 매우 뜻있는 일이 아닐 수가 없다. 그

2) 김영석, 『새로운 도의 시학』, 국학자료원, 2006, 3-4쪽, 37-49쪽 참조.

러나 지금까지 김영석 시에 대한 논의는 비록 어느 정도 이루어진 상태이지만, 그것이 대부분 단편적인 논평으로 한정되어 있어 본격적인 연구는 아직 출발 단계에 있다고 여겨진다. 따라서 이 연구에서는 기존의 김영석 시에 대한 여러 연구자들의 연구 성과를 바탕으로 역사·전기적 문학연구 방법론에 의거하여 김영석 시인의 시세계를 그의 전기적 사실, 특히 사상적 배경과의 관련 속에서 연구, 분석하여 시인의 전기적 사실과 사상적인 바탕인 도학사상이 그의 시세계에 어떠한 영향을 미쳤는지를 체계적으로 밝혀내는 것을 목적으로 한다. 다시 말해서 김영석 시세계의 본질과 시정신을 밝혀내는 데에 초점을 맞추기보다는, 그것이 어떠한 배경 하에 어떤 영향을 받고 형성되었는가에 관해 구명해 보고자 한다. 이와 같은 근원적인 탐색을 통해서만이 김영석이 구축한 독특한 시세계 및 그의 시적 사유, 나아가 김영석 시의 시사적인 의의에 대한 포괄적인 이해에 접근할 수 있으리라 믿기 때문이다.

2. 선행 연구사

김영석은 정련한 시어의 사용 및 깊이 있는 철학적인 사고로 한국 현대 시단에서 독자적인 영역을 확보한 시인 중의 한 명으로 일찍이 학계의 관심을 끌어왔다. 그의 시에 대한 연구는 이미 각 문예지와 학회지에서 여러 연구자에 의해 평론 및 서평의 형식으로 논의된 바 있지만, 본격적으로 접근하여 다룬 연구는 조미호와 이선준에 의해 시도된 석사 논문 두 편뿐이다. 다소 논평이 부분적이고 단편적이므로 김영석 및 그의 시세계에 대한 총체적이고 체계적인 연구 성과에는 미치지 못했다고 판단된다. 그런데도 불구하고 지금까지 연구된 내용을 주제별로 분류하면 김영석 시에 대한 연구사의 흐름이 선명하게 일별될 것이다. 따라서 이 절에서는 조미호와 이선준의 연구를 우선적으로 제시하고, 문예지와 학회지에 실은 논평 등을 다시 두 가지 부류로 나누어 살펴보고자 한다.

조미호는 먼저 시집 『썩지 않는 슬픔』, 『나는 거기에 없었다』, 『모든 돌은 한때 새였다』와 『외눈이 마을 그 짐승』에 수록된 시를 중심으로 시인이 비극적 현실을 어떻게 인식하고 현실의 경계를 넘어 어떻게 극복해 가고 있는지를 논의하였다. 나아가 시인이 '사설시'라는 형태로 옛 이야기와 노래의 형식을 어떻게 현대적으로 구현하고 있는가에 대해 분석하였고, '관상시'의 창작 방법을 중심으로 그 의의와 문학적 가치를 언급하였다. 이러한 논의를 바탕으로 김영석 시인의 독창적인 시 형태인 사설시와 관상시의 새로운 창작 기법이 지닌 국문학적 의의를 밝혔다. 그에 따르면 "김영석은 '사설시'와 '관상시'라는 두 갈래 형태의 시 창작을 통해 새로운 시 영역의 지평을 확장해 두고 있"[3]다. 결과적으로 고대 시가에 대한 현대의 재창작으로서의 사설시는 "신의 행위와 유사한 행위를 할 수 있는 인간 능력의 확증이자 도를 깨달아 우리가 세상을 바꿀 수 있다는 능력의 확증"[4]이고, 관상시는 "한국 현대시의 형식적 내용적인 한계의 색다른 극복의 시도로서 그 가치를 갖는다."[5]고 평가한다. 이는 비록 김영석 및 그의 시세계를 비교적 깊이 있게 고찰한 연구이지만, 효용론적인 연구 목적에 맞추면서 논의를 전개하고 있기 때문에 새로운 창작 기법

3) 조미호, 「김영석 시 창작법 연구」, 단국대학교 대학원 석사학위논문, 2008, 71쪽.

4) 위의 논문, 57쪽.

5) 위의 논문, 67쪽.

에 대한 이해와 감상에 더 근접한 연구이지 학문적 논리 전개의 면에서는 한계성을 보인다.

이선준은 형식주의 비평 방법에 의거하여 김영석과 강희안 시인의 낯설게 하기의 방법에 대해 각각 자연, 언어, 현실이란 세 가지 각도에서 살펴보았다. 이 연구에 따르면 김영석의 초기시는 행복한 동일성의 세계를 지향하기보다는 현실의 비극성과 괴리감에서 촉발된다. 비동일성으로 어긋나는 기법의 이면에서는 현실과 합일이 불가능하다는 본능적 욕구가 작동하고 있다. 따라서 그의 시적 대척점에는 해체와 동양의 사유를 근간으로 자연과 인간, 언어와 현실을 동일화하려는 인식이 내재한다. 그러한 실천의 일환으로 그는 묘사에 종속된 서사, 혹은 유기적 관계를 맺지 않는 묘사라는 재현 방법을 사용하는 새로운 창작 기법적 특질을 선보이고 있다. 결론적으로 그의 시가 낯설다는 것은 "그만큼 현재의 타성적 삶에 의지하지 않고 자기만의 방식으로 독자적인 세계 인식에 이르렀다는 말"[6]과 다르지 않다. 이 연구는 비록 김영석의 시를 새로운 창작 방법론의 각도에서 면밀하게 검토하였지만, 강희안 시인의 언어관과 비교, 대조하는 데에 집중하고 있어 김영석 시인만의 깊이 있는 포괄적인 연구에는 이르지 못하고 있다. 또한 김영석 시를 논할 때 시인의 창작과정에는 변모가 없다는 점을 고려하여 연구의 범위가 초기시에 한정되어 있어 나름의 한계가 노정되어 있다.

다음은 그간에 발표된 김영석 시에 대한 단편적인 학술논문 및 평론적인 성격을 띤 연구 성과를 두 부류로 나누어 각각 살펴보도록 한다.

첫째, 시적 이미지 및 언어 구사와 같은 방법적 특성에 관한 부류의 연

6) 이선준, 「새로운 형식의 시창작 방법론 연구」, 배재대학교 대학원 석사학위논문, 2016, 58쪽.

구 성과이다. 이는 주로 방법론적 측면에서 시인의 시적 성취를 평가한 것들이다.

박호영은 김영석의 시세계를 그가 주된 관심을 보이는 몇 가지 주제를 중심으로 접근하고 있다. 그는 우선 김영석의 시에서 자주 만나게 되는 시어 중의 하나인 '고요'에 대한 고찰에서 출발하여 시인의 일여적인 세계관을 도출하고, 이어 시인의 '텅 비어있음'에 대한 지향과 '거울'의 시학에 대하여 자세히 논의한 바 있다. 결론적으로 박호영은 "김영석 시인의 시는 철학을 바탕으로 하면서도 서정성을 잃지 않고 쉬운 표현으로 되어 있으며 시의 길이도 적당함으로 이를 한국 시단의 지향해야 할 전범 중의 하나에 속한다."[7]고 주장한다.

이에 비해 김석준은 김영석의 시구에 나타난 시어를 일일이 쪼개어 분석함으로써 그의 시의 궤적을 추적하고 있다. 그 결과 "시인 김영석은 점점 더 신기한 것만 추구하고 말의 모가지를 비트는 21세기의 시적 경향과는 대척점에 위치하면서 진정한 시말의 위의가 무엇인지를 이 세계에 고지하고 있다."고 본다. 또한 "때론 마음속 남아 있는 울혈들을 하나하나 가라앉히면서, 때론 온몸에 열꽃이 핀 청춘의 슬픔을 건너기도 하면서, 시인은 자신만의 견고한 시말을 건설하고 있다."[8]고 평가한다.

최동호는 김영석 시인의 첫 번째 시집인 『썩지 않는 슬픔』을 대상으로 논하면서 특히 해설적인 이야기를 빌어 상황을 제시하고 다시 그것을 시로 축약한 「두 개의 하늘」, 「지리산에서」, 「독백」, 「마음아, 너는 거름이

7) 박호영, 「고요와 텅 비어있음을 통한 일여적 통찰」, 배재대학교 현대문학회 엮음, 『김영석 시의 세계』, 국학자료원, 2012, 10-25쪽 참조.

8) 김석준, 「의식의 연금술: 환멸에서 깨달음으로」, 배재대학교 현대문학회 엮음, 『김영석 시의 세계』, 위의 책, 146-184쪽 참조.

되어」 등의 시에 대해 "극적인 상황 제시를 위한 그 나름의 새로운 시도로서 흥미롭다."고 평한다. 또한 시인이 마음속에 지닌 개인사, 가족사, 그리고 사회사가 이 시집 전편에 서려 있다고 여기고, "그의 기질 그대로 담담한 어조로 말하고 있다고 해서 그 절박성이 낮게 평가되어서는 안 된다"고 강조한 바 있다. 나아가 "지나치게 과장된 언사들이 범람하고 있는 현 시단에서 엄격하게 언어를 다듬고 감정을 단련시키는 그의 시적 어법은 매우 모범적인 것으로 받아들여야 한다."[9]고 주장한다.

이숭원은 시집 『썩지 않는 슬픔』을 읽으며 "시인이 시집의 간행을 늦춰온 것이 시에 대한 엄격성과 철저한 자기 절제의 정신 때문"이라고 분석하여 이점은 그의 "시편들이 지닌 형식적 완결성, 이미지의 신선함, 시어의 정갈함 등에서 확인된다."고 언급한다. 나아가 "김영석 시인이 평화로운 삶의 모습이라든가 인간과 세계와의 공감의 영역보다는 인간과 세계와의 불화, 인간들 사이의 고립을 주로 다룬"다고 하면서, "그의 시는 감정의 눅눅한 습기라든가 인생사의 끈적한 점액이 제거되어 있"어 "심상과 시어가 샘물처럼 깨끗하면서도 투명하고 아름답다."고 평하기에 이른다.[10]

남진우는 시집 『썩지 않는 슬픔』을 통해 김영석 시인에게 "중요한 것은 어디까지나 본질"이고 "평범한 일상적 사실에서 예치지 않은 삶의 진실을 끄집어내 맞닥뜨리게 하는 시인의 솜씨는 범상치 않다"는 것을 발견한다. 나아가 '감옥(돌)에서 별(종)에' 이르는 시인의 시적 지형도에 주목하여 궁극적으로 그의 시세계는 "시 속에 등장하는 광물 이미지만큼이나 견고한 시적 완성도"를 지니고 있다고 해석한다.[11]

---

9) 최동호, 「삶의 슬픔과 뿌리의 약」, 『삶의 깊이와 시적 상상』, 민음사, 1995, 166-167쪽.

10) 이숭원, 「절제의 미학과 비극적 세계인식」, 『현대시와 삶의 지평』, 시와시학사, 1993, 305-307쪽.

유성호는 김영석 시인의 시편들은 "그 어떤 방법론도 두루 수용하였다"고 말하면서 한국 "시단의 여러 편향들 이를테면 불가적 편향이나 모더니티편향 같은 것을 넉넉히 극복하고 그것들을 한 데 통합함으로써 한국시의 풍요로운 방법론을 시사해주고 있"어 "시의 권역을 넓히는 데 기여했다."고 시사적 의의에 대해 언급한다.[12)]

이 밖에 김유중은 김영석 시에 등장한 '섬', '허공' 등의 이미지를 추적하면서 그의 시는 "언어를 사용하면서도 언어의 명료성을 부정"하고, "언어의 한계에 대한 자각이자 동시에 그것에 대한 도전"이라고 주장하기도 한다.[13)]

이들의 연구는 비록 김영석의 시의 방법적 특성을 다양한 각도에서 논의하였지만 그 시선이 모두 어느 한 측면에 집중되어 있어 전반적으로 볼 때 김영석 시세계에 대한 총체적인 인식의 틀을 마련하지 못한다는 한계가 주어져 있다.

두 번째 부류는 김영석의 독특한 시세계를 형성하게 하는 데에 결정적으로 작용한 그의 시적 사유에 관한 연구이다. 이는 김영석의 시를 그의 정신적인 면의 반영으로 보고, 이를 분석함으로써 시인의 시세계의 본질을 파악하려고 한 것들이다.

강희안은 김영석 시에 등장한 '고양이', '나무' '안개' 등의 이미지를 통해 그의 시에 이룩된 '감정 중심적 동물화'와 '생명 중심적 식물화', 그리고 '생태 중심적 유기화'를 자세하게 논한 바가 있다. 이와 같은 논의를

---

11) 남진우, 「별과 감옥의 상상체계」, 『현대시』, 1993, 12월호, 213-227쪽 참조.

12) 유성호, 「언어 너머의 언어, 그 심원한 수심」, 김영석, 『모든 구멍은 따뜻하다』, 황금알, 2012, 165-199쪽 참조.

13) 김유중, 「도(道)·역(易)·시(詩)」, 배재대학교 현대문학회 엮음, 『김영석 시의 세계』, 앞의 책, 131-145쪽 참조.

바탕으로 김영석 시에 수렴되어 있는 의식은 심층생태학자들의 주장과 동일하다는 사실과 더불어 그의 시의 화자는 지구 전체를 하나의 조화로운 시스템으로 인식한다는 사실을 지적한다. 나아가 김영석 시의 경우처럼 자연의 동물이나 식물, 자연의 무기물까지 인간과 동등한 인격적 유기체로 부각한 시들은 전례가 없고, 이러한 의식이 지배적인 정서로써 시 의식 전반을 관류하는 경우를 찾아보기란 더더욱 어렵다는 점을 언급하면서 "김영석의 의식 전반에는 동양사상의 영향으로 말미암은 탈인간중심주의적 관념이 잠재태로 상존한다."고 심층생태학적 윤리의식을 제시한다.[14)]

호병탁은 '수정'하고 '생략'하는 '사유에 대한 끊임없는 사유의 과정' 및 '형이상의 정신'은 김영석의 40여 년 문학세계 전체를 관통하고 있다고 보면서, "지금까지 그가 반생에 걸쳐 깎은 모든 시편들이 '하나의 장시'와 같다고 해도 과언이 아니"라며 "이런 돌올한 정신세계는 무문관 너머의 형이상까지 응시한다."고 평한 바 있다. 따라서 "그의 작품들은 새롭고도 적극적인 해석이 수행되어야 하고 그에 상응하는 문학사적 위치에 자리매김 되어야" 한다고 단언한다.[15)]

김이구는 "김영석 시인의 시작의 특색은 대개 깊은 사유를 바탕으로 해서 고도로 정련된 언어를 구사하는 것"이라고 하고, "우리 삶의 과정과 인생 전체에 대한 통찰을 끌어안고자 하는 이러한 사유의 뿌리로 인하여 그의 시는 설명조와 더불어 내용적으로는 상당히 관념적이 된다."고 논의한다. 나아가 시집 『썩지 않는 슬픔』의 여러 작품들에서 시인이 "인생

14) 강희안, 「김영석 시의 심층생태학적 윤리 의식 연구」, 『비평문학』, 2015, 제57호, 7-29쪽 참조.

15) 호병탁, 「무문관 너머를 응시하는 형이상의 눈」, 배재대학교 현대문학회 엮음, 『김영석 시의 세계』, 앞의 책, 85-111쪽 참조.

사의 자잘한 기미와 섬세한 감정의 기복을 건너뛰어 한결 추상된 사유를 위주로 인생과 세상의 진폭을 보고 있"어, "그의 시가 사회현실에 대한 고통스런 인식의 흔적을 갖고 있음"을 지적한다.16)

이만교는 김영석 시인은 "섣불리 자신의 이상을 말하지 않"고, "인간적 정서와 꿈을 노래하기 전에 인간주의 자체를 경계하고 비판하고 있"다고 언급하면서, 『썩지 않는 슬픔』에 수록된 「두 개의 하늘」, 「지리산에서」, 「독백」 및 「마음아, 너는 거름이 되어」를 다룸으로써 그것은 "언어 솜씨와 상상력, 그리고 그 비극성마저 감수하고 나가려는 자세에서 생겨나는 비장미를 통해 구현되고 있는 것"이라고 평가한다. 이를 바탕으로 김영석의 시는 "독선과 편견에 빠지기 쉬운 인간정신의 한계를 명확히 보여준다는 면에서 상대주의적이지만, 그러한 인간적 한계를 우리의 역사와 사회현실로 재구성한다는 점에서 천박한 상대주의가 갖는 객관적 현실에 대한 극단의 부정과 허무를 극복하고 있다."고 주장한다. 따라서 "상대주의로 기우는 시인들에게 흔히 보이는 몰역사관과 사회의식의 소멸을 생각할 때 이러한 시적 성취는 한국 시사에 있어서도 무척이나 특별하고 값진 것이 아닐 수 없다."는 결론에 도달한다.17)

한편 김홍진은 시집 『모든 돌은 한때 새였다』를 논하면서 그 내용은 "불교적인 범우주적 원리와 내용을 포함하고 있으며, 그런 만큼 신비적인 언어의 아우라에 휩싸여 있"다는 점을 강조한다. 김영석 시인은 "존재라는 경계와 한계성을 넘어, 더욱 큰 자연의 섭리에 조우하여 순리에 몸을 맡기고 떠내려가는 삶, 모든 것이 순환·변전하여 하나가 되는 흐름을 타고 있다."는 논리를 펼친다.18)

---

16) 김이구, 「허무에 이르지 않는 절망」, 『오늘의 시』, 1993, 10호, 204-220쪽 참조.

17) 이만교, 「삶의 비극성과 비장미」, 『문예비전』, 2008, 51호, 42-57쪽 참조.

안현심은 1990년대 이래의 문학적 흐름을 언급하면서 시집 『모든 돌은 한때 새였다』에서 김영석 시인이 추구하는 “시간과 공간의 경계를 허물고, 있음과 없음의 경계도 무너뜨리”는 도의 시학에 주목한다. 궁극적으로 김영석의 시세계는 “만물에 생명이 깃들어 있음을 강조하는 김지하의 생명사상과도 맥락이 닿아 있다.”고 역설한다.[19]

이밖에 시집 『썩지 않는 슬픔』에 대해 이가림은 “독특한 개성적인 어조를 지니고 있다.”고 평가하면서 “김영석은 시적 언어와 긴장미와 탄력성을 최대한 살리려고 애쓰면서 견인주의적 인간의지와 참다운 순정성의 가치를 끈질기게 추구하고 있”다는 점을 긍정적인 측면에서 고찰한다. 나아가 “우주적 질서에 자연스럽게 적응함으로써 사람다운 삶의 이치를 터득하고자 하는 그의 시적 지향은 서구적 방법에 길들어 있는 우리 시단의 진로에 또 하나의 뜻있는 길의 개척”이라고 단언한다.[20]

또한 앞에서 제시한 이승원은 시집 『썩지 않는 슬픔』에서 나타난 절제의 미학적인 시어를 논하면서 “시인의 중요한 관심사가 인간 존재의 비극성에 대한 성찰에 있”다는 사실을 강조하면서, 이 문제는 “상당히 철학적인 영역에 속하기 때문에 깊은 사색이 요구된다.”고 가치를 부여한 바가 있다. 아울러 “이 시집에는 우리 시사의 귀중한 자양분으로 흡수되어야 할 정신의 높이와 새로운 형식의 탐구도 포함되어 있다”는 평가에 도달한다.[21]

---

18) 김홍진, 「선·성찰·상처의 풍경」, 『부정과 전복의 시학』, 역락, 2006, 301-318쪽 참조.

19) 안현심, 「허정의 상상력」, 배재대학교 현대문학회 엮음, 『김영석 시의 세계』, 앞의 책, 296-309쪽 참조.

20) 이가림, 「사람다운 삶의 쟁취를 위한 시」, 『녹색평론』, 9호, 1993, 3, 146-149쪽 참조.

21) 이승원, 앞의 책, 305-312쪽 참조.

지금까지 살펴본 바와 같이 김영석 시문학에 대한 연구는 비교적 활발하게 이루어지고 있지만 그것이 대부분 평론적인 성격이 강하고 본격적인 학술 논문은 몇 편에 불과하다. 또한 이들의 논의는 주로 김영석 시의 어느 한 측면에 주안점을 두고 있기 때문에 심도 있는 논의는 되더라도 전면적이지 못하다는 한계를 드러낼 수밖에 없다. 따라서 김영석의 시세계를 탐구하는 데 좀 더 체계적이고 총체적인 시도가 필요한 시점이다.

3. 방법론의 모색

역사 · 전기적 문학연구 방법론을 원용하는 이 연구는 예술적 창작으로서의 문학 작품이란 일차적으로 작가 개인의 정신적 산물[22)]이라는 믿음을 전제로 하여 궁극적으로 김영석 시인의 전기적인 사실과 작품 간의 연관성을 통해서 그의 시세계의 형성 및 본질을 구명하는 데에 그 목적을 두고 있다. 역사·전기적 방법론은 문학 작품을 인과론적 입장에서 취급하는 데서 시작된다. 이는 작품이 그것의 생산자인 작가, 그리고 그것이 발생 당시의 역사적, 사회적 환경 등과 같은 외적 요인과 직결된다는 가정에서 출발하여 한 작품의 역사적·사회적 배경, 작가의 전기적 사실 등의 조건을 작품을 이해하는 데에 관련시켜 다루는 방법이다. 가장 고전적인

22) "문학작품은 일차적으로 분석의 대상이 아니라 인간이 창조해 낸 말하는 텍스트로 간주되는 것이 가장 바람직하다. 만일 우리가 위대한 서사시나 소설 그리고 연극의 생활세계 속으로 들어가고자 한다면, 우리는 자신의 개인적인 세계를 내걸어야 한다. 이를 위해 필요한 것은 인위적인 과학적 방법이나 가장 탁월하고 섬세한 유형론과 분류법에 의한 비평의 해부학이 아니라 한 작품의 해석에 포함되어 있는 것에 대한 인간주의적인 이해이다." 리차드 E. 팔머, 『해석학이란 무엇인가』, 李翰雨 譯, 文藝出版社, 1988, 26쪽.

문학 연구방법으로서의 역사주의 비평은 17세기와 18세기에 걸쳐 언급되기 시작했는데, 문학 비평에서 구체적인 주장으로 나타나기 시작한 것은 19세기 중엽에 와서 생트 뵈브(C. A. Sainte Beuve)와 테느(Taine) 때부터라고 할 수 있다.

이 가운데에서도 특히 생트 뵈브는 작가의 정신세계를 문학의 박물학과 같이 설정하려는 의도를 명백히 표명하면서 문학 비평에 전기적인 방법을 적극적으로 끌어들임으로써 역사적 전기의 선구자로 불려왔다.[23] 전기를 이용하여 문학적 현상을 관찰·해석하여 성공을 거둔 그는 "문학 작품은 작가의 전체 성격과 구별될 수 있는 것이 아니다. 작가를 알지 못하고 작품만 단독적으로 판단하기는 곤란하다. 열매를 보고 그 나무를 알 수 있다."[24]고 하여 작품을 이해하는 데 작가의 영향력을 역설한다. 구체적인 방법에 대해서 그는 한 위대한 작가의 출신성분과 친척관계를 되도록 자세하게 확인하고, 그의 학업과 교육에 관해서도 자세히 기술하고 난 다음, 그의 재능이 발견되고 형성되고 성숙하던 동시대인들의 사회, 즉 환경에 대해 확정지어야 한다고 주장한다. 이는 작품이라는 결과를 만들어낸 원인인 창조적 주체로서의 작가의 생애를 중요시한 것이다. 곧 문학 작품을 올바르게 이해하기 위해서는 작가의 생애, 즉 역사적인 전기에 관한 충분한 연구가 선행되어야 한다는 논리다.[25]

이 방법은 작가의 창작 과정에 영향을 미친 요소에 대한 정밀한 탐구

---

23) 李起哲,『詩學』, 一志社, 1985, 190쪽 참조.

24) Walter J3ackson Pate, ed., The Major Texts (New York: Harcourt, 1952), 497쪽. 閔丙起,「作品分析과 傳記的 硏究」, 申東旭 編,『文藝批評論』, 고려원, 1984, 34쪽에서 재인용.

25) 朴德垠,『現代文學批評의 理論과 應用』, 새문사, 1988, 31쪽 참조.

를 통해 그의 언어 구사, 주제 선택, 그리고 그의 작품 속에 나타나는 관념, 형식, 상징, 이미지 등의 배후에 작용하는 작가의 독특한 반응 양식과 사고의 유형을 연구하는 데 큰 의미를 띤다.[26] 그러나 20세기에 들어오면서 이러한 문학 연구의 역사적인 방법은 작품이 생산된 과정에 대한 지나친 관심으로 인해 정작 중요시되어야 할 작품 자체를 소홀히 다루는 경향과 더불어 작품의 미적 구조나 의미가 무시된다는 점에서 많은 비판을 받았다. 하나의 작품을 이해하기 위해서 그것의 생산자인 작가에게 관심을 기울이는 것은 당연한 일이지만, "작가의 생애를 밝히고 작가의 개인적 취향이나 정신 상태를 확인한다고 하여 문학작품 자체의 특징이 그대로 밝혀지는 것은 아니"[27]기 때문이다. 이러한 연구 방법은 곧 형식주의 비평가들이 제안한 의도적 오류, 다시 말해서 작가의 의식이나 의도가 작품의 의미와 직결되는 것이 아니라는 이론의 대척점에 서게 된다.

결국은 작품의 발생 원인과 배경으로서의 전기적인 요소가 작품을 이해하는 데 유용하게 쓰일 수도 있지만, 그렇다고 역사적인 방법이 언제나 옳다고 생각해서는 곤란하다는 것이다. 중요한 것은 작가의 전기적인 암시가 어떤 작품에서는 필요하고 어떤 작품에서는 불필요하다는 것을 판단하는 일이 선행되어야 한다는 점이다.[28] 한편 예술적 창작으로서의 문학을 연구하기 위해서는 먼저 그 속에 내재하는 예술적 속성을 명확하게 이해하는 일이 필요하다. 시인의 예술적 창조력과 상상력이란 궁극적으로 그의 경험으로부터 형성된 시정신에 기인한다. 그리하여 시를 시인의 정신적 영역의 산물로 보고 그것이 위대한 고백의 단편이라고 한 괴테의

26) 柳時燮, 『詩의 原理와 批評』, 새문사, 1991, 155쪽 참조.

27) 권영민, 『문학의 이해』, 민음사, 2009, 39쪽.

28) 柳時燮, 위의 책 102쪽 참조.

말을 인정하는 한, 시를 분석, 평가하는 데에 역사·전기주의 연구방법은 배제하기 어렵다.[29]

특히 김영석 시의 경우는 시인의 일상적인 체험이 그의 시의 언어 구사나 주제 선택에 그대로 반영되어 있는 예가 허다하므로 시인의 전기적 사실을 통해 작품 세계를 이해하는 것이 더 용이하다. 더욱이 기존의 연구 성과를 보면 대개 '언어의 한계에 대한 도전'이나 '형이상의 정신', 또는 '일여적 통찰' 등으로 그의 시정신의 핵심을 요약할 수 있는데, 이러한 사실은 곧 그간의 연구 대부분이 그의 시가 지닌 존재론적 특성, 그리고 철학적 특성에 주목하고 있다는 것을 말해준다. 그만큼 그의 시의 가장 두드러진 특징 중의 하나가 바로 그 속에 담겨 있는 존재 또는 본질에 대한 깊은 사유와 통찰이다. 물론 이와 같은 철학적인 인식 또한 시인의 직접 혹은 간접 체험 속에서 형성되기 마련이다. 그러므로 전기적인 고찰과 함께 이와 같이 그의 작품을 관류하고 있는 독특한 시정신이 어디에 뿌리를 두고 형성되고 있는가를 살펴보는 것은 그의 독특한 시세계를 이해하는 데에 대단히 중요한 척도가 된다.

이에 본 연구는 역사 · 전기적 문학 연구 방법을 활용함으로써 김영석의 시세계의 형성 및 특성을 시인의 전기적 사실과 사상적 배경 등의 요소와 결부하여 총체적으로 조망할 것이다. 작품을 해석하기에 앞서 시인의 성장교육기의 개인적, 사회적 배경 등 생애와 관련된 모든 자료를 수집하여 이를 바탕으로 그의 세계 인식과 사유의 양상을 밝히고, 나아가 그의 독특한 시정신의 논리 구조를 파악하고자 한다. 작품을 해석하는 과정에서 시인의 성격이나 체험을 일대일로 대응시키는 일은 위에서 거론한 의도적 오류를 범할 위험이 있으므로 여기서는 그의 총체적인 경험과

29) 李起哲, 앞의 책, 191쪽 참조.

작품 세계의 이원적 의식 구조를 염두에 두고 작품들 간에 내재한 상호 관련성을 추적하면서 그 특징을 밝혀낼 것이다. 또 시인의 시세계 전반에서 일관되게 추구하고 있는 시정신이 무엇인지, 그것이 작품 속에서 어떤 양상으로 드러나고 있는지를 살피고, 아울러 그의 철학적인 인식을 작품의 구조와 표현의 특질과 관련지어 해명해볼 것이다. 이를 통해 김영석 시인이 구축한 독특한 시세계 전반에 대한 올바른 이해가 가능해질 뿐만 아니라, 자연스레 그의 시가 지닌 시사적인 의의 또한 밝혀질 것이다.

우선 제2장에서는 앞에서 제시한 역사 · 전기주의 비평의 방법을 활용하여 김영석이란 인물의 삶을 전기적인 면과 사상적인 면으로 나누어 각각 고찰할 것이다. 전기적인 면은 다시 전기적인 사실과 교육 배경, 문단의 현실과 시작 활동으로 나누고, 사상적인 면은 시인의 시정신에 깊은 영향은 끼친 동양철학 사상의 핵심인 도의 사상을 태극의 개념과 도의 본질인 전일성과 본원성, 자기 일체성과 전동성의 역설 등과 같이 세분하여 차례로 검증해 나갈 것이다. 이와 같은 작업을 통해 김영석 시의 원천이라고 할 수 있는 그의 시작 활동의 토대가 밝혀질 것이다.

제3장과 제4장에서는 김영석 시세계에 대한 본격적인 접근을 시도할 것이다. 3장에서는 김영석 시의 역사 반영론적 성격에 대한 고찰로서 그가 그동안 발표한 시를 시집별로 정리한 다음, 시인의 전기적인 사실이 그의 시에서 주로 어떤 심상이나 정서로 투영되고 있는지를 분석할 것이다. 한 작가의 문학 세계의 형성 및 본질을 정확하게 파악하려면 해당 작가의 작품 세계를 면밀히 검토하여 분석하는 작업이 필수적이다. 총체적이고 전반적인 시세계의 조망을 위해서 연구 대상이 되는 작가의 작품을 전부 연구 범위 안에서 다루어야 한다. 따라서 이 연구의 연구 범위는 김영석 시인이 지금까지 상재한 제1시집인 『썩지 않는 슬픔』부터 제7시집

인 『고양이가 다 보고 있다』까지로 한정한다.

이어서 제4장에서는 김영석의 사상적인 배경과 관련되는 그의 시적 인식, 그리고 거기에 기반을 두어 시인이 시도하는 새로운 시 형식에 대해 살펴보고자 한다. 구체적으로는 앞서 2장에서 정리한 시인의 사상적인 바탕과 결합하여 시인의 철학적인 시세계를 구축하는 데에 크게 기여하고 있는 도학사상의 본질을 밝혀볼 것이다. 아울러 이 도학사상이 그의 단형 서정시와 새로운 시도로서의 사설시와 관상시에 각각 어떤 양상으로 투영되며 수용되고 있는가에 대해 점검해 나가고자 한다. 이러한 근원적인 접근을 통해 그의 작품을 관류하고 있는 일여적인 의식 구조와 초월적인 상상력의 본질, 나아가 시인의 사상적인 바탕인 도학사상이 직·간접적으로 그의 시에 투사된 궁극적인 지향태가 해명될 것이다.

제5장에서는 앞의 논의를 바탕으로 하여 단형 서정시와 '사설시', 그리고 '관상시'로 이어지는 김영석의 독자적인 시 형식을 통해 그의 시가 지니는 시사적 의의를 가늠해 볼 것이다.

제2장

김영석의 삶과 사상적 바탕

1. 전기적 배경

1) 전기적 사실과 교육 배경

자신의 전기적 생애와 교육 배경에 대해 김영석 시인은 「젊은 날의 초상」이라는 글을 통해 자세하게 서술해 놓은 바 있다.[1] 이 외에도 그의 제자인 시인 강희안의 「엄격한 자유인의 초상」이라는 시인론에서도 그의 삶의 궤적을 가늠해 볼 수 있다.[2] 관련 기록의 내용을 종합하여 정리하면 다음과 같다.

김영석은 1945년 3월 21일 전북 부안군 동진면 본덕리에서 부친 김재남(金裁南)과 모친 신옥순(辛玉順) 사이에 6남매 중 장남으로 태어났다. 어렸을 때 성격이 내성적인 데다가 시골에서 살았던 터라 시인은 혼자 놀면서 보내는 날이 많았다. 이 점에 대해 그는 자신의 두 번째 시집인 「나는 거기에 없었다」(1999)의 서문에서 아래와 같이 기술한다.

1) 김영석, 「젊은 날의 초상」, 『한국 현대시의 단면』, 국학자료원, 2012, 216-223쪽.

2) 강희안, 「엄격한 자유인의 초상」, 『현대시』, 2007년 11월호, 202-216쪽.

> 산길에서 개미들이 줄지어 기어 다니는 것을 앉은뱅이걸음으로 한없이 따라다니다가 막대기로 개미집을 들쑤시거나, 양팔을 한껏 벌리고 비행기 날아가는 시늉을 하며 논두렁길이나 밭두렁길을 숨이 찰 때까지 내달리거나, 쥐구멍이란 쥐구멍은 죄 찾아서 오줌을 싸거나 돌멩이와 흙덩이로 꼭꼭 다져 메우는 일, 고작 그런 것들이 내가 할 수 있는 놀이의 전부였다. 그러그러한 시시한 놀이 끝에 나는 어느 날 우연히 가랑이 사이로 뒤의 풍경을 바라보는 놀이를 발견하였다. 그것은 실로 내게 있어서 기적 같은 신세계의 발견이라고나 할 만한 것이었다. …<중략>…
>
> 그리고 거꾸로 보기에서 어렴풋이 깨달은 한 가지를 나는 나만이 아는 것으로 여기면서 은근히 스스로를 대견스럽게 생각했다. 그 한 가지란 텅 빈 허공을 보는 일이었다.……거꾸로 보기에서 나는 사물들이 새롭게 보일 뿐만 아니라 그동안은 볼 수 없었던 허공을 <볼> 수 있다는 것을 깨달았다. 그리고 사물의 배후에 있는 그 공간이 바로 그 사물들을 낯설고도 생생한 빛으로 치장한다는 것도 함께 알았다.[3]

위의 기술에서 확인할 수 있듯이 시인이 비록 어렸을 때 한적한 시골에서 자랐기 때문에 늘 심심하고 외로워했지만, 혼자 노는 경험 덕분에 자기만의 은밀한 놀이를 발견하면서 거기서 자신만의 깨달음을 얻게 된다. 후술할 바이지만 이와 같은 어린 시절의 경험은 나중에 시인이 말과 시에 대해 깊이 천착하는 데 큰 영향을 미치기도 한다. 어쨌든 이 일을 통해 그의 예술적 자양이 이미 유년 시절부터 비롯되었다는 사실을 확인할 수 있다. 한편 일찍이 시인의 이러한 예술적 특질을 발견하여 그에게 특별한 관심과 사랑을 베풀던 담임 선생님이 시인이 소학교 5학년을 마칠 무렵, 그의 부모님에게 큰 도시에서 교육을 받도록 하자고 간청하기에 이른다. 그리고 이 일에 대해 시인 본인이 "이때 내가 도시로 전학하지 않고

---

3) 김영석, 「서문」, 『나는 거기에 없었다』, 시와시학사, 1999, 4-5쪽.

시골에서 부모님과 함께 살면서 고등학교까지 다녔더라면 아마도 내 인생행로는 크게 달라졌을지도 모른다."[4]고 하면서 자신의 운명의 크나큰 전기로 여기고 있다.

이후 그는 부모 슬하를 떠나 전주에 있는 완산국민학교로 전학하여 초등학교 교육을 마치고 거기에서 계속 하숙을 하며 세칭 명문이라고 하는 전주북중학교와 전주고등학교에서 수학을 하게 된다. 이 시기 시인의 삶에 대해 강희안이 스승인 김영석 시인에게 직접 확인하고 전술한 내용을 옮겨오면 다음과 같다.

> 이미 청소년 시절부터 질긴 질풍노도와 홍역을 치르는 통과의례의 시기를 누구보다도 엄혹하게 치러낸 것으로 보인다.
>
> …<중략>…
>
> 1961년 전주고교 2년 시절에 학생들 사이의 폭력사건에 연루되어 도피 생활을 하다가 붙잡혀 전주형무소에 미결수로 입감되기도 한다. 거기서 그는, 교원의 인권과 권익을 보호하기 위한 투쟁을 빌미로 피포된 당시 전주고 은사인 신석정 선생을 상면한다. 그 차디찬 감옥에서 무릎을 꿇고 1주일 간 그 분을 모시면서 자신의 내부를 들여다보았으리라. 폭력의 기제를 사이에 둔 사적 가해자와 공적 피해자의 이 운명적인 만남, 이것은 이미 예정된 시인으로서의 길을 튼 숙명적인 표지는 아니었을까?[5]

상기 인용문에서 보는 바와 같이 어린 나이에 가족을 떠나 낯선 도시에서 외롭게 살아야만 했기 때문에 김영석 시인은 소년 시절에 좀 유별하고 남다른 방황과 고통 등의 경험을 겪는다. 감옥에서 출소 후 그는 자신의 혼란과 질풍노도를 잠재우기 위해 부모님과 상의도 하지 않은 채 학교

---

4) 김영석, 「젊은 날의 초상」, 『한국 현대시의 단면』, 앞의 책, 216-217쪽.

5) 강희안, 앞의 글, 203쪽.

를 휴학하고 변산반도 마포 앞바다에 있는 하도(荷島)라고 하는 작은 섬으로 독거에 든다.

당시 그 섬은 불교 수도원으로 사용되고 있었고, 거기에 사는 사람이라곤 스님 한 분과 보살님이라 부르는 할머니와 아주머니, 그리고 밭일을 거드는 젊은 처사 한 분이 전부였다. 그는 거기에서 바닷가의 작은 오두막집을 빌려 1년 간 자기와의 고독한 대면과 내면 성찰이 이어지는 반수도자의 생활을 경험하게 된다. 이 무렵에 시인은 "문예지『현대문학』,『자유문학』등을 구독하기 시작하였고, 오두막집 선반에 쌓여 있는『사상계』라는 당시 유일한 지성 종합지도 탐독"하게 된다. 이들의 잡지를 통해 그는 "칸트, 헤겔, 스피노자, 니체, 루소, 쇼펜하우어, 키어케고어, 베르그송, 사르트르, 하이데거 등 많은 사상가들의 이름을 비로소 처음"[6] 접하게 되었고, 그들의 책도 구했다가 읽어보기 시작한다. 또한 "노장사상과 동양의 여러 경서, 불경 등을 호기심을 가지고 군데군데 들쳐보았다."[7]고 하면서 자신이 문학에 관심을 두기 시작한 중요한 시기로 여기고 있다. 그리고 바로 이때부터 "본격적으로 정음사판 세계문학전집과 을유문화사판 세계문학전집 속의『세계시인선집』, 신구문화사에서 나온『한국현대시인전집』, 타고르의『기탄자리』,『당시』등과 미당 서정주의『신라초』, 박남수의『갈매기 소묘』등을 접하면서 장래에 '시인이 되어야겠다.'는 구체적인 생각을 갖게 되었다."[8]고 시인은 회고한다.

한 해 동안 독서로 보냈던 고독한 독거생활을 끝내고 시인은 고등학교 2학년에 다시 복학을 한다. 그리고 장래에 시인이 되고 싶다는 생각에 정상적인 학업을 뒤로한 채 자기 나름의 문학수업을 지속하여 나간다.

6) 김영석, 앞의 글, 218쪽.

7) 위의 글, 같은 쪽.

8) 위의 글, 같은 쪽.

1964년 전주고등학교를 졸업하고 다시 전주 남고산성의 삼경사(三擎寺)에서 몽석실(夢石室)이라는 당호를 달고 1년 간 독거 생활을 한 뒤, 경희대학교 국어국문학과에 입학을 하게 된다.

문학 지망생으로서 경희대학교를 지원한 이유에 대해 시인이 "당시 이 학교에 주요섭, 김광섭, 황순원, 조병화, 김진수, 박노춘 등 이름난 문인들이 교수로 재직하고 있었고 또 학생들의 문학 활동도 가장 활발했기 때문"[9]이라고 밝힌 바 있다.

대학 시절의 그는 당시의 다른 문학 지망생들과 같이 음주와 대학극 참여하는 일 등에 열중한다. 그렇기 때문에 시인이 자신의 문학수업은 고등학교 시절에 했던 것에서 크게 나아가지 못했다고 여기면서, 그 시절에 자신의 시정신을 단련할 수 있었던 유일한 일은 "다형 김현승 시인의 시를 새롭게 발견하고 읽"[10]었던 것이라고 자술하기도 한다.

1969년 대학교를 졸업하고 1년 뒤, ≪동아일보≫ 신춘문예에 시 「방화」가 가작 입선되어 등단한다. 그 후 시인은 오규원, 박제천, 홍신선, 정의홍 시인 등이 주도하는 『한국시』라는 동인지의 동인으로 참가하여 함께 활동하자는 제안을 거부하여 수년 간 자신만의 문학 수업과 암중모색으로 지내면서 일체의 문학 활동을 중단한다. 그러다가 4년 후인 1974년 시인은 ≪한국일보≫ 신춘문예에 「단식」이라는 시가 다시 당선되는데, 이 작품은 당시 신춘문예 시의 장시적 경향을 일거에 깨뜨리면서 새롭게 선보인 단시 형식으로 특히 평론계의 호평을 받은 작품이다. 두 번째 등단을 통해 시단과 평론계의 주목을 받은 시인은 당시 '문화비평'이라는 계간지를 인수하여 같이 활동하자는 제안을 받았지만, 계획이 흐지부지되면서 다시 문단과는 외딴 길을 걷게 된다.

---

9) 앞의 글, 219쪽.

10) 위의 글, 같은 쪽.

그 후로부터 1981년까지의 사이에서 경희대학교 대학원 국문학과 석사과정을 마치면서, 시인은 연서중학교, 상명여사대 부속고등학교 등을 거쳐 중·고등학교 교사를 전전한다. 그러다가 출판사 및 다른 사업에 손을 대기도 하다가, 종내는 사는 집까지 다 거덜 내는 신세가 되기에 이른다. 뒤늦게야 자신의 길이 교단임을 깨달은 시인은 경희대학교 문과대학 강사 생활을 시작하면서 모교에서 박사과정을 마치게 된다. 그리고 1985년 박사학위를 받은 그는 그해 배재대학교 국어국문학과 조교수로 부임하면서 생활의 안정을 되찾게 된다.

이후 시인은 2008년에 전북 부안 변산으로 낙향하여 능가산 기슭 세설헌(洗雪軒)에서 산촌생활을 시작하게 되고, 2012년에 배재대학교에서 정년퇴임하고 현재 배재대학교 인문대학 명예교수로 지내고 있다.

이상과 같이 간략하게 살펴본 김영석 시인의 인생행로에서는 그가 문학에 관심을 두고 시인이 된 계기를 우리에게 알려줄 뿐만 아니라, 그의 시를 온전하게 해독하는 데도 분리할 수 없는 깊은 관련성을 지니고 있다.

2) 문단의 현실과 시작 활동

시인 김영석이 시작 활동을 시작한 1970-80년대 한국 사회는 정치적으로나 경제적으로나 모두 공황 상태에 직면해 있던 시기였다. 정치적으로는 유신독재, 광주민주화운동이 있었고, 경제적으로는 산업화로 인해 소비와 향락을 지고의 가치로 여기던 때였다. 이로 인해 한국 현대시는 전언(傳言)으로서, 시의 현대화를 위한 실험으로서 복무해야만 했다. 그런 전언과 실험만이 눈에 들어오고, 그것을 일으키고 정화하는 서정이나 시성(詩性)의 강심수는 깊이깊이 흘러내려도 논의나 화제의 대상이 될 수 없었다는 사실이다.[11] 아래 인용문은 이 시기의 사회 현실에 대해 시인이 회고한 내용이다.

> 거대한 강물이 도도히 흐른다. 그런데 수심이 보이지 않는다. 강물의 깊이는 한없이 표면화되어 요지경 같은 현란한 물거품을 일으키며 흘러간다. 허위의식과 조작된 욕망의 저 즉물적인 물거품의 환영 속에 진짜와 가짜가 뒤바뀌고 옳음과 그름이 뒤섞인 채 흘러만 간다.[12)]

바로 이와 같은 현실 속에서 그는 견인주의 정신과 염결성이 밀도 있게 응축된 단형 시 「단식」을 발표하게 된다. 1974년 ≪한국일보≫ 신춘문예 당선작인 이 시는 "화려한 수사와 장광의 포즈를 취한 상투적인 신춘문예 류의 관념을 깬 최초의 사건"[13)]으로 발표되자마자 회자되기도 했다. 이 작품의 창작 배경에 대해 시인이 아래와 같이 자술한 바 있다.

> 사실 이것을 쓸 무렵은 내 개인사적으로나 우리 모두의 역사적 상황으로나 참으로 암담한 시절이었습니다. …<중략>… 게다가 밖의 사회적 상황은 내 개인의 그러한 위기를 배가시키면서 숨도 제대로 쉴 수 없을 정도로 짓눌렀습니다. 다 아시다시피 이 무렵은 유신시대입니다. 박정희의 독재체제가 굳어지면서 언론과 표현의 자유는 압살되고 거기에 대항하여 민주화 운동이 일어나면서 우리 사회가 걷잡을 수 없는 불안과 혼란 속에 빠져버리게 된 시기입니다. …<중략>… 이 경우 재생 의지가 나아가는 방향은 두 가지입니다. 하나는 직접적으로 부정한 현실을 타개하고 새로운 현실의 탐색을 향하여 밖으로 나아가는 것이고, 또 하나는 부정한 현실에 맞서 자

11) 이경철, 「서정과 형이상학적 교감을 위한 길 없는 길」, 강희안 엮음, 『김영석 시의 깊이』, 국학자료원, 2017, 34쪽 참조.

12) 김영석, 「시인의 말」, 『모든 구멍은 따뜻하다』, 황금알, 2012.

13) 강희안, 앞의 글, 205쪽.

신의 올곧은 양심과 순결을 굳건히 지키면서 안으로 채찍질하는 것입니다. 나는 후자의 길을 밟습니다. 그것이 나의 기질이고 개성이겠지요. 시는 그래서 기질과 개성의 산물이기도 한 것입니다. 이와 같은 안팎의 상황과 나의 기질이 맞물려 이 세상에 나온 것이 바로 이 시 「단식」입니다.[14)]

이처럼 김영석의 시에는 개인의 삶과 사회 현실에 대한 인식이 암시적으로 담겨 있기도 하다. 다시 말해서 그가 살아온 인생행로, 그리고 그가 처한 문단과 사회의 현실이 그의 시에 직·간접적으로 영향을 끼쳤던 것이다. 앞서 거듭 언급한 바와 같이 시인이 「단식」으로 재 등단한 뒤에는 다시 문단의 활동을 중단하여 자신만의 문학수업과 암중모색으로 지내고 있다가, 1992년에 첫 시집 『썩지 않는 슬픔』을 출간했다. 등단한 지 23년 만에 겨우 첫 시집을 엮게 된 이유에 대해 시인은 시집의 후기로 자신이 직접 쓴 글에서 그동안 시 없이도 살 만한 힘이 있었기 때문이라고 말하고 있다. 이어서 그는 "이제 나이만큼 철이 들고 나서, …<중략>… 그리고 삶의 적막함을 알만큼은 알게도 되었다."[15)]고 하면서 앞으로는 시창작에 더욱 집중할 것이라고 밝히기도 한다.

그로부터 7년 뒤, 시인은 두 번째 시집 『나는 거기에 없었다』(1999)를 상재하기에 이른다. 1990년대를 지나오면서 완성된 이 시집은 송기한의 서평에서 거론한 바와 같이 우리들로 하여금 "일견 1980-1990년대에 성행했던 '해체'를 떠올리"[16)]게 한다. 90년대의 한국 시단은 다양한 시의 해체를 겪었는데, 이 시집에 수록된 끔찍한 동화처럼 느껴지는 「매사니와 게사니」, 일인칭 체험에 바탕 한 「길에 갇혀서」, 또는 단편소설과 유

---

14) 김영석, 『말을 배우러 세상에 왔네』, 황금알, 2015, 11-12쪽.

15) 김영석, 『썩지 않는 슬픔』, 창작과비평사, 1992, 151쪽.

16) 송기한, 「해체적 감각과 사물의 재인식」, 『시와시학』, 1999, 겨울호, 101쪽.

사한 「바람과 그늘」, 「거울 속 모래나라」 등의 시편이 보여주는 영화와 시의 경계 중첩, 이른바 영화적 상상력은 이 시기 해체시에서 흔히 목도할 수 있는 현상이기도 했기 때문이다.17)

그러나 송기한의 지적과 같이 1990년대 한국의 해체시는 대부분 시의 이론과 주장을 구호처럼 내세우고 그에 맞추어 시 속에서 말의 뒤섞기를 시행해 온 이른바 '해체를 위한 해체'이다. 이와 달리 김영석 시인은 90년대 현실이 경험했던 경계들의 중첩을 충격으로 받아들이는 대신에 그것을 다른 관점에서 인식하려 한다. 이로 인해 우리는 이 시집에서 기존의 해체시들이 보인 이러한 성향과도 또 다른 시적 시도들을 만나게 된다. 따라서 송기한이 이 시집에서 우리는 그 시대에 성행했던 '해체'의 성향을 떠올리면서도 이것은 "이전의 해체적 성향들의 시가 보여주었던 면면들과 사뭇 다르다"고 주장하고 있다.18)

2000년대에 들어와 고도로 발달된 자본주의 현실에서 전통 서정시는 무기력하거나 미래가 없다는 비판을 받았다. 이와 같은 현실 속에서 서정시를 쓰는 시인들은 침묵하거나 의기소침하거나 해체시나 미래파라는 이름의 시로 선회하기도 했다. 그 중에 대부분은 시를 기술이나 기교로 이해하는 시인들이었다. 그러나 이처럼 다들 서정이 불가능하다고 다른 쪽으로 도피해가는 상황에서도 김영석 시인은 서정시를 고수하고, 서정시의 새로운 길을 모색하고 있다.19)

시인은 이 시기에 『모든 돌은 한때 새였다』(2003), 『외눈이 마을 그 짐승』(2007), 『거울 속 모래나라』(2011), 『바람의 애벌레』(2011), 『고양이

17) 앞의 글, 101-102쪽 참조.

18) 위의 글, 같은 쪽 참조.

19) 최서림, 「김영석, 서정에 대한 고정관념에 도전하다」, 강희안 엮음, 『김영석 시의 깊이』, 앞의 책, 2017, 25-27쪽 참조.

가 다 보고 있다』(2014)와 같이 총 5권의 시집을 출간하여 새로운 길을 향한 도전을 감행한다. 가능하다는 쪽을 따라가지 않고 순수한 서정성을 고수할 수 있는 것은 아마도 시에 대한 그의 독특한 인식에서 유래된 것으로 여겨진다. 이 점은 시집『바람의 애벌레』책머리에 실은「시인의 말」에서 확인할 수 있다.

> 시의 언어와 사유는 애초에 불확실하고, 그것들이 확실하다면 그만큼 시로부터 멀어진다. 왜냐하면 시는 본질적으로 정서 또는 느낌에서 싹트는 것이고 언어와 사유는 거칠게 분할하고 분별하는 실용적 도구에 불과한 것이기 때문이다. …<중략>… 시는 가장 원초적 생명 현상인 느낌과, 그 느낌과 나란히 짝을 이루고 있는 실재를 겨누는 것인데 그 느낌과 실재는 무한한 연속성을 그 특징으로 갖는 것이고, 언어와 사유는 그 무한한 연속성을 편의적으로 분할 한정하는 것이다. …<중략>… 그러므로 시의 세계는 무한하고 심원한 느낌을 주지만 …<중략>… 언어와 사유는 그러하지 못하다. 오늘날 사람들은 느낌의 세계와 실재로부터 멀어지면서 거래 교환하고 축적할 수 있는 실용성을 따른다. 그래서 언어와 사유도 분명하고 확실한 개념적 정보 또는 물질성으로 굳어져 병들고 그에 따라 시도 기형적으로 병약해졌다.[20]

위와 같은 인식과 언어관을 지니고 있었으므로 김영석 시인은「청동 거울」,「대숲」등과 같이 서정적 정수를 드러내고 있는 시를 창작하는 동시에, 동양의 전통적 시정신의 한 핵심에 닿아 있는 '관상시(觀象詩)'와 산문으로 된 이야기를 배경으로 두고 좀 더 높은 수준의 새로운 시적 영역을 열리는 '사설시(辭說詩)'도 함께 시도한다. 새로운 시도의 산물인 후자의 경우에 해당되는 작품들은『모든 돌은 한때 새였다』를 제외한 이

---

20) 김영석,「시인의 말」,『바람의 애벌레』, 시학, 2011.

시기의 나머지 4권의 시집에서 모두 찾을 수 있다. 특히 『거울 속 모래나라』는 사설시 만을 한 데 모아 묶은 시집인 만큼 시인이 기존 서정의 지평을 훌쩍 벗어나고 새로운 서정시의 길을 도모하고 모색하는 데 노력을 기울였다는 증거가 된다.

이처럼 김영석 시인은 자신의 말처럼 "잊히지 않을 만큼 활동을 하면서"[21] 살아왔다. 그만큼 현대 시단에서 그는 과작에 속할 수밖에 없지만, 그동안 그가 내놓은 일곱 권의 시집에서 우리는 시인의 삶에 대한 진정한 인식을 확인할 수 있다. 그 뿐만 아니라 시단의 흐름이 가져다준 영향을 단순히 받아들이지 않고 계속하여 자신의 시의식이 담긴 독특한 형식의 창조를 통해서 서정시의 본질을 살리기 위한 끊임없는 고투의 과정도 함께 확인된다.

2. 사상적 고찰

한 시인의 시세계를 올바르게 이해하기 위해서는 그의 사상적 기반에 대한 이해가 전제되어야 한다. 이 연구가 역사·전기적 문학연구 방법론을 동원하는 것은 한 시인의 작품에는 시인 자신의 삶의 궤적과 사상적 편력이 반드시 내재되어 있다고 믿기 때문이다. 김영석 시인의 시세계를 철학적으로 구성하여 관통하는 중심적인 사상은 시인이 자신의 저서 『도의 시학』 등에서 밝힌 바와 같이 도학사상인 것은 더 이상 논할 여지가 없다. 이는 동양 사상의 핵심으로 일여적 정신, 생태적 세계관을 비롯한 많은 철학적인 사유의 바탕이자 중심축이 된다. 열매를 알아야 그 나무를 알 수 있기 때문에 김영석의 시세계를 구체적이고 전반적으로 살펴보기

---

21) 김영석, 「젊은 날의 초상」, 『한국 현대시의 단면』, 앞의 책, 2012, 222쪽.

위해서는 우선적으로 그의 시의 사상적 바탕인 도의 사상, 다시 말해서 태극의 개념과 도의 본질인 전일성과 본원성, 자기 일체성과 전동성의 역설에 대해 점검해 나가고자 한다.

1) 태극의 본질과 선험적 전일성

동서양을 막론하고 인간의 사유의 맹아는 신화 속에 뿌리를 내리고 있는 우주론과 존재론과 본체론으로부터 비롯된다. 동양에서는 천지만물을 주재하는 신을 우주의 근원적인 원인으로 생각하던 신화시대로부터 벗어나, 신 대신 이법적(理法的)인 하늘을 생각하기 시작하면서 철학적 사유의 본체론이 형성된다. 이러한 철학적 사유의 결과가 최초로 기록된 것이 『역경』이다.

「계사전」의 기록에 의하면, 역이란 '생생지위역(生生之謂易)'이라 하므로 끊임없는 생성 변화의 과정 그 자체를 뜻한다. 생성이라는 하나의 통일된 흐름이 곧 우주 및 그 우주 안에 존재하는 온갖 만물들의 근원적인 본질이다. 역유태극(易有太極)이라고 한 것은 역에 태극이 있었다는 뜻인데, 이는 만물의 생성이 아무 근거 없이 그냥 이루어지는 것이 아니라 역의 체, 즉 태극이 작용하는 도에 따라서 그렇게 된다는 말이다. 이러한 태극이 양의(兩儀)를 낳고 양의는 다시 사상(四象)을 낳고 사상은 팔괘(八卦)를 낳아 드디어 천하 만물이 이루어진다고 한다.[22] 여기서 양의란 음과 양이라는 두 가지의 기(氣)를 말하는 것인데, 궁극적으로 이것이야말로 우주 만물과 우주 안에서 일어나는 온갖 현상의 바탕이 된다.

---

22) 「계사전」 상. <이러므로 역에 태극이 있으니 이것이 양의를 낳고 양의는 사상을 낳고 사상은 팔괘를 낳는다. 팔괘가 길흉을 정해 놓으니 길흉을 따라 천하의 대업이 이루어진다.> (是故易有太極 是生兩儀 兩儀生四象 四象生八卦 八卦定吉凶 吉凶生大業.)

이로 미루어 보면 태극이 곧 우주와 만물을 생성시킨 근원적인 일자(一者)에 해당된다. 「계사전」 하에서 "천하의 움직임은 바로 일자다.(天下之動貞夫一者也)"라고 한 것이 바로 이 점을 명시해 준다. 이 말은 일자의 움직임과 우주 만물의 움직임이 하나라는 뜻이고, 나아가서 일자와 우주 만물은 분리될 수 없는 하나의 전체라는 뜻이다. 그러나 여기서 유의해야 할 것은 비록 천지만물과 구별하여 일자를 내세운 만큼 그것들은 하나이면서 분명히 상대적으로 구별되는 것이라는 점이다. 달리 말하면 우주 만물이 일자로부터 나온 것이기는 하지만, 그 우주 만물을 떠나서는 일자의 실체를 찾을 수 없다. 이런 차원에서 볼 때 일자는 능생(能生)이면서 동시에 소생(所生)이라고 하겠다.

위의 의미를 더욱 구체적으로 설명하고 있는 김탄허의 『주역선해』의 해석에 따르면 유(有)로 분화되기 이전의 태극은 다만 혼륜한 도리로서 그 안에 음양(陰陽)과 강유(剛柔)와 기우(奇偶) 등 만물의 속성과 시원적(始源的) 바탕을 미분(未分)의 상태로 지니고 있다.[23] 그러나 아직 유(有)로 분화되지 않은 이 미분성 자체는 분명히 무(無)라고 할 수밖에 없기 때문에 위의 논리는 하나의 모순이다. 태극이 미분성으로서의 무일 수밖에 없다

23) 김탄허, 『주역선해』(교림사, 1982), 219-220쪽. <이르되 이 태극은 오히려 괘를 긋기 위해서 말한 것이거니와 괘를 아직 긋기 전에는 태극이 다만 하나의 혼륜(混淪)한 도리이다. 그 안에 음양과 강유(剛柔)와 기우(奇偶)를 포함하여 가지지 않은 바가 없으므로 일기(一奇)와 일우(一偶)를 긋게 됨에 이르러 양의를 낳게 된다. 다시 일기 위에 일기를 더하니 이것이 양 중의 양이 되고, 또 일기 위에 일우를 더하면 이것이 양 중의 음이 된다. 또 일우 위에 일기를 더하면 음 중의 양이고, 일우 위에 일우를 더하면 음 중의 음이 되니 이를 일러 사상이라 한다. 이른바 팔괘라는 것은 일상(一象) 위에 두 괘를 놓아 상마다 각기 일기와 일우를 더하면 팔괘가 된다.> (曰此太極 却是爲畫卦說 當未畫卦前 太極只是一箇渾淪底道理 裏面包含陰陽剛柔奇偶 無所不有 及各畫一奇一偶 便是生兩儀 再於一奇畫上加一奇 此是陽中之陽 又於一奇畫上加一偶 此是陽中之陰, 於一偶畫上加一奇 此是陰中之陽 又於一偶畫上加一偶 此是陰中之陰 是謂四象 所謂八卦者 一象上有兩卦 每象各添一奇一偶 便是八卦.) 김영석, 『새로운 도의 시학』, 국학자료원, 2006, 87쪽에서 재인용.

면 그것은 당연히 초월적인 것일 수밖에 없고, 초월적인 것일 수밖에 없는 것이라면, 또한 절대적일 수밖에 없다. 그럼에도 불구하고 그 태극의 초월성과 무에서 만물이 분화되고 생성된다고 한다. 그러므로 결론적으로 태극은 초월적이면서 초월적인 것이 아니고, 무이면서 무가 아닌 것이다.

따라서 역에서 말하는 무 혹은 유는 단순히 절대적인 것만을 뜻하지 않는다. 무는 언젠가 유로 생성될 가능성을 지닌 상대무(相對無)이기도 하고, 유는 또한 무로 변환될 수밖에 없는 시간적 과정의 존재이기도 하다. 다시 말해서 태극은 미분된 형이상학적 실체이면서 동시에 무한한 변화와 생성의 가능성을 내포한다.

태극의 이러한 모양을 역에서는 또 달리 다음과 같이 표현하기도 한다.

> 역은 생각도 없고 하는 것도 없이 적연부동(寂然不動)하다가, 일단 감응하면 드디어는 천하의 모든 일의 까닭으로 통한다. 천하의 지극한 신비로움이 아니면 그 누가 여기에 참여할 수 있겠느냐? 대체 역은 성인이 심원한 것을 극진히 하고 기밀(機密)을 연구하기 위한 것이다. 오직 심원하기 때문에 천하의 뜻(志)과 통할 수 있다.[24]

여기서는 태극의 본질을 고요히 움직이지 않는 적연부동(寂然不動)한 실재로 인식하고 있다. 그러나 태극의 적연 부동성은 절대적인 것만이 아니라 도리에 따라 한번 느끼게 되면 끝없이 움직여 천하의 생성 변화의 까닭을 이루게 되는 가동성(可動性)을 내포하고 있다.

위의 내용을 종합해보면 태극의 본질을 "없음이면서 있음", 즉 무이유(無而有)이고, "움직이지 않음이면서 움직임", 즉 부동이동(不動而動)으로 요약할 수 있다.[25]

---

24) 「계사전」 상. <易无思也 无爲也 寂然不動 感而遂通天下之故 非天下之至神 其孰能與於此 夫易聖人之所以極深而研幾也 唯深也 故能通天下之志.>

한편 전일성(全一性)의 개념을 이해하려면 먼저 이와 깊이 관련된 도(道)의 개념에 대해 자세히 살펴볼 필요가 있다.

『도덕경』의 기술에 따르면 도는 지각과 인식의 대상이 아니다. 그러므로 부단히 생멸하고 변전하는 갖가지 감각적 사물의 모습과 움직임을 통해서 직관할 수밖에 없다. 만물의 배후에 엄존하고 있는 그것은 형상이 없는 형상, 즉 무상지상(無狀之狀)이며, 움직임이 없는 움직임, 즉 무상지상(無象之象)이다.[26] 여기서 말하는 무상지상(無象之象)이란 초월적 태극이 지닌 가동성으로서 순수한 '짓', 즉 상(象)이다. 무상지상(無狀之狀)은 초월적 태극이 지닌 음기의 순수한 '꼴', 즉 상(狀)이다. 태극은 음양, 즉 상(狀)과 상(象)이 미분되어 있으므로 무상지상(無狀之狀)이요 무상지상(無象之象)이라 한다. 따라서 도는 또한 무이유(無而有)하고 부동이동(不動而動)하므로 무한히 형상을 산출해 내는 가발성(可發性)을 지니고 있고, 부단한 변화의 움직임을 추진하는 가동성(可動性)을 지니고 있다.

도가 형상이 없고 움직임이 없다고 하는 것은 그것이 무한하고 영원하다는 뜻이며, 무한성과 영원성이 본질이라고 하는 것은 그것이 아직 공간과 시간으로 분화되지 않은 하나의 전일성으로 존재한다는 뜻이다. 그러나 도의 전일성은 그 가발성과 가동성으로 인하여 마침내 시공적(時空的)으로 유한한 형상과 움직임을 부단히 생성해 내면서 그 형상과 움직임의 현상을 통해서 스스로를 실현시키게 된다. 바꾸어 말하면 도는 만물을 생성하는 근원적인 본원성(本源性)을 지니고 있다.[27]

---

25) 김영석, 『새로운 도의 시학』, 앞의 책, 83-90쪽 참조.

26) 『도덕경』, 「제14장」. <이런 것을 형상이 없는 형상이라 하고 움직임이 없는 움직임이라고 한다. 이런 것을 황홀하다고 한다. 앞으로 마주보아도 그 머리를 볼 수 없고 뒤로 따라가면서 보아도 그 꼬리가 보이지 않는다.> (是謂無狀之狀 無物之象 是謂惚恍 迎之不見其首 隨之不見其後.)

27) 김영석, 위의 책, 156-157쪽 참조.

태극론의 입장에서 본다면 태극으로부터 음양이기가 생겨 나오고 그 음양이기의 모임과 흩어짐에 따라 무수한 대립적인 사물과 현상의 분화가 일어나 드디어 천지만물이 이루어졌다. 음양으로 분화되기 이전의 일자인 태극은 미분적이고 초월적인 것이다. 시공적으로 분화되어 생성 변화하는 것은 지각할 수 있는 것이지만 시공적으로 미분된 것은 감각을 초월한 것이므로 도무지 알 수가 없는 묘연한 것이기 때문이다. 다시 말해 미분성의 일자인 태극은 초월적이고 분유성의 다자인 천지만물은 현상적이다. 「계사전」에서는 태극의 이 초월적 미분성 또는 형이상성을 바로 도(道)라 하고, 현상적인 형이하의 존재를 기(器)라고 하여 그것들을 일단 구별하고 있다. 궁극적으로 태극이 지닌 초월적 미분성, 즉 도가 바로 전일성이다.28)

쉽게 말하면 우리가 살고 있는 이 세계는 본질적으로 음양이기로 수렴될 수 있는 무수한 대립과 분열과 갈등을 필연적인 속성으로 지닌다. 즉 세계와 자아, 의식과 대상, 주관과 객관, 있음과 없음, 선과 악, 미와 추, 밝음과 어둠, 자유와 구속 등등 헤아릴 수 없이 많은 대립적 현상과 가치의 갈등 속에서 삶의 세계는 영위된다. 여기서 대립적 현상이란 거리감 혹은 거리 의식이고, 이것과 저것의 거리에서 발생하는 분별의식이요 갈등 의식에 다름 아니다. 인간의 욕망은 결국 태극으로부터 음양이기가 분화될 때 발생한 전일성의 상실이라는 원결핍(原缺乏)으로부터 비롯한다. 원결핍은 존재 조건이요 세계의 생성 조건이다. 그래서 인간의 욕망은 최종적으로 바로 이 원결핍의 근원적인 해소를 향하여 부단히 움직인다고 할 수 있다. 인간이 지향하는 이와 같은 대립적 거리가 근원적으로 존재하지 않은 바람직한 세계는 바로 태극의 전일성으로 상징되는 세계다. 그러므로 인간은 보편적으로 현실의 분열과 상대적 가치와 대립물들이 하

28) 김영석, 『도와 생태적 상상력』, 국학자료원, 2000, 19-20쪽 참조.

나로 통합되어 있는, 그리고 자아와 세계가 순일하게 통합되어 완전한 전체를 이루었던 태초의 시간, 즉 태극의 전일성을 회복하고자 하는 욕망을 선험적으로 지니게 된다.[29)]

2) 전동성의 역설과 자기 일체성

지금까지 태극의 본질과 거기에 관여되는 도의 초월적인 전일성에 대해 간략하게나마 살펴보았다. 그러나 태극의 개념은 이 전일성만으로는 충족되지 않는다.

이미 앞에서 제시한 바와 같이 태극으로부터 음양이기가 분화되어 나오면서 비로소 생성 변화의 움직임이 시작된다. 따라서 태극은 본래 음양이기라는 만물의 시원적 바탕을 미분의 상태로 지니고 있는 일여적(一如的) 가발성(可發性) 또는 가동성(可動性)이라고 보아야 한다. 태극의 이러한 본질은 일이이(一而二), 즉 하나이면서 둘이고, 무이유(無而有), 즉 없음이면서 있으며, 부동이동(不動而動), 즉 움직임이 없는 움직임으로 이해된다. 일자인 태극의 본질이 하나이면서 둘이라는 점에서 암시되고 있듯이 태극은 초월적이면서 동시에 내재적이다. 하나이면서 둘이라고 할 때, 하나는 초월적인 전일성을 가리키는 것이지만 둘은 벌써 내재적인 것을 가리키는 것이기 때문이다. 정리하면 태극, 즉 도는 바로 초월적 내재성에 의해서 완성되는 개념이다. 이와 같은 초월적 내재성이 시공적으로 실현되면 이른바 전동성(全同性)이 된다. 도의 개념이 드러내고 있는 실재에 대한 인식은 이와 같이 유기적이고 순환적인 전체성 위에 성립되고 있다. 전일성만이 아니라 전동성이라는 개념에 의해서 도는 무엇보다 철저하고 심원한 전체론적 세계관 또는 상호 의존적인 존재의 그물망을 보

---

29) 김영석, 『새로운 도의 시학』, 앞의 책, 134-136쪽 참조.

여줄 뿐만 아니라, 그 가동성에 의해서 부단히 생성 변화하는 우주의 과정을 분명히 드러내고 있는 것이다.[30)]

다음 인용문은 태극의 분화 과정에 대해 살펴봄으로써 이 초월적인 내재성에서 비롯되는 전동성의 개념을 좀 더 분명히 보여주고 있다.

> 태극으로부터 음양이기로, 음양이기에서 사상(四象)으로, 사상에서 팔괘(八卦)로, 팔괘에서 64괘로 점차 분화하는 원리가 만물이 생성되는 과정이다. 맨 먼저 일자인 태극으로부터 음양이기가 생성되어 나오는 것이므로 태극은 본래 미분된 음양을 지니고 있었다고 볼 수 있다. 다시 말하면 음이면서 양이고 양이면서 음이며, 없음이면서 있음이고 있음이면서 없음인 태극의 미분적 전일성으로부터 음양이기가 분화되어 나온다. 그런데 각기 음양이기로부터 사상으로 분화되는 과정을 보면 음이 다시 음양이기로 분화되고 양도 또한 음양이기로 분화된다. 이와 같은 방식의 분화는 계속된다. 바꾸어 말해서 음과 양은 서로 완전히 배타적인 관계가 아니라 각기 자신 속에 대립자를 포괄하고 있기 때문에 본질적으로 동일성을 지닌 상관적 관계에 있다.[31)]

한마디로 요약하면 음과 양이 각기 음양이기를 낳는 이치는 태극이 음양이기를 낳는 이치와 같은 것이다. 그러므로 음양이 아무리 분화된다고 하더라도 태극의 이치는 변함이 없다. 바꾸어 말하면 하나의 태극이 아무리 미세하게 음양이기로 분화된다고 하더라도 결국은 음의 현상 속에 양을 지닌 음일 뿐이고, 양의 현상 속에 음을 지닌 양일뿐이므로, 형기(形氣)에 의하여 서로 현상만 다를 뿐 본질적으로는 하나의 태극이라고 할 수 있다. 이것이 바로 태극의 초월적 내재성, 즉 도가 지닌 전동성이다.

---

30) 김영석, 『도와 생태적 상상력』, 앞의 책, 19-21쪽 참조.

31) 위의 책, 21쪽.

전동성은 시·공간적 존재의 존재 구조이자 존재 근거이다. 태극으로부터 우주가 생성되었다고 하는 것은 전동성이 시·공간적 사상(事象)을 통하여 실현되었다는 뜻이고, 전동성이 실현되었다는 것은 세계가 처음부터 역설적 존재 구조일 수밖에 없다는 뜻이다. 이 점에 대해 이율곡은 다음과 같은 비유를 들어 설명하고 있다.[32)]

> 물은 그릇을 따라서 모가 나고 둥글며, 허공은 병을 따라서 작고 커진다. 그대여, 두 갈래에 미혹되지 말고 성(性)이 정(情)이 되는 것을 묵묵히 체험하소서.[33)]

여기서 물은 태극의 상징으로 해석된다. 물에 비유되는 일자인 태극이 변화의 시간축을 따라서 분화되어도 음양을 낳는 태극의 이치는 변함이 없다. 즉 그릇(器)에 따라 변화하더라도 본질인 물은 변함없이 동일성을 유지한다. 이것을 관통원리(貫通原理)라고 한다. 한편 형기에 따라 변별(辨別)되면서 공간축으로 개별자들은 일단 공간적으로 변별되고 대립된다. 그러나 서로 다른 형기의 그릇은 본질인 물 자체의 현상적인 다양성을 나타내는 것일 뿐 그것이 독립적으로 실재하는 것은 아니다. 현상은 다르지만 본체는 하나다. 이처럼 현상적으로 변별되면서도 본체가 하나라면 공간적인 대립자들도 결국은 동일성의 서로 다른 표현일 뿐이다. 이것이 바로 방통원리(旁通原理)다. 관통되면 방통되기 마련이다.

모든 사물은 시간적으로 변화하는 동시에 공간적으로 변별되는 것이다. 따라서 천하의 온갖 사상(事象)이 관통되고 방통되는 것이므로 우주

---

32) 김영석, 『새로운 도의 시학』, 앞의 책, 186-191쪽 참조.

33) 이율곡, 「답성호원」, 『율곡전서』 권1(성대대동문화연구원, 1978), 207쪽. <水逐方圓器 空隨小大甁 二岐君莫惑 默驗性爲情.> 김영석, 『새로운 도의 시학』, 위의 책, 191쪽에서 재인용.

만물은 서로 다르면서 같다고 하는 전동성을 지니게 된다. 이것은 하나의 역설이다. 다시 말하면 전동성은 사상의 차이와 대립을 현상대로 인정하면서도 그것들이 궁극적으로 동일하다고 보는 역설적인 개념이다.[34]

지금까지 우리는 도의 역설적인 전동성에 대해 살펴보았다. 이제는 전동성의 역설 때문에 일어나는 동일성의 감각, 즉 자기 일체성(自己一體性)에 대해 살펴보기로 한다.

동일성과 비동일성을 동시에 포괄하고 있는 전동성은 만유에 내재되어 있는 태극, 즉 일리(一理)에 의해서 발생되는 역설이다. 그러나 역설은 그 일리 때문에 둘이면서 하나라고 하면서도 무게의 중심은 둘에다 두고 있는 논리라고 할 수 있다. 그런데 무게의 중심이 둘로부터 하나로 옮겨지면 역설적 상이성(相異性)의 감각이 지워지면서 동일성의 감각이 나타난다. 이와 같이 둘 사이의 일리로 말미암아 발생하는 동일성을 일컬어 자기 일체성이라고 말한다.[35] 이 자기 일체성에 대해 『근사록』의 내용을 보면 아래와 같다.

> 천지의 마음은 만물을 생성하는 도이다. 이 마음이 있으면 여기에 형태를 갖추어 생성하게 된다. 측은히 여기는 마음은 사람의 생성하는 도이다.[36]

위의 인용문은 천지의 마음과 사람의 마음을 나란히 비교하고 있다. 사람의 마음도 천지의 마음과 같이 생성하는 도를 그 바탕으로 지니고 있다. 여기서 "측은히 여기는 마음"은 인(仁)을 말하는 것인데, 인이란 만물

---

34) 김영석, 앞의 책, 191-194쪽 참조.

35) 위의 책, 217쪽.

36) 『근사록』 (경문사 영인, 1981), 158쪽. 김영석, 『도와 생태적 상상력』, 앞의 책, 32쪽에서 재인용.

과 하나로 통하는 도리를 뜻하는 것이다. 이 도리에 의해서 사람은 천지 만물을 자기와 한 몸으로 여기게 된다. 이는 곧 위에서 말하는 자기 일체성의 원리이다. 이러한 자기 일체성의 원리가 있기 때문에 사람의 마음이 만물을 접하게 되면 자연히 감응이 생겨나기 마련이다.[37] 유의해야 할 것은 이 자기 일체성은 전동성의 역설 안에서 일어나는 동일성이라는 점이다. 역설을 전제하고 있는 동일성이므로 이것 역시 근본적으로 역설일 수밖에 없는 것이다.[38]

이로써 김영석 시인의 사상적 바탕인 도의 개념이 드러내고 있는 실재에 대한 인식과 그 세계관을 간략히 정리해 보았다. 시인은 이와 같은 철학적인 사상의 바탕에 입각하여 그동안 서양에서 들어온 기술 시학의 문제점을 극복하고 좀 더 깊고 새로운 시학적 논의의 새 지평을 열어 놓았다. 4장에서는 이러한 새로운 시학적 논의의 새 지평을 열기 위해서 시인이 어떠한 방법론을 수립했는지, 또 이와 같은 동양적인 인식과 세계관이 그의 시에서 어떻게 반영되고 형상화되어 있는지에 대해 구체적으로 탐색해 나가고자 한다.

37) 김영석, 앞의 책, 32-33쪽.

38) 김영석, 『새로운 도의 시학』, 앞의 책, 217쪽.

제3장

김영석 시의 역사 반영론적 성격

1. 통시적 시세계의 전개 과정

이 장부터는 김영석 시세계에 대해 구체적으로 분석할 차례이다. 분석하기 전에는 우선 그의 시세계의 전개 과정, 즉 김영석 시의 저작 체계에 대해 알아볼 필요가 있다. 김영석은 1970년에 등단한 시력 40년이 넘는 시인이다. 1992년에 첫 시집 『썩지 않는 슬픔』으로부터 마지막 시집 『고양이가 다 보고 있다』가 출간된 2014년까지 그는 총 일곱 권의 시집을 펴냈다. 이들의 시집에는 전통 서정시뿐만 아니라, 시인의 독특한 철학적 시인식이 담긴 '사설시(辭說詩)'와 '관상시(觀象詩)'도 함께 실려 있다. 다음은 김영석 시의 저작 체계를 알아보기 위해서 먼저 그의 일곱 권의 시집 및 각 시집의 수록작에 대해 정리하고자 한다.

김영석이 그동안 출간한 시집을 출간년도 별로 정리하여 도표화하면 다음 <표1>과 같다.

<표1> 출판년도로 본 시집

시집명	출판사	출판년도
『썩지 않는 슬픔』	창작과비평사	1992
『나는 거기에 없었다』	시와시학사	1999
『모든 돌은 한때 새였다』	시와시학사	2003
『외눈이 마을 그 짐승』	문학동네	2007
『거울 속 모래나라』	황금알	2011
『바람의 애벌레』	시학	2011
『고양이가 다 보고 있다』	천년의시작	2014

다음은 <표1>에서 제시한 순서대로 각 시집의 체계를 수록작과 더불어 분석하여, 그 결과를 바탕으로 김영석 시세계의 일차적인 면모와 그것을 관통하는 특징을 도출해 볼 것이다.

1992년에 출간된 첫 시집 『썩지 않는 슬픔』은 시인이 등단한 지 23년 만에 상재한 것으로 그만큼 긴 시간 동안 각고의 창작 과정을 겪은 시인의 시정신의 결정으로 여겨진다. 총 5부로 구성된 이 시집에는 서문 대신 최동호가 쓴 발문 형식의 해설과 그 뒤에 시인이 직접 쓴 후기가 붙어 있다. 전술한 바와 같이 시인은 이 후기를 통해 시집을 늦게 펴낸 이유를 간략히 밝히고 있다. 이 시집의 구성을 표로 정리하면 다음과 같다.

<표2> 제1시집 『썩지 않는 슬픔』의 구성

부수	수록 작품
제1부(13편)	종소리/ 범인/ 감옥/ 갈대/ 섬/ 썩지 않는 슬픔/ 먼 감옥/ 단식/ 창/ 봄날에/ 숯/ 바다/ 탑을 보기 전에는
제2부(14편)	두 개의 하늘/ 지리산에서/ 독백/ 마음아, 너는 거름이 되어/ 감옥을 위하여/ 새벽의 마음/ 빈 들판 하나/ 침묵/ 기념비/ 잡초/ 흰 빨래/ 동생/ 저녁/ 개구리 울음

제3부(14편)	아구/ 도덕/ 소금쟁이/ 잠자리/ 개죽음/ 현장/ 파도/ 이빨/ 밥/ 흩어진 밥/ 밥과 무덤/ 덫/ 증인/ 꽃
제4부(14편)	매/ 귀뚜라미/ 지평선/ 가을밤/ 별/ 낮달/ 가을/ 돌 속으로/ 선인장/ 달/ 미루나무/ 바다는/ 슬픔/ 채석장
제5부(14편)	모래 이야기/ 무거운 돌/ 무지개/ 물의 꿈/ 길/ 허공/ 개와 빗돌/ 여뀌풀/ 비/ 봄/ 벌판/ 차돌/ 방화/ 宮

모두 69편의 시로 구성된 이 시집을 위와 같이 5부로 분류된 데에는 문학평론가 최동호가 쓴 「삶의 슬픔과 뿌리의 약」이라는 해설에서 분석한 대로 단순한 연대순의 배열도 아니고, 특별한 이유가 있는 것도 아니다. 그에 따르면 이와 같은 분류는 아마도 소재나 주제상의 유사점을 고려해서 몇 개의 덩어리로 나눈 것에 불과하다. 즉 1부에서는 밀폐된 자아의 굴복하지 않은 자세의 시를 담고 있고, 2부는 비판정신을 기조로 한 시대사와 현실의 삶을, 3부는 잠언적인 언술로 밥에 얽힌 나날의 삶을, 4부는 전형적인 서정적 단시들로 절제된 서정을, 5부는 삶을 억누르는 현실의 질곡에 대한 시적 반응을 각각 담고 있는 것이다.[1)]

이 중에서 특히 2부에 실린 「두 개의 하늘」, 「지리산에서」, 「마음아, 너는 거름이 되어」와 「독백」의 네 편이 해설적인 이야기를 빌어 상황을 제시한 다음, 그것을 다시 서정시의 형식으로 압축시키는 매우 특이한 형식을 취하고 있어 특별한 주목을 받아왔다. 이에 대해 최동호는 "극적인 상황 제시를 위한 그 나름의 새로운 시도로서 흥미롭다."고 하며 "이는 서정시의 고착된 틀을 깨뜨리면서 그만큼 고정된 틀로써 표현되지 않는 압도적인 현실을 포용하겠다는 뜻으로 받아들여진다."[2)]고 주장한다. 이

---

1) 최동호, 「삶의 슬픔과 뿌리의 약」, 『삶의 깊이와 시적 상상』, 민음사, 1995, 157쪽 참조.

2) 위의 글, 같은 쪽.

밖에 이숭원도 "김영석 시인이 독특한 형식의 창조를 통해 시에서의 사색의 영역을 넓히는 데 큰 의의가 있다."3)고 여기면서 이들의 시편이 한국 현대시의 새로운 경지를 열어 보인 독창적인 성과라고 평한다.

위에서 제시한 작품을 제외하고는 이 시집의 수록작은 거의 다 전형적인 서정시로 보아도 무방할 것이다. 그리고 제목이나 내용으로 보아 이 시집에서는 감옥이라든가, 섬, 별, 허공 등의 심상이 자주 등장한다. 후술할 것이지만 일단 이들의 심상을 통해 우리는 시인의 중요한 관심사가 인간 존재의 비극성에 대한 성찰에 있다는 것을 확인할 수 있다.

이로부터 7년 뒤 시인은 두 번째 시집 『나는 거기에 없었다』를 상재하게 되는데 시집 말미에는 발문 대신에 시인의 연보와 간행의 말을 덧붙였다. 그리고 책머리에 시인이 직접 쓴 서문이 실렸는데, 이 술회를 통해 그는 자신의 유년 시절의 놀이인 '가랑이 사이 보기'와 '거울보기'에 대해 소개한다. 아울러 "가랑이 사이 보기나 거울보기에서 텅 빈 공간이 사물을 생동하게 하듯이 말 또한 마찬가지다. 말의 의미는 아무것도 의미하지 않는 무의미가 빛을 내게 하는 것에 불과하다."4)고 하면서 언어에 대한 자신의 독자적인 인식을 밝힌다. 나아가 자신에게 시쓰기도 "말과 사물이 미묘하게 어긋난 그 틈으로 들어가는 일, 그 틈을 가능한 한 넓게 벌리는 일, 그 틈으로 무한대의 공간과 무량한 고요를 체험하는 일, 그래서 눈에 보이는 사물이나 말의 의미에만 매달리지 않고 자유롭게 살게 하는 일"5)로 요약한다. 박윤우의 지적과 같이 이 서문을 통해서 우리는 시인이 고유의 동양적 인식 및 사유 체계에 입각하여 생명과 존재와 자유가 하나로 융합되어 있는 시의 경지를 지향하고 있다는 것을 확인할 수 있다.6) 두

---

3) 이숭원, 「절제의 미학과 비극적 세계인식」, 『현대시와 삶의 지평』, 시와시학사, 1993, 310쪽.

4) 김영석, 「서문」, 『나는 거기에 없었다』, 시와시학사, 1999, 6-7쪽.

5) 위의 글, 같은 쪽.

번째 시집의 구성을 제시하면 다음과 같다.

<표3> 제2시집 『나는 거기에 없었다』의 구성

부수	수록 작품
제1부(16편)	바람의 뼈/ 나는 거기에 없었다/ 알껍질/ 극지/ 개개비는 다 어디로 갔나/ 틈/ 말을 배우러 세상에 왔네/ 그 빈 터/ 무엇이 자라나서/ 등불 곁 벌레 하나/ 배롱나무꽃 그늘/ 허묘/ 절/ 이슬 속에는/ 벼랑/ 산
제2부(4편)	매사니와 게사니(30매)/ 바람과 그늘(75매)/ 거울 속 모래나라(120매)/ 길에 갇혀서(64매)
제3부(17편)	산/ 말씀/ 길/ 저 별이 빛나기 위해/ 얼굴/ 새/ 편지 배달부/ 어느 가을날/ 저녁/ 바다/ 전설/ 꽃/ 문신/ 그, 사람의 집/ 푸른 비자나무 숲 하얀 옷깃 한 조각/ 그리움/ 풀과 별

총 3부로 구성된 이 시집에는 모두 37편의 시가 수록되어 있다. 송기한에 따르면 이 중에 제1부가 열린 공간이 주는 새로운 인식, 즉 가랑이 사이로 세계를 봄으로써 텅 빈 허공이라는 사물의 배후를 드러낸다. 제2부가 거울의 반사각이 주는 새로운 공간의 창조와 발견에 대해 말하고 있고, 제3부에서는 시쓰기가 품게 되는 무의미의 공간, 즉 일종의 선시적(禪詩的) 감각에 이른다.[7)]

형식으로 볼 때 2부에 실린 원고 분량을 밝힌 네 편의 시를 제외한 나머지는 모두 일반적인 서정시로 보아야 할 듯하다. 한편 이 네 편의 시는 제1시집의 그것과 같은 부류로 형이상학적인 이야기 구조와 시를 결합한

6) 박윤우, 「삶을 묻는 나그네의 길」, 『시와시학』, 1999, 겨울호, 113쪽.

7) 송기한, 「해체적 감각과 사물의 재인식」, 『시와시학사』, 1999, 겨울호, 108쪽 참조.

독특한 형식을 취하고 있는데, 이러한 형식의 시를 최동호는 『삼국유사』의 「황조가」, 「헌화가」 등에서 그 단초를 볼 수 있는 시적 변형이라고 언급한다. 이에 대해 시인 자신은 "산문으로 된 이야기를 배경으로 두고 쓴 시로서, 시와 산문이 하나의 구조로 결합되면서 좀 더 높은 수준의 새로운 시적 영역이 열릴 수 있도록 시도한 '사설시(辭說詩)'"[8]라고 명명하고 있다. 그리고 강희안에 따르면 이 사설시는 "시인의 사유의 크기와 넓이를 감안할 때, 기존의 형식으로써는 담아낼 수 없는 곤혹스러움에 의한 자연스런 귀결"[9]로 여겨진다.

두 번째 시집으로부터 시인은 이례적으로 불과 4년 만에 자신의 세 번째 시집 『모든 돌은 한때 새였다』를 출간하였다. 시집의 구성을 제시하면 다음 <표4>와 같다.

<표4> 제3시집 『모든 돌은 한 때 새였다』의 구성

부수	수록 작품
제1부(11편)	꽃/ 버려 둔 뜨락/ 바람이 일러 주는 말/ 거지의 노래/ 고요의 거울/ 모든 돌은 한때 새였다/ 그 아득한 꽃과 벌레 사이/ 칡꽃 속 보랏빛 풍경 소리/ 멀고 아득한 곳/ 푸른 잠 속으로/ 허공의 물고기
제2부(12편)	꽃 소식/ 좌정/ 달/ 저 사람/ 낙화/ 소식/ 가을/ 옛날에/ 노을/ 새봄/ 싸리꽃 푸른 고요/ 휘파람새
제3부(11편)	황금빛 꽃/ 오래된 물이여 마음이여/ 사는 법/ 하나님은 마음을 만드셨다네/ 말씀/ 지금도 나는 그런 걸 묻지 않는다/ 무덤/ 돌을 나르다/ 유일한 황제/ 지평선/ 들리는 소리

8) 김영석, 「시인의 말」, 『거울 속 모래나라』, 황금알, 2011.

9) 강희안, 「엄격한 자유인의 초상」, 『현대시』, 2007년 11월호, 207쪽.

시집의 서문에는 「세설암을 찾아서」라는 제목이 달린 글이 배치되어 있다. 이 글을 통해 시인이 여기에 실린 시편들이 "세설암이라는 전설 속의 암자와 그 암주 세설대사와의 다소 기이하고 비현실적인 만남으로부터 비롯된 것들"[10]이라고 밝힌다. 시인의 기술에 따르면 '세설암 전설'이 전하는 이야기의 줄거리는 지금의 법주사가 창건되기 오래 전에 세설대사라는 선사의 법력의 인연으로 그곳에 동관음사라는 큰 절이 생기고 크게 융성했다가 없어졌다는 내용이다. 그 이야기를 들은 후부터 10여 년이 지난 뒤, 이 전설을 알고 있는 유일한 사람일지도 모른다는 생각을 하자 시인은 묘한 책무와 강한 의욕을 품게 되어 처음에 「세설암시초洗雪庵詩抄」라는 연작시를 쓰기 시작하여, 나중에 연작시의 틀을 깨고 재구성하여 이 시집을 엮게 되었다고 말한다.[11]

그러나 이 「세설암을 찾아서」에 대해 시인 강희안이 자신의 스승인 김영석 시인에게 직접 확인하고 전술한 바에 따르면 전면적 허구로 밝혀졌다. 비록 경북 상주군 화남면 동관리 절골이라는 실재하는 지명이 나오기는 하지만, 글 속의 세설대사의 전설도, 세설대사가 지었다는 게송[12]도 모두 시인이 직접 꾸며내고 창작한 것이다.[13] 따라서 이 서문격의 글 역시 사설시로 보아야 타당할 것이다.

2007년에 발간된 김영석의 네 번째 시집 『외눈이 마을 그 짐승』에는

---

10) 김영석, 「세설암을 찾아서」, 『모든 돌은 한때 새였다』, 시와시학사, 2003, 9쪽.

11) 위의 글, 34-35쪽 참조.

12) 心鏡隨萬境 (온갖 이름과 모양을 따라/ 늘 새로 태어나는 마음 의 거울이여)
鏡境實一幽 (거울도 거울 속 세상도/ 다 같이 고요의 결인 것을)
隨流見花開 (만 가지 흐름을 따라/ 꽃 피는 걸 보건만은)
元無幽無花 (처음부터 고요는 볼 수 없나니/ 어드메 그 꽃 찾아 볼 수 있으리)
—「세설암을 찾아서」에서

13) 강희안, 앞의 글, 212쪽 참조.

전통적인 서정시와 첫 시집에서부터 몇 편씩 선보여 왔던 '사설시'뿐만 아니라 '관상시(觀象詩)'라는 또 다른 새로운 형식의 시도 함께 수록하였다. 시인이 그동안 했던 창작의 전 과정이 총체적으로 망라되어 있는 이 시집의 구성은 아래 <표5>와 같다.

<표5> 제4시집 『외눈이 마을 그 짐승』의 구성

부수	수록 작품
제1부(22편)	길은 다시 길을 찾게 한다/ 바람 속에는/ 잃어버린 것/ 산도 흐르고 돌도 흐르고/ 모든 구멍은 따뜻하다/ 경전 밖 눈은 내리고/ 꽃과 꽃 사이/ 고요한 눈발 속에/ 마음의 불빛/ 이승의 하늘/ 진흙의 꿈/ 별/ 낮달/ 대숲/ 바람/ 나비/ 무덤에 대하여/ 모든 것은 제 속의 별을 향해 걷는다/ 움베르토 에코에게/ 숨바꼭질/ 나의 삼매(三昧)/ 아지랑이
제2부(25편)	달/ 구만 톤의 어둠이 등불 하나 밝히다니/ 마음 밭 푸른 잡초/ 돌담/ 우리 모두 거울이 되어/ 만물이 지나가는 길/ 재(灰)의 사상/ 아무 일도 없다/ 수리/ 똑같은 그 이야기/ 은자(隱者)에 대하여/ 비급(秘笈)에 관한 전설/ 넋건지기/ 종소리/ 웅시/ 어머니/ 깊은 강/ 그림자/ 아무도 모른다/ 홀로 있다는 것/ 하늘 거울/ 꽃 말씀/ 바늣방울/ 풍경/ 바위에 촛불 밝히고
제3부(21편)	성터/ 어느 저녁 풍경/ 면례(緬禮)/ 고지말랭이/ 현장검증/ 옛 노래/ 잊어버린 연못/ 동판화 속의 바다/ 종이 갈매기/ 벙어리 박씨네 집/ 동백꽃과 다정큼꽃 사이에 앉아/ 묵정밭에서/ 누군가 가고 있다/ 비질 소리/ 돌탑/ 쓰레기 치우는 날/ 섬에 갇히다/ 빈집/ 그 차돌/ 옛 절터/ 노숙자
제4부(3편)	외눈이 마을/ 그 짐승/ 포탄과 종소리

제1부와 제2부는 전통적 서정시, 제3부는 새로운 시도로서의 관상시, 그리고 제4부는 사설시 세 편을 각각 묶어놓은 것이다. 시집 서문에서 시인은 자신이 새롭게 시도한 '관상시'에 대해 간단하게 소개하였고, 또한 첫 번째 시집부터 몇 편씩 선보였던 시와 산문이 하나의 구조로 결합된 시 형식에 대해 정식으로 '사설시'라는 이름을 붙였다. 부록에서는 관상시에 대해 자세하게 논의하고 있는데, 「관상시에 대하여」라는 이 글의 핵심적인 내용을 옮겨오면 다음과 같다.

> 관상시란 눈에 보이는 것이나 의미만을 가지고 너무 생각하지 말고 눈에 보이는 것 너머의 그리고 의미 이전의 보이지 않고 개념화되지 않는 움직임, 즉 상을 느껴보자는 것이다. 상은 느낄 수밖에 없는 것이고 느낌이야말로 개념과 달리 모호하지만 가장 확실한 앎이기 때문이다. 또한 동시에 인식론적 측면을 떠나서라도 시적 감동은 물론이고 모든 예술적 감동에 있어서 그 '감동(感動)'이란 결국 감각—직관의 느낌과 섞여 있는 미분된 감정에 불과하기 때문이다.[14]

동양의 철학과 시는 서양의 그것과 달리 상(象)을 직관하는 것을 중시하는 전통이 있다. 상이란 일차적이고 자연적인 것을 가리키는 것인데 구체적으로는 기상(氣象)이라는 기(氣)의 움직임이다. 우리는 기가 움직이는 모습을 볼 수가 없는 대신 다만 그것이 생성한 사물과 현상을 봄으로써 그것을 느낄 수 있을 뿐이다. 이와 같은 느낌은 직관이라고 하여 이는 두뇌의 사고를 통해서 간접적으로 이루어지지 않고 직접적인 몸의 접촉을 통해서 이루어진 것이다. 비록 모호하고 무정형적이지만, 이는 사고에 의해 자연을 왜곡하기 이전의 가장 확실한 앎이다. 결국 관상시의 초점은 자연과 현실을 있는 그대로 보자는 것이다. 그리하여 참다운 현실 혹은

14) 김영석, 「관상시에 대하여」, 『외눈이 마을 그 짐승』, 문학동네, 2007, 171-172쪽.

자연으로 돌아가고, 사고의 인위적이고 지적인 조작으로부터 직관의 자연적인 본능으로 회귀할 수 있게 되는 것이다.[15)]

시집 제3부에 수록된 21편의 관상시의 공통된 점은 작품들마다 '기상도(氣象圖)'라는 부제가 붙어 있다는 점이다. 이는 기의 움직임에 대한 그림이라고 해석할 수 있는데, 앞에서 말한 바와 같이 기의 움직임은 지적인 사고의 힘이 배제되어 몸의 접촉을 통해서 느낄 수밖에 없는 것이다. 그렇다면 시인에게 관상시란 마음으로 자연을 느끼는 그림이라고 하겠다. 결과적으로 이러한 시도를 통해 시인은 사고만능주의에 빠진 현실을 일깨우고자 한다.

2011년에 펴낸『거울 속 모래나라』는 사설시만 한데 모아 묶은 시인의 다섯 번째 시집이다. 특별히 부를 나누지 않은 이 시집의 목차는 다음과 같다.

<표6> 제5시집『거울 속 모래나라』의 구성

부수	수록 작품
제1부(12편)	두 개의 하늘/ 지리산에서/ 독백/ 아무도 없느냐/ 마음아, 너는 거름이 되어/ 포탄과 종소리/ 매사니와 게사니/ 거울 속 모래나라/ 외눈이 마을/ 그 짐승/ 바람과 그늘/ 길에 갇혀서

표에서 보는 바와 같이 총 12편의 사설시를 수록한 이 시집에는「아무도 없느냐」를 제외하고는 모두 이전의 시집에서 발표된 작품들이다. 시인의 말대로 이「아무도 없느냐」역시 첫 시집에서 누락된 미 발표작이니 엄밀히 말하자면 이는 한 권의 시선집에 가깝다. 여기에 수록된 12편의 작품들은 역사, 신화, 설화, 시인의 개인사, 철학적 우화 등이 주요 소재가 되고 있다.[16)] 작품의 연대순으로 배열된 이 시집에 대해 임지연이「

15) 앞의 글, 165-172쪽 참조.

시적 현상학의 세 층위」라는 글에서 다음과 같이 분석하고 있다.

「거울 속 모래나라」의 경우는 카프카의 소설처럼 괴기스럽고, 사르트르의 소설처럼 존재론적인 이야기를 바탕으로 한다. 「외눈이 마을」은 영화 '베트맨'처럼 알레고리적이면서 홍콩영화처럼 이국적이고, 「바람과 그늘」은 추리소설처럼 구성되어 소설적 속도감과 호기심을 자극한다. 시집 뒤쪽으로 갈수록 언어의 투자량은 많아지지만 이야기의 재미는 밀도감이 높아진다.[17]

결론적으로 김영석이 시도한 사설시라는 이 새로운 형식적 실험은 뒷시대로 올수록 실험성이 더욱 두드러지는 경향을 보인다.

『거울 속 모래나라』와 같은 해에 상재한 시인의 여섯 번째 시집 『바람의 애벌레』에서는 사설시의 자취를 감추고 전통적인 서정시와 관상시만을 담고 있다. 총 64편의 작품을 수록한 이 시집의 구성은 다음과 같다.

<표7> 제6시집 『바람의 애벌레』의 구성

부수	수록 작품
제1부(16편)	바람의 애벌레/ 거기 고요한 꽃이 피어 있습니다/ 사막/ 시래기/ 거름을 내며/ 돌게/ 널 뒤주/ 당신 가슴속 해안선을 따라가면/ 지게/ 소공조/ 고치의 눈물/ 지렁이/ 내소사來蘇寺는 어디 있는가/ 민들레/ 사라진 마술사/ 그 여자를 찾아서
제2부(16편)	그대에게/ 까마귀/ 눈물/ 종이배/ 존재한다는 것/ 달아 달아/ 눈발/ 마음/ 돌에 앉아/ 모란/ 도굴꾼/ 심화/ 파/ 산과 새/ 삼국/ 잡초와 소금

16) 호병탁, 「존재와 소속 사이의 갈등」, 『문학청춘』, 2011, 여름호, 170쪽.

17) 임지연, 「시적 현상학의 세 층위」, 『미네르바』, 2011, 가을호, 282쪽.

제3부(16편)	나침반/ 달/ 썰물 때/ 염전 풍경/ 그 집/ 봄 하늘 낮달/ 적막/ 바닷가 둑길/ 까치집/ 당집/ 오갈피를 자르며/ 칡뿌리/ 왜냐고 묻는 그대에게/ 갈대숲/ 푸른 멧돼지 떼가 해일처럼/ 물까치는 산에서 산다
제4부(16편)	흰 눈 내릴 때/ 남을 것이 남다/ 운룡매雲龍梅/ 영혼/ 풍경 소리/ 틈으로 보는 하늘/ 비둘기/ 풍경/ 풀/ 입춘/ 봄에/ 기다림/ 막막한 얼굴/ 물리物理 · 1/ 물리物理 · 2/ 새에 대한 소문

시집 첫머리에 실린 「시인의 말」에 따르면 이들 작품은 "얼추 창작 시기의 역순으로 배열된 것"이다. 나아가 "전체적으로 다소 길어지면서 이야기로 기우는 산문화의 경향을 보이고 있는 제1부의 시들은 가장 최근에 쓴 것"들이고, 제2부의 시들은 "비교적 짧은 것들로서 서정적 정수와 함께 더러 선미(禪味)"[18]를 드러내고 있다고 시인 자신이 말하고 있다. 제3부에는 작품마다 '기상도'라는 부제가 붙은 관상시가 주로 배열되었는데, 이는 『외눈이 마을 그 짐승』에 실린 21편에 이어 순차적으로 일련번호가 주어져 있다. 한편 관상시와 관련해서 시인이 "사실 내 대부분의 작품들은 관상시적 특징을 많이 드러내고 있기 때문에 더 이상 그와 같은 부제를 붙이지 않기로 했다."[19]고 밝힌 바 있다. 제4부는 그간의 시집에서 누락된 구고를 포함하여 비교적 이른 시기에 쓴 작품들을 모아 묶은 것이다.

「시인의 말」에서 김영석 시인이 언어와 사유의 관계를 말하면서 암시하고 있는 것과 같이 전체적으로 볼 때 이 시집에서는 탈의미의 언어를

18) 김영석, 「시인의 말」, 『바람의 애벌레』, 시학, 2011.

19) 위의 글.

기반으로 하여 느낌의 세계와 실재를 탐구하고자 한다.

이어서 시인은 2014년에 자신의 마지막 시집 『고양이가 다 보고 있다』를 발간하였는데, 문학평론가 홍용희는 시집의 해설에서 "『고양이가 다 보고 있다』는 그동안 간행한 시집에서 노래한 허공의 세계를 좀 더 다양하게 변주되면서, 일상성의 감각과 감성으로 밀도 높게 노래하고 있다."[20]고 분석한다. 또한 김정배에 따르면 이 시집에 이르러 김영석 시인의 작품에서 골고루 드러난 동양의 도가적 사유는 궁극적 소실점을 이루었다.[21] 시적 유형으로 볼 때, 총 53편의 수록작 중에서 제5부의 「나루터」라는 사설시 한 편을 제외한 나머지는 모두 전통적 서정시에 속한다. 시집의 구성을 표로 정리하면 다음과 같다.

<표8> 제7시집 『고양이가 다 보고 있다』의 구성

부수	수록 작품
제1부(13편)	청동거울/ 풀잎/ 빈집 한 채/ 내가 본 것은 상수리나무가 본 것이다/ 거울/ 물방울 속 초가집 불빛/ 가을 숲에서/ 흙덩이가 피를 흘린다/ 낡은 병풍/ 딸기밭에서는 싸움이 안 되네/ 메두리댁/ 아편꽃/ 피자집의 안개
제2부(13편)	초승달/ 이 말이 하고 싶었다고/ 왕의 꿈/ 연장들/ 다시 또 눈이 내린다 / 돌탑/ 기계들의 깊은 밤/ 아스팔트 길/ 밀물 썰물/ 고양이가 다 보고 있다/ 자물쇠/ 지도 밖의 섬/ 맹물
제3부(13편)	거름/ 바람의 색깔/ 봄비/ 흰 백지/ 뉴스/ 미당 댁 시누대 바람 소리/ 이 내를 아시나요/ 알에 관한 명상/ 바람꽃/ 호수/ 개미/ 집/ 지평선 너머

20) 홍용희, 「무위 혹은 생성의 허공을 위하여」, 김영석, 『고양이가 다 보고 있다』, 천년의시작, 2014, 117쪽.

21) 김정배, 「이내의 기운과 기억의 소실점」, 강희안 엮음, 『김영석 시의 깊이』, 국학자료원, 2017, 223쪽 참조.

제4부(13편)	비밀/ 그 도둑/ 봄/ 그대가 어찌 구별하리오/ 너의 마음/ 문/ 박쥐/ 옛 종소리/ 등불/ 초원에서/ 당신이 먼 산을 보는 것은/ 문답1/ 문답2
제5부(1편)	사설시 나루터

지금까지의 내용을 종합해보면, 시인 김영석은 1992년 첫 시집을 출간한 이래 전통적 서정시, 새로운 시도로서의 사설시와 관상시 등 다양한 유형의 시를 발표해 왔다. 이 중에서 전통적 서정시는 사설시집 『거울 속 모래나라』를 제외한 나머지 여섯 권의 시집에 모두 수록되어 있어, 편수로 볼 때 시인의 시 작품 중에서 가장 큰 비중을 차지하고 있다. 이밖에 산문적 이야기와 시를 결합한 독특한 형식을 취하는 사설시 또한 사설시집과 같은 해에 출간된 제6시집을 제외하여 제1시집 『썩지 않는 슬픔』의 제2부, 제2시집 『나는 거기에 없었다』의 제2부, 제3시집 『모든 돌은 한때 새였다』의 서문 부분, 제4시집 『외눈이 마을 그 짐승』의 제4부, 그리고 제5시집 『거울 속 모래나라』 전부와 마지막 시집 『고양이가 다 보고 있다』의 제5부에 모두 수록되어 있어 시인의 시세계를 연구할 때 빼놓을 수 없는 부분이다. 한편 제4시집인 『외눈이 마을 그 짐승』의 제3부와 제6시집 『바람의 애벌레』의 제3부에 주로 수록되어 있는 시인의 또 다른 독창적인 시형식인 관상시는 동양철학에 입각하여 창작된 시로서 시인의 철학적인 시인식을 보여주었을 뿐만 아니라 동양인의 정서에 맞게끔 시도한 한국시의 새로운 가능성을 보이고 있다는 점에서 매우 중요한 의의를 지니고 있다.

2. 전기적 사실의 시적 변용

역사주의 비평의 중심적 영역은 작가연구인만큼 역사주의 비평가들이 문학 작품을 연구하는 데에는 우선 그 작품에 쏟아놓은 작가의 삶의 흔적을 좇는 일에 크게 관심을 둔다. 생산자인 작가를 한 작품의 명백한 원인으로 보고 원인의 성격과 의도에 따라 결과인 작품이 결정된 것이라고 믿기 때문이다. 실제로 시를 논할 때 시인의 삶, 그 삶에 의한 상상력, 그 상상력으로 도달한 정신의 세계는 더욱 중요한 연구 가치를 갖는다. 시에 대한 철학자 존 스투어트 밀(John Stuart Mill)의 말을 옮겨오면 다음과 같다.

> 시는 고독의 순간에 그 자신에게 그 자신을 고백하는 느낌일 뿐이다. …<중략>… 그 고백이 그 자체로서 목적이 되지 않고 남에게 어떤 인상을 남기려는 목적을 위한 수단일 때에, 그것은 시가 되기를 그치고 웅변이 된다. …<중략>… 웅변은 듣는 것이요, 시는 엿듣는 것이다.[22]

바꾸어 말하면 시는 개인적 감정의 표현이기 때문에 가장 중요한 것은 독자에게 전달하는 것이 아니라 시인 자신의 내적인 충동을 자기에게 가장 만족스럽게 토로하는 장르다. 즉 우리가 시를 읽을 때 사실상 시인의 넋두리를 듣는다기보다는 그의 내밀한 마음의 움직임을 엿보는 듯하다. 표현론에서도 시는 일상적인 사물에 대한 현실적 정보를 제공하거나 현실적 행동 지침을 가르치지 않고, 시인의 상상력으로 도달한 놀라운 정신의 세계를 보여줌으로써 독자를 황홀케 하거나, 깊이 감동시키거나 심오한 즐거움을 준다고 주장한다.[23] 결과적으로 한 시인의 시적 인식 및 상

---

22) 이상섭, 『문학비평용어사전』, 민음사, 2001, 194쪽에서 재인용.

23) 위의 책, 193-194쪽 참조.

상력에는 시인이 살아온 삶의 궤적 및 거기에 깊이 관여해 있는 그의 세계에 대한 인식이 깃들어 있을 수밖에 없다. 따라서 이 절에서는 앞 장에서 고찰한 김영석의 삶의 궤적, 즉 시인의 전기적인 사실과 교육 배경, 그리고 문단의 현실 등 역사적인 요인이 그의 시 작품에 어떤 영향을 끼쳤는가에 관해 살펴볼 것이다.

> 죽음 곁에서 물을 마신다
> 잠든 세상의 끝
> 마른 땅 위에
> 온몸의 어둠을 쓰러뜨리고
> 무구한 물을 마신다
>
> 너희들의 빵을 들지 않고
> 너희들의 옷을 입지 않고
> 너희들의 허망한 불빛에 눈뜨지 않고
>
> 주춧돌만 남은 자리
> 다 버린 뼈로 지켜 서서
> 피와 살을 말리고
> 그러나 끝내
> 빈손이 쥐는 뿌리의 약
>
> 바람이 분다
> 무구한 물도 마르고
> 씨앗처럼
> 소금만 하얗게 남는다
>
> —「단식」 전문

상기 인용시는 1974년 ≪한국일보≫ 신춘문예 당선작으로서 비교적 시인의 초기작에 속한다. 1970년대 신춘문예 시들에는 하나같이 그 시대의 어둡고 암울한 면을 장시로 폭로하는 풍이 유행했기 때문에 이 작품이 당선되자마자 문단에 적지 않은 충격을 주면서 화제작이 되었다. 이 점은 당시 신춘문예 심사 위원이었던 김현승의 평가처럼 "시적 박력과 간결과 정선에 있어 이론의 여지없이 단연 뛰어났다."[24]는 데서 그 단초를 찾을 수 있다. 실상 1970년에 발표된 시인의 첫 등단작인 「방화」만 봐도 그 시대에는 화려한 수사와 늘이는 장광의 시풍이 신춘문예 시의 주류를 이루고 있다는 것이 확인된다. 그런데도 불구하고 김영석 시인이 오랫동안 지속해온 이러한 상투적인 관념을 깨뜨리는 것이 갑작스럽거나 이유 없는 우연 사건으로는 간주하기 어렵다.

앞서 2장에서 살펴본 바와 같이 시인은 어린 나이에 가족을 떠나 전주에 있는 학교로 전학하면서 유난히 외로운 시절을 보냈다. 이로 인해 소년시절에 유별하게 남다른 방황과 고통 등의 경험을 겪었던 시인은 그 시절에 부모님과 상의하지도 않은 채 두 번이나 휴학하고 혼자서 섬이나 절에서 지낸 적도 있었다. 다시 말해서 젊은 나이 때부터 그에게는 이미 규칙을 무조건 따르거나 맹목적으로 순응하지 않는 강한 자기주장과 자아인식이 잠재하고 있었다. 이로 보아 시인이 당시 신춘문예류의 장광설 구습을 깨뜨린 이 4연 17행의 단형시를 쓰게 된 이유는 자명해진다.

이 시에 대해 김석준은 "시인 김영석의 정갈한 자화상이 고스란히 표백된 아름다운 작품인데, 그것은 바로 환멸의 세계와 마주선 일종의 정화의식의 죽음제의인 까닭에 그러하다."[25]라고 평한 바 있다. 또한 해당 시

---

24) 강희안, 「엄격한 자유인의 초상」, 앞의 글, 205쪽에서 재인용.

25) 김석준, 「의식의 연금술: 환멸에서 깨달음으로」, 배재대학교 현대문학회 엮음, 『김영석 시의 세계』, 앞의 책, 156-157쪽.

집 해설을 쓴 최동호는 이 시에서 우리는 "그가 뿌리깊이 지닌 염결한 자의식"[26]을 확인할 수 있다고 하였으며, 평론가 이가림 역시 "여기서 우리는 일상의 세계 저 너머에 있는 절대에 다다르고자 꿈꾸는 시인의 불타는 '존재론적 갈등'을 읽을 수 있다."[27]고 단언한다. 이들의 평론에서도 엿볼 수 있듯이 시인은 이 작품에서 시적 화자를 통해 자신의 정서 및 태도를 표출하고 있다.

실제로 이 시가 쓰여진 1970년대 초기에는 한국 사회의 정치적 상황으로나 시인의 개인사적으로나 모두 암담했던 시절이었다. 주지하다시피 이 무렵은 한국 사회에서 가장 엄혹한 독재의 시대였다. 정치적으로 권위주의 체제가 심화되어가면서 이에 대한 대중들의 불만은 물론, 언론과 표현의 자유까지 억눌리던 때였다. 이런 상황에 대항하여 다양한 유신 반대 운동이 일어나 각계각층으로 널리 퍼져나가면서 한국 사회가 큰 혼란의 미궁 속에 빠져버리게 되었다. 시인은 이때쯤에 대학교를 졸업하고 ≪동아일보≫ 신춘문예에 시 「방화」가 당선되면서 등단하였지만, 자신만의 문학수업을 하느라고 일체의 문학 활동을 중단한 채 암중모색의 나날을 보내고 있었다.

> 나는 그때 변변한 직업도 없이 백수로 떠돌며 부조리한 현실의 벽 앞에서 아무것도 할 수 없다는 가위 절망적인 무력감과 좌절감에 시달리고 있었습니다. 그래서 긴 미망 속의 좌충우돌과 통음과 고뇌에 심신이 지쳐 있었고, 그렇게 지쳐버린 내 20대 청춘의 시기가 머지않아 보람도 없이 끝난다고 생각하니 그야말로 생의 위기를 느끼지 않을 수 없었습니다.[28]

---

26) 최동호, 「삶의 슬픔과 뿌리의 약」, 『삶의 깊이와 시적 상상』, 앞의 책, 165쪽.

27) 이가람, 「사람다운 삶의 쟁취를 위한 시」, 『녹생평론』, 9호,1993, 3, 148쪽.

28) 김영석, 『말을 배우러 세상에 왔네』, 황금알, 2015, 11쪽.

위의 기술을 통해서 확인할 수 있는 바와 같이 시인은 이 시기에 개인사적으로도 큰 불안과 위기를 느끼고 있었다. 이와 같이 안팎으로 모두 암울한 어둠 속에 빠진 상황에서 시인은 자신의 "올곧은 양심과 순결을 굳건히 지키면서 안으로 채찍질하"[29]기 위해서 이 「단식」을 세상에 내놓았다.

이 시를 읽으면서 우리는 시적 화자가 죽음의 길을 선택하고 한 점의 망설임도 없이 죽음에 다가가는 결의에 적지 않은 정서적 충격을 받는다. 더구나 이러한 결의는 아무 군더더기 없이 고도로 절제된 언어로 표현되고 있어 독자로 하여금 강한 긴박감에 몰입하도록 만드는 흡인력이 있다. 화자가 처하는 현실은 "잠든 세상"과 "마른 땅"으로 형상화된 한 포기의 풀도 자랄 수 없는 절망의 땅이다. 이러한 현실 앞에서 자신의 순결함을 고수하기 위해서 화자는 죽기로 마음을 먹었다. '단식'이라는 행위가 바로 죽음을 향한 그의 선택이다. "온몸의 어둠을 쓰러뜨리고/무구한 물을 마신다"에서 "온몸의 어둠"이란 온갖 비본질적이고 이기적인 욕망을 말하는 것이라면, '물'은 곧 첫 줄의 '죽음'과 대조되는 오염되지 않은 한 줄기의 생명에 해당한다.

2연을 보면 '너희들'로 시작하는 세 문장을 나란히 제시함으로써 화자가 이 어두운 세상과 단절되겠다고 선언한다. 여기서 '너희들'은 화자 자신과 반대에 서 있는 이른바 세속에 오염되었거나 오염이 되어도 아무렇지 않게 받아들이는 인간들을 지칭한다. '빵'과 '옷'은 그들이 화자에게 건네는 세속적인 욕망이고, "허망한 불빛"이란 그런 사람들에 의해 만들어진 참되지 않은 희망이다. 화자는 이를 통해 비본질적이고 순수하지 못한 모든 것을 거부한다고 선언한다. "피와 살" 등과 같은 일체의 허망하고 참되지 못한 것을 다 포기하면서 화자가 얻고 싶은 것은 변함없는 "주춧돌만 남은 자리"에서 순수하고 본질적인 것만이 남은 "다 버린 뼈"로 지켜 서는 것이다.

---

29) 앞의 책, 12쪽.

결국 화자에게 남은 것은 "뿌리의 약"뿐이다. 세속적인 눈에서는 아무것도 가지지 못한 '빈손'이지만, 그래야만 쥐게 될 수 있는 이 "뿌리의 약"은 새로운 생명과 정신을 재생시킬 수 있는 가장 참다운 것이다. 모든 투쟁과 혼란이 다 끝나고 "바람이 부"는 평화가 올 때, "무구한 물도 마르"는 상황에서 화자는 원했던 죽음을 맞이한다. 이 죽음을 통과하고 마침내 화자는 '씨앗'과 같은 생명력과 희망으로 충만한 가장 본질적인 것, 즉 깨끗이 정화된 하얀 '소금'의 결정을 얻게 된다.

멍들거나
피 흘리는 아픔은
이내 삭은 거름이 되어
단단한 삶의 옹이를 만들지만
슬픔은 결코 썩지 않는다
옛 고향집 뒤란
살구나무 밑에
썩지 않고 묻혀 있던
돌아가신 어머니의 흰 고무신처럼
그것은
어두운 마음 어느 구석에
초승달로 걸려
오래오래 흐린 빛을 뿌린다.

—「썩지 않는 슬픔」 전문

첫 번째 시집의 표제작인 상기시는 슬픔이라는 인간의 순수하고 보편적인 감정을 주제로 삼고 있다. 우리가 살아가면서 이러한 보편적인 슬픔의 감정을 수없이 느끼게 마련이다. 실제로 문학작품 속에서는 어떤 상황이나 주제 등을 묘사하거나 표현하는 데에 슬픔이라는 감정이 의도적이거나 저절로 드러나는 경우가 종종 있다. 그러나 인용시에서와 같이 인간의 슬픈 정서 그 자체를 직접적으로 주제화하는 경우가 극히 드물다. 시인이 이 원형과도 같은 감정에 응시하여 그것을 해석하고 형상화할 수 있는 것은 예민한 감수성과 삶의 비극성에 대한 성찰의 토대에서만 가능하다.

앞서 전기적 사실에서 살펴본 바와 같이 김영석 시인은 청소년 시절에 유별난 고통을 느끼면서 외롭게 살았다. 그 결과 그는 독서로 외로움을 달래면서 대부분의 시간을 보내게 된다. 문학과 철학에 관한 서적을 읽으면서 자신의 내면세계와 인간 존재의 진실을 조용히 내려다본 나머지 그는 외로움과 수반되어 온 고통 및 슬픔의 감정에서 깨달음과 성찰을 읽어내기에 이른다. 따라서 시인에게 슬픔이란 단지 기쁨, 노여움, 즐거움 등과 같은 부류의 인간의 보편적인 감정뿐만 아니라 그보다 더 본질적이고 까닭 없이도 찾아오는 삶의 본질에 대한 깊은 감응과 깨달음에 가깝다. 시인은 자신이 외로움과 고통 속에서 읽어낸 이러한 근원적인 슬픔의 정서를 '원초적 슬픔'이라고 지칭한다. 이는 비천민생(悲天憫生)이라는 우주적 비정, 즉 우주적인 슬픈 마음이다. 그에 따르면 이 원초적 슬픔은 "기쁨, 즐거움 등 다른 감정들 밑바닥에도 근원적으로 깔려있"[30]기 때문에 인간은 즐거운 일을 보면서도 슬픔을 느끼는 것이다.

이 시에서 형상화한 '슬픔' 또한 원초적인 슬픔에 해당하므로 화자는 이것이 "결코 썩지 않"는다고 단언한다. 이와 달리 우리가 살아가면서 수없이 겪게 되는 "멍들거나/피 흘리는 아픔"으로 표상되는 일시적인 고통은 비록 겪을 당시에는 아프지만 겪고 난 뒤에는 "이내 삭은 거름이 되어/단단한 삶의 옹이"로 남는다. 즉 살면서 받은 상처와 고통 등의 시련이 시간이 지나면 견고하고 단단하게 맺히기 마련이고, 그것이 맺힌 자리에서 힘이 나고, 그 힘에 의해 우리는 성숙해지며 계속 살아가는 것이다. 반면 슬픔이란 삭은 거름이나 삶의 옹이가 될 수 있는 감정이 아니다. 화자는

30) 앞의 책, 54쪽.

슬픔에 대해 "옛 고향집 뒤란/살구나무 밑에/썩지 않고 묻혀 있던/돌아가신 어머니의 흰 고무신"이라고 인식하고 있다. 어머니에 대한 감정은 인간의 보편적인 감정이라 누구나에게 감응시킬 수 있는 특질을 지닌다. 어머니에게 깊은 감정을 품은 사람에게 어머니를 잃은 것이란 아무리 시간이 지나도 잊히지 않은 슬픔이 된다. 이 부분에 대해 시인은 다음과 같이 토로한다.

> 나는 어머니를 일찍 여의었습니다. 어느 해 봄날, 어머니의 처녀적 치마의 연분홍빛과 같은 살구꽃이 만발한 날, 꽃모종을 하기 위해 살구나무 밑을 파다가 나는 그만 괭이질을 멈추고 한참이나 넋을 잃은 채 멍하니 서 있었습니다. "썩지 않고 묻혀 있던/돌아가신 어머니의 흰 고무신"이 나왔기 때문입니다. 어머니의 죽음에 대한 슬픔은 벌써 잊었다고 생각했는데, 그 "흰 고무신"을 통해서 그 슬픔의 음화가 떠올랐던 것입니다.[31]

상기 인용문이 말해주듯이 인용시에서 이 부분의 내용은 시인이 직접 경험한 슬픔의 감정을 그대로 기록한 것이다. 시인의 기술과 같이 어머니의 죽음에 대한 슬픔은 시간이 지나도 잊히지 않는 원초적인 슬픔이고, "그것은/어두운 마음 어느 구석에/초승달로 걸려/오래오래 흐린 빛을 뿌린다." 초승달의 빛은 비록 흐릿하고 미미하지만 어두운 곳에서는 결코 무시할 수 없다. 다시 말해서 원초적인 슬픔이란 시간과는 무관하게 계속 지속되고 영원히 사라지지 않을 것이다.

한편 전체적으로 볼 때 이 시에서는 여러 가지의 감각적인 심상이 쓰이고 있다. 멍들거나 피 흘리는 아픔과는 다른 감정인 "썩지 않는 슬픔", 영영 썩지 않고 묻혀 있던 "돌아가신 어머니의 흰 고무신"과 어두운 곳에

---

31) 앞의 책, 57쪽.

걸려 오래오래 빛을 뿌리는 '초승달' 등이 그것이다. 겉으로 볼 때에는 서로 다른 형상들이지만 시인은 이 시에서 감각적 형상화를 통해 이들을 동일시하고 있다. 즉 썩지 않는 슬픔은 곧 썩지 않는 어머니의 흰 고무신이고, 그것이 곧 어두운 곳에서 빛을 뿌리는 초승달이라는 것이다. 여기서 우리가 확인할 수 있는 가장 중요한 것은 비록 이 시를 통해 슬픔을 노래하고 있지만, 시적 화자는 슬픈 정서에만 갇히거나 머물다 끝난 것이 아니라는 점이다. 초승달의 이미지는 외롭지만 희망적인 느낌을 환기하기 때문이다. 정리하면 인용시에서 화자가 말하는 슬픔은 원초적인 슬픔이므로 시간이 지나도 계속 지속될 것이지만, 그렇다고 그것이 절대 절망이나 부정적인 것은 아니다. 이는 "멍들거나 피 흘리는" 것과 같이 직접적으로 우리를 성숙시키지는 않지만 결국은 희망이 되어 우리가 살아가는데 진정한 힘으로 작용하기 때문이다.

광막한 땅 위에
눈이 쌓이고
신의 미소처럼
남아 있는 몇 개의 기하적 도형

황혼도 스미지 못하는
도형 위에는 다만
인간의 단순한 슬픔이
고요히 물들고 있을 뿐

동청(冬靑) 가지 하나가
그 슬픔을
더욱 짙게 대비(對比)하고 있을 뿐.

—「슬픔」 전문

「슬픔」을 제목으로 삼은 상기 인용시 역시 슬픔이라는 감정을 노래하고 있다. 정확히 말하면 이는 "동청(冬靑) 가지 하나"와 짙게 대비되는 "인간의 단순한 슬픔"이다. 1연에서는 흰 눈이 쌓여, 대지 위의 모든 것이 눈으로 덮인 풍경을 그리고 있다. 땅은 광막하고, 눈으로 덮인 것이 모두 본래의 모습이 보이지 않아 단지 "몇 개의 기하적 도형"으로 남아 있다. 위에서 조감하는 이러한 도형에 대해 화자는 "신의 미소처럼"으로 묘사하고 있다. 신에게는 무심하고 사소한 미소 정도의 일이지만 인간에게는 땅 위의 모든 것이 색깔과 생기를 잃은 기하학적 도형이 되어버리는 참담한 일이다. 이를 통해 우리는 화자에게 인간의 삶이 겉으로 볼 때 아무리 화려하고 다채로워도 본질적으로는 적막하고 스산하다는 것을 다시금 확인할 수 있다.

2연에서 화자는 그러한 기하학적 도형은 "황혼도 스미지 못"한다고 단언한다. 여기서 '황혼'이란 1연의 "신의 미소"와 연관 지어 볼 때 시간이나 신의 신비로운 힘과 동일하다. 보통 황혼 때면 해가 지고 온 세상이 어스름한 빛으로 물들어 가는데, 이 도형의 땅에서는 그러한 빛마저 스며들지 못하도록 지워지지 않는 적막감이 흐르고 있다. 이 거대한 고요함과 적막감 위에 유일하게 남아 있는 것은 "인간의 단순한 슬픔"이고, 그 슬픔 또한 "고요히 물들고 있을 뿐"이다. 즉 이 슬픔은 시간이나 신의 신비로운 힘에서 벗어나 있는 것이다. 그것은 단순하기 때문에 우리의 삶의 근원에 깔려 있고, 삶에서 어떤 변화가 있어도 그 삶 속으로 조용히 침잠할 따름이다. 이로 보아 이 "단순한 슬픔"이란 결코 우리가 일상에서 겪게 되는 인간의 감정적인 슬픔이 아니다.

3연에서는 그러한 슬픔의 정체에 대해 좀 더 구체적으로 제시하고 있다. 그 슬픔은 "동청(冬靑) 가지"와의 대비 속에서 더욱 짙어진다고 부연한다. 동청, 즉 사철나무는 다른 나무와 달리 눈이 내리는 겨울에도 푸른 가지로 눈을 맞는다. 슬픔은 의식하지 못하는 사이에 고요하게 물들어가므로 흰 눈 속에서 더욱 뚜렷해 보이는 푸른 가지와 짙게 대비된다. 정리하면 화자가 "단순한 슬픔"이라고 일컫는 것은 우리의 삶에 조용히 스며들기 때문에 의식하지 않아도 언제나 실재하는 것이고, 또한 그것이 시·공간을 초월하기 때문에 생의 본질에 가깝다. 즉 이는 인간의 감정적인 슬픔이 아니라 「썩지 않는 슬픔」에서 말하는 그것과 같은 원초적이고 원형적인 정서인 것이다.

삶에서 이러한 깊숙한 정서를 읽어낼 수 있는 것은 시인이 보냈던 기나긴 고통의 시절과 깊은 관련을 맺고 있다. 어려서부터 오랫동안 외로움에 익숙한 김영석 시인에게 슬픔과 외로움은 항상 짝을 이루고 있다. 이 점은 다음과 같은 시를 통해서도 확인된다.

> 그대여 외로워하지 마라
> 많은 사람들이 아직
> 외로움의 뼈를 보지 못했나니
> 그대는 그 뼈를 짚고
> 먼저 일어서리라
>
> 그대여 슬퍼하지 마라
> 많은 사람들이 아직 슬픔의 뗏목을 지니지 못했나니
> 그대는 그 뗏목을 타고
> 쉬이 강물을 건너리라.
>
> ―「그대에게」 전문

형식상의 대칭을 이루며 두 개의 연으로 되어 있는 상기 인용시는 전통적인 서정시의 수법을 활용함으로써 소박하면서도 평안하고 순수한 정서를 띠게 된다. 마치 외로움과 슬픔의 고통을 견디지 못하는 누군가를 위로하는 노래처럼 묘사되어 있다. 1연의 첫 행은 먼저 "외로워하지 말라"고 던져놓고 나머지 4행은 외로워할 필요가 없는 이유에 대해 진술하고 있다. 화자에게 외로움에는 '뼈'가 있는데, 외로워해 보지 못한 "많은 사람들이 아직"은 그 뼈를 "보지 못했"을 것이다. 반면에 '그대'는 외로움을 맛보고 있기 때문에 그 뼈를 보고 짚을 수도 있고, 그 뼈의 힘을 빌려서 먼저 일어설 수도 있을 것이다.

많은 사람들은 외로움을 단지 부정적인 감정으로 인식하고 어떻게든 그것을 극복하려고 노력하지만, 김영석 시인의 경우 오랫동안 외로움을 느끼면서 살아온 결과 여기서 또 다른 정서를 읽어낸 것이다. 외로움을 견뎌냈다기보다는 외로움에서 깨달음을 얻었음으로 외로운 정서와 공존하는 법을 배운 셈이다. 외로움 속에서도 우리가 일어설 수 있게 해줄 '뼈'가 잠재해 있고, 그 '뼈'를 통해 일어서기 위해서는 먼저 외로움을 거부하지 말고 그 침묵의 속을 들여다보아야 한다.

2연은 1연과 비슷한 구성으로 먼저 "그대여 슬퍼하지 말라"고 한 다음 슬픔의 보이지 않는 면을 비유적으로 설명하고 있다. 슬픔에는 '뗏목'이 있는데 그것을 경험해보지 못한 사람은 그 뗏목을 "지니지 못"했다는 것이다. 이와는 달리 이미 슬픔을 느끼고 있는 '그대'는 "그 뗏목을 타고/쉬이 강을" 건널 수 있다는 논리다. 여기서 '강'이란 우리가 삶에서 수없이 겪게 될 고통일 수도 있고, 삶의 진실을 알아가면서 느끼게 될 고독이나 소외감일 수도 있으며, 또한 정신적으로 성숙해가는 데 필수의 어떤 과정을 뜻할 수도 있다. 이와 같이 '강'은 다양한 의미를 품고 있지만 어떤 의미를 뜻하든 간에 강을 건너가는 데 스스로 슬픔 속의 뗏목을 찾아야 한다. 또한 그 뗏목으로 강을 건너가야만 지금보다 더 나은 경지에 이를 수 있다고 화자는 강조하고 있다.

이 시를 통해 우리는 시인의 높은 정신적 차원을 엿볼 수도 있다. 이는 시인이 삶에서 얻은 경험적인 내용의 현현이고 '슬픔'에서 '초승달'과 같은 희망적인 면을 읽어낸 것과 일맥상통한다. 시인은 자신이 살아오면서 피치 못했던 외로움과 슬픔의 정서와 직면하고 거기서 새로운 경지에 도달할 수 있는 표지를 발견했던 것이다.

> 이 세상 아무도 모르는
> 어드메 천 길 낭의 흔들리는 꽃 한 송이
> 어두운 들녘 끝 떨기풀의 벌레 한 마리
> 이 세상 어딘가
> 그 아득한 꽃과 벌레 사이
> 강물 하나 끝없이 흐르고 있나니
> 그 강물에 이따금 빈 배 접어 띄우고 있나니
>
> —「그 아득한 꽃과 벌레 사이」 전문

상기 인용시에 대해 시인은 『말을 배우러 세상에 왔네』에서 자신의 "어렸을 때부터의 경험과 느낌이 문득 어느 날 문장이 되어 나온 것"[32]이라고 언급하고 있다. 거기서 소개된 그 경험에 대한 내용을 옮겨보면 다음과 같다.

> 나는 아주 외진 시골에서 태어나 자랐습니다. 내가 다니던 소학교는 우리 마을에서 약 시오리 정도나 되는 꽤 먼 거리에 있었는데 그 먼 곳을 늘 걸어 다녀야만 했습니다. …<중략>… 학교가 끝나고 혼자 들길이나 산길을 걷다 보면 이것저것에 눈이 팔려 가던 길을 멈추고 해찰하기 마련입니다. 길을 한참이나 벗어난 후미진 곳에 눈에 띄지 않게 피어있는 아주 작은 한 송이 풀꽃이 보입니다. 또 이삭 같은 것을 달고 바람에 흔들리고 있는 풀줄기 하나가 눈에 들어옵니다. …<중략>… 그것들과 그렇게 함께 있는 시간이 한없이 고

32) 앞의 책, 197쪽.

적하면서도 마음은 알 수 없는 위로와 평안을 느끼게 됩니다. 또 어떤 때는 언덕길을 넘다가 아주 작은 벌레 한 마리가 그림자처럼 소리도 없이 밀밭 속으로 기어가는 것을 발견합니다. …<중략>… 소리도 없이 혼자 기어가는 그 벌레가 마치 내가 혼자 어디를 가는 것 같은 느낌이 듭니다. …<중략>… 문득, 내가 이러고 있는 것은 이 세상 아무도 모를 것이라는 생각이 듭니다. 그리고 어디선가 나와 똑같이 이러고 있는 아이가 있을 것 같은 생각이 듭니다. 그 아이도 바로 나 자신이라는 생각이 들면서 몹시도 만나고 싶은 그리움에 젖어들기도 합니다.

나는 아이들과 함께 동구 밖 공터에서 놀다가도 문득 외떨어진 곳에 혼자 사는 벌레나 풀떨기 같은 것들이 생각나곤 합니다. 그럴 때는 놀이터를 벗어나 언덕 위로 올라갑니다. 아무도 보지 않는 외진 구석에 풀잎이 바람에 흔들리고 그 밑으로 작은 벌레 한 마리가 그림자처럼 기어가고 있습니다.[33]

시인의 말대로 자신이 어렸을 때 겪었던 이러한 느낌과 경험은 어른이 된 후에도 조금도 변하지 않고 지속되는데, 인용시가 바로 이러한 느낌과 경험을 바탕으로 쓰여진 작품이다.

시의 전반부를 보면, "꽃 한 송이"와 "벌레 한 마리"가 바로 시인이 어릴 적 하굣길에서 혼자 헤매다가 눈에 들어오던 것들이다. "이 세상 아무도 모르는"이라는 말도 시인이 그것들을 발견한 뒤 문득 느꼈던 생각을 그대로 적어놓은 것이다. 이 미물들은 어린 시절의 시인에게 위로와 평안함을 주면서도 고적함과 그리움을 일깨워 준다. 위로와 평안함으로 인해 시의 화자는 이 꽃과 벌레가 아무도 모르는 사이에 스스로 흔들리고 기어가는 것을 응시한다. 그러다가 자신이 이것들과 같이 있는 것 또한 아무도 모를 것이라는 생각에서 공감에 이르렀을 것이다. 다시 말해서 비록 서로 독립된 존재이지만 공통된 느낌을 주고받으면서 서로가 하나가 된

33) 앞의 책, 196-197쪽 참조.

셈이다. 물론 이러한 공감은 꽃과 벌레를 비롯한 일체의 사물을 사람과 같은 존재로 취급하여야만 생길 수 있다. 공감을 얻은 화자의 상상력은 거기서 받게 된 위로와 안락의 산물이다. 우연히 발견된 것은 이 꽃과 벌레이지만 화자는 이 드넓은 세상에서 자신과 같은 시공을 살고 있으나, 자신의 눈에 발견되지 않는 존재가 한없이 많을 수도 있다는 생각에 잠긴다. 이 대목에서 화자는 우주에 비해 너무나 미소한 자신에게서 고적함을 느낀 나머지 미지의 세계에 대한 그리움을 형상화한다.

이 시의 후반부는 위와 같은 시인의 어릴 적의 느낌을 시적 상상력에 의해 표현한 것이다. "이 세상 어딘가"라는 것은 광활한 우주 공간에서 우리가 가보지 못한 공간, 즉 미지의 세계이다. 이미지의 세계를 또한 "그 아득한 꽃과 벌레 사이"로 표현하고 있다. 여기서 우리가 알 수 있는 것은 이 우주 공간이 아주 멀리 떨어져 있을 수도 있고 우리의 곁에 있을 수도 있으므로 거리와 상관없이 이 공간은 본질적으로 무한하다는 것이다. "강물 하나 끝없이 흐르고 있"다는 것은 시간이 시작도 없고 끝도 없다는 사실을 상기시킨다. 결국 화자가 여기서 형상화한 이 '사이'는 곧 시간과 공간이 모두 무한한 시공이다. 이는 눈에 보이지는 않지만 모든 존재의 배후에 있고, 모든 존재의 바탕이 된다. 이 만물의 공통된 바탕에서 화자가 모든 존재와 공감을 얻을 수 있었던 것이다. 한편 위에서 말한 고적함과 그리움 등의 감정 또한 여기서 얻게 된 것들이다. "그 강물에 이따금 빈 배 접어 띄우고 있다"는 것은 미지의 시공에 대한 동경으로 해석된다. 종이배를 접어서 무한의 시공인 강물에 띄우고, 끝없는 시간의 흐름에 따라 종이배가 어딘가에 대신 가주기를 바라기 때문이다. 종이배를 띄운다는 것 또한 자신의 존재를 알리고자 하는 의미를 포함하기도 한다. 이런 의미에서 볼 때 이는 같은 시공을 사는 다른 존재와 더 큰 공감을 얻기 위한 방법의 일환이었을 것이다.

바람 속에는 바람 속에는
아직 먼 숲을 향해 달려가는
수많은 짐승들이 살고 있습니다
샛바람 하늬바람 속에는
샛바람 하늬바람 짐승들이 달려가고
마파람 높새바람 속에는
마파람 높새바람 짐승들이 달려갑니다
실상 바람이 부는 소리는
그 많은 짐승들의 숨소리요
그 어린 새끼들이 칭얼대며 우는 소리입니다
바람 속에는 바람 속에는
아직 모양도 이름도 없어
우리가 영 알 수 없는 짐승들이
먼 숲을 꿈꾸며 살고 있습니다

—「바람 속에는」 전문

상기 인용시 역시 시인의 어릴 적 경험을 바탕으로 구상한 것이다. 이 시의 시적 발상의 배경에 대해 시인은 다음과 같이 말한 바 있다.

나는 어렸을 때 바다가 가까운 들판의 작은 동네에서 살았습니다. 바다가 지척지간이고 넓은 들판 가운데에 있는 동네인지라 늘 바람이 많았습니다. …<중략>… 계절마다 조금씩 다르긴 해도 늘 바람이 많았지만 겨울에는 아주 유난스러웠습니다. 잠을 자다가 바람 소리와 바람에 떨며 우는 문풍지 소리에 잠을 깨곤 하였는데 그렇게 한 번 잠이 깨면 다시 잠들 때까지 한참씩이나 뒤척이면서 그 갖가지 바람 소리를 들어야만 했습니다. 그 소리를 듣다 보면 문득 우리가 모르는 또 다른 한 세상이 바람 속에 있을 것이라는 생각이 들었습니다. …<중략>… 분명 바람 속에는 우리가 알 수도 없고 볼 수도 없지만 귀신이나 도깨비 같은 것 또는 무슨 요정 같은 것들이 사는 또 다른 세상이 있을 것이라는 생각이 들었습니다.[34]

표면적으로는 약간의 동요적 삼상을 띤 위의 시는 우리의 눈에 보이지 않는 미지의 시공을 그린다는 점에서 앞서 살펴본 「그 아득한 꽃과 벌레 사이」와 유사한 면이 보인다. '바람'이라는 형상이 없는 대상 속에는 "수많은 짐승들"이 존재한다고 보고 있는 이 시는 의미가 아니라 느낌을 지향하고 있다는 점에서 한 편의 관상시에 가깝다. '바람'이란 어디서부터가 시작이고 어디까지가 끝인지를 헤아릴 수 없는 만큼 그 속에 사는 '짐승'들 또한 우리의 눈에 보이지 않아 그 정체가 묘연하다. 우리는 바람의 존재를 그것에 의해 흔들리는 대상을 통해 감지하는데, 화자는 여러 가지 바람의 존재를 감지하면서 거기에 살고 있는 짐승의 모습을 상징화시켜 보여주고 있다.

"수많은 짐승들"이 "아직 먼 숲을 향해 달려가"고 있는 것은 바람이 "아직 먼 숲을 향해" 불고 있는 것에서 유추한 것이라면, "샛바람 하늬바람 짐승"과 "마파람 높새바람 짐승"들이란 짐승들이 바람에 의해 서로 분별된다는 것이다. 이로 미루어 볼 때 화자가 말하는 '짐승'이란 인간이 길들인 동물이 아니라 자연이 길들인 모든 인위적인 노력과 요소가 배제된 동물일 것이다. 시적 화자의 이러한 상상력은 『도덕경』에서 말하는 "天地不仁 以萬物为芻狗"[35]의 구절이 내포하는 "천지자연이 만물에게 공평하다."는 것과 동일한 맥락이다. 여기서 '짐승'이란 자연인 바람과 일체화된 것이므로 인식론적 측면을 떠나서 볼 때, 이들 또한 자연 그 자체를 함의하기도 한다. 그러므로 자연의 소리인 "바람이 부는 소리"가 바로 "그 많은 짐승들의 숨소리"와 "그 어린 새끼들이 칭얼대며 우는 소리"로 들리는 것이다. 마지막에는 바람 속에 "아직 모양도 이름도 알 수 없"기 때문에 그 정체 또한 "영 알 수 없는 짐승들"이 "먼 숲을 꿈꾸며 살고 있"다는

34) 앞의 책, 228쪽.

35) 『도덕경』, 「제5장」.

것을 통해 그러한 자연스런 '짐승'에게 영혼을 담아낸다. 화자에게 인간은 물론 인간 이외의 유정물인 동물이나 벌레, 그리고 자연의 무정물인 꽃, 심지어 형상조차 없는 바람까지 모두 똑같은 영혼을 품고 있으므로 본질적으로 천지만물은 동일하다는 논리다.

이상의 내용을 종합해 보면 인용시는 시인이 어린 시절에 바닷가의 바람 소리에 잠을 깨었다가 그 소리를 들으면서 했던 상상이 그 시적 발상의 모티브가 되고 있다. 그러나 여기서 시인은 어릴 때의 '도깨비'나 '귀신' 또는 '요정'과 같은 것들이 사는 "다른 세상"이 있을지도 모른다는 상상을 그대로 담은 것이 아니라, 그 대신 어린 아이의 순수한 상상력을 빌리다가 거기에 자연스럽게 동양 철학적인 인식을 담아낸다. 그럼으로써 이 시는 의미 위주의 사고가 주는 경계를 넘나들어 느낌 위주의 사고 및 거기에 담긴 직관과 느낌이 섞여 있는 모호한 감정과의 공명을 통해 감동을 불러일으키는 시적 경향을 보여주고 있다.

천지는 무심히
철 따라 꽃 피우고 눈 내리고
쉼 없이 일을 하지만
사람은 제 한 마음 바장이어
눈서리에 잎 지는 걸 바라보며
근심할 뿐 아무 일도 못하네
천지는 마음이 텅 비어
없는 듯이 있고
사람은 마음이 가득 차
있는 듯이 없네.

—「마음 -고조 음영古調 吟詠」 전문

찔레꽃이 없는 빈자리가

무더기로 싸리꽃을 피워내고
소나무가 없는 빈 곳에 기대어
서어나무는 비로소 제 푸름을 짓는다
서로가 없는 만큼 서로는 비어 있어
그 빈 곳에 실뿌리 내리고
너와 나 풀잎처럼 흔들리고 있으니
그대여 이제 오라
꽃과 꽃 사이
그리고 너와 나 사이
보이지 않는 옛 사원 하나 있으니
아침저녁 어스름에 울리는 종소리 따라
눈 감고 귀 막고 어서 오라
오는 듯 가는 듯 무심히 오라.

— 「꽃과 꽃 사이」 전문

앞에서는 시인의 어린 시절의 놀이인 '가랑이 사이 보기'에 대해 소개한 바 있다. 시인은 가랑이 사이로 풍경을 거꾸로 보기에서 늘 무심코 지나쳤던 낯익은 사물이 낯설게 보이는 데서 사물의 배후에 있는 공간, 즉 텅 빈 허공이 사물들을 더 생동하게 한다는 이치를 깨닫는다. 그러던 어느 날 거울을 바라보다가 다시 아무것도 비치지 않은 거울의 면이 사물과 풍경을 비치는 일이 마치 순간순간 그 텅 빈 공간이 사물과 풍경을 만들어내는 것과 같은 느낌에 새로운 충격을 받는다. 이와 같은 놀이에서 얻은 깨달음으로 시인은 말의 의미와 시쓰기에 대해 새로운 관점을 모색하게 된다. 구체적으로 말하자면 "가랑이 사이 보기나 거울보기에서 텅 빈 공간이 사물을 생동하게 하듯이 말 또한 마찬가지"다. "말의 의미는 아무것도 의미하지 않는 무의미가 빛을 내게 하는 것에 불과하"고, 시쓰기란 "말과 사물이 미묘하게 어긋난 그 틈으로 들어가는 일"이며, "눈에 보이는 사물이나 말의 의미에만 매달리지 않고 자유롭게 살게 하는 일"[36]이란 사실을 깨닫게 된다. 위에서 인용한 두 편의 시는 바로 이러한 새로운 시점에서 말과 시쓰기를 궁구하면서 쓰여진 작품이다.

「마음—고조 음영」이라는 시에서 화자는 천지의 마음과 사람의 마음을 나란히 비교하고 있다. '천지'는 잠시도 쉬지 않고 계절에 따라 "꽃 피우고 눈 내리"는 일을 반복하고 있지만, '사람'은 "눈서리에 잎 지는 것 바라보"면서 "근심할 뿐 아무 일도 못하"고 있다. 이런 차이가 생긴 까닭에 대해 화자는 '천지'의 마음은 '무심'한 상태에 있는 데 반해 사람의 마음은 늘 '바장'거리고 있기 때문으로 인식한다.

이와 같은 "천지의 마음"에 대해 시인은 자신의 저서 『도의 시학』에서 '역리의 시론적 유추'를 논하면서 거론한 바 있다. 거기에 따르면 "『역경』에서는 문(文)과 도(道)와 역(易)을 하나의 원리로 꿰뚫어 보고 있"[37]고, 남효온(南孝溫)은 이러한 '도=역=문'의 원리를 시학적 관점에서 더욱 구체화하여 "천지=사람=마음=말씀=시"라는 원리를 내포하는 관점을 제시한다.[38] 이들의 관점을 종합하여 김영석 시인은 말과 글, 정확히 말하면 시의 언어와 시야말로 천지의 마음이라는 결론에 다다른다. 인용시에서 말하는 "천지의 마음" 또한 시와 마찬가지이므로 이 시에는 시인 자

---

36) 김영석, 「서문」, 『나는 거기에 없었다』, 앞의 시집, 6-7쪽 참조.

37) 『주역』, 비괘 단사. <비괘(賁卦)는 형통한다. 부드러운 것이 와서 굳센 것을 드러내므로 형통한다. 굳센 것이 나뉘어 위로 올라가 부드러운 것을 드러낸다. 따라서 가는 곳이 있으면 조금 이로우니 천문(天文)이요 문명(文明)에서 머무니 인문(人文)이다. 천문을 관찰하여 때의 변화를 살피고 인문을 관찰하여 천하를 이루어지게 한다.>(賁亨 柔來而文剛 故亨 分剛 上而文柔故 小利有攸往 天文也 文明以止 人文也 觀乎天文 以察時變 觀乎人文 以化成天下.) 김영석, 『새로운 도의 시학』, 앞의 책, 102쪽에서 재인용.

38) 남효온, 「추강냉화」, <천지의 바른 기운을 얻은 것이 사람이요, 한 사람의 몸을 맡아 다스리는 것이 마음이며, 사람의 마음이 밖으로 펴나온 것이 말이요, 사람의 말이 가장 알차고 맑은 것이 시이다.> (得天地正氣者人 一人身之主宰者心 一人心之宣泄於外者言 一人言之最清者詩.) 김영석, 위의 책, 117-118쪽에서 재인용.

신의 시쓰기에 대해 밀도 있는 사유가 담겨 있다고 여겨진다.

여기서 "철 따라 꽃 피우고 눈 내리"는 천지의 무심한 마음은 곧 자연스런 역리에 따라 시를 쓴다는 것이다. 시쓰기가 눈에 보이는 사물과 말의 의미에만 매달리지 않고, 말과 사물이 어긋난 틈, 즉 텅 비어 있는 공간으로 들어가는 일이기 때문에 "쉼 없이 일을 하"는 천지의 마음 또한 "텅 비어" 있는 것이다. '가랑이 사이 보기'나 '거울보기'에서 텅 빈 공간이 사물을 더욱 생동하게 하듯이 말의 의미 또한 아무것도 의미하지 않는 무의미가 빛을 내게 한다. 그런 의미에서 천지는 "없는 듯이 있"는 것이다. 반면 사람의 마음은 늘 "눈서리에 잎 지는 걸 바라보"느라 바장거리고 그 눈서리의 배후에 있는 공간을 간과하게 된다. 이를 시를 쓰는 행위로 간주할 때 곧 정면으로 말의 의미에만 사로잡힌 것과 동일하다. 무의미를 버리고 의미에만 집중하여 "마음이 가득 차" 있기 때문에 "있는 듯이" 썼는데도 시는 결국 없는 것이 될 수밖에 없었던 것이다. 시인이 「마음 – 고조 음영」을 통해서 전달하려는 것은 곧 그가 「세설암을 찾아서」에서 말하는 시의 어법과 동일하다.

> 시를 쓰면서 나는 자주 다음의 짧은 옛글을 머리에 떠올리곤 했다.
>
> 沒字豊碑 古調無絃
>
> 비바람에 깎여 사라진 글자들은
> 오히려 빗돌에 깊은 뜻을 더하고
>
> 그윽하고 현묘한 옛 가락이야
> 끊어진 거문고 줄에서 울려 오나니
>
> 말의 깊은 뜻은 언제나 말이 지닌 의미의 틀을 벗어난다.

> 의미는 의미를 생성하는 무의미의 바다에 떠서 겨우 그 무의미를 지시하는 부표와 같다. 이것은 마치 노자가 질그릇은 그 안에 텅 비어있는 곳이 있어서 쓸모가 있다고 말한 바와 비슷하다.
>
> 그래서 나는 시의 어법은 궁극적으로 위의 옛글이 말하고 있는 바와 같이 몰자풍(沒字風) 혹은 무현풍(無絃風)이 되어야 한다고 생각한다.[39]

「꽃과 꽃 사이」 역시 시인이 '가랑이 사이 보기'와 '거울보기'에서 깨닫게 된 '텅 비어있음', 즉 없음의 있음의 의식이 관류되는 시이다. "찔레꽃이 없는 빈자리"가 찔레꽃만 바라보던 사람의 눈에는 그저 눈에 들어오지도 않는 부재의 공간이지만, 화자에게 그곳은 비어 있으므로 오히려 더 많은 것을 받아들일 수 있는 무한의 가능성이 열린 공간이다. '무더기'로 피어난 '싸리꽃'이 바로 이러한 가능성의 한 예에 속한다. 물론 천지만물을 모두 동일시하는 화자의 시점에서 볼 때, 이들은 서로의 빈 곳을 차지하고 있는 존재이다. 즉 싸리꽃이 피워낸 곳은 찔레꽃의 빈자리이듯이 찔레꽃이 피는 자리 또한 싸리꽃이 없는 빈자리였던 것이다. '소나무'와 '서어나무'도 이와 같은 관계에 놓여 보고 있는데, 결국 어느 쪽을 빈자리로 보든 간에 중요한 것은 비어 있는 공간은 항상 다른 것이 채우고 있다는 점이다.

"서로가 없는 만큼 서로는 비어 있어/그 빈 곳에 실뿌리를 내리고/너와 나 풀잎처럼 흔들리고 있으니"에서 화자의 위와 같은 의식이 확인된다. 여기서 서로의 "빈 곳에 실뿌리를 내"려야 비로소 "너와 나"는 "풀잎처럼 흔들"릴 수 있다는 것에는 천지만물의 존재가 그것 외의 다른 사물과의 대립 속에서만 성립된다는 논리를 내포한다. 이는 말의 의미와 관련을 지어 생각하면 쉽게 이해된다. 우리가 흔히 무엇이 '아름답다'고 할 때에는

39) 김영석, 「세설암을 찾아서」, 『모든 돌은 한때 새였다』, 앞의 시집, 36-37쪽.

"아름답지 않은 것" 이라는 의미의 빈자리가 전제되어 있다. 만약에 그 빈자리가 없다면 '아름답다'는 모든 것의 모든 특질을 지칭하게 되는데, 결국은 아무것도 지칭하지 못하게 되어 한 형용사로서의 존재 가치를 잃을 수밖에 없다. 마찬가지로 사람이든 찔레꽃이든 모두 다른 사람이나 사람이 아닌 것, 그리고 다른 꽃이나 꽃이 아닌 것을 배제한 빈자리에 의해 성립하여 비로소 존재하는 것이다.

이 시의 1연에서는 '빈자리'에 대해 노래하고 있다면 2연에는 '사이'에 대한 내용을 담고 있다. "꽃과 꽃 사이/그리고 너와 나 사이"에는 "보이지 않는 옛 사원 하나 있"다고 제시한다. 곧 "꽃과 꽃", 그리고 "너와 나"를 일종의 대립항으로 보고 있는 것이다. 이 세상에는 수많은 존재가 공존하고 있는 만큼 거기에는 차이로 인한 여러 형태의 대립과 갈등이 존재한다. 우리는 천지만물 상호 간의 대립과 갈등을 의식하면서 "꽃과 꽃", 그리고 "너와 나"를 서로 독립된 존재로 인식한다. 그러나 시적 화자는 이러한 갈등과 대립을 넘어 세상을 하나의 조화로운 유기체로 보고 있다. 차이로 인한 갈등과 대립의 중심, 즉 그 '사이'에는 반드시 화합의 균형이 잡혀 있는데, 인용시에서 그것은 "보이지 않은 옛 사원"으로 형상화되어 있다.

'옛 사원'은 평화롭고 변함이 없는 공간이므로 이것과 저것, 있음과 없음을 포함한 이 세상의 모든 갈등과 대립에서 배제되면서 그것들의 빈자리를 차지하고 있다. 갈등이 존재하는 곳은 시끄러울 수밖에 없지만 갈등이 없어진 자리는 그저 고요로만 남는다. 화자는 '그대'에게 그러한 고요의 공간으로 오라고 권유한다. 거기로 가는 길은 '아침'과 '저녁'의 사이, 즉 밤낮의 경계가 없어진 '어스름' 속에 상존한다. 그 길에서 "울리는 종소리에 따라" 오라는데, 이 종소리는 어스름에 울리는 고요한 사원의 종소리이므로 모든 경계가 없어진 나머지 소리도 아니고 고요도 아니며, 또한 소리이기도 하고 고요이기도 하다. "눈 감고 귀 막"으라는 것은 눈과 귀로 보고 들으면서 차이를 의식하지 말고 마음으로 만물과 대면하라는 것이다. 그래야만 고요의 경지에 도달할 수 있기 때문이다. 거기가 고요하고 경계가 지워진 공간이므로 출발지이기도 하고 목적지이기도 하다. 따라서 화자는 마지막에 "오는 듯 가는 듯 무심히 오라"는 것이다.

이와 같이 김영석 시인은 '가랑이 사이 보기'와 '거울보기'에서 사물의 배후에 있는 공간이 사물을 더 생생하게 그려준다는 것을 인식한 다음, 다시 그러한 인식을 바탕으로 동양철학의 사유를 도입하여 '텅 비어있음', '사이'와 '고요' 등의 철학적인 깨달음을 얻는다. 이러한 철학적인 사유를 그는 시를 통해 명료히 제시하고 있는데, 전반적으로 볼 때 이는 그의 시를 관통하는 특질 중의 하나이기도 하다.

> 인적 없는 외진 산 중턱에
> 반쯤 허물어진 제각(祭閣)
> 아무도 모르는 망각 지대에
> 스러지지 직전의 제 그림자를
> 간신히 붙들고 있다
> 구석에는 백치 같은 목련이
> 하얀 꽃을 달고 서 있다
> 아, 기억만 거울처럼 비치는 것이 아니구나
> 망각은 더 맑고 고요한 거울이구나.
>
> ―「거울」 전문

> 사람인 내가 신을 생각하면
> 아주 크고 온전한 하나의 고요
> 그것 말고는 아무것도 생각할 수 없습니다
> 사람의 말이란 하면 할수록
> 자다잘게 깨어지는 거울 조각 같아서

무엇 하나 온전히 비출 수 없어
매양 서로 부딪치며 시끄럽기 때문입니다
그러나 또한 사람의 말은
어느 결 덧없이 녹고 마는 눈송이 같아
고요의 거울은 늘 씻은 듯 온전합니다
신이 어찌 말하겠습니까
고요가 더는 어찌할 수 없는 지경에서
싹으로 트고 꽃봉오리로 벙글고
더러는 바람으로 갈꽃을 그려 내지만
봄 여름 가을 겨울
천지가 어찌 말하겠습니까
바로 지금 조용히 바라보세요
고요의 거울 속
꽃가지 그림자에
작은 벌레 한 마리 기어갑니다.

—「고요의 거울」 전문

인용시 「거울」은 홍용희의 해설과 같이 시인의 시세계가 "기본적으로 채움보다는 비움을, 인위보다는 무위를, 있음보다는 없음을 지향한다"[40]는 점을 감각적으로 보여준다. 우리는 보통 망각보다는 기억에 더 집착한다. 기억만을 삶의 흔적을 일러주고 존재의 본모습을 비치는 거울로 인식하기 때문이다. 자신의 기억을 채우거나 다른 이의 기억에 남느라 바쁜 인간들에게 화자는 "기억만 거울처럼 비치는 것이 아니"라고 강조한다.

시의 화자는 "산 중턱의 제각(祭閣)"은 "인적이 없"기 때문에 "반쯤 허물어"지고 "스러지기 직전"이지만 "제 그림자를/간신히 붙들"고 있다고 진술한다. 그러한 인위적인 것이 모두 배제된 "아무도 모르는 망각 지대

40) 홍용희, 「무위 혹은 생성의 허공을 위하여」, 강희안 엮음, 『김영석 시의 깊이』, 앞의 책, 66쪽.

에" 처해 있기 때문에 그것은 자신의 본모습을 보존하고 그대로 살아남았다는 것이다. 마찬가지로 '구석에'의 "백치 같은 목련" 역시 '망각'되었으므로 "하얀 꽃을 달고 서" 있을 수 있다. 결국 기억된다는 것은 삶의 흔적과 무관할 뿐만 아니라 오히려 그 기억된 것을 존재의 본질인 고요로부터 멀어지게 한다. 화자가 여기서 "망각은 더 맑고 고요한 거울이구나."라고 한 것은 바로 이런 맥락에서 비롯된다.

다음의 시 「고요의 거울」은 「거울」이 지향하는 '고요'라는 존재의 본질을 좀 더 선명하게 드러낸다. 화자에게 신은 깨지지 않는 "아주 크고 온전한 하나의 고요"일 뿐이다.[41)]이와 달리 사람의 말이란 "하면 할수록" 거울 조각처럼 "자디잘게 깨어"진다는 것이다. 우리의 말이란 어디까지나 단편적인 특징으로 인해 불가피하게 실재와 어느 정도 어긋나 있게 마련이다. 따라서 말이 많아질수록 그것이 서로 시끄럽게 부딪치기만 할 뿐 결국은 실재에서 멀어져 "무엇 하나 온전히 비출 수 없"는 거울 조각이 되어버릴 수밖에 없다. 이러한 사람의 말에 대해 화자는 "어느 결 덧없이 녹고 마는 눈송이 같"다고 비유하기도 하는데, 여기에는 곧 말이 본질적인 것이 아니기 때문에 쉽게 사라지고 영원하지 못한다는 의미가 내재되어 있다.

반면에 "고요의 거울"은 고요를 비치는 것이지만, 그것은 "늘 씻은 듯 온전"한 상태를 유지한다. 곧 아무것도 비치지 못한다는 말이다. 신은 말을 하지 않기 때문에 "더는 어찌할 수 없는 지경"의 고요와도 같다. 때가 되면 "싹으로 트고 꽃봉오리로 벙글고/더러는 바람으로 갈꽃을 그려"낼 뿐이다. 사람은 그것을 말이나 인식으로 분별하고자 하는 일에 치중한 나

41) 이 '고요'라는 말에 대해 시인 자신이 "오직 사람의 말과 사유가 도달할 수 있는 신성(神性)에 대한 유일한 표현"이라고 하면서 "아직 어떤 것으로도 나누어지지 않았고 나눌 수도 없는 하나의 온전한 그 무엇"으로 해석하고 있다. — 김영석, 『말을 배우러 세상에 왔네』, 앞의 책, 190쪽 참조.

머지 "봄 여름 가을 겨울"이라는 계절의 현상들을 신이나 천지의 말로 인식한다. 결론부터 말한다면 그러한 현상은 어디까지나 표면적인 환영일 뿐이지 고요의 참모습이 결코 아니다. 온전하고 깨지지 않은 고요는 스스로 분별을 짓지 않는 것이므로 지시적 언어로 구분한 일시적인 변전의 모습은 온전한 고요가 아니기 때문이다.

이어서 화자는 그 "고요의 거울 속"을 "조용히 바라보"라고 넌지시 권유한다. 그곳에는 "꽃가지 그림자에/작은 벌레 한 마리 기어"가는 고요한 장면이 보이는데, 꽃가지도 벌레도 모두 '그림자'에 불과하다. 따라서 그것들은 잠시 머물다가 사라지고 마는 가변적인 현상일 따름이다. 이는 또한 「세설암을 찾아서」에 나오는 게송의 내용과 긴밀하게 관련된다. 그 내용을 옮겨보면 다음과 같다.

心鏡隨萬境
鏡境實一幽
隨流見花開
元無幽無花

온갖 이름과 모양을 따라
늘 새로 태어나는 마음의 거울이여

거울도 거울 속 세상도
다 같이 고요의 결인 것을
만 가지 흐름을 따라
꽃 피는 걸 보건만은
처음부터 고요는 볼 수 없나니
어드메 그 꽃 찾아볼 수 있으리

앞서 말한 바와 같이 세설대사가 지었다는 이 게송과 게송에 대한 한 글 번역이 모두 시인이 꾸며낸 상상력의 산물이다. 이를 통해 우리가 알 수 있는 것은 고요의 거울이란 마음의 거울이고, 인용시에서 화자가 말하는 고요, 즉 신의 본질은 곧 역(易)에서 말하는 무(無)이다. 그것이 무이기 때문에 분별도 없고 깨지지도 않는다. 결국 고요는 무념무상의 마음을 통해서 느낄 수만 있을 뿐 말로 설명하거나 인식할 수 없다는 논리다.

위의 두 편의 시에서 보는 바와 같이 김영석 시인이 거울을 통해서 온전한 깨달음을 얻었고 그의 시에는 또한 거울의 심상이 빈번히 등장한다.

> 애초에 거울이 없었다면 나는 <나>를 알 수도 없고 볼 수도 없었으리라. 알 수도 없고 볼 수도 없는 것은 존재하지 않는 것이나 마찬가지다. 그렇다면 거울을 보기 전에는 <내>가 존재하지 않았다는 말인가. 꼭 그렇다고만은 말할 수 없을 것 같다. 거울을 통해서 <나>를 분명히 보고 알 수 있을 때까지 <나>는 일테면 미분되어 혼몽한 존재 가능성으로 남아 있었다고 해야 옳을 것 같다. 그러니까 그 존재 가능성은 부재와 존재의 경계에서 아지랑이처럼 파동치고 있는 것이다. 그 파동은 부단히 부재의 영역으로 잠기기도 하고 존재의 영역으로 솟아오르기도 한다. 즉 파동은 존재와 부재가 서로 마주보면서 한없이 은밀하게 주고받음의 관계를 지속하고 있는 모습이라 할 것이다. 거울은 바로 존재와 부재가 맞닿아 있는 경계에 있으면서 그 주고받음의 생성 관계를 드러내고 맺어주는 것이리라. 거울을 바라볼 때 그래서 비로소 거울 속의 <나>를 볼 수 있을 때 그 혼몽한 존재 가능성은 존재의 영역으로 현상되어 나온다. 따라서 거울 속의 <나>를 보기 전에 나는 나를 알 수가 없을뿐더러 <나>는 존재하지 않는다. 그러니까 내가 있은 다음에 <거울 속의 나>가 있는 게 아니라 <거울 속의 나>가 먼저 있고 나서야 그것을 바라보는 <나>가 파생한다.
>
> …<중략>…
>
> 이러매 내가 노래한다.

유리구슬 눈알을 반짝이며 까마귀들이
색지를 오린 해와 달을 번갈아 걸어 놓은 곳
죽어도 넋이 남지 않으니
죽어도 죽음이 없는 이 곳은 어디인가
마른 강바닥에 나무뿌리처럼 제 몸을 내리고
두 개의 옛 거울은 잃어버린 채
남은 한 개의 거울만을 오른 손에 들고서
늙은 무녀가 댓잎 서걱이는 소리로
헛되어 헛되이 넋을 부르는
천지사방 모래바람 날리는 이곳은 어디인가

—「거울 속 모래나라」 부분

사설시 「거울 속 모래나라」는 한 사내가 거울 속에 빠졌다가 다시 거울 밖으로 나오는 기이하고 환상적인 이야기를 다루고 있다. 대학 강사 P인 주인공이 「언어와 인식의 형상으로서의 세계」라는 논문에 매달려 있다가 벽에 걸려 있는 거울에 비친 자신의 모습을 바라보는 데에서부터 이야기가 시작된다. 그는 갑작스러운 두통으로 이마를 거울에 기대려다가 아무런 저항도 받지 않은 채 거울 속으로 쑥 빨려 들어간다. 처음 거울 속으로 들어간 곳은 가발과 분장 용구들이 놓여 있는 규모가 작은 소극장의 분장실이었다. 그곳에는 예닐곱 개의 거울이 나란히 붙어 있는데, 그 중 하나를 통해 자신이 방금까지 머물던 방이 환히 보였다. 그리고 저쪽은 여전히 낮인데 거울 속의 이쪽은 밤이었다. 그는 분장실을 살피다가 빠져나갈 길이 도저히 보이지 않아 복도로 통하는 문을 열고 나간다.

창문 곁에는 밝은 불빛과 거리의 소음이 쏟아지는 이상하고 낯선 도시가 보인다. 상가의 간판들에는 해독불가의 기하학적인 도형들이 씌어져 있고 사람들은 똑같은 단색의 옷을 입은 채 거리를 오가고 있었다. 거리로 내려와 보니 위에서 보였던 사람들이 <ㅂㅅㅅㅅㅈㄹㄹㅊ>과 같이 자음들만 연결되는 이상한 말을 할 뿐만 아니라 분명히 쌍둥이가 아닌데 쌍둥이처럼 똑같은 사람들이 상상할 수 없을 만큼 많았다. 이러한 해괴한 일에 공포감을 느끼자 그는 탈출하려고 다시 분장실로 뛰어간다. 여러 번 시도했는데도 탈출하지 못한 그는 거기서 몸을 숨긴 채 그 이상한 곳의 죽은 사람들의 시체가 모래로 변하는 장례식을 목격한다. 그리고 이 냄새가 없는 나라에서 그는 자신에게서 풍겨 나오는 냄새로 헛것들한테 발각되어 무섭게 쫓겼다가 결국은 산 속에 들어간다. 산 속에는 열매나 꽃이나 무엇이건 모두 만지면 모래로 변하고 흐르는 물조차 환영이었다.

이 끔찍한 도시에서 벗어나는 유일한 통로가 거울뿐인 것을 깨닫자 그는 다시 분장실로 간다. 거기서 아주 낯선 한 타인과 같은 자신이 거울 속에 비친 것을 보게 된다. 또한 그가 들어왔던 거울 속에는 아내가 생전 처음 보는 남자와 자기 방에서 그 짓을 하고 있는 것이 보였다. 그래서 다시 극장을 뛰쳐나오다가 그는 자신과 같은 처지의 여자 K를 만난다. 그녀는 그와 같은 도시에서 서점을 경영하는데 어느 날 서점에서 거울을 바라보다가 이곳으로 빠지게 되었던 것이다. 둘이서 이야기를 주고받으면서 그는 자신과 그 여자의 1인칭과 3인칭을 혼용하는 공통된 말버릇에 충격을 받는다. 기이한 인연과 충격 속에서 그는 천천히 가라앉았고 생각의 실마리를 풀어보기 시작한다.

결국 그가 생각해낸 것은 거울의 의미이고 인용문의 앞부분이 그가 했던 생각의 일부에 해당한다. 그리하여 그가 탈출하는 방법을 깨달았고 결국은 그 모래나라에서 빠져나온다. 자신이 알려준 방법으로 그 여자가 잘 따라 빠져나왔는지를 확인하기 위해서 그는 여자가 경영하는 서점에 갔는데 거기서 똑같이 생긴 여자를 만난다. 그러나 확인한 뒤 그가 거울 속에서 만났던 그 여자가 아니었다. 다시 말해 거울 속 그 여자가 아직 탈출하지 못한 것이었다. 여기까지 산문적인 이야기가 끝난다. 시의 뒷부분에는 화자의 생각과 함께 운문적인 시 두 편이 제시되고 있는데, 인용문의 후반부가 그 중의 한 편에 해당한다.

비록 하나의 긴 이야기를 인물, 사건, 배경 등 하나도 빠짐없이 치밀하게 제시하고 있지만, 이는 깊은 사유를 담아낸 한 편의 시이다. 따라서 소설이나 산문과는 달리 이러한 사설시에서는 어디까지나 이야기의 표면적인 줄거리보다 그 속에 내포된 상징적 심상이나 의미가 중시된다는 점이다. 제목에서 암시한 것처럼 시인은 이 시에서 거울 속의 형이상학적인 세상을 통해 존재론적 문제를 다루고자 한다. 시 속에서 '거울'이란 현실과 가상, 그리고 존재와 부재의 사이에 놓여 있는 그러한 대립들을 가르는 경계로 기능한다. 현실에 있던 주인공이 가상 속으로 빠졌다가 다시 현실로 돌아오는데, 이러한 공간적인 이동은 무작정 일어나는 것이 결코 아니다. 주인공이 거울 속으로 들어가기 직전에는 몇 달째 끝을 맺지 못하고 있는 "「언어와 인식의 형상으로서의 세계」라는 논문에 매달려" 있었다는 묘사에서 그 단초를 찾을 수 있다. 이와 같은 논문 제목은 아무런 의미도 없이 임의로 써놓은 것이 아니기 때문이다. 이 점은 시인이 「바다」라는 시의 해설에서 언급했던 다음과 같은 내용을 통해서도 알 수 있다.

> 당신의 의식을 한번 들여다보십시오. 당신의 의식은 언어이고 그 언어의 분별을 거쳐 활동합니다. 언어가 사라지면 당신의 의식은 텅 비게 되고 분별도 사라집니다. 그러면 분별이 사라진 곳에 무엇이 있습니까. …<중략>… 그것은 아직 우리가 알 수 없는 그 무엇입니다.
>
> 이제 당신은 분명히 알았을 것입니다. 즉 이 세계와 삶을 이해한다는 것은 언어와 불가분의 관계가 있다는 사실을 말입니다.[42]

---

42) 김영석, 앞의 책, 65쪽.

인용문에서 시인은 우리가 머릿속에서 이것과 저것을 분별하는 것은 다름이 아니라 의식, 즉 언어의 분별에서 비롯된다는 점을 명시한다. 사물을 가리키는 언어는 사물과 미묘하게 어긋나 있기 마련이다. 따라서 언어의 의미에만 매달리게 되면 우리가 인식하는 세상 또한 실재의 그것과 미묘하게 어긋나게 된다. 이런 까닭에 세계를 "언어와 인식의 형상"으로 파악하려던 주인공의 논문이 몇 달이 지나도 끝을 맺지 못한 것이었다.

이와 같이 언어가 초래하는 분별과 대립으로만 세상을 바라보고 이해하던 주인공은 결국 가상의 세계인 거울 속으로 빠지게 된다. 그 공간에서 글씨가 "글씨라기보다 무수한 기하학적 도형들의 나열이거나 조합처럼" 보였다는 것과 그곳 사람들이 내는 소리가 "말이라기보다 차라리 쇠붙이를 긁어대는 소리이거나 무슨 물건들이 서로 부딪치는 소리에 가까웠"다는 것은 거울 속에 처해 있는 주인공에게 언어와 언어에 의한 인식의 기능이 모두 사라졌다는 의미와 동일하다. 그러나 주인공은 이 점을 인식하기는커녕 여전히 눈앞에 펼쳐진 세계를 기존의 언어와 인식으로 분별하려는 자세를 굽히지 않는다. 그가 생각했던 "분명 쌍둥이는 아닐 것이다. 쌍둥이가 그렇게 많을 리도 없거니와 서너 사람씩 한 쌍둥이가 되어서 그렇게나 많이 나다닌다는 것은 아무래도 상상할 수 없는 일이었다."는 부분이 이 점을 명시해 준다. 바로 그렇기 때문에 그는 여러 번 시도해봤는데도 그 가상의 공간을 탈출하지 못 하는 결과에 봉착한다.

"장례를 치르면서 헛것들은 끊임없이 모래알이 부실부실 떨어지"고, "곳곳에 모래 무더기들이 끝없이 쌓여 있더니만 그것들이 모두 저 헛것들의 시체였다."는 묘사와, 뒤의 "산이고 들이고" 눈에 보이는 모든 것들은 "한낱 모래의 신기루에 불과한 모래나라였다."는 것과 더불어 생각할 때 거울 속의 세상에서는 사람이나 산이나 모두가 본질적으로 똑같다는 사실이 감지된다. 여기까지의 내용이 하나의 실마리였던 것이다.

여기서부터 주인공도 무엇을 깨닫기 시작한다. 거울 속 자신의 모습이 낯선 타인만 같아 보였다는 것에서부터 자기의 방을 비치던 거울 속에서 아내와 그 은밀한 짓을 하고 있던 자신을 생전 처음 보는 어떤 사내놈으로 인식하기에 이른다. 그러다가 그는 K라는 여자를 만나게 된다. 주인공과 똑같은 경로로 거울 속으로 들어온 K는 주인공과 똑같이 1인칭과 3인칭을 무의식적으로 혼용하는 말버릇을 가지고 있다는 것은 어쩌면 그들이 한 사람이라는 것을 의미할지도 모른다. 즉 애초부터 거울 속에는 그 여자가 존재하지 않았고 모든 대화는 주인공이 상상한 것이므로 결국 주인공은 자신과 대화했던 것일 수도 있다는 말이다. 다만 그렇게 볼 때 거울 속의 주인공이 서서히 거울 속 세상을 알아가기 시작하는 데에 반해 그 여자의 형상이 현실 세계의 주인공의 의식을 대변하고 있다. 자신과의 대화를 통해 이쪽 세상의 주인공이 저쪽 현실에서의 자신의 문제를 알게 되었고 마침내 그는 "얽혀져 있는 생각의 실마리를 차근차근 풀어보기" 시작한다.

처음부터 차근차근 생각한 결과 주인공은 존재와 부재의 철학적인 문제를 이해하게 된 나머지 거울의 의미 또한 동시에 깨닫는다. 곧 거울이 "수동적으로 비치기만 하는 것"이 결코 아니라는 사실이다. 주인공이 거울을 바라볼 때 거울 속의 영상이 거울 밖의 자신과 비슷해 보이지만 실상은 왼쪽과 오른쪽이 교체된 다른 존재이다. 거울의 입장에서 볼 땐 주인공이 앞으로 나와서 비치게 된 것이 아니라 처음부터 거기에는 "거울이 스스로 바라보고 규정한" 주인공이 존재했던 것이다. 주인공의 '바라봄'은 곧 거울에게의 '보여짐'이고, 반대로 거울의 '바라봄'은 곧 주인공에게는 '보여짐'이다. 만약에 거울이 없었다면 주인공이 자신을 알 수가 없었고, 거울 속의 그 사람이 없었다면 주인공이 결코 존재하지 않았을 것이다. 즉 거울과 거울 속의 사람이 언제나 현실의 주인공보다 선행하고 있었다는 논리다. 그리고 거울이 그 앞에 서 있는 주인공을 바라보고 구성한 뒤에야 비로소 주인공이 존재하는 것이지 애초에 주인공이 존재하지 않았다면 거울 속으로 들어갈 리도 만무하다. 그리하여 주인공은 거울 속의 자신과 거울 밖에 자신이 하나가 되어야만 아무것도 할 수 없는 구성된 자신에게서 벗어날 수 있고, 그래야만 거울 속을 빠져나갈 수 있다는 사실을 깨닫게 된다. 이어서 그는 거울을 등지고 뒤로 돌아서 완전히 하나가 되었다가 거울 속 세상에서 탈출하기에 이른다.

한편 탈출하는 방법을 깨닫자 주인공이 K에게 방법을 알려주고 그녀를 설득시킨다는 것은 이쪽 세상의 자신과 저쪽 세상의 자신에게 이 존재론적인 문제에 대한 견해를 일치시킨다는 것으로 유추된다. 이야기의 뒷부분에서 현실로 돌아온 주인공이 서점에서 만나던 K와 똑같이 생긴 여자가 거울 속 모래나라에 있었던 일에 대해 아무것도 모른다는 것은 그가 거기서 만났던 K라는 여자가 바로 상상 속의 자신의 분신이었을 수도 있다는 사실을 더 선명하게 보여준다. 주인공은 이러한 현실 앞에서 다시 혼란에 빠진다. 그의 말들은 "자음과 모음이 제각각 뿔뿔이 흩어진 채 부실부실 모래알처럼 떨어져 내렸다."고 하는데, 여기에는 주인공의 말이 거울 속과 거울 밖을 구분할 수 없는 언어로 상존한다는 사실이 함축되어 있다. 이어 화자는 거울 밖 세계의 "거대한 허공의 거울"을 제시함으로써 모래나라에서 빠져나온 주인공이 다시 또 하나의 거울 속에 갇히게 되었다는 점을 명시한다.

이야기가 긴만큼 이 시의 산문 부분에는 '거울'이라는 이미지를 통해 "나와 타자, 자아와 세계, 존재와 언어의 분열과 대립, 존재의 이면과 실체" 등과 같이 다양한 철학적인 사유와 인식이 "모호한 세계의 모습이 실상의 몸으로 현상"[43]되고 있다. 시인이 사설시라는 새로운 형식의 시를

43) 강희안, 앞의 글, 209쪽.

창작하게 된 이유는 바로 이처럼 많은 문제를 깊이 있게 다루기에 기존의 운문적인 시 형식으로는 부족할 수도 있기 때문으로 보인다. 그리고 시의 뒷부분에서 앞의 이야기와 다르게 기존의 시 형식의 노래를 제시한 것은 "산문(이야기)으로 담아내기에 격렬한 메시지를 운문의 리듬으로 전달"하기 위한 것이며, "이야기꾼(산문을 쓰는 사람)이 무당의 춤을 끊임없이 말로 풀어낸다면, 노래하는 이(시인)는 무당의 춤을 그대로 재현"[44]하려는 의도의 산물이다.

이야기가 끝난 자리에서 "이러매 내가 노래한다."로 앞부분과 연결되는 인용시의 운문에서 화자는 이야기를 통해 풀어낸 그 모래 나라의 형상에 대해 노래하고 있다. 그곳에서 해와 달이 "유리구슬 눈알을 반짝이"는 '까마귀들'에 의해 수동적으로 번갈아 뜨고, '죽어도' 모래가 되어 "넋이 남지 않"는다고 진술한다. 모든 것이 모래로 된 나라에서 모래가 되는 것으로 이루어지는 헛것들의 죽음이 죽음이라고 할 수도 없으므로 "죽어도 죽음이 없는 이곳은 어디"냐고 화자가 다시 묻는다.

뒤이어 "마른 강바닥에 나무뿌리처럼 제 몸을 내리고/두 개의 옛 거울을 잃어버"리며 "남은 한 개의 거울만을 오른손에 들"고 있는 "늙은 무녀"가 등장한다. "주식으로 종이를 씹어 먹기 시작하면서 이 나라 사람들은 위생적이고 간편한 생활양식에 아주 행복해 했"지만 거기에 따라 "곳곳에서 숲이 사라지고 강바닥이 드러나면서" 사람들은 "영원히 채울 수 없는 굶주림에 쫓겨 다니는 아귀지옥의 아귀들"이 되어 갔다. 이 부분에서 화자는 이야기의 내용을 떠나 자신의 생각을 말하면서 근대문명을 비판하고 있다. 근대사회에 사는 인간들은 근대사회가 이룩한 표면적인 이득에 눈이 멀어버려 존재의 본질에 대한 탐구를 멈추고, 언어에 둘러싸여 거울의 반사각이 만들어낸 사물의 차이 또한 인식하지 못하게 된다. 이에

44) 오홍진, 「이야기에 들린 시인의 노래」, 『시와환상』, 2011, 여름호, 106쪽.

화자는 한 개의 거울을 움켜쥔 무녀를 바라보며 잃어버린 "두 개의 옛 거울"을 떠올린다. 그녀가 움켜쥔 하나의 거울이 근대문명이 이룩한 이원 대립적 언어와 사유라면, "두 개의 옛 거울"이란 화자가 산문에서 제시한 허공의 거울과 천지만물을 비쳐주는 실재의 거울을 의미한다.

"늙은 무녀가 댓잎 서걱이는 소리"로 "넋을 부르"는데, "두 개의 옛 거울"을 모두 잃어버렸기 때문에 이는 결국 헛될 수밖에 없는 행위이다. 비록 현실이 이렇지만 세계의 본질은 여전히 "천지사방 모래바람이 날리"고, 궁극적으로 우리가 사는 이쪽 세상은 거울 속 저쪽의 세상과는 같기 때문이다. 그리하여 이 아귀지옥에서 벗어나려면 우리가 해야 할 일은 자명해진다. 즉 시집 『바람의 애벌레』의 「시인의 말」에서 시인이 시와 언어의 관계를 언급하면서 드러낸 바와 같이 언어와 인식의 구속에서 벗어나 현실과 인간, 그리고 존재의 본질을 올바르게 파악하자는 것이다.

> 시의 언어와 사유는 애초에 불확실하고, 그것들이 확실하다면 그만큼 시로부터 멀어진다. 왜냐하면 시는 본질적으로 정서 또는 느낌에서 싹트는 것이고 언어와 사유는 거칠게 분할하고 분별하는 실용적 도구에 불과한 것이기 때문이다. …<중략>… 시의 세계는 무한하고 심원한 느낌을 주지만 기호에 의하여 이차적으로 가공된 언어와 사유는 그러하지 못하다. 오늘날 사람들은 느낌의 세계와 실재로부터 멀어지면서 거래 교환하고 축적할 수 있는 실용성을 따른다. 그래서 언어와 사유도 분명하고 확실한 개념적 정보 또는 물질성으로 굳어져 병들고 그에 따라 시도 기형적으로 병약해졌다.[45]

결국 깊은 사유에서 유래된 초월적 상상력의 산물로서의 인용시를 통해 시인이 지향하고자 하는 것은 언어와 인식으로의 의미론적 세계가 아니라 느낌으로 실재하는 존재론적 세계이다.

45) 김영석, 「시인의 말」, 『바람의 애벌레』, 앞의 시집.

한편 김영석 시인의 전기적인 사실에서 빼놓을 수 없는 중요한 부분 중의 하나가 바다에 대한 정서이다. 시인이 어린 시절에 살던 동네가 바닷가 가까운 데에 있었을 뿐만 아니라 변산반도의 하도(荷島)라는 작은 섬에서 독거 생활을 했던 경험도 있기 때문에 바다와 바닷바람에 대해 친숙한 감정을 품으며 살아왔다. 그리하여 그의 시집에서는 바다나 거기에 관련된 심상들이 다양하게 산견된다.

바다는 벙어리의
귓속에 잠들어 있고

바다는 벙어리의
붉은 가슴속을 출렁이고 있고

달려도 달려도
캄캄한 대낮은 이마 위로
소리 없이 무너져 내리고

울음 속에 빠뜨린 그물은
영원히 찾을 길 없고

살아있는 죽음이여
한 개의 돌멩이 속에 입적入寂하라

달려도 달려도
바다는 벙어리의
입속에 돌멩이로 굳어 있고
육지 하나 끝없이 누워 있고.

—「바다」 전문

인용시는 시인의 첫 시집에 수록한 바다에 관한 여러 편의 시 중의 하나다. 이 시를 쓰게 된 배경에 대해 시인 본인이 하도에서 바다를 바라보다가 겪게 된 경험과 결부시켜 설명하고 있다.

> 처음에는 밤낮 끊임없이 들려오던 파도 소리 때문에 잠까지 설치고는 했는데 그 바닷소리가 들리지 않았습니다. 바닷소리는 고요함으로 바뀌어 있었습니다. 늘 같은 소리를 듣다 보면 둔감해져서 그 소리가 들리지 않는 일종의 마비 현상 같은 것하고는 분명이 달랐습니다. 바닷소리는 분명 들렸습니다. 그러나 그 소리가 오히려 고요함을 일깨우고 있었습니다.
>
> 그리고 그 고요함과 동시에 쉼 없이 움직이던 바다가 꼼짝 않고 정지해 있음을 깨달았습니다. 분명히 바다는 끊임없이 꿈틀거리며 움직이고 있었습니다. 그러나 그 움직임이 오히려 움직이지 않는 고요한 모습을 밝게 드러내고 있었습니다.
>
> …<중략>…
>
> 내 귀와 눈에는 분명히 소리와 움직임으로 존재하는 바다가 동시에 그 소리와 움직임 너머에서 고요함으로 존재한다는 기묘한 사실. 이 기묘함은 곧바로 놀랍게도 소리 있음은 소리 없음이고 움직임은 움직이지 않음이라는 사실을 가리키는 것이었습니다. 나는 내내 이 기묘한 화두에 침잠했습니다.
>
> 그리고 상당한 시간이 흐르고 난 뒤, 그 이상한 경험도 잊힐 무렵 어느 날, 예의 시가 그야말로 벼락처럼 홀연히 텅 빈 내 마음속을 울렸던 것입니다.[46]

위에서 확인된 바와 같이 익숙한 바다를 바라보면서 시인이 깨달은 것은 곧 소리의 있음과 없음, 그리고 생동(生動)과 부동(不動)이란 본질적으로 같다는 사실이다. 따라서 "바다는 벙어리의/귓속에 잠들어 있고" 동시에는 "벙어리의/붉은 가슴속을 출렁이고 있"을 수 있었던 것이다. 비록

46) 김영석, 『말을 배우러 세상에 왔네』, 앞의 책, 62-63쪽.

겉으로 보기에는 모순된 말이지만 이런 모순된 어법을 통해 심원한 이치와 철학적인 진리를 표현하고 있다. 앞서 살펴본 대로 궁극적으로 이 세상은 단순한 이분법적으로만 설명하기에는 턱없이 부족하다. 있음과 없음, 시끄러움과 고요함, 그리고 움직임과 움직이지 않음 등 수많은 대립항의 사이에는 언제나 이렇기도 하고 저렇기도 하면서, 동시에 이렇지도 않고 저렇지도 않는 이른바 모든 경계가 지워진 화합의 공간이 존재하기 때문이다. 김영석 시인은 늘 이 점을 의식하면서 세상을 응시한다. 따라서 이 시에서 화자의 눈앞에 펼쳐진 그 바다는 소리 없이 잠들어 있기도 하고, 소리를 내며 출렁이기도 한 것이다. 물론 이는 의식이 텅 비어 있는 상태여야만 도달할 수 있는 경지이다. 그렇기 위해서는 일단 언어가 지니고 있는 고정된 의미의 틀에서부터 벗어나야 한다. 즉 말부터 없애야 가능하다는 것이다. 화자가 '벙어리'를 등장시킨 이유가 바로 여기에 있다. 벙어리는 말을 못하는 답답함으로 가슴속이 늘 붉게 타 있지만, 분별적인 말의 의미를 소거해 버린 존재이기 때문이다.

답답한 벙어리는 달리고 또 달렸다. 그러나 절망적이게도 '대낮'은 '캄캄'하고, "아마 위로/소리 없이 무너져 내리"기만 한다. '대낮'이 밝아야 하는데 화자가 여기서 '캄캄'하다고 한 것 역시 어둠과 밝음의 분별이 없어지고, 어둠이 곧 밝음이라는 것을 암시하기 위한 역설적 방법론의 일환이다. 나아가 4연의 "영원히 찾을 길 없"는 "울음 속에 빠뜨린 그물"이란 아무리 달려도 캄캄함 밖에 아무것도 보이지 않는 절망의 벙어리를 절망시킨 것들, 즉 그가 노력해도 가지거나 알 수 없는 일반적인 말, 그리고 그 말을 통해서 이루어지는 인식 행위 등을 지칭한다.

나아가 5연의 "살아있는 죽음"에서는 삶과 죽음이 같으면서 다르다는 것 외에도 뒤의 "한 개의 돌멩이 속에 입적하라"는 것으로 보아 다른 의미 또한 내포하고 있다. '돌멩이'의 뜻은 마지막 연의 "바다는 벙어리의/

입속에 돌멩이로 굳어 있고"에서의 그것과 같은 것이라면 이는 곧 말이 사라진 상태와 다르지 않다. 이로 미루어 볼 때 "살아있는 죽음"에는 살아있는데도 사는 것 같지 않은 삶, 즉 온갖 분별과 갈등으로 인한 고통스러운 삶이 전제되어 있다. 그러한 삶에 놓인 자한테 화자는 "한 개의 돌멩이", 즉 말과 의식의 분별이 없어진 고요한 상태로 들어가라고 요구한다. 바다는 벙어리의 입속에 고요히 굳어 있으며, 소리도 움직임도 없어진 바다는 끝내 "끝없이 누워 있"는 '육지'가 되어 버린다. 끝없이 소리 내며 움직이는 바다가 고요하고 정지한 육지가 될 수 있는 것은 다른 모든 경계가 없어진 것에 따라 바다와 육지의 경계도 없어졌기 때문이다. 달리 말하면 고요의 경지에서 바다와 육지의 소리 있음과 소리 없음, 그리고 움직임과 움직이지 않음 등의 분별이 모두 사라졌기 때문에 이들이 다르면서도 같다는 맥락이다.

시인의 말대로 이 시는 그가 18살이 되던 해 어느 날 홀연히 자신을 찾아온 네 줄의 시를 30년 가까이 매만지면서 겨우 완성한 것이다.[47] 그만큼 김영석 시인은 자신이 살아오면서 보고 듣고 경험하면서 깨친 것을 성급히 내놓지 않는다. 위에서 살펴보았던 다른 대다수의 시와 마찬가지로 이 시는 비록 전기적 사실이 배경이 되지만, 시인의 철학적 사유 또한 깊게 개입된 형이상학적인 시에 해당한다. 한편 이러한 철학적인 시가 나오는 것은 시인이 하도에서 독거하면서 접하게 되다가 관심을 끈 칸트, 헤겔, 니체, 키어케고어, 하이데거 등의 사상가의 이론과 노장을 비롯한 동양의 여러 가지 경서와 깊은 관련을 맺고 있다. 인용시 외에도 시인의 시집에는 「바다는」, 「썰물 때」, 「바닷가 둑길」, 「밀물 썰물」, 「동판화 속의 바다」, 「파도」 등에서와 같이 바다나 바다에 관한 심상이 빈번하게 발견된다. 이는 시인이 자신에게 친숙한 바다의 형상을 머릿속으로 그리면서

47) 앞의 책, 60-61쪽 참조.

깊은 사유에 골몰했던 사실을 말해준다.

> 옛날에 이 마을은
> 조석으로 갯물이 드나들고
> 변산 골짜기 골짜기에서
> 바다 구경을 나온 돌들이 많아
> 돌개라 부르는 곳
> 오늘도 북산에 닭바위에 쫓겨
> 남산의 지네바위가 능선을 따라
> 한사코 바다를 향해 기어가는데
> 수억 년을 그렇게
> 쉼 없이 쫓고 쫓기는데
> 참 이상한 일이다
> 해 질 녘 괭이질을 잠시 멈추고
> 멀리 썰물 지는 바다를
> 허전한 마음에 넋 놓고 바라보다가
> 문득 돌아보면
> 지는 햇살을 눈물처럼 반짝이며
> 텅 빈 뻘밭 가슴 드러내는 썰물을
> 닭바위도 지네바위도 하던 짓을 멈추고
> 참으로 망연히 바라보고 있는 것이다
> 산새도 돌멩이도 산천초목도
> 모두 가난한 한식구가 되어
> 노을빛에 하염없이 바라보고 있는 것이다.
>
> —「썰물 때」 전문

인용시는 관상시에 해당하는 것으로서 제목 밑에는 '기상도(氣象圖)·24'라는 부제가 붙어 있다. 관상시는 감각기관을 통해 의미 이전의 보이지 않고 개념화되지 않는 움직임을 느끼는 데서 탄생한다. 이 시의 경우 화자가 바닷가 어느 마을에서 썰물 지는 바다 풍경을 보고 있는데, 여기에서 먼저 느껴지는 것은 시간의 흐름이다.

"옛날에 이 마을은/조석으로 갯물이 드나"들었다고 한다. 그 갯물에 따라 "변산 골짜기"의 돌들이 많이 쓸려왔는데, 이 마을은 그래서 "돌개라 부르"게 되었다. 돌이 갯물에 쓸려온 것을 화자가 흥미롭게 표현하여 돌들이 "바다 구경을 나온" 것이라고 묘사한다. 무정물인 돌도 유정물인 사람이나 동물과 같이 구경하러 다닌다는 말이다. 이는 의미 이전의 보이지 않는 상(象)을 보고 느꼈을 때야 비로소 보이는 경지이다. 변산 골짜기의 돌들이 바다를 향해 가는 것이 오늘도 지속되고 있다. 오늘날 "북산의 닭바위"와 "남산의 지네바위"가 지형에 따라 앞뒤를 가르며 바다로 기어가는 것을 "쫓고 쫓기는" 일로 여기고 있다. 이렇게 돌들이 서로 "쫓고 쫓기는"일은 '쉼없이' 반복되어 왔는데, 화자는 이 "이상한 일"의 배후에 존재하는 "수억 년"에 달하는 시간에 주목한다. 단단하고 쉽게 변하지 않는 돌들 사이의 단순한 반복 운동과 같이 시간은 만물의 배후에 잠시도 쉬지 않고 계속 흐르고 있다. 그러한 흐름은 단순하지만 영원한 우주의 질서다. 그렇게 수억 년을 흘러온 과거의 시간을 보는 데에는 다시 지금 이 순간을 바라보는 시선이 겹쳐진다.

"해 질 녘"에 하고 있던 "괭이질을 잠시 멈추고/멀리 썰물 지는 바다"를 바라보는데, 이때의 화자는 "허전한 마음에 넋을 놓고" 있다. 마음이 허전하다는 것은 텅 비어 있다는 것과 다르지 않다. 즉 들어오는 대로 무엇이든 구분하지 않고 다 받아들일 수 있는 마음의 상태이다. 한편 '넋'이란 인간의 정신이나 영혼을 가리키므로 "넋을 놓"는다는 것은 정신을 놓는다는 것이고, 여기서는 곧 자신이 자연이나 돌과 분별되는 인간이라는 것을 잊는다는 뜻이다. 달리 말하면 이 순간에 썰물 때의 바다를 보고 있는 화자는 마음이 텅 비어 있고 정신이나 사고가 깨끗이 지워져서 자연인 바다나 돌과 완전히 일체화되어 있다.

그렇게 자신의 존재를 잊은 채 자연과 우주를 감지하는 화자가 "문득 돌아보"아 방금 전까지도 계속 쫓고 쫓기던 "닭바위도 지네바위도 하던 짓을 멈추고" 지는 썰물을 "참으로 망연히 바라보고 있는 것"을 목도하게 된다. 썰물 지는 바다에는 아무것도 남기지 않는 "뻘밭 가슴"만 드러나 있는데, 이 텅 빈 풍경을 바위들도 화자와 같이 망연히 바라보고 있다는 것이다. 그리하여 "산새도 돌멩이도 산천초목도/모두 가난한 한 식구가 되어/노을빛에 하염없이 보라보고 있"다고 명시한다. 텅 비어 있어서 가난한 것이고, 모든 것이 가난으로 인해 한 식구가 된 것이다. 이 순간에 화자와 바위, 그리고 썰물 지는 바다에 산새에 돌멩이에 산천토목까지 모두 하나가 된 채 느낌을 교감하면서 다 같이 고요한 자연의 풍경을 이루고 있다. 분별도 시간도 모두 사라지고 오직 영원한 평화로움만 남는다. 결국 이 시에서 화자가 지향하는 바는 바로 이러한 사고의 움직임이 완전히 배제되는 내적 비움으로써 이르게 되는 만물의 근본적인 일치와 화합이다. 이는 곧 관상시가 지향하는 분화되기 이전의 전일성으로서의 순수한 느낌의 세계이다.

김영석 시인의 시에서 자주 등장하는 심상으로는 앞에서 다루던 거울이나 바다 외에도 감옥을 대표적으로 거론할 수 있다. 특히 그의 첫 시집 『썩지 않는 슬픔』의 경우는 "역설적인 감옥의 이미지가 주류"[48]를 형성하고 있는데, 이는 시인이 고교 시절에 학생들 사이의 폭력사건에 연루되어 붙잡혀 입감되었던 경력과 깊이 관련되어 있다. 강희안에 따르면 "고교 시절에 겪은 굴절 과정의 파장에서였는지" 김영석의 시는 "수십여 년 동안 각고의 창작 과정을 겪은 어느 시인도 쉽게 추출할 수 없는 사리와도 같은 시정신의 결정(結晶)"[49]에 해당한다.

---

48) 강희안, 앞의 글, 205쪽.

무기수들이 창을 닦는다
탈옥을 꿈꾸며 창을 닦는다
밤하늘의 잔별만큼 많은
이 세상 낱말의 수만큼 많은
창문을 하나씩 붙들고
오늘도
무기수들이 창을 내다본다
탈옥하자마자
이내 또 다른 감옥에
다시 또 갇히겠지만
창이 그려주는 지도를
이제는 완전히 믿지 않지만
창이 있는 동안
창이 있으므로
하늘이 파랗게 창을 닦는다.

—「창」 전문

부드러운 봄의 입술로
비로소 발음해보는 자유
그러나 아무도
저 벽의 높이에 이르지 못한다
따뜻한 손길로 봄은
다시 한번 만물을 흔들어 깨워
한 치 더 벽을 높이고
밖에서 자꾸 부르는 호명 속에
또 한번 갇히게 할 뿐

연약한 극약(劇藥)의 봄에
감옥이 변함없이 세우고 있는 것은
오직 하나

---

49) 앞의 글, 같은 쪽.

골백번 쓰러지는 희망뿐이다.

—「감옥을 위하여」 부분

인용시 「창」은 일단 "탈옥을 꿈꾸며 창을 닦"는데 "탈옥하자마자/이내 또 다른 감옥에/다시 또 갇히겠"다는 무기수들의 삶을 통해 인간 존재의 비극성을 상기시킨다. 현실은 갑갑한 '감옥'으로 가득 차 있다. 감옥마다 창이 하나씩 달려 있는데 "밤하늘의 잔별만큼", 그리고 "이 세상 낱말의 수만큼 많은" 감옥의 창문들을 무기수들이 "하나씩 붙들고" 닦는다. 갇혀 있는 자라면 누구나 그렇듯이 그들 역시 탈옥을 희망하면서 붙든 창문을 내다본다. 그러나 절망적이게도 그들은 탈옥의 꿈을 이루자마자 "다른 감옥에/다시 또 갇히"게 될 것이다. 이 구절에서 드러난 것과 같이 화자가 여기서 말하는 '감옥'은 현실에서 죄인을 가두어 두는 교도소가 아니다. 이는 '꿈'과 '창'에 연관되는 일종의 정신적이거나 심리적인 구속에 가깝다. 따라서 '무기수'라고 한 것 또한 현실에서 무기형을 선고받고 징역살이를 하는 죄수가 아니라 정신적으로나 심리적으로 자유롭지 못한 자들이다.

우리가 꿈의 세계에 도달하려고 할 때 현실 세계는 하루하루가 갇힌 것처럼 인식되기 마련이다. 그러나 인간에게 이상이나 욕망이 있는 한, 아무리 노력하여 현실의 구속에서 탈옥을 해도, 또 다른 새로운 꿈이 생길 것이므로 결국 우리는 무기수처럼 영원히 현실 속에서 갇히게 될 것이다. 탈옥하다가 다시 갇히게 된 무기수들은 "창이 그려주는 지도를/이제는 완전히 믿지 않"는다. '창'이란 이루어지기 이전의 꿈의 모습이기 때문이다. 그러나 비록 이처럼 한 번 속았는데도 꿈이 있는 자는 꿈을 포기하기란 어려울 것이다. "창이 있는 한/창이 있으므로/하늘이 파랗게 창을 닦는다."에서 보는 바와 같이 그들은 꿈이 있는 한, 꿈이 있기 때문에, 그 꿈이 더 생생해지도록, 그 꿈을 향해 한 발짝이라도 더 다가가기 위해 열심히 고투할 수밖에 없다.

어쩌면 이 시는 이 세상의 수많은 낱말, 즉 인간의 말로 더럽힌 창을 닦으면서 이상적인 세상을 내다보는 시인 자신을 그린 것일지도 모른다. 시인에게 꿈이란 자신의 시에서 담아냄으로써 전달하려고 하는 것들인데, 김영석 시인에게 그것이 굳건히 채찍질한 양심이고, 썩지 않는 원초적인 슬픔이며, 사물의 배후에 존재하여 그 사물을 더 생동하게 그려주는 텅 빈 공간, 그리고 말과 인식에 의한 분별이 모두 사라진 하나의 크고 온전한 고요, 또는 개념화되기 이전의 순수한 느낌의 세계일 것이다.

시 「감옥을 위하여」는 5연 37행으로 구성되어 있는데, 인용한 부분은 4연과 5연이다. 우리는 '봄'이라고 하면 대체로 새싹이 자라고 만물이 소생하는 따뜻하고 해방적인 이미지가 떠오른다. 김영석 시인에게 봄 역시 "넋살도 눈부신"(「봄날에」 부분) 계절로 느껴지는 때가 있었다. 한편으로 시인에게 봄은 때론 "온통 천지를 쇠사슬로 묶고", 우리를 "징역살게 하는"(「봄」 부분) 형벌로 인식되기도 한다. 똑같이 폐쇄성을 띤다는 점에서 인용시 「감옥을 위하여」에서 화자가 그려준 봄의 심상은 「봄」이라는 시에서 내세우고 있는 그것과 유사해 보인다.

인용시의 1연과 2연의 내용을 보면, 화자에게 봄은 살이 부드럽고, 두 무릎이 깨어진 연약한 존재인 것을 알 수 있다. 그러나 역설적이게도 이 봄에 의해 벽이 튼튼하고 끝내 무너지지 않는 광대한 감옥이 세워진다고 진술한다. 봄은 "질기고 질긴 쑥니풀을 밟고", 감옥의 튼튼한 "벽을 더 높이 손질하기 위해서", 또한 감옥의 "영지를 더욱 넓히기 위해서" 세상을 찾아온다는 것이다. 이처럼 화자는 봄을 맞이하면서 감옥 같은 억압의 현실에 주목한다. 결론부터 말하자면 이러한 상상의 궤적에는 시인의 반성적인 자세가 담겨 있다. 이만교는 이를 시인의 역사적 성찰이 개입된 결과로 해석하고 있다. 주지하다시피 한국 근대사는 열강의 침입과 억압으로 얼룩진 역사였다. 근대사의 봄은 이러한 침입과 억압에서 벗어나 진정한 해방과 자유를 추구하는 민중적 힘의 분출로 이어졌다. 이만교에 따르면 인용시에서 "'함성', '비겁' 등의 단어가 비유적으로 쓰였을 뿐"이고, 여기서 드러난 시인의 태도는 "결국 미완성일 수밖에 없는 인간 역사의 선험적인 한계를 염두한"50) 것이다. 시인의 이와 같은 역사적인 성찰은 "그리움 들떠 그렇게 봄은 찾아오지만"의 시구에서도 분명하게 확인된다.

3연에서는 봄이 찾아오기 전과 봄이 오고 나서의 상황을 대조적으로 제시하고 있다. 봄이 오기 전에는 온 세상이 "칙칙한 어둠과 추위"로 둘러싸여 있어, "감옥의 철창과 벽의 높이"를 아무도 보지 못한다. 억압만 존재하기 때문에 사람들은 억압을 가하거나 당한 줄도 모른 채 그 상황을 그대로 수용하기만 한다는 것이다. 그러다가 봄이 찾아오면서 파랗게 변하는 산천이 칙칙했던 것과 대비되기 시작한다. 그때에야 비로소 어둠 속에서 감추어져 있던 우리의 '비겁'과 '근친상간'이 보이기 시작한 것이다. 위에서 언급한 것과 같이 여기서 화자가 말하는 '비겁'과 '근친상간'은 비유의 뜻으로 쓰이고 있다. 이를 통해 화자는 억압 속에서 발생했거나 아직까지도 발생하고 있는 인간답지 못한 온갖 현상을 폭로한다. 이와 같은 이유로 여기에서 '감옥' 또한 현실적인 감옥이 아니라 우리를 갇힌 어둠과 억압의 현실이다. 어둠 속에서 저지른 죄는 보이지 않았지만 실재했던 것이고, 봄이 오는 것과 동시에 우리는 그것을 목도했으므로 이는 더욱 외면할 수 없는 것이 된다. 이런 까닭에 화자는 봄이 왔으므로 그것이 "이제는 뽑을 수 없는 말뚝의 깊이/갇힌 파도"가 된다고 진술한다.

봄이 오고 갇혀 있는 처지가 인식되면서 우리는 또한 자유의 의미를 깨닫게 된다. 딱딱한 갇힘의 반대편에 존재하는 자유는 봄의 부드러운 입술로만 발음이 가능하다. 그러나 봄은 자유를 깨우치는 동시에 저지른 죄

50) 이만교, 「삶의 비극성과 비장미」, 『문예비전』, 2008, 51호, 46쪽.

를 더욱 짙게 드러내기도 한다. 결국 죄는 무시될 수가 없으므로 우리가 처해 있던 감옥은 벽이 더 높아지고, 영지가 더 넓어질 수밖에 없다. 이에 화자는 저 벽의 높이에는 아무도 이르지 못한다고 단언한다. 따뜻한 봄에 의해 해방감이 체감될수록 억압의 벽이 한 치 더 높아지기 때문이다. 이와 같은 역사 반성적인 성찰을 통해 우리는 해방과 억압의 사이에서만 존재해야만 하는 운명에 처한다. 안에서 들리는 호명은 해방의 호명이고, 그러한 호명은 우리를 "또 한 번 갇히게 할 뿐"이다. 이런 의미에서 연약한 봄은 곧 '극약(劇藥)'으로 느껴질 수밖에 없다. 그것이 희망을 가져다주는 것처럼 보이면서도 실제로는 대조를 통해 억압 속의 죄를 더욱 적나라하게 드러내기 위한 방편에 불과하기 때문이다. 결국 희망은 쓰러지기만 하고, 골백번 쓰러지는 희망이야말로 감옥이 변함없이 세우고 있는 고립의 실상이었던 것이다.

지금까지 분석한 바와 같이 김영석 시인이 인식한 봄에서 이러한 역설적인 상징 의미가 보여지는 것은 즉발적인 상상의 소산이 아니다. 이는 시인이 오랫동안 참혹하게 좌절을 겪어온 역사 속 어둠의 통로를 인식한 결과물이다. 김영석 시인의 시에 감옥의 심상이 많이 보이는 것은 비록 시인의 경험과 관련이 없지 않으나, 결국 이들의 작품에서 시인은 "인생사의 기미와 감정의 기복을 건너뛰어 한결 차상된 사유를 위주로 인생과 세상의 진폭을 보고 있다"[51]고 할 수 있다. 김이구에 따르면 거기에는 "세상의 작동 원리를 직선적이든 피상적이든 하나의 진보로 파악하지 않고, 순환적이지만 늘 길항하는, 멈추지 않은 운동으로 읽어내는 정관(靜觀)"[52]이 놓여 있었던 것이다.

한편 김영석 시인의 시에서 감옥의 심상은 봄 외에도 별과 짝을 이루

51) 김이구, 「허무에 이르지 않는 절망」, 『오늘의시』, 993, 10호, 211쪽.

52) 위의 글, 같은 쪽.

어 등장하기도 한다. 다음의 인용시가 대표적인 예에 해당된다.

우리들의 감옥은 너무나 멀리
서로 떨어져 있다
걸어도 걸어도 도달할 수 없는
적막한 모래의 시간
전화도 없고
별빛처럼
감옥의 불빛만 아슬히 멀다
별 하나 감옥 하나
별 둘 감옥 둘
별 셋 감옥 셋
………

—「먼 감옥」 전문

시 「먼 감옥」에서 화자는 감옥의 '불빛'과 하늘의 '별빛'을 조응의 관계로 인식한다. 별은 희망적이면서도 한편으로는 끝내 도달할 수 없는 절망적인 대상이다. 별을 동경하는 인간은 별의 이루지 못하는 특성으로 인해 절망의 감옥에 갇혀 살게 된다. 하늘의 별들이 서로 떨어져 있는 것과 같이 우리들의 감옥은 또한 서로 멀리 떨어져 있다. 아무리 걸어도 도달할 수 없는 그 거리가 마치 모래의 시간처럼 적막하고 영원하다. 여기서 전화가 없다는 것은 인간이 각자의 감옥에 갇혀 서로 절연이 되었다는 뜻이다. 시의 후반부에서 화자는 "별 하나 감옥 하나/별 둘 감옥 둘/별 셋 감옥 셋/……"이라고 하면서 끊임없는 숫자의 연속만큼 헤아릴 수 없는 감옥의 수를 가늠해본다. 거시적인 관점에서 볼 때 이는 끊임없이 이어지는 감옥의 적막함을 더 선명하게 드러내기도 한다. 궁극적으로 우리는 모두 감옥에 갇혀 있고, 우리를 가두는 감옥은 우리 스스로가 만든 덫과 같은 정신의 산물이다. 화자가 여기서 형상화한 감옥의 심상의 정체를 우리는 아래의 인용시를 통해서 더 명확하게 파악할 수 있다.

> 가슴 깊이
> 별을 지닌 사람들은
> 모두 감옥에 갇힌다
> 별 향한 창틀 하나 달린
> 감옥 속에
>
> 한번
> 푸른 하늘을 본 사람들은
> 모두 감옥에 갇힌다
> 하늘 향한 창틀 하나 달린
> 감옥 속에
>
> 타는 그리움으로
> 노래를 불러본 사람들은
> 모두 감옥에 갇힌다
> 귀를 향한 통로 하나 달린
> 감옥 속에
>
> 순한 짐승들은 숲 속을 서성이고
> 꿈꾸는 사람들은
> 한평생 감옥 속을 종종이고
>
> 사람들은 누구나
> 제 키만한 감옥 속에
> 조만간 갇히게 된다
> 갇혀서 마침내 작은 감옥이 된다.

—「감옥」 전문

인용시의 1연에서 화자는 '별'과 '감옥'의 관계를 대립의 의미망을 통해 제시하고 있다. "가슴 깊이/별을 지닌 사람들"은 희망을 품고 사는 사람들이다. 객관적 상관물로서의 별은 긍정적이고 희망적이지만 동시에 이루지 못하는 희미하고 절망적인 면도 내포한다. 결국 그 사람들은 별의 세계를 동경하지만 끝내 그 세계에 이르지 못하므로 감옥에 갇혀 살게 된다는 논리다. 여기서 '감옥'이란 희망에 이르지 못하는 우리의 존재론적 상황을 함축한다. 별 같은 희망으로 인해 비로소 존재하는 감옥은 별을 향한 창틀을 달고 있다. 2연에서의 "푸른 하늘"은 위의 '별'과는 동질적인 요소이므로, "푸른 하늘을 본 사람들"은 "푸른 하늘"로 표상되는 순수하고 아름다운 희망의 세계를 본 사람들이다. 그 세계는 마치 하늘처럼 보이기는 하나 닿을 수 없는 거리에 있다. 그리하여 그 세계에 닿으려는 사람들은 끝내 그들만을 가두기 위해 세워진, 이른바 "하늘 향한 창틀 하나 달린" 감옥에 갇히게 된다. 마찬가지로 3연에서의 그리움의 노래 또한 위와 같이 이루기 어려운 소망의 세계를 표상한다. 그 세계를 동경하는 사람들은 역시 감옥에 갇힐 수밖에 없는 아이러니한 세계의 실상에 빠져 있다.

지금까지의 내용을 통해 알 수 있듯이 인용시에서 화자가 형상화한 가슴에 "별을 지닌 사람", "푸른 하늘을 본 사람"과 그리움의 "노래를 불러 본 사람"들은 본질적으로 같은 부류의 사람이다. 그들은 4연에서 말하는 꿈을 꾸는 사람이고, 그들이 꾸는 꿈은 별과 푸른 하늘과 그리움의 노래로 표상되는 순수한 이상의 세계이다. 이러한 순수한 이상의 세계에 대한 지향을 포기하면 "숲 속을 서성이"는 짐승이 되고, 그것을 가슴 속에 품고 살려는 인간은 도리어 내적 억압을 받아 감옥에 갇히게 될 뿐이다.

마지막 연에서 화자는 이 감옥의 정체에 대해 직접적으로 진술한다. 그 내용을 통해서 확인할 수 있는 것은 우리를 가두는 감옥은 우리가 스스로 만든 덫이다. 더 정확히 말하면 우리는 짐승이 되는 일을 방지하고 인간만의 순수한 이상을 고수하기 위해서 감옥이라는 밀폐된 공간을 만들면서 스스로 갇히는 길을 선택했던 것이다. 이런 의미에서 김영석 시인의 시 속에 등장하는 감옥이란 궁극적으로 범죄자를 가두는 현실의 교도소가 아니라 '별'과 '꿈' 등에 연루된 인간 자신, 즉 이상을 향한 열망과 그것을 이루려는 고투의 과정이 빚어낸 상징물에 해당한다.

말을 배우러 나는 이 세상에 왔네
말을 익히며 말을 따라
산과 바다와 들판을 알았네
슬픔이 어떻게 저녁 못물만큼 무거워지는지
삶의 쓰라림과 희망이
어떻게 안개처럼 유리창에 피고 지는지
말을 따라 착하게도 많이 배웠네
이제 아이들에게 말을 가르치면서
말을 배우러 이 세상에 왔노라고
나는 다시 한 번 새삼 깨닫네
더 깊고 더 많은 말을 배우기 위해
이제는 익힌 말을 다시금 버려야 하네
가을 산이 잎 떨군 빈 가지 사이로
아주 먼 길을 보여주듯
말 떨군 고요의 틈으로 돌아가서
푸른 파도가 밤낮으로
바위에게 웅얼거리는 소리를
쪽동백이 날빛에 흰꼬리새 부르는 소리를
이제는 남김없이 들어야 하네
그 말을 배워야 하네
아이들에게 말을 가르치고
말을 배우러 나는 이 세상에 왔네.

— 「말을 배우러 세상에 왔네」 전문

인용시 「말을 배우러 세상에 왔네」는 다양한 시적 사유와 더불어 시인의 인생관을 오롯이 담아낸 작품이다. 여기에서 '말'이라고 한 것은 두 가지 의미로 해석된다. 하나는 인간이 태어날 때부터 지금까지 배움으로써 익힌 의사소통을 위한 언어이고, 다른 하나는 이 언어보다 "더 깊고 더 많은" 말이다. 화자는 자신이 전자를 통해 "산과 바다와 들판"을 알았다고 제시한다. 이는 곧 우리의 언어가 산과 바다와 들판 등을 분별하여 인식하게 해 주기 위해서 차이를 기준으로 이들을 각각 다르게 가리킨다는 사실을 적시한다. 이어 그는 이와 같은 익힌 말을 통해 슬픔과 삶의 쓰라림과 희망도 같이 배웠다고 부연한다. 인간의 내부에서 일어나는 이들의 감정도 말에 의해 서로 분별되는 만큼 배우고 알았다는 의미다. 말을 통해 알게 된 슬픔은 무거운 것이며, 저녁때의 못물처럼 흐르지도 않고 아무도 찾지 않는 외롭고 소외된 감정이다. 슬픔은 이처럼 우리의 마음속에서 고인 채 쉽게 삭일 수 없으므로 시인은 이것이 결코 썩지 않는다고 노래하기도 한 것이다.

한편 삶의 쓰라림이란 우리가 살아가면서 수없이 겪게 되는 고통이나 아픔과 같은 즉발적인 감정이다. 이는 시간이 지나고 나면 사라지기도 하고 사라졌다가 다시 겪게 되기도 한다. 희망과 절망 또한 이와 같이 서로 얼굴을 바꾸어가면서 우리의 인생을 좌지우지하고 있다. 이런 의미에서 삶에서 이들의 감정의 반복은 곧 쉽게 피고 또 쉽게 지는 안개와도 같다. 여기서 시인이 유리창의 이미지를 차용한 것은 우리의 마음과 속성이 유사하기 때문이다. 살아가면서 쓰라림이나 절망을 느낄 때 우리의 마음은 안개 핀 유리창처럼 흐려지다가, 기쁨이나 희망 등의 긍정적인 감정이 되살아나면 마음은 다시 안개가 걷힌 유리창처럼 깨끗하고 투명해진다. 익힌 말을 통해서 위와 같은 많은 것을 알게 된 화자가 이제는 "아이들에게 말을 가르친다"고 하는데 이는 곧 시인이 교단에 섰다는 뜻으로 해석된다. 인생 자체가 시를 쓰고, 학생들에게 시를 가르치는 일이므로 화자는 재차 "말을 배우러 세상에 왔노라고" 부연한다. 그리하여 말에 대해 다시금 생각하게 되면서 "다시 한 번 새삼 깨닫"는다고 강조한다. 그 깨달음은 끝내 "더 깊고 더 많은 말을 배우기 위해/이제는 익힌 말을 다시금 버려야" 한다는 데까지 나아간다. 위에서 거듭 언급한 바와 같이 김영석 시인에게 인간의 말, 즉 언어와 이에 의한 의식은 세계를 분할하고 분별하는 도구에 불과하다. 한편 시인에게 실재 세계는 분별이 없는 하나의 유기체와 다를 바 없다. 이와 같은 모순으로 인해 시인은 우리의 언어가 느낌의 세계와 실재로부터 묘하게 떨어져 있을 수밖에 없다는 사실을 발견하기에 이른다. 즉 그것만으로는 실재의 세계를 올바르게 인식하기란 불가능하다는 역설적 인식이다. 오직 말과 실재 사이의 틈으로 들어가야만 우리는 더 깊고 더 많은 말을 배울 수 있고, 나아가 더 온전한 세계를 볼 수 있다고 믿기 때문이다. 물론 그 틈이란 시인이 지향하는 '사이'나 '텅 빈 공간'과 다르지 않다.

이어서 화자는 가을이 되면 산에는 녹음이 사라지고 나뭇잎 떨군 빈 가지 사이로 하늘이 보인다고 제시한다. 사물의 사이나 그 배후의 빈 공간이 사물을 더 생동하게 그려주듯이, 그 빈 가지 사이를 통해 화자는 화려한 녹음에 가려져 보이지 않았던 "아주 먼 길"을 인지한다. 이와 마찬가지로 하나의 고요로밖에 남기지 않는 말과 실재 사이의 틈으로 들어가면 우리는 실재의 세계에 더 가까워질 수 있다는 논리다. 그 표리일체의 세계에서는 "푸른 파도"가 "바위에게 웅얼거리는 소리로" 말을 건넬 수 있고, '쪽동백'이 '흰꼬리새'를 부를 수도 있다. 나아가 시적 화자는 익힌 말보다 "더 깊고 더 많은 말을" 배울 수 있는 불립문자의 세계를 갈망한다. 분별이 없는 그 세계에서는 사람과 파도와 바위 등을 비롯한 모든 천지만물의 경계가 사라지고 상통하기 때문이다. 이는 실재 세계의 모습이고, 이 세계에 들어가기 위해서 화자가 익힌 말을 버려야 한다고 강조하는 까닭이 바로 여기에 있다. 시의 마지막에 화자가 다시 한 번 "아이들에게 말을 가르치고/말을 배우러 나는 이 세상에 왔네"라고 한 것은 시의 리듬을 살리기 위한 단순한 반복이 아니다. 여기서의 '말'이란 위에서 예거한 것과는 달리 실재 세계에서의 분별 짓지 않는 깊은 말을 가리키기 때문이다.

인용시를 통해서 우리는 시인의 시인이나 교사로서의 삶뿐만 아니라 그의 깊고 다양한 시적 사유도 함께 확인된다. 시인이 되는 길을 선택한 김영석 시인은 말을 배우기 위해서 세상에 왔다고 한다. 이는 곧 언어라는 도구를 사용할 수밖에 없는 시인의 비극적 운명을 암시한다. 한편 이 시에서는 슬픔, 쓰라림과 희망 등의 감정이 인간의 내면세계에서 어떻게 일어나는지, 그리고 이와 같은 감정을 품고 사는 인간의 삶의 모습에 대한 시인의 경험적인 인식까지 피력한다. 물론 무엇보다 중요한 것은 시 속에 담겨 있는 시인의 철학적인 사유이다. 지금까지 여러 편의 시를 통해서 들여다보았던 시인의 언어와 사유에 대한 인식, 그리고 텅 빈 공간과 사이에 대한 사유, 고요의 시학 등이 모두 이 한 편의 시에 고스란히 담겨 있다. 한마디로 이 시는 김영석 시인의 시와 인생과 세계에 대한 사유의 기도가 자연발생적으로 함축된 작품이다.

이상으로 역사 반영론적 성격에 입각하여 김영석 시인의 시적 사유와 상상력, 그리고 그의 시에서 자주 등장하는 심상들을 시인의 전기적인 사실과의 관련성 속에서 고찰해보았다. 지금까지의 내용에서 논의한 바와 같이 김영석 시인의 시에는 깊은 철학적 사유가 밀도 있게 응축되어 있다. 이 점은 시인이 창작한 단형 서정시에서는 물론 새로운 시도로서의 '관상시'나 '사설시'에서도 두루 확인된다. 특히 관상시는 동양의 전통적 시정신의 한 핵심에 닿아 있어 도학사상에 근거한 시인의 철학적인 사유를 담아내는 데 가장 적합한 형식으로 여겨진다. 시인이 창작한 대부분의 시가 관상시적 특징을 드러내고 있는 것도 이런 동인에서 비롯된다. 한편 사설시의 경우, 시인의 다양한 사유를 깊이 있게 다루기에 기존의 단형 서정시 형식으로는 다소 적합하지 않을 수도 있다는 자신의 판단에 의해 창작하게 된 것으로 짐작된다.

유년 시절부터 부모 슬하를 떠나 혼자서 외롭게 살아야만 했던 경험으로 인해 김영석 시인의 시에는 '슬픔'이나 '외로움'에 대해 노래하는 내용이 도처에 발견된다. 시 「썩지 않는 슬픔」과 「그대에게」 등이 그러한 예에 속한다. 또한 시인은 「거울 속 모래나라」나 「고요의 거울」과 같은 '허공'이나 '거울'을 형상화한 시를 여러 편 창작하기도 했는데, 이는 그가 '가랑이 사이 보기'와 '기울보기'라는 어린 시절의 놀이에서 얻게 된 깨달음과 밀접한 관련을 맺고 있다. 이 외에도 김영석 시인의 시에는 '바람', '바다' 등의 심상이 다수를 차지하는데, 「바람 속에서」와 「바다」가 대표적인 예일 것이다. 앞의 분석에 따르면 이는 시인이 어린 시절에 바닷가 근처에 살았던 것과 고교시절 때 바닷가에서 독거 생활을 했던 경험에서 유래된 바다에 대한 친숙한 감정 때문으로 짐작된다. 이밖에 「감옥을 위하여」, 「먼 감옥」 등에서 보는 바와 같이 '감옥' 또한 김영석 시인의 시에서 자주 등장하는 대표적인 심상 중의 하나다. 이에 관련된 시를 창작하게 된 것은 시인이 고교 시절에 입감되었던 경험과 불가분의 관련을 맺고 있다.

한편 작품에서 드러낸 시인의 철학적인 사유는 비록 "텅 빈 허공", "아득한 꽃과 벌레 사이"나 "깨지지 않은 하나의 온전한 고요" 등을 통해 다양하게 제시되어 있지만, 궁극적으로 그것들은 모두 동양의 도학사상에 깊게 침윤되어 있다. 따라서 김영석 시인의 시적 상상력을 이해하기 위해서는 그의 시적 사유가 뿌리를 내리고 있는 도학사상에 대한 이해가 필수적으로 선행되어야 한다.

제4장

김영석 시의 형식과 언어적 사유

한 시인의 시세계의 본질을 이해하는 데 먼저 제기되는 것은 시적 인식과 언어적 사유의 문제일 것이다. 시인이 사물이나 세계를 능동적으로 인식하고 표현함으로써 독자의 의식을 일깨워 감동을 준다고 할 때, 시인의 의식이나 사상이 주요한 부분을 차지하기 때문이다. 김영석 시인의 시세계를 관통하는 중심적인 사상은 도학사상인 것은 더 이상 논의할 여지가 없다. 이와 같은 동양적인 정신에 바탕을 두어 시인은 『도의 시학』을 펴내며 자신의 시론에 대해 소개한 바 있다. 그 내용을 통해 우리는 김영석 시인이 세계를 어떻게 인식하고 있는지, 또 그러한 인식이 시인의 시를 통해 어떻게 반영되고 있는지에 대해 파악할 수 있다. 따라서 이 장에서는 김영석 시인의 시적 인식이 담긴 『도의 시학』의 내용에 대해 정리한 다음, 이러한 동양적 인식과 세계관이 그의 단형 서정시와 새로운 시도로서의 사설시(辭說詩), 관상시(觀象詩)에서 각각 어떻게 형상화되고 있는지에 대해 살필 것이며, 나아가 그의 시에 나타난 궁극적인 지향태에 대해 심도 있게 고찰해 보고자 한다.

1. 도학사상의 시적 수용 양상

1) 전일성 지향과 시적 정서

앞서 2장에서 살펴본 바와 같이 동양의 철학적인 사유에 따르면 우주 만물을 생성시킨 근원적인 일자(一者)는 태극이다. 태극의 본질은 무이유(無而有)하고 부동이동(不動而動)이므로 그것이 형이상학적인 실체이면서도 동시에 무한한 생성의 가능성, 즉 가발성(可發性)과 부단한 변화의 움직임을 추진하는 가동성(可動性)을 지니고 있다. 이러한 태극으로부터 일단 음과 양이라는 두 가지의 기가 생겨 나오고, 다시 이 음양이기의 모임과 흩어짐에 따라 천지만물이 이루어진 것이므로 궁극적으로 이것이야말로 천지만물과 온갖 현상의 바탕이 된다고 하겠다. 우리가 지각할 수 있는 현상적인 천지만물에 비해 음양이기로 분화되기 이전의 태극은 지각할 수 없는 미분적이고 초월적인 존재이다. 태극의 초월적 미분성은 전일성(全一性)이라고 하는데, 「계사전」에서는 이를 일컬어 도(道)라고 한다. 『중용』에서 이 도에 대해 "도라는 것은 잠시도 떠날 수 없는 것이다. 떠날 수 있다면 도가 아니다."[1]라고 표현한 대로 우리의 삶은 잠시라도 도를 떠나서는 이루어질 수가 없다는 것이다. 그리하여 동양 전통의 문학관에서는 이 세상의 모든 시문은 본질적으로 이 도를 따르고 있다고 주장한다. 그림 그리는 일이 오로지 흰 바탕이 마련된 뒤에야 성립될 수 있듯이, 시의 창조적 근원 또한 참된 삶이 비롯되는 흰 바탕, 즉 도를 떠나서는 성립될 수는 없으므로 바로 도가 시정신인 것이다.[2]

1) 『중용』, <道也者 不可須臾離也 可離非道也.>

2) 김영석, 『새로운 도의 시학』, 국학자료원, 2006, 119-124쪽 참조.

전일성으로서의 도는 부단히 생멸하고 변전하는 감각적 사물의 모습과 움직임을 통해서 직관할 수밖에 없다. 따라서 스스로를 실현시키기 위해서 도는 또한 시공적으로 분별되는 형상과 움직임을 생성해 내는 가발성과 가동성을 지니고 있다. 『도의 시학』에서는 만물을 생성하려는 도의 이러한 성질을 본원성(本源性)이라고 이른다. 생생불식하는 도의 본원성으로 인해 음양이기가 태극으로부터 분화되면서 실제로 우리가 살고 있는 세계는 헤아릴 수 없이 수많은 대립적인 현상과 가치의 갈등 속에서 영위된다. 이로 인해 현실적이고 일상적인 심리상태는 언제나 의식과 의식 대상 사이의 거리감에서 발생하는 대립과 분별 의식 속에 놓여 있을 수밖에 없다. 바로 이러한 대립과 분별 의식에서 인간의 욕망이 비롯된다. 생성하기 위해서 음양이기가 분화되면서부터 태극이 지니던 전일성이 상실된 상태를 원결핍(原缺乏)이라고 한다면, 인간의 욕망은 최종적으로 이 원결핍을 근본적으로 해소하고 전일성을 회복하고자 하는 근원 갈망에서 파생한다. 인간이 동사적 언어의 지향을 보이는 것은 결핍과 대립 속에 놓여 있는 세계를 개조하거나 생활 태도를 적응시켜 나아가려고 하기 위한 것이고, 상상적 언어의 지향을 보이게 된 것은 근원 갈망으로 인해 바람직한 세계로 곧장 나아가려는 데서 비롯된다. 상상력이란 "대립적 거리를 뛰어넘어 이것과 저것을 하나로 연결하는 힘"[3]이기 때문이다.

지금까지의 내용을 종합해 보면 원결핍이란 생성의 대가로 불가피하게 지불한 전일성의 상실 상태이고, 이 원결핍의 해소를 향하여 인간의 욕망은 부단히 움직인다. 인간의 모든 욕망은 최종적으로 대립과 갈등이 없는 바람직한 세계의 성취, 즉 전일성을 회복하고자 하는 근원 갈망에서 파생한다. 전일성을 지향하는 인간의 근원 갈망에 뿌리박은 언어가 바로

3) 앞의 책, 135쪽.

상상적 언어인데, 그 상상적 언어를 대표하는 형식이 시임은 두말할 필요가 없다. 시의 언어는 "세계를 서술하는 데에 있지 않고 의식과 세계가 하나의 동체로 융합되어 있는 세계를 발화와 동시에 창조하고 표현하는 데에 그 가치"[4]를 두고 있기 때문이다. 이런 의미에서 전일성에 대한 지향은 시적 상상과 감정의 보편적인 원천이라고 단언할 수 있다. 결론적으로 모든 시 작품 속에는 전일성에 대한 향수와 그리움이 반드시 반영되어 있다.

흔들리는 그네에 앉아서 보면
먼 산이 가까워지고
가까운 산이 멀어진다
바다가 산이 되고 산이 바다가 된다

흔들리는 그네에 앉아서 보면
이 마을과 저 마을이 하나가 되고
양달과 응달이 하나가 된다
그네는 흔들리면서
이쪽과 저쪽을 지우고
그네에 앉아 있는 그대마저 지우고
마침내 이 세상에
빈 그네 제 그림자만 홀로 남는다

흔들리는 사이
그 빈자리
하늘빛처럼 오래오래
산새 알 물새 알은 반짝이고
풀꽃들은 피고 지리라

---

4) 앞의 책, 136쪽.

눈부신 싸움
허공에 그어지는 저 포물선
아름다운 무지개는
영원히 그렇게 뜨고 지리라.

—「무지개」 전문

인용시 「무지개」는 「썩지 않는 슬픔」이나 「단식」 등에서 보이던 날카로운 표현 대신 부드러운 어조를 차용하고 있다. 이와 같은 어법의 변화에 대해 시인은 다음과 같이 설명하고 있다.

> 내가 이 「무지개」를 쓴 것은 내 나이 40대 중턱을 막 넘어섰을 때인 것 같습니다. …<중략>… 이미 그 나이라면 신산한 세상의 쓴맛 단맛을 어지간히 겪고 난 뒤가 아니겠습니까.
> 그래서 그런지 이 시는 이전의 시에서 보이던, 시를 읽어 짜는 치밀한 직조의 힘과 집중의 열도가 많이 떨어진 것 같습니다. 그 대신 체념이 어린 조용한 달관의 목소리가 자리 잡고 있습니다. 돌아보니 짧지만은 않은 내 시력에서 이 시가 하나의 전환점을 이루고 있지 않나 하는 생각이 듭니다.
> 다시 말하면 사회 역사적 지평에 발을 딛고 있던 사유와 상상력이 현상 너머의 형이상의 세계로 점차 기울어지고 있지 않나 하는 것입니다.[5)]

시의 1연은 흔들리는 그네에 앉아본 사람이라면 누구나 공감할 수 있는 풍경을 묘사하고 있다. 산은 그대로 있는 것이고, 움직이는 것이 그네와 그네에 앉은 '그대'일 뿐이지만, '그대'의 눈에는 산이 움직이는 것처럼 인식된다. 그네가 반복적으로 순환의 진자운동을 하고 있는 한 '그대'의

---

5) 김영석, 『말을 배우러 세상에 왔네』, 황금알, 2015, 92쪽.

눈에 보이는 산도 계속 멀어지다가 가까워지는 순환운동을 할 수밖에 없다. 그 반복 운동은 결국 "바다가 산이 되고 산이 바다"가 되게 한다. 이쪽 끝과 저쪽 끝의 양극 지점의 반원을 그리며 움직이는 그네는 마치 태극의 움직임을 그대로 본받고 있는 정황이다. 이를 설명하기 쉽게 그림으로 제시하면 다음과 같다.

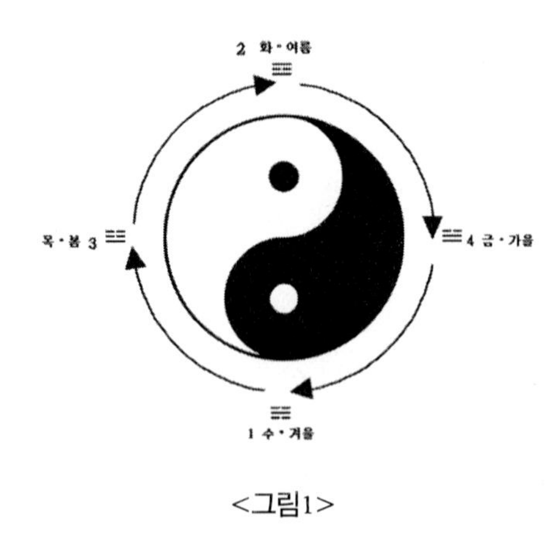

<그림1>

<그림1>은 태극의 운동, 즉 음양 운동의 법칙을 형상화한 것이다. 여기서 보는 바와 같이 태극의 움직임이 최초로 비롯되는 지점, 곧 사물의 발생과 분화가 비롯되는 자리가 바로 하단에 자리잡은 겨울의 위치이다. 양기는 이 수좌인 감괘(☵)로부터 출발하여 화좌인 이괘(☲)를 향하여 나날이 무성해지면서 기를 확장하고 펼친다. 음기는 양기와 반대로 화좌인 이괘로부터 수좌인 감괘를 향하여 나날이 확장되었던 기를 응축시키면서 양기가 출발했던 자리로 돌아온다. 『근사록』에서는 이러한 음양이기가 절도 있게 움직이는 모습을 일러 귀신(鬼神)[6]이라고 하여, 이에 대해

6) 『근사록』 160쪽. <귀신(鬼神)은 두 가지 기의 양능(良能)이다.> (鬼神者 二氣之良能也).

아래와 같이 설명하고 있다.

> 만물이 처음 생겨나면 기가 날로 무성하게 자란다. 만물이 생겨나서 이미 가득 차게 되면 기가 날로 되돌아가서 흩어져 없어진다. 기가 자라나게 됨은 신이라 하니 그것은 신(伸)의 뜻이고, 기가 되돌아감은 귀라고 하니 그것은 돌아간다는 귀(歸)의 뜻이다.[7]

위의 인용문에서 보듯이 양기의 확장 운동은 신(伸)이니 신(神)이라고 하고, 음기의 되돌아옴은 귀(歸)이니 귀(鬼)라고 한다. 귀신은 그 움직임이 보이지는 않지만 그 작용은 멈추는 때가 없다. 천지만물은 모두 귀신의 조화에 의해서 생성된 것이다. 생성 변화하는 생성자는 음양이기일 뿐이므로, 결국 천지의 마음과 사람의 마음이 생성하려는 뜻을 포함한 온갖 생성 변화는 음양 운동의 법칙, 즉 귀신 운동에 의해서 실현될 수밖에 없는 것이다.[8]

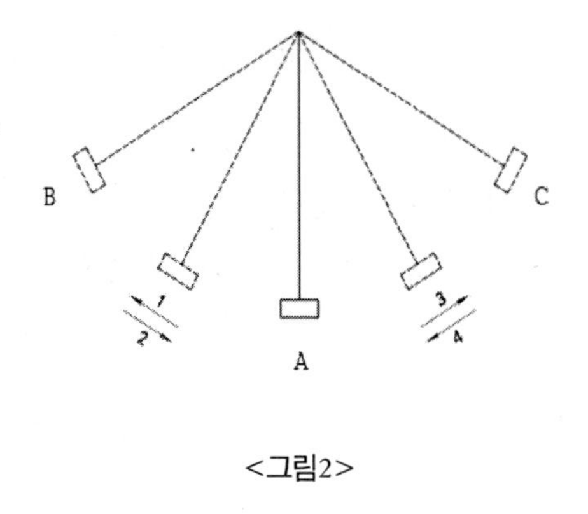

<그림2>

7) 앞의 책, 같은 쪽. <物之初生 氣日至而滋息 物生旣盈 氣日反而遊散 至之謂神 以其伸也 反之謂鬼 以其歸也.> 김영석, 『새로운 도의 시학』, 앞의 책, 271쪽에서 재인용.

8) 김영석, 『새로운 도의 시학』, 위의 책, 271-272쪽 참조.

<그림2>에서와 같이 그네는 위치 A에서 시작하여 1의 경로를 밟고 B까지 올라갔다가 다시 A로 내려간다. 그러자 3의 경로에 따라 C점까지 올라갔다가 다시 4의 방향을 따라 원점인 A로 내려간다. 여기까지는 하나의 완전한 진자운동이 끝난 것인데, 그네는 이 운동을 계속해서 반복한다. 그네의 이와 같은 순환운동을 위에서 제시한 태극의 운동인 <그림1>과 같이 보면 C로 시작하여 A를 경과해서 B까지 올라간 것은 마치 양기가 수좌(水座)로부터 시작하여 목좌(木座)를 경과해서 화좌(火座)로 향해 나날이 무성해지는 양도(陽道)의 궤적과 같다. 그네를 C에서 B로 가게 하는 힘을 양기로 본다면 B점에서 그 양기는 표면적으로 가장 활력을 떨치는 것처럼 보이지만, 그의 내부에서 이미 반대로 가게 하는 음기가 극즉필반(極則必反)의 법칙에 따라 반동하기 시작하고 있다. 이와 같은 이치로 음도를 밟은 그네는 C점에서 표면적으로 가장 강성해진 음의 힘을 보이고 있는 반면, 그의 내부에서는 양기가 반동하고 있어 이미 그 음이 양으로 변하기 시작한 것이다. 한마디로 말해서 그네를 밀고 당기는 힘은 태극에서 분화된 음양이기와 같이 서로 뿌리가 되어 오고 가기를 계속하면서 극에 달하면 통하게 된다. 이를 통해 알 수 있듯이 이 시에서 '그네'가 단순히 놀이기구 그 자체를 지칭한 것이라기보다는 하나의 상징적 의미로 작동되고 있다. 그네의 반복운동은 태극으로부터 나온 음양이기의 반복적인 순환운동을 떠올리게 한다. 따라서 여기서 그네는 생생불식하는 태극의 표상과 다르지 않다.

그네가 태극을 표상한다면 그것이 또한 태극과 같이 초월적인 미분성을 지닐 수밖에 없다. 바로 이 초월적 미분성, 즉 전일성으로 인해 "이 마을"과 "저 마을", '양달'과 '응달', 그리고 '이쪽'과 '저쪽' 등을 비롯한 음양이기로 수렴될 수 있는 모든 대립적인 현상의 경계가 지워진다. 그네에

앉은 '그대'는 마치 태극의 전일성으로 상징되는 세계, 다시 말하면 대립적인 현상이 깨끗이 지워진 태초의 시간으로 돌아간다. 이때 '있음'과 '없음'을 포함한 모든 경계가 사라졌으므로 "그네에 앉아 있는 그대마저" 끝내 사라지고 만다. "이 세상에/빈 그네 제 그림자만 홀로 남는다"는 진술에서 화자는 모든 현상적인 존재가 사라진 태초의 시간에는 흔들리는 그네의 그림자, 즉 반복운동의 궤적 외에는 아무것도 남아 있지 않는다는 사실을 보여주고 있다.

1연과 2연의 내용이 배경이 된다면 이 시의 초점은 3연과 4연에 맞추어져 있다. 그네가 "흔들리는 사이/그 빈자리"에서 만물이 생성하고 소멸한다. 태극론의 입장에서 본다면 생성된 것은 언젠가 무(無)로 돌아갈 것이고, 소멸된 것 또한 다시 유(有)로 전환될 것이다. 따라서 영원한 것은 "그 빈자리"일 뿐이고, 화자는 이를 무한한 시원의 빛인 '하늘빛'으로 표현하고 있다. 그 하늘빛 속에서 "산새 알 물새 알"과 같은 만물의 대립적인 생성과 소멸은 끊임없이 지속되고, '풀꽃' 또한 피고 지는 일을 반복할 뿐이다.

음양이기를 상징하는 밀고 당기는 힘이 그네를 허공에서 '포물선'의 궤적에 따라 움직이게 한다. 그 두 가지의 힘은 잠시도 쉬지 않고 서로 뿌리가 되면서 투쟁하는 것과 같이 그 궤적 안에서 만물의 생성과 소멸 또한 쉼없이 투쟁하면서 이루어진다. 그리하여 화자는 그것을 "눈부신 싸움"이라 명명한다. 이어서 똑같이 가변성을 띠고 있다는 측면에 주목하여 그네가 허공에 그리는 '포물선'의 궤적은 '무지개'와도 같다고 진술한다. "있는 듯이 없고 없는 듯이 있는 무지개의 경계를 황홀"[9]이라고 하므로 궁극적으로 우리가 보고 듣는 모든 현상적인 존재가 이 황홀의 무지개와 다르지 않다.

9) 김영석, 『말을 배우러 세상에 왔네』, 앞의 책, 97쪽.

이 시는 '그네'의 사실적 형상에 초점을 맞춰 잔잔한 어조로 전일성의 세계를 있는 그대로 현시하고 있다. 여기에 나타난 그네는 지극한 형이상성을 띠고 있어 미분적인 태극의 상징적 의미에 적절하게 합치된다. 한마디로 요약하면 시적 화자가 그리고 있는 세계는 모든 대립적 현상과 갈등을 뛰어넘은 만물의 궁극적인 근원인 태극의 초월적 미분성의 세계이다. 한편 마지막 연에서의 '눈부신', '아름다운' 등의 수식어에서 '포물선'과 '무지개'로 형상화된 이 성취 불가능한 초월적인 세계에 대한 시적 화자의 갈망과 향수의 정서가 적실하게 응축되어 있다.

허공을 열어놓고
물은 깊이 잠든다
이 무명의 얼굴
닿지 않는 너의 가슴에
한가닥 낚싯줄을 드리우고
이제 나도 귀를 열어놓는다

아아 호명할 이름이 없어
지상의 모든 길은 사라지고
만리 밖
낱말의 껍질 속에서
집을 세우고
집을 허무는 소리

소리는 소리를 죽이고
그림자는 그림자를 낳고
무덤은 무덤을 거느리며
세상을 덮는 그물이 되지만

마침내 사람은
돌아갈 길이 없어
물의 꿈 밖에 홀로 남는다.

—「물의 꿈」 전문

인용시「물의 꿈」 역시 태극의 전일성에 대한 향수와 그리움을 여러 감각적 사물이 암시하는 상징적 의미를 통해서 은유적으로 드러내고 있다. 물이란 어떤 면에서 보면 존재와 부재의 사이에서 새로운 존재를 얼마든지 생성해 낼 수 있는, 이른바 태극이나 태극 운동의 실질적인 본체를 상징한다.[10] 그러한 물이 꿈을 꾼다면 당연히 그 꿈도 지극히 초월적일 수밖에 없을 것이다. 따라서 인용시에서 "물의 꿈"이라고 한 것은 바로 태극의 전일성으로 상징되는 초월적인 세계를 지칭한다.

상기 인용시에서 태극이나 태극 운동의 본체인 물은 "허공을 열어 놓"는 실재로 기능한다. '허공'은 김영석 시인의 시에서 자주 등장하는 시어로 주로 '텅 비어있음'의 의식이 내재되어 있다. 텅 비어 있어서 어느 것도 받아들일 수 있는 무한한 생성과 변화의 가능성을 지닌 공간이다. 여기서 '물'이 태극 또는 도를 형상화한 것이라면, 그것이 허공을 열어놓는다는 표현은 『도덕경』에서의 "도는 하나를 낳는다."라고 한 내용과도 일치한다. '허공'이 물, 즉 도가 낳은 '하나'이고, 그 하나에서 둘이 생겨나고, 둘은 다시 셋을 낳는다. 마침내 셋에서 만물이 낳아지는데 결국 이 허공은 무한한 생성과 변화의 가능성을 표상한다.[11] 이로 미루어 보면 물

---

10) 이율곡, 「답성호원」, 『율곡전서』 권 1(성대 대동문화연구원, 1978), 187쪽. <역에 태극이 있다고 하는 그 태극은 물의 근원이다. 내 마음 속에 있는 한 태극은 물이 우물에 있는 것이요 사물 속에 있는 태극은 물이 그릇에 나뉘어져 있는 것일 뿐이다.> (易有太極之太極 水之本源也 吾心之一太極 水之在井者也 事物之太極 水之分乎器者耳.) 김영석, 『새로운 도의 시학』, 앞의 책, 96쪽에서 재인용.

이야말로 천지만물의 궁극적인 근원의 표상이라고 하겠다. “물은 깊이 잠든다”라는 구절이 이 점을 확인시켜준다. 이는 「계사전」에서의 “역이 생각도 없고 하는 것도 없어 고요히 움직이지 않”[12]는다는 내용과 그대로 합치되고 있기 때문이다.

2연은 지극히 낭만적인 표현을 통해 도의 초월적 전일성의 세계에 대한 화자의 동경을 그리고 있다. 위에서 분석한 바와 같이 인용시에서 물은 태극 또는 도를 형상화한 상징적 매개물이다. 이 도에 대해 『도덕경』에서의 기록을 옮겨오면 다음과 같다

> 혼용되어 이루어진 것이 있으니 이것은 천지보다 먼저 생겼다. 고요히 움직이지 않고 독립되어 변형하지 않으니 현상계에서 두루 운행하여도 막힐 데가 없고 위태하지 않다. 그러므로 만물을 생성하는 천하의 어미가 될 수 있다.[13]

> 나도 그 이름을 알지 못하겠으니 억지로 글자로 이름하여 도(道)라 부른다. 억지로 큰 것(大)이라 이름하기도 한다.[14]

첫 번째 인용문은 도가 지닌 근원적인 본질, 특히 영원한 생성성이나 모성에 대해 거론하고 있다면, 두 번째 인용문은 이러한 성질을 지닌 것에 ‘도’나 “큰 것”이라고 억지로 명명하였으나 실제로 노자도 그 이름을 모른다는 사실을 밝히고 있다. 인용시에서 화자 또한 이 ‘도’를 “무명한

---

11) 『도덕경』, 「제42장」. <道生一 一生二 二生三 三生萬物.> 참조.

12) 「계사전」 상. <易无思也 无爲也 寂然不動……>

13) 『도덕경』, 「제25장」. <有物混成 先天地生 寂兮寥兮 獨立不改 周行而不殆 可以爲天下母.>

14) 『도덕경』, 「제25장」. <吾不知其名 字之曰道 强爲之名曰大.>

얼굴"로 인식하고 있다. 전일성으로서의 도는 우리의 감각을 초월한 형이상자이므로 구체적으로 감지되지 않을 뿐만 아니라 "그것이 초월적인 만큼 그 성취가 처음부터 불가능"15)한 일이다. 그리하여 그 초월적인 세계를 그리워하는 인간으로서의 화자가 할 수 있는 것은 닿으려고 해도 영영 닿지 않을 "그 가슴"에 한층 더 가까워지도록 낚싯줄을 드리우거나 귀를 열어놓는 일뿐이다.

앞에서도 여러 번 강조하였듯이 우리의 언어나 그것에 의한 사유란 현상적인 세계의 존재들을 각각 다르게 지칭함으로써 그것을 인식하기 위한 도구에 불과하다. 말이 많으면 많아질수록 우리는 애초에 분별이 없는 이 세계의 본질에 더 멀어지기 마련이다. 낚싯줄을 드리우고 귀를 열어놓는 화자는 이 점을 분명히 인지하고 있다. "호명할 이름"이 없다는 것은 변별하기 위한 말의 기능이 사라졌다는 것을 암시해 준다. 그 지경에 도달한 결과, 각각 다른 곳으로 통하는 "지상의 모든 길"은 끝내 사라지는 지경에 처한다. "낱말의 껍질"을 깨뜨리고 그 속으로 들어가야 "집을 세우고/집을 허무는" 온전한 소리를 들을 수 있다. 다시 말해서 끊임없는 생성과 소멸만이 본질적인 것이며, 그 본질적인 세계는 손에 닿지 않는 "만리 밖"에 있다는 사실을 화자는 깨닫는다.

4연에서 "소리는 소리를 죽이고/그림자는 그림자를 낳"는다는 것 역시 초월적인 세계에서의 영원한 순환성을 거듭 강조한다. 비록 이를 분명히 인식하고 있고, 전일성의 세계에 닿으려고 노력하지만, 화자가 처해 있는 현상적인 세계는 언제나 "무덤이 무덤을 거느리"는 일만 반복되고 있다. 사망, 소멸이라는 '무덤'의 이미지가 암시해 준 것처럼, 이와 같은 반복은 "세상을 덮는 그물이 되"리만큼 절망적이기까지 하다. 결국 인간은 아무

15) 김영석, 앞의 책, 151쪽.

리 갈망해도 끝내 전일성의 세계에 돌아가지 못한 채 "물의 꿈 밖에 홀로 남"아 있을 수밖에 없는 존재로 상존한다.

사랑하는 이여
사람은 너무 크거나 작은 것들은
아예 듣도 보도 못하나니
제 이목구비만한 낡은 마을을 세우고
때도 없이 시끄럽게 부딪치나니
사랑하는 이여
이제 이 마을 살짝 벗어나
너무 크고 작아 그지없이 고요한 곳
저 배롱나무꽃 그늘에서 만나기로 하자
그 꽃 그늘에 고대古代의 호수 하나 살고 있고
호수 중심에 고요한 돌 하나 있으니
너와 나 처음 만난 눈빛으로
배롱꽃 등불 밝혀 돌 속으로 들어가
이제 그만 아득히 하나가 되자.

—「배롱나무꽃 그늘」 전문

상기 인용시는 비록 연이 나누어지지 않았지만, 그 구조와 전개로 보아 두 부분으로 구분된다. 전반부는 "사랑하는 이여"로 시작하여 바쁘게 살아가는 사람의 세속적인 현실에 대해 토로하고 있고, 후반부 역시 "사랑하는 이여"라고 부른 뒤 화자가 동경하고 있는 이상향을 형상화하고 있다. 이경철은 "'사랑하는 이여'를 연호하는 이 시는 연시로 읽어도 좋은 시이다."[16]라고 해석한 바 있지만, "시적 의미의 기저에는 전일성의 형상

16) 이경철, 「서정과 형이상학적 교감을 위한 길 없는 길」, 강희안 엮음, 『김영석 시의 깊이』, 국학자료원, 2017, 39쪽.

이 반드시 잠복하여 있"[17]다고 믿고 있는 한 이 시 또한 도의 초월적 전일성이 분명하게 드러난 예에 해당한다.

생물학적인 관점에 따르면, 어느 감각기이든지 인간을 비롯한 모든 생명체는 받아들이는 자극의 종류가 정해져 있을 뿐만 아니라, 포착할 수 있는 자극의 범위도 정해져 있다. 달리 말하면 우리는 각 감각기가 받아들일 수 있는 종류와 범위 내의 이른바 적합자극에만 반응을 일으킨다는 것이다. 이와 같은 자극역은 작용에 따른 것으로서 감각 종류에 따라 시각역(視覺域), 청각역(聽覺域) 등으로 세분된다. 시각역과 청각역 등은 비록 생물의 종류에 따라 개개인에 따라 조금씩 차이가 있을 수는 있지만, 궁극적으로 모든 생명체는 일정한 범위 내에서의 정해져 있는 종류의 자극에만 반응한다는 사실이다. 인용시에서 "사람은 너무 크거나 작은 것들은/아예 듣도 보도 못하나니"라고 한 것은 바로 이와 같은 사실에서 연유된다. 이는 얼핏 보면 감각역(感覺域)을 벗어났다면 인간은 아무것도 감각할 수 없다는 사실을 그대로 묘사한 것처럼 보이지만, 실제로는 그것만을 의미하지는 않는다. 우리의 삶은 "세계와 거의 한 몸으로 얽혀진 구체적인 감각적 세계에서 멀리 벗어난 추상적 세계, 즉 언어적 세계에서 영위되는 것"[18]이기도 하기 때문이다.

앞에서도 여러 번 언급했듯이 우리의 언어는 본질적으로 분별하기 위해서 인위적으로 가공된 도구에 불과하다. 처음부터 그것이 실재의 세계와 미묘하게 어긋나 있는 사실도 부인할 수 없다. 이로 인해 언어, 즉 말이 많아질수록 거기에 따른 우리의 사유는 느낌의 세계와 실재로부터 멀어질 수밖에 없다. 결국 우리는 감각역을 벗어난 것뿐만 아니라, 언어와

---

17) 김영석, 앞의 책, 137쪽.

18) 김영석, 『말을 배우러 세상에 왔네』, 앞의 책, 137쪽.

사유의 국한성으로 인해 보이고 들릴 만한 것조차 감각할 수 없게 된다. 달리 말하면 인간의 삶은 유한한 감각역과 비본질적인 언어와 사유로부터 이중적인 제약을 받기 때문이다. 그 결과 사람은 "제 이목구비만한 낡은 마을"을 세우게 된다. 여기서 "제 이목구비만"하다는 것은 이중적인 제약 속에서 인간이 감각할 수 있는, 또는 언어와 사유에 따라 분별하여 인식하면서 감각하고 싶은 역치의 빈약함을 형상화한 것이라면, "낡은 마을"이라고 한 것은 인간의 이러한 삶이 아무런 변화 없이 그대로 유지해 왔다는 뜻으로 유추된다.

위와 같은 현실에서 인간은 개별적인 사유에 따라 세계에 대한 인식이 다를 수밖에 없으므로 저마다의 욕망에 빠져들기 마련이다. 태극론의 입장에서 입각하여 정리해 보면, 음양이기로부터 무수한 대립적 사물과 현상이 분화되면서부터 우리가 살고 있는 이 세계는 대립과 분열과 갈등을 필연적인 속성으로 지니게 된다. 바로 이러한 결핍과 갈등의 구조 속에 놓여 있는 바람직하지 않은 세계로부터 인간의 욕망이 비롯된다. 그 수많은 대립과 분열과 갈등, 그리고 그것을 해소하기 위해서 부단히 움직이는 욕망으로 인해 인간의 삶은 "때도 없이 시끄럽게 부딪치"는 현실에 직면한다. 인간은 현실을 자각함과 동시에 모든 구체적인 결핍과 욕망이 근원적으로 존재하지 않는 바람직한 세계를 희구하게 된다. 인용시에서 화자가 "이제 이 마을 살짝 벗어나"자고 한 소이가 바로 여기에 있다.

이어서 시적 화자는 "너무 크고 작아 그지없이 고요한 곳"에서 만나자고 요청한다. 너무 크거나 작은 것은 사람의 눈에 보이지 않는 것들이다. 『도덕경』에 따르면 보아도 보이지 않는 것은 이(夷)라 하고, 들어도 들리지 않는 것은 희(希)라고 한다. 한편 쳐도 얻어지지 않는 것은 미(微)라 하는데, 이 셋은 다함을 이루지 못해 섞여서 하나가 된 형국이다. 또한 그

위는 밝지 못하고 아래는 어둡지 않아 승승(繩繩)하여 이름할 수가 없다. 그리하여 다시 무물(無物)로 복귀한 것이란 설명이다. 이를 일러 무상지상(無狀之狀), 즉 형상이 없는 형상이라 하고, 무물지상(無物之象), 즉 사물의 형상이 없는 실상이라고 명명한다.[19] 여기서 이 이(夷), 희(希), 미(微), 그리고 무상지상(無狀之狀), 무물지상(無物之象) 등의 말이 모두 도의 형이상적 성격을 설명하는 용어들이다. 이로 미루어 보아 화자가 가자고 하는 곳은 바로 모든 대립이 하나로 합일된 도의 초월적 미분성의 세계이다. 대립과 갈등이 모두 존재하지 않은 그곳은 그지없이 고요할 수밖에 없다. 따라서 그곳에는 "배롱나무 꽃"이 있고, 그 꽃그늘에는 "고대古代의 호수 하나 살고 있"다고 화자는 상정한다. 이 배롱나무 꽃의 상징적 의미에 대해 김영석 시인은 아래와 같이 설명하고 있다.

> 이 나무는 예전에는 귀신을 부른다고 해서 집안에 심는 일이 없었습니다. 그래서 주로 묘지를 단장하여 심거나 그냥 한적한 산속에 조용히 피고 지는 꽃나무였습니다.
>
> 그러니까 이 나무는 산 사람과, 죽은 사람의 귀신 사이에, 이승과 저승의 사이에 서 있는 나무인 것입니다. 달리 말하면 이승과 저승을 그리고 생령과 사령을 합일한 자리에 서 있는 나무입니다. 그러니 배롱나무꽃은 신비한 합일의 세계를 상징하는 것으로는 더할 나위 없는 것이지요.[20]

상기 인용문에서 시인이 밝힌 바와 같이 도의 전일성의 세계에서 피는

---

19) 『도덕경』, 「제14장」. <視之不見 名曰夷 聽之不聞 名曰希 搏之不得 名曰微 此三者 不可致詰 故混而爲一 其上不皦 其下不昧 繩繩不可名 復歸於無物 是謂無狀之狀 無物之象.> 참조.

20) 김영석, 앞의 책, 140쪽.

꽃은 합일된 도의 세계를 상징한다. 이 신비하고 합일의 세계를 상징하는 배롱나무꽃 그늘에는 고대의 호수가 있다고 전제하는데, 물론 그 호수도 꽃과 같은 상징적 기능을 담당한다. 앞서 「물의 꿈」에서 분석한 바에 의하면 물은 그 생생불식한 생성성으로 태극 또는 태극 운동의 본체와 일치한다. 여기서 고대의 호수는 변함없이 존재하는 순수한 물의 상징으로서 더욱 심원한 의미, 즉 무한하고 영원한 도의 본질과 직결된다. 더욱이 호수 중심의 그 '돌'은 고요함과 단단한 견고함으로 꽃과 호수와 같이 불변하는 도의 세계를 형상화한다. 결국 똑같은 상징적 의미로 작용하고 있는 이들의 심상은 대립적 거리와 갈등이 모두 사라진 전일성의 세계를 지향한다. 이 전일성의 세계로 돌아가면 '너'와 '나'의 분별도 사라져 인간을 포함한 천지만물이 모두 하나가 되기 마련이다. 그러므로 시의 말미에서 화자가 "사랑하는 이"에게 그 전일성의 세계로, "너와 나 처음 만난 눈빛으로" 들어가자고 하면서 "이제 그만 아득히 하나가 되자"는 의지를 피력하기에 이른다.

> 절다운 절간 한 채 지으려 한다면
> 막막한 이 세상 어디에다 지어야 할까
> 파리한 이마가 무거워서
> 설핏 기운 눈썹 같은 풀잎 위인가
> 푸른 파도 용마루 위인가
> 아니면 저물녘 제 그늘이나 밟고 가는
> 흐르는 강물의 안섶이나 옷고름 끝인가
> 아무리 생각해도 알 수 없으니
> 지난 겨울 술취해 쓰러져 자던 자리
> 인사동께 그 계단 밑에나 세워야 할까

이도 저도 아니면
이따금 홀로 앉아 옛일이나 떠올리는
우리집 뒷산의 상수리나무와
욕지기나 퍼붓던 광화문 어느 술집 화장실
얼핏 바라본 금이 간 조각거울
그 사이 어디엔가
주소도 불명한 채 소슬히 지어야 할까

—「절」 전문

이 시는 질문으로 시작하여 질문으로 끝을 맺으며 독자의 응답을 구하는 형식을 취하고 있다. 그리고 그 다양한 의문들이 각기 다른 주제를 담거나 다른 해답을 위한 것이 아니라 모두 한 가지의 주제와 해답을 향해서 제기된 것들이다. 즉 비록 각기 다른 여러 개의 설명 방식으로 전개되는 물음이지만 이들은 한결같이 화자가 첫 번째로 던진 "절다운 절간 한 채"를 "막막한 이 세상 어디에다 지어야 할까"라는 의문의 해답을 찾고 있다. 뒤에 나온 "설핏 기운 눈썹 같은 풀잎 위인가"나 "푸른 파도 용마루 위인가", 또는 "흐르는 강물의 안섶이나 옷고름 끝인가"나 "인사동께 그 계단" 밑인가 등은 모두 절을 어디에다 지어야 할지 모른다는 의구심을 표명한다. 이러한 의문들은 '절간'이라는 주제의 정체를 암시하기 위한 설명적 묘사에 불과하다. 이와 같이 한 가지의 주제를 향하여 질문이 반복되면서 그 다양한 묘사의 중첩에 의해 화자가 말하고자 하는 주제적 대상이 자연스럽게 드러난다.

화자가 지으려고 한 것은 "절다운 절간"이다. 절이라고 하면 보통은 고요함이나 숭고한 절대성 등의 신성한 이미지에 사로잡힌다. "절다운 절간"이라면, 절이 본래에 지니고 있는 이러한 본질이나 함의를 최대화함으로써 무엇보다도 더욱 고요하므로 신성성이 지극히 강한, 이른바 초월의 존재성이 수반된다. 이 점은 뒤의 묘사를 통해서도 확인할 수 있는데, 일단은 이러한 초월적인 존재가 자리 잡을 만한 데가 어디냐고 화자가 의문을 제기한다. 물론 한 채의 절간에 비하면 이 세상은 한없이 막막한 공간이다. 도시나 시골, 산속이나 바닷가 등과 같이 절이 위치할 자리가 곳곳에 널려 있지만, 화자가 고민한 데는 모두 이와는 다른 추상적인 자리이다. 바로 이러한 공허하고 추상적인 공간 묘사가 절다운 절이 초월적인 존재라는 사실을 입증한다.

화자는 끝내 자신의 질문에 대한 해답을 찾지 못했지만 이미 그 감각적인 묘사의 중첩에 의해 '절간'의 정체가 암시적으로 드러나 있다. 구체적으로 말하자면, '풀잎'은 연약하지만 생명력이 강한 존재이고, "푸른 파도 용마루"는 힘이 세면서도 역시 생명력이 넘치는 형상이다. 나아가 '강물'은 "제 그늘이나 밟고 가"기 때문에 끝없는 흐름, 또는 영원한 순환성을 표상한다. 자신의 모습을 감각적인 현상을 통해서 드러내면서 그 현상의 배후에 초월성으로 남아 있는 '절간'은 그림에서의 흰 바탕과도 같다고 할 수 있다. 감각적 현상 쪽에서 본다면 생명력의 표상인 '풀잎', "푸른 파도 용마루"와 순환성을 형상화한 "강물의 안섶이나 옷고름"이 오채(五彩)의 문식(文飾)을 통해서 그 존재성이 드러나는 것처럼 보이지만, 흰 바탕 쪽에서 본다면 오히려 '절간'이라는 흰 바탕이 이들 오채의 문식을 통해서 "다양한 감각적 현상으로 자신의 역설적 존재성"21)을 현현하고 있기 때문이다.

다시 말하면 화자가 반복해서 질문을 제기하는 것은 초월성으로서의 흰 바탕, 즉 지으려고 하는 그 '절간'이 이들의 대상을 통해 좀 더 구체적인 모습으로 실재화하기 위한 작업의 일환이다. 뒤에 "술취해 쓰러져 자

21) 김영석, 『새로운 도의 시학』, 앞의 책, 145쪽.

던 자리", 즉 "인사동께 그 계단 밑"은 안식의 자리이며, "옛일이나 떠올리"게 하는 "뒷산의 상수리나무"와 "술집 화장실"에서 본 "금이 간 조각 거울"은 시간을 무화시킨 영원성을 함축한다. 지금까지의 분석에서 알 수 있듯이 화자가 이 시에서 형상화하고 있는 그 '절간'은 비현실적이고 관념적인 심상이다. 결국 그것은 생명, 순환, 안식과 영원 등으로 표상될 수 있는 초월적인 이상향이었던 것이다. 여기에 나타난 초월적인 형이상성을 띠고 있는 절간의 함의는 바로 태극의 전일성이 지닌 상징적 의미와 그대로 일치한다. 그것은 초월성을 본질로 지니고 있으므로 결코 세워지거나 실제로 지각되는 대상이 아니다. 화자가 이 점을 분명히 인식하고 있기 때문에 여러 가지 비현실적이고 추상적인 공간을 제시한 것이다. 마지막에 명확한 답 대신 "그 사이 어디엔가/주소도 불명한 채 소슬히 지어야 할까"라는 질문을 남긴 것도 여기에서 비롯된다.

결국 절간의 자리를 찾는 일은 도의 실체를 찾는 일과 다르지 않다. 초월적인 도의 전일성은 '풀잎', "푸른 파도 용마루" 등의 현상적인 존재를 통해 부분적으로 접근될 수 있을 뿐, 그 완전한 모습은 결코 오감으로 지각될 수 있는 대상이 아니다. 다시 말해서 이 시의 화자는 전일성을 향한 인간의 근원 갈망, 즉 대립적 거리와 갈등이 근원적으로 존재하지 않는 바람직한 세계에 대한 막연하고 아득한 동경과 그리움의 정서를 다양한 심상을 통해 암시적으로 표출하고 있다.

> 마른 잎 구르는 추운 저녁은
> 옛날 그 시절이 생각난다
> 그때는 불 속에 어두운 물이 있어
> 한없는 물의 유순함으로

모닥불도 등잔불도 빛을 뿌렸지
물 속에는 밝은 불이 있어
불빛으로 어둠을 밝힌
맑은 강물은 물고기와 헤살거렸지
지금은 물과 불이 헤어져
불은 제 뿌리를 떠나 흉기로 떠돌고
물은 제 불빛을 잃고
캄캄한 죽음의 골로 흐른다
물과 불이 동그랗게 하나였던
그 옛날 어린 시절은
작은 물방울 속 초가집에서
한 식구들이 둘러 앉아
하얀 김이 나는 밥을 먹었지.

—「물방울 속 초가집 불빛」 전문

상기 인용시는 제목에서부터 일종의 모호한 형이상학적인 갈망과 향수의 정서가 감지된다. 물방울은 물론 여리고 작으며 쉽게 사라질 존재이다. 그런 물방울 속으로 소박한 초가집의 불빛이 입사한다면 그것 역시 잠시 보이기만 하고 만질 수도 들어갈 수도 없는 풍경이 된다. 평화로운 이런 풍경은 이래서 보는 사람의 눈에 더욱 아름답고 소중한 존재성을 띤다. 이에 대한 갈망의 정서는 이 시 전체를 관류하는 중심축이 된다. 시의 화자는 첫 행의 "마른 잎"과 "추운 저녁"을 통해 희망이나 생명력이 보이지 않는 현실 세계의 어두운 면을 시적으로 묘사한다. 이러한 현실에 처해 있는 그는 "옛날 그 시절이 생각난다"고 진술한다. 당연히 화자가 생각하고 있는 "옛날 그 시절"은 어둡기만 한 현재보다 더 나은 시·공간이다. 이어서 화자는 기억 속의 "그 시절"에 대해 묘사하고 있는데, 여기서 주목할 것은 '물'과 '불'이라는 두 가지 대립적인 물질의 합일이다. 물은 어둠의 표상이라면 불은 그와 반대로 밝음을 표상한다. 한편 물은 유순함을 연상시키는 데 반해 불은 사나움을 떠올리게 한다. 어느 면에서 보아도 서로 대립되고 모순된 이 두 가지의 물질에 대해 화자는 '그때', 즉 "옛날 그 시절"에 서로 한 몸을 이루고 있었다고 상기한다. 달리 말하면 밝음 속에는 어둠이 있었고, 사나움과 유순함 또한 적절히 어우러진 상생의 관계성에 화자는 주목한다.

이들은 마치 태극에서 분화된 음양이기처럼 겉으로는 갈등을 이루고 있으면서도 그 내면에서는 상호 의존적 관계를 맺고 있다. 즉 음과 양이라는 두 가지의 기와 같이 물과 불도 그때는 서로 대립하는 동시에 서로의 뿌리가 되어주었다는 것이다. 이런 의미에서 화자가 생각난다는 "그 시절"은 우리가 생각하는 유년 시절과 같은 현실적이고 일상적인 시간이나 시기가 아니라 이보다 좀 더 추상적이고 초월적인 시간에 속한다. 그러한 추상적인 시간 속에서 불은 자신의 내면에 있는 물의 유순함에 힘입어 '모닥불'과 '등잔불'의 형상으로 나타나 희망의 '빛'을 뿌렸다면, 어두운 물 또한 그 내면에 밝은 불이 있어 마침내 "맑은 강물"이 되어서 물고기와 헤살거릴 수 있었다. 캄캄한 어둠을 밝힘으로써 평화와 생명력을 얻게 된 것이다. 이로 미루어 보면 화자가 말하는 그 시절은 현실의 분열된 상대적 대립물이나 가치가 하나로 통합되어 있는, 이른바 태초의 시간이나 전일성의 시간이다. 이와 같은 조화롭고 바람직한 세계에 대한 동경을 그리고 있다가 화자는 다시 '지금'에 속하는 현실 세계를 응시하게 된다. '그때'와 달리 '지금'은 물과 불이 각자가 지니고 있는 대립적인 속성으로 인해 서로 격절의 존재성으로 전락했다.

현실 세계에서 헤어진 물과 불은 어우러져 있었을 때의 조화로운 면을 상실한 채 서로 적대적이고 배타적인 관계로 어긋나 있다. 유순함을 잃은 불은 더 이상 희망의 빛을 발하지 못한 채 사나운 흉기가 되고, 자신을 밝혀줄 불빛을 잃은 물은 넘쳤던 생명력과 평화로움을 잃어 죽음의 골을 향해 흐를 뿐이다. 이는 음양이기로부터 분화된 무수한 대립적 현상과 가치의 갈등 속에서 영위된 삶의 세계에 대한 상징적인 묘사다. 전일성이 상실되면서부터 생긴 무수한 대립과 갈등으로 인해 우리는 바람직하지 않은 이원 대립의 이성적 세계로 편입되었다. 이 모든 갈등이 궁극적으로 전일성의 상실이라는 원결핍으로부터 비롯되었다는 사실을 인지한 화자는 원결핍의 해소와 바람직한 세계에 대한 열망을 드러낸다. 그에게 그것은 곧 "물과 불이 동그랗게 하나였던" 시절로 돌아가는 일이었다.

"물과 불이 동그랗게 하나였던" 시절이란 달리 표현하면 물속에는 불이 있고, 불속에도 물이 있는, 이른바 태극의 음양이기가 서로 뿌리가 되어주면서 화합을 이루었던 시절이다. 그 시절에 대해 화자는 "한 식구들이 둘러앉아/하얀 김이 나는 밥을 먹었지"라는 시구를 통해 상징적으로 표현하고 있는데, 모든 시적 표현이 그렇듯이 여기서도 몇 가지 심층적인 의미를 추출할 수 있다. 동그랗게 둘러앉은 식구는 고스란히 온전한 의미를 함축하고 있고, "하얀 김이 나는 밥"에서는 평화로움, 또는 안락함이나 무사(無事)함 등의 의미가 내재되어 있다. 다시 말하면 화자가 동경하고 있는 것은 원결핍의 근본적인 해소이고 전일성으로서의 평화로움과 온전함이라는 것이다. 그러나 이미 시 제목에서 암시되어 있듯이 화자가 동경하고 있는 그 이상향은 물방울 속으로 입사한 초가집의 불빛과 같이 현실 세계와 격절되어 있다. 정리하면 이 시는 태초의 시간, 즉 전일성의 세계를 향한 인간의 동경과 그리움을 한(恨)의 정서로 굴절시켜 소박하게 드러내고 있다. 원결핍 해소의 욕망이나 갈망이 애초부터 이루어질 수 없다는 사실을 화자는 간파하고 있었던 것이다.

아주 먼 옛날에
무엇인가 잃어버린 것이 있다
내내 살아오면서
문득문득 그리워지는
무엇인가 잃어버린 것이 있다
잃어버린 것이 남긴 그 빈 곳에
산도 있고 바다도 있고
낯선 도시도 수많은 책도 있지만
날 저물도록 안타까이 헤매어도
여전히 어디나 빈 곳이 있다
고향에서 또 아득히 고향이 그립듯이
무엇인가 잃어버린 것이 있다.

오늘은 그 빈 곳에
마른 길섶의 풀줄기 하나가
빈 열매 껍질을 단 채
바람에 흔들리며 버석거린다.

—「잃어버린 것」 전문

시 「잃어버린 것」은 전일성의 세계에 대한 한의 정서가 더욱 분명하게 드러나 있는 예에 해당한다. 1연에서 반복되고 있는 "무엇인가 잃어버린 것이 있다"는 시구에서 도무지 무엇인지 알 수 없는 것에 대한 화자의 그리움이 한의 정조를 띠면서 표출되어 있다. 비록 그리워하는 것에 대한 직접적인 묘사가 나타나 있지 않지만, 화자는 그것이 남긴 빈자리를 중심으로 전개되는 여러 설명에 의해서 잃어버린 것의 실체를 향한 초점을 강화해 나간다.

화자는 그 빈 곳에 "산도 있고 바다도 있고/낯선 도시도 수많은 책도 있"다고 진술한다. '산'과 '바다'가 오랜 세월을 걸쳐온 자연의 세계를 형상화한 것이라면 "낯선 도시"와 '책'들은 비교적 늦게 발전해온 인문의 세계이다. 각기 차별화된 온갖 구체적이고 감각적인 심상은 그 빈자리가 광대한 시·공간을 포괄한다는 것을 암시해 준다. 한편 이와 같이 많은 현상적인 존재가 들어갔는데도 불구하고 "날 저물도록 안타까이 헤매어도", 그 빈자리가 여전히 채워지지 않는다. "어디나 빈 곳이 있다"고 한 것은 그 빈 곳이 구체적이고 현상적인 존재로 채워질 수 없는 공간, 즉 초월성을 띠고 있는 공간이라는 뜻이다. 따라서 그 빈 곳을 남긴 것 또한 초월적인 영역이라는 함의가 담겨 있다.

여기서 이 초월적인 것의 형상은 '고향'으로 제시된다. 잃어버린 것에 대한 그리움은 고향에서 고향을 그리워하는 것처럼 막연하고 아득하다. 고향은 "모든 세속적 대립과 갈등이 해소된 지복의 낙원으로서 근본적으로 모성 혹은 모태(母胎)"[22]를 뜻하는 상징적 의미를 지닌다. 이로 미루어 보면 화자가 그리워하는 고향은 자신이 태어나거나 위치해 있는 현실의 고향이 아니라는 사실이 확인된다. 다시 말해서 "고향에서 또 아득히 고향을 그립듯이"에서 첫 번째 고향은 현실 세계에서의 고향을 지칭하는 데 반해, 두 번째는 근원적이고 초월적인 모태의 상징으로 차용하고 있다. 이러한 형이상적인 고향의 의미는 우주가 분화되기 이전의 초월적인 공간일 뿐만 아니라, 인류의 보편적이고 영원한 그리움과 동경의 대상으로까지 확장된다. 결국은 영영 돌아갈 수 없는 하나의 이념으로만 남아 있는 존재성을 띤다.[23]

지금까지의 내용을 종합해 보면 화자가 여기서 말하는 그 "잃어버린

22) 김영석, 앞의 책, 152쪽.

23) 위의 책, 152-153쪽 참조.

것"은 곧 고향의 상징적 의미와 같이 초월적인 모태이면서 영원한 그리움의 대상이다. 초월적이고 영원하기 때문에 그것의 빈자리는 근원적인 결핍, 즉 원결핍이 되어 어떤 현상적인 존재로도 채워지지 않고, 그것에 대한 그리움 또한 가슴에 맺힌 한의 정서처럼 저절로 사라지지도 잊히지도 않는다. 바꾸어 말하면 "잃어버린 것"은 바로 도의 초월적 전일성이고, 이에 대한 그리움은 곧 미분적이고 초월적인 전일성의 세계에 대한 인간의 근원 갈망이다. 「물방울 속 초가집 불빛」에서의 시적 어법을 빌린다면 "아주 먼 옛날에/무엇인가 잃어버린 것이 있다"는 것은 합일했던 물과 불이 헤어졌다는 뜻, 즉 물과 불이 분리되면서 원래 지니고 있던 조화로움을 잃었다는 사실의 발견이다.

잃어버린 것에 대한 막연하고 아득한 그리움의 감정을 직접적으로 표현하고 있는 1연의 내용과는 달리 인용시의 2연은 "그 빈 곳"에 대한 묘사를 통해 전일성의 세계에 대한 동경을 암시적으로 드러내고 있다. "마른 길섶의 풀줄기"나 "빈 열매 껍질"에서 암시하고 있듯이 현실 세계에는 생명력, 즉 태극이 지니고 있던 무한한 생성 가능성을 상실했다. 마지막 행의 "바람에 흔들리며 버석거린다."라는 내용은 고요함(寂然)과 부동성(不動性)을 모두 잃었다는 뜻인데, 이는 곧 도가 지니고 있는 적연부동성(寂然不動性)을 잃었다는 메시지가 담겨 있다. 앞에서 설명한 바와 같이 태극의 초월적 미분성, 즉 전일성은 곧 도라고 한다. 따라서 도의 적연부동성을 잃었다는 것은 바로 전일성의 세계로부터 멀어졌다는 것과 상통한다.

이상에서 논의한 바를 정리하면 이 시의 화자는 애초에 잃어버린 것이 무엇인지를 감득하고 있다. 그것이 고향의 상징적 의미처럼 영원한 그리움의 대상이 될 뿐, 현실적으로는 돌아갈 수 없는 곳이라는 사실에서 그리움의 정서는 배가된다. 그러나 이 시에서 보는 것처럼 그런 초월적인 것에 대한 그리움은 무의식적 차원에서의 단념할 수 없는 감정이므로 결국은 한의 정서로 고이게 될 수밖에 없다. 더욱이 이 시에 형상화되어 있는 고향이란 모든 현상적인 존재의 근본적인 모태이므로 만물을 생성해내는 도의 무한한 생성력과도 일치한다. 도의 이러한 생성력에 대해 『도덕경』에서는 아래와 같이 서술하고 있다.

> 도는 비어 있어서 써도 차지 않고, 깊어서 만물의 근원과 같다.[24]

> 곡신은 죽지 않는다. 이것은 현빈(玄牝)이라고 한다. 현빈의 문을 천지의 뿌리라 이른다. 끊임없이 길게 이어져 있어서 써도 지치지 않는다.[25]

첫 번째 인용문은 도에 관해서 "비어 있다"의 충(沖)과 "차지 않다"의 부영(不盈)으로 설명하고 있다. 이에 대해 『도덕경』 제45장의 내용을 보면, "크게 찬 것은 비어 있는 것과 같으니, 이를 써도 다함이 없다."[26]고 제시되어 있다. 다시 말해서 우리의 상식적인 사고로는 찬 것과 빈 것이 서로 구별되어 있지만, 무이유(無而有)의 도의 관점에서, 즉 무위(無爲)의 입장에서 보면 이들이 엄격히 구별되어 있지 않을 뿐만 아니라 오히려 같은 것으로 인식된다. 이런 까닭에 비어 있는 도는 무의 생성력을 지니게 되고 결국은 천지만물의 근원이 될 수 있다는 것이다. 두 번째 인용문에서의 곡신 또한 무로서의 도의 무한한 생성력을 가리킨다. 그러한 무는 죽지 않기

24) 『도덕경』, 「제4장」. <道沖 而用之或不盈. 淵兮似萬物之宗.>

25) 『도덕경』, 「제6장」. <谷神不死 是謂玄牝 玄牝之門 是謂天地之根 綿綿若存 用之不勤.>

26) 『도덕경』, 「제45장」. <大盈若沖 其用不窮.>

때문에 현묘한 모성을 지닌 현빈(玄牝)으로서 천지를 비롯한 모든 생명을 만들어 내는 끊임없는 근원이 된다는 것이다. 곡신, 현빈에 비유되는 이와 같은 도의 근원적인 생성력은 본원성이라 일컫는데, 이러한 도의 본원성은 "구체적인 지각 대상을 통해서 직관할 수 있고, 또한 이와 같은 본원성에 대한 직관은 변함없이 상상적 언어의 고유한 원천"27)이 되고 있다.

김영석 시인의 시뿐만 아니라, 일반적으로 한국 시의 경우 전일성을 지향하는 근원적인 갈망은 보편적 정조를 이루면서 고향, 바다, 꽃, 무덤 등 구체적인 시적 대상으로 형상화되는 경우가 대부분이다. 이와 같은 중심성이 강조되고 있는 상징물은 중심 상징28)이라고도 불리는데 주로 영원한 모성, 즉 생생불식하는 본원성으로서의 태극을 함의한다. 다음 인용시는 도의 본원성이 '사막'으로 투영되고 있는 매우 적절한 예에 해당한다.

이 세상 어딘가에
어느 지도에도 없는
거대한 사막이 숨어 있다네
기묘하게도 그 사막은
지구보다 우주보다 엄청 크다네
먼 옛날부터 수많은 탐험가들이

27) 김영석, 앞의 책, 160쪽.

28) 김영석 시에 나타나는 중심 상징의 의미를 좀더 정확하게 규정하면 다음과 같다. 중심 상징은 태극을 그 의미의 핵으로 지니고 있는데, 태극의 현묘한 복잡성 때문에 아래와 같은 세 가지의 의미를 모두 함축한다. 첫째, 만다라 혹은 인트라 도형으로 나타나는 융(C. G. Jung)의 자기the self의 개념. 둘째, 엘리아데(M. Elade)의 우주산(우주산) 혹은 우주축(axis much)으로서의 중심 개념. 셋째, 일반적인 여성 상징의 개념. 이상에서 태극의 심성론적 본체라는 점에서 첫째의 개념을 그리고 동시에 존재론적 우주론적 본체라는 점에서 둘째의 개념을 생생불식하는 본원정에 의하여 셋째의 개념을 모두 포괄하게 된다. 또 중요한 점은 이 중심 상징이 태극의 초월적 내재성이 빛나는 역설의 논리를 지니고 있다는 점이다. (김영석. 위의 책. 177쪽 참조)

그 사막을 찾으러 떠났지만
아무도 돌아온 사람은 없다네
지금도 끊임없이 탐험가들이
사막을 향하여 떠나고 떠나지만
한 사람도 돌아오지 못한다네
어떤 사람은 꿈속에서
사막을 헤매는 탐험가들을 보고
그들이 사람들의 마음으로 들어가
끝없는 모래밭을 헤맨다고 말하네
사막이 끊임없이 신기루를 만드니
어디서도 사막은 찾을 수 없고
탐험가들은 사막을 벗어날 수 없다네
이 세상 어딘가에
알려지지 않은 사막이 살고 있다네
신기루에 가려져 보이지 않고
탐험가들은 영영 돌아오지 못한다네.

—「사막」 전문

이 시에 나타난 '사막'은 구체적이거나 명명할 수 있는 어떤 특정한 사막을 가리키는 표지가 아니다. 이는 "어느 지도에도 없"다는 내용이 말해주고 있듯이 형상도 없고 보이지도 않는 추상적인 대상이다. 화자는 일단 그것을 "거대한 사막"으로 가리키면서, 그것이 미지의 '어딘가'에 "숨어 있"고, "지구보다 우주보다 엄청 크"다고 진술한다. 이는 하나의 역설로 읽힐 수밖에 없는데, 바로 이러한 역설이 그 '사막'이 은폐성을 지닌 초월적인 존재란 사실을 암시해 준다. 그것은 지구와 우주로 형상화되는 온갖 천지만물의 배후에 숨어 있는, 끝내 소진될 수 없는 존재이기 때문이다. 그림 그리는 일에 비유하면 천지만물이 눈에 보이는 오채의 감각적 형상이라면, 사막은 그러한 형상이 성립되기 위해 마련된 흰 바탕인 것이다. 흰 바탕은 스스로 자신의 모습을 드러낼 수 없지만 우리는 그 위에 그려진 형상을 통해 그것의 존재를 감지할 수 있다.[29] 이런 의미에서 화자가 말하는 '사막'은 곧 천지만물의 궁극적인 바탕이 되는 도의 표상이다.

노자는 도에 대해 "혼돈(混沌)하여 하나가 된 물(物)이 있어, 천지보다 먼저 생겼다."[30]고 한 바 있다. 또한 이것이 "어느 것에도 의존하지 않고 홀로 서서 변하지 않으며, 남김없이 두루 다녀 지치지 않는다. 천하의 어머니가 될 수 있다."[31]고 비유하기도 한다. 전자가 도가 지닌 미분성, 즉 초월적 전일성에 대해 표현한 것이라면, 후자는 도의 무한한 생성력에 대해 설명하고 있다. 초월적 전일성으로서의 도는 그것이 지닌 생성력으로 천지만물을 생성해 내지만, 만물의 생성과 동시에 일어난 헤아릴 수 없는 무수한 갈등과 대립으로 인해 도의 전일성이 불가피하게 상실된다. 이미 앞에서 여러 번 강조한 바와 같이 인간은 전일성을 회복하고자 하는 근원적인 갈망을 선험적으로 지니고 있다. 바로 이와 같은 근원 갈망으로 인하여 "옛날부터 수많은 탐험가들"이 그 사막, 즉 초월적인 도의 실체를 "찾으러 떠났"던 것이다. 그러나 전일성의 상실이 생성의 대가로 불가피하게 지불한 것이기 때문에 탐험가를 비롯한 모든 감각적 형상이 존재하는 한, 그것의 회복은 불가능한 일일 수밖에 없다. 결국 탐험가들은 아무도 돌아올 수 없었지만, 화자는 "지금도 끊임없이 탐험가들이/사막을 향하여 떠나고 떠"난다고 강조한다. 여기에는 전일성을 지향하는 이러한 갈망이 인류의 근원적인 욕망이므로 예로부터 지금까지 연면히 지속되

---

29) 김영석, 앞의 책, 122쪽과 145쪽 참조.

30) 『도덕경』, 「제25장」. <有物混成 先天地生.>

31) 『도덕경』, 「제25장」. <獨立而不改 周行而不殆 可以爲天下母.>

어 왔다는 사실이 명시되어 있다.

비록 위와 같은 이유로 지금도 사막을 향하여 끝없이 떠난 탐험가들 중에 단 한 명도 돌아온 사람이 없지만, "어떤 사람은 꿈속"에서 그 사막을 목도했다고 주장한다. 즉 꿈속에서 전일성의 성취가 이루어졌다는 것이다. 이를 통해 알 수 있듯이 이들의 꿈속은 현실 세계와는 사뭇 다른 새로운 무의식의 경지이다. 결론부터 말한다면 꿈속의 세계는 주객합일의 경지에 도달한 물화(物化)의 세계이다. 물화는 장자가 제기한 개념인데 이에 관한 묘사를 옮겨오면 다음과 같다.

> 장주가 꿈에 나비가 되었던 것인지, 나비가 꿈에 장주가 되어 있는 것인지 알 수가 없다. 장주와 나비라고 하니 반드시 분별은 있다. 이것을 물화(物化)라 한다.[32]

상기 인용문에서 보는 바와 같이 물화란 나(장주)와 물(나비) 간의 한계가 지워짐으로써 만물이 분별없는 하나가 된다는 것이다. 즉 "상아(喪我)를 통한 주객합일의 현묘함"[33]을 이르는 말이다. 자기, 그리고 자기와 대립하던 객관 세계가 완전히 소멸된 꿈에서의 이와 같은 순수한 상태는 주관과 객관의 분별을 허용하지 않는 도의 전일성에 상응한다. 그러므로 꿈속에서 어떤 사람은 사막을 볼 수 있는 것이고, 그들의 '마음'도 "끝없는 모래밭"이 될 수 있다는 것이다. 다시 말하면 꿈속에서 그들은 상아에 의해 초월하고 통일된 순수 의식을 얻어 적연부동한 도의 경지에 도달한 셈이다. 이때의 '마음'은 또한 사막과 같이 생생불식한 생성력을 전제하고

32) 『장자』, 「제물론」. <不知周之夢爲蝴蝶與 蝴蝶之夢爲周與 周與蝴蝶 則必有分矣 此之謂物化.>

33) 김영석, 앞의 책, 242쪽.

있어 본원성을 지닌 중심 상징으로 쓰이고 있다.[34]

이 시의 후반부에서는 초월적인 도의 표상으로서의 사막이 지닌 중심 상징성을 선명하게 드러내고 있다. "사막이 끊임없이 신기루를 만드니"라는 구절은 전일성으로서의 도가 그것이 지닌 가발성과 가동성으로 인해 무수한 형상과 움직임을 끊임없이 생성해 내는 것을 형상화한 내용이다. 여기에 나오는 '신기루'는 시공적으로 유한한 온갖 대립적인 형상이고, 그것은 모두 무한성과 영원성으로 함축된 사막에 의해서 생성된 것이다. 그러한 신기루가 보이는 한 사막은 그것에 가려져 결코 찾을 수 있는 대상이 아니다. 그러나 보이지 않는다고 해서 도가 존재하지 않는 것은 아니다. 그림에서의 흰 바탕과 같은 초월적인 도는 만물의 배후에 숨어 있어 그 위에 그려진 온갖 형상과 움직임의 현상을 통해 스스로를 실현하기도 한다. 탐험가들은 비록 사막을 찾지 못하고 있지만, 이미 그들은 사막이 만든 신기루를 통해 사막을 감지하고 있는 존재들이다. 바로 이러한 이유에서 화자는 탐험가들이 아직도 "사막을 벗어날 수 없다"고 단언한다.

마지막 4행은 앞의 내용에 대한 요약이나 정리로 보아도 무방하다. "이 세상 어딘가에/알려지지 않은 사막이 살고 있다네"라는 구절은 이 세상에는 초월적인 도가 존재한다는 사실의 강조인 반면, "신기루에 가려져 보이지 않"는다는 것은 그러한 도의 생성력과 은폐성을 강조한 말이

---

34) 이와 같이 도의 본원성을 드러내는 데 작용할 수 있는 중심 상징물로는 거대한 사막과 극소한 마음이 모두 허용된다. 이는 태극의 무이유(無而有), 또는 능생(能生)이면서 소생(所生) 등과 같은 본질에서 연유된 중심 상징의 기묘한 역설이다. 『도의 시학』에서는 이에 대해 아래와 같이 설명하고 있다. "극소한 씨앗은 거대한 나무를 품고 있고 거대한 나무 또한 극소한 씨앗을 품고 있다. 그래서 씨앗은 극소하면서 거대한 것이고 나무 또한 거대한 것이면서 동시에 극소한 것이기도 하다. 이것이 바로 중심 상징이 지닌 극소한 거대성과 거대한 극소성의 역설이다." 김영석, 앞의 책, 176쪽.

다. 또한 "탐험가들은 영영 돌아오지 못한다"고 한 것은 한편으로는 도의 실체를 보려고 하는 인간의 전일성에 대한 숙명적인 귀의심을 보여주는 동시에, 다른 한편으로는 초월적인 도의 성취가 처음부터 불가능하다는 점을 암시적으로 드러내고 있다.

> 나는 태초의 진흙으로 빚어졌다고 한다
> 무릇 흙이란 천하 만물을 삭인 것이니
> 내가 지렁이를 생각한다면
> 진흙 속의 지렁이가 꿈틀거리는 것이요
> 날아가는 새를 바라본다면
> 진흙 속의 새가 비상하는 것이리라
> 내가 꿈을 꾼다면
> 진흙 속의 온갖 화석에 부화(孵化)한
> 말씀의 성긴 그물로
> 천하를 밝게 드러내고
> 장공(長空)에 무지개를 세우는 일이니
> 아득하여라
> 진흙의 만 리 밖 꿈이여.
>
> —「진흙의 꿈」 전문

인용시에서 "나는 태초의 진흙으로 빚어졌다"라는 화자의 단언에는 태초의 진흙이 나를 낳은 어머니라는 의미가 내재되어 있다. 달리 말하면 곧 진흙에는 모성이나 생성력이 있다는 말과도 같다. 이와 같이 모성이나 생성력을 지닌 진흙은 "천하 만물을 삭인 것"이라고 한다. 이는 『도덕경』에서 말하는 "만물이 갖가지 모습으로 움직이고 있지만, 각기 자신의 뿌리로 돌아가고 있다."[35]라는 내용과 상통한다. 천하 만물이 모두 자신의 뿌리인 '흙'으로 돌아가는 것이므로 결국 이 시에서 '흙'이란 만물의 궁극적인 바탕인 태극 또는 도와 다르지 않다. 한편 "만물을 삭인" 것은 개개의 만물이 지니던 배타적 분별성이 모두 사라지고 궁극적인 동일성만 남은 것이므로 '흙'은 정확히 말하면 유로 분화되기 이전의 전일성으로서의 태극을 표상한다.

전일성으로서의 태극은 하나의 혼돈한 도리에 불과하지만 그것은 부동이동의 본질에 따라 적연부동하다가 감이수통(感而遂通)하는 생성의 가능성을 내포한다. 이러한 가능성에 의하여 음양이기가 분화되어 드디어 천하 만물이 생성되는데, 이때의 태극은 "만물 속에 내재되면서 비로소 그 만물을 통하여 감각적인 존재"[36]로 나타나게 된다. 그것이 초월적 미분성을 지니고 있는 동시에 경험적 내재성도 지니고 있기 때문이다. 후술할 바이지만 태극의 경험적 내재성으로 인해 현상적으로 구별되는 천지만물은 서로 다르면서도 궁극적으로는 같다는 역설적 동일성을 얻게 된다. 이를 일컬어 전동성이라고 부르는데, 『성리대전』에서는 이에 대해 아래와 같이 간명하게 표현하고 있다.

> 만물이 하나의 이(一理)를 갖추어 일원(一原)으로부터 함께 나왔다.[37]

여기서 '일원(一原)'은 일자인 태극이고, 일리(一理)란 태극의 내재성에서 비롯된 전동성이다. 만물이 모두 일원인 태극에서 나왔다는 것은 곧

---

35) 『도덕경』, 「제16장」. <夫物芸芸 各歸其根.>

36) 김영석, 앞의 책, 123쪽.

37) 『성리대전』(경문사 영인, 1981), 445쪽. <萬物各具一理 萬物同出一原.> 김영석, 위의 책, 92쪽에서 재인용.

태극이 만물을 생성한 모태라는 뜻이다. 이런 의미에서 태극의 표상인 흙은 도의 본원성을 투영하면서 하나의 중심 상징으로 쓰이고 있다. 흙이 낳은 나는 물론, 흙을 존재의 근원으로 삼은 천하 만물은 모두 일리로 통합된다. 그러므로 '지렁이'든 '새'든 간에 내가 생각하거나 바라보는 것이 있다면 그것이 반드시 나와 똑같이 '진흙', 즉 태극의 이치를 본받고 있는 것이다. 이에 관한 시구는 또한 『도덕경』에서 말하는 "만물이 함께 일어나는 것으로써 나는 돌아가는 것을 본다."[38]라는 구절과 일치한다.

이 시의 전반부가 전동성을 형상화한 것이라는 점에서 하나의 의미론적 단락을 이루고 있다면, "내가 꿈을 꾼다면"으로 시작한 후반부는 전일성에 대한 지향을 표출하는 의미에서 또 하나의 단락을 이루고 있다. "내가 꿈을 꾼다"는 것은 "천하를 밝게 드러내"는 일이고, "장공(長空)에 무지개를 세우는 일"과도 같다. 밝음이란 명(明)이다. 노자에 의하면 "뿌리로 돌아가는 것은 고요(靜)라 하고, 이를 일러 명(命)으로 돌아간다고 말한다. 명으로 돌아가는 것은 떳떳함(常)이라 하고, 떳떳함을 아는 것을 밝음(明)"[39]이라 한다. 이로 미루어 보면, "천하를 밝게 드러내"는 것은 떳떳함을 아는 것이고, 명(命)으로 돌아가는 것이며, 결국은 고요의 경지에 이르는 것이요, 흙이라는 뿌리, 즉 전일성의 세계로 돌아가는 것이다. 인용시의 화자는 "진흙 속의 온갖 화석에서 부화(孵化)한/말씀의 성긴 그물"로 여기에 도달할 수 있다고 믿는다. 화석에서 부화한 말이라면 물론 우리가 생각하는 일상적인 언어, 또는 일반적인 의미에서의 말이 아니다. 이 점은 화자가 단순히 말이라고 하지 않고 '말씀'이라는 시어를 썼다는 사실에서도 확인된다. 여기서의 말씀이란 궁극적인 말이라는 뜻으로 노

38)『도덕경』,「제16장」. <萬物竝作 吾以觀復.>

39)『도덕경』,「제16장」. <歸根曰靜 是謂復命 復命曰常 知常曰明.>

자가 말하는 희언(希言)[40]이나 장자가 말하는 지언(至言)[41]이 이에 해당된다. 희언이란 들어도 들리지 않는 말이고, 지언이란 말을 버린 지극한 말이다. 달리 말하면 화자가 여기서 강조하고 있는 것은 "거칠게 분할하고 분별하는 실용적 도구"[42]로서의 언어를 배제하여야 비로소 실재의 세계로 돌아갈 수 있다는 것이다. 물론 여기서 실재의 세계란 분별이나 경계가 지워진 전일성의 세계이다. 앞에서도 여러 번 언급했듯이 이러한 전일성에 대한 지향은 끝내 좌절될 수밖에 없다. 결국엔 "진흙의 만 리 밖 꿈"은 "장공(長空)에 무지개를 세우는 일"만큼 아득한 것이 된다. '만 리 밖'이라는 것은 그 꿈이 저쪽, 즉 초속적인 공간에만 존재한다는 뜻이므로 이곳의 일상적인 공간에서는 이루어질 수 없다는 의미도 암시적으로 내재되어 있다.

이상에서 보는 바와 같이 김영석 시인의 단형 서정시에서 전일성의 세계는 다양한 형상으로 투영될 뿐만 아니라 그 세계에 대한 시적 화자의 동경과 그리움의 감정 또한 분명하게 착색되어 있다. 이는 한편으로 도가 바로 시정신인 것을 입증하면서도 다른 한편으로는 시인이 동양 철학에 대해 깊이 이해하고 심취해 있다는 사실을 방증한다. 시 「무지개」에서는 흔들리는 '그네'의 반복운동으로 음양이기의 반복적 순환 운동, 즉 태극의 초월적이고 영원한 순환성을 형상화하고 있다. 그네의 반복운동이 눈에 보이는 개별적인 사물의 경계를 지워주는 것과 같이 초월적이고 영원한 태극의 세계에서도 만물의 속성을 미분의 상태로 지니고 있다. 그네의 궤적으로 투영된 이 초월적 전일성의 세계에 대한 그리움과 갈망은 후반

---

40) 『도덕3경』, 「제23장」. <希言自然.>

41) 『莊子』, 「知北遊」. <至言去言.>

42) 김영석, 「시인의 말」, 『바람의 애벌레』, 시학, 2011, 4쪽.

부에서 보인 '눈부신'이나 '아름다운' 등의 수식어에 투사하여 전달하고 있다. 이와는 달리 「물의 꿈」에서 태극의 전일성의 세계는 '물'로 형상화되고 있는데, 이는 초월적인 순환성보다는 일차적으로 화자의 시선이 전일성으로서의 태극이 지닌 생생불식한 생성력에 초점을 맞추고 있기 때문이다. "물의 꿈", 즉 전일성의 세계에 닿으려고 노력하지만 결국 인간은 꿈의 밖인 절망적인 현실 세계에 홀로 남아 있을 수밖에 없다는 내용에서 그 세계를 향한 화자의 동경이 느껴진다. 이 외에 시 「사막」이나 「진흙의 꿈」에서도 시인은 본원성이라고 일컫는 도의 이러한 생성력에 주목하고 있다. 신기루를 끊임없이 만들어내는 '사막', 또는 만물의 근원이 되는 "태초의 진흙"은 모두 현실 세계와 다른 이상향에 대한 표상이다. 이러한 이상향은 아무리 갈망해도 돌아갈 수 없는 영역이란 사실을 감득하면서도 근원 갈망에서 파생한 전일성에 대한 지향은 포기할 수 없는 시정신의 원질이다. 결국 시적 화자의 그리움과 동경의 감정은 슬픔이나 한의 정서로 굴절되어 표현될 수밖에 없는 특질을 지닌다.

한편 전일성으로서의 태극은 그것이 지닌 가동성과 가발성으로 인해 무수한 형상을 창출해 내는 동시에, 그 다양한 감각적 형상을 통해 지각의 대상이 아니었던 그것은 자신의 역설적 존재성을 현현하기도 한다. 이와 같은 태극의 역설적 은폐성을 시인은 「절」에서 여러 가지 비현실적인 사물이나 공간을 제시함으로써 암시적으로 드러내고 있다. 전일성 세계의 표상인 '절'이 지어질 장소를 끝내 찾지 못한다는 점을 통해 그 세계에 대한 성취가 애초부터 불가능하다는 사실을 적시한다. 이밖에 시 「물방울 속 초가집 불빛」과 「잃어버린 것」은 모두 전일성으로서의 태극이 지닌 초월적 미분성을 형상화한 작품이다. '물'과 '불'이 하나였던 시절이나 무엇인지 알 수 없는 그 잃어버린 것에 대한 아득하고 막연한 향수는 곧 전일성에 대한 그리움으로 해석된다. 또한 인용시 「배롱나무꽃 그늘」의 경우, 시적 화자는 아직 유(有)로 분화되지 않는 태극이 지닌 적연부동성이라는 고요의 본질에 입각하여 그것을 신비한 합일의 세계의 상징인 '배롱나무꽃', 또는 고요한 "고대의 호수"나 호수 중심의 고요한 '돌' 등의 심상으로 형상화하고 있다. 현실 세계는 때도 없이 시끄러운 곳이므로 마지막에서 화자는 사랑하는 이에게 그 고요의 세계로 들어가자고 요청한다. 바로 여기가 그 세계에 대한 간절한 동경의 감정이 표출되는 지점이다.

이와 같이 김영석 시인의 시는 다양한 각도에서 출발하여 전일성의 세계를 형상화하고 있으면서도 결국은 모두 이루어질 수 없는 그 세계에 대한 향수와 그리움의 정서가 표백되어 있다. 이를 통해 시인의 동양 철학에 대한 뿌리 깊은 인식, 그리고 거기에 의거하여 세계 또는 사물에 대해 심도 있게 사유했다는 사실이 확인된다. 다시 말하면 시인의 사상적인 바탕인 도학사상과 거기에 뿌리내린 동양적인 인식과 세계관이 그의 시에 크나큰 자장을 형성하고 있었던 것이다.

2) 전동성의 역설과 시적 표현

앞에서 「진흙의 꿈」을 살펴보면서 잠깐 언급한 바와 같이 초월적 미분성 외에도 도는 경험적 내재성이 본질을 이루고 있다. 그림에서의 흰 바탕이 오채의 형상을 통해야만 자신의 편모를 드러낼 수 있듯이 지각의 대상이 아닌 태극도 현상적 천지만물 속에 내재되면서 비로소 그 존재성이 확인된다. 이 경험적 내재성으로 인해 태극에서 분화되어 나온 천지만물은 서로 다른 형상으로 나타나면서도 궁극적으로는 모두 같다는 역설적 동일성을 획득한다. 『도의 시학』에서는 이 역설적 동일성을 일컬어 전동성이라고 부른다. 전동성에 대해 이미 2장에서 김영석 시인의 사상적 배경을 정리하면서 자세하게 소개한 바 있다. 이 절에서는 전동성에 대한 인식이 시인의 시에 어떻게 투영되며 형상화되고 있는가에 대해 살펴볼 차례인데, 논의의 편의를 위해 시 분석에 필요할 기본 개념부터 다시 한 번 정립할 필요가 있다.

"천하의 움직임은 바로 일자(一者)다."[43]라는 「계사전」의 기술이 말해주듯이 다자(多者)인 천지만물의 움직임과 일자인 태극의 움직임은 분리될 수 없는 하나의 전체다. 이와 같은 논리는 초월적인 태극으로부터 현상적인 천지만물이 분화되어 나오는 과정에서 그 근원을 찾을 수 있다.

> 무극이면서 태극이다. 태극이 움직여 양을 낳는데 움직임이 지극하면 고요해지고 고요해지면 음을 낳는다. 고요함이 지극하면 다시 움직이게 된다. 한번 움직이고 한번 고요해짐이 서로 그 뿌리가 되어 음양으로 나뉘고 양의가 세워진다. …<중략>… 두 가지의 기가 서로 교감하여 만물을 낳고 만물이 계속 생성됨으로써 변화가 무궁하게 된다.[44]

위의 내용을 통해 알 수 있듯이 태극에서 분화된 음양이기는 서로 배타적이거나 절대적인 것이 아니다. 이들은 일동일정(一動一靜)하고 서로 뿌리가 됨으로써 태극이 음양이기를 낳은 것과 같이 양의(兩儀)라고 일컫는 이 두 가지의 기(氣) 또한 각자 음과 양으로 다시 분화된다. 이때 양

---

43) 「계사전」 하, <天下之動貞夫一者也.>

44) 『근사록』, 133쪽. <無極而太極 太極動而生陽 動極而靜 靜而生陰 靜極復動 一動一靜 互爲其根 分陰分陽 兩儀立焉 …… 二氣交感 化生萬物 萬物生生 而變化無窮焉.> 김영석, 『새로운 도의 시학』, 앞의 책, 92-93쪽에서 재인용.

기(⚊)가 낳은 것은 태양(⚌)과 소음(⚍)이고, 음기(⚋)가 낳은 것은 소양(⚎)과 태음(⚏)이라고 한다. 이 네 개의 음양은 사상(四象)을 이루고 있고, 사상에서 다시 팔괘(八卦)를 이루는 음과 양이 분화되어 나오며, 팔괘는 64괘로 번성되다가 마침내 만물이 생성된 것이다. 인용문에서 말한 바와 같이 만물의 생성과 변화가 근원적으로 음과 양이라는 두 가지의 기가 서로 교감한 결과이다. 음과 양이 서로 교감하면서 음양이기를 낳는 이치는 태극이 음양이기를 낳는 이치와도 같은 것이다. 다시 말해 음양이기가 아무리 미세하게 분화되어 간다고 하더라도 결국은 태극에서 양의가 분화되어 나오는 이치를 그대로 본받고 있는 것에 불과하다. 결과적으로 이와 같은 태극의 경험적 내재성으로 인해 다자의 움직임과 일자의 움직임은 같은 것이 되고, 나아가 현상적 다자인 천지만물과 초월적 일자인 태극 또한 분리될 수 없는 하나의 전체로 수렴된다.[45]

한편 태극의 경험적 내재성은 전일성이라고 일컫는 태극의 초월적 미분성과 근원적으로 분리될 수는 없다. 그림 그리는 일에 비유하자면, 흰 바탕은 오채의 형상이 없으면 자신을 실현할 수 없고, 오채의 형상도 흰 바탕이 없으면 그려지지 않는 것과 같이 도의 초월성과 내재성은 궁극적으로 하나로 통합되어 있다. 이와 같은 이유로 하나의 태극이 내재됨으로써 모든 사상(事象)은 각기 다르면서도 동시에 같은 것이라는 초월적 내재성을 지니게 된다. 이 초월적 내재성으로 말미암아 현상적으로 차별화되는 천지만물은 결국 분리될 수 없는 일여적 관계로 통일되는데, 이는 곧 도가 지닌 전동성의 역설이다.[46] 이와 같이 전동성이란 차별성과 동일성을 동시에 포괄하고 있는 개념이다. 그것은 사상의 표면적인 차별성

45) 김영석, 『새로운 도의 시학』, 앞의 책, 84-94쪽 참조.

46) 위의 책, 186쪽 참조.

을 인정하면서도 결국은 본질적인 동일성을 발견하는 데에서 성립되기 때문이다. "서로 다른 이것과 저것이 하나임을 발견하여 나가는 일은 결국 전일성이라는 이념을 지향하는 것"[47]에 불과하다. 그리하여 시적 세계관이 전일성을 지향하는 데에 있는 한 "시는 본질적으로 전동성을 드러낼 수밖에 없고 전동성을 드러내는 한 시적 언어와 형식은 역설"[48]이 될 수밖에 없다.

> 흙은 소리가 없어 울지 못한다
> 제 자식들의 덧없는 주검을
> 가슴에 묻어두고 삭일 뿐
> 소리를 낼 수가 없다
> 그러나 흙은
> 제 몸을 떼어 빚은 사람을 시켜
> 살아있는 동안
> 하늘에 종을 걸고 치게 한다
> 소리없는 가슴들
> 흙덩이가 온몸으로 부서지는
> 소리를 낸다.
>
> —「종소리」 전문

시인이 자신의 저서 『말을 배우러 세상에 왔네』에서 상기 인용시를 해설하면서 여기에 나오는 '종소리'에 대해 아래와 같이 자술한 바 있다.

> 까마득한 옛날부터 사람들은 종을 만들어 높이 걸고 쳤습니다.

47) 앞의 책, 195-196쪽.

48) 위의 책, 197쪽.

때를 알리고, 위급함을 알리고, 집회를 알리고, 온갖 의식에서 어떤 뜻을 알리고. 수많은 용도로 종을 사용했겠지만, 특히 고대부터 갖가지 종교의식에서 울린 종소리야말로 가장 종다운 종소리였을 것입니다. …<중략>…

어쨌든 종소리는 무엇인가를 알리는 그 알림, 즉 표현입니다. 속에 있는 것을 밖으로, 또는 누군가에게 표현하는 것입니다. 그 표현되는 속뜻은 종소리를 듣는 사람마다 각기 됨됨이와 제 마음의 울림통에 따라 조금씩 다르게 들을 것입니다.[49]

시적 화자에게 위에서 말한 알림이나 표현으로서의 '종소리'는 흙의 울음소리, 또는 "흙덩이가 온몸으로 부서지는" 소리로 들린다. 종을 주조할 때 흔히 흙으로 그 종 모양이 나는 틀을 먼저 만들어 놓는다. 종이 소리를 내게 하려면 우선 그것이 만들어졌을 때 필요에 의해 흙으로 만든 이 거푸집을 벗겨야 한다. 화자에게 종소리는 단순히 금속으로 된 종 자체에서 나는 소리가 아니라, 종이 만들어지는 과정에서 그것을 감쌌던 거푸집이 부서지는 소리이기도 하다. 달리 말하면 종소리를 "흙덩이가 온몸으로 부서지는" 소리로 표현하는 화자의 시선은 종이 생겨나게끔 그것과 함께 해주던 흙의 거푸집이 끝내 부서진 뒤에야 비로소 그 종이 완성되는 데에 집중되어 있다. 새로 태어나는 것과 부서지는 것, 즉 생성과 소멸이라는 확연한 대립의 짝을 '종소리'로 수렴하여 동시에 바라보고 있는 것이다. 인용문에 따르면 사람의 '됨됨이' 또는 "마음의 울림통"에 따라 '종소리'의 속뜻이 달리 들린다는 것인데, 여기서 우리는 동양철학이라는 사상적인 바탕이 시인에게 위와 같은 일여적인 사고의 방식이나 기질로 체현되어 굳어진 것을 확인할 수 있다.

---

49) 김영석, 『말을 배우러 세상에 왔네』, 앞의 책, 20-21쪽.

인용시의 첫 행에 보이는 "흙은 소리가 없"다는 내용과 연관 지어 볼 때 화자가 여기서 말하는 '종소리', 즉 "흙덩이가 온몸으로 부서지는" 소리는 결국 소리가 없는 소리, 또는 소리가 아닌 소리가 된다. 바로 여기서 도의 전동성으로부터 일종의 존재론적 역설이 발생한다. 사람을 비롯한 세상의 모든 존재는 흙으로 빚어진 흙의 몸이고, 흙에 비해 덧없는 이들의 존재는 죽을 때 다시 흙으로 돌아간다. 따라서 이 시에서 형상화한 흙은 모든 존재의 모태이자 무덤이므로 도의 본원성이나 영원한 순환성 그 자체로도 볼 수 있다. 본원성으로서의 흙은 고요히 움직이지 않는 적연부동성을 지니고 있으므로 소리를 낼 수가 없으나, 도리에 따라 그것 또한 본질로 지니고 있는 가동성으로 인해 부단히 움직여 무한한 생성과 변화를 이루게 된다. 도의 이러한 가동성은 인용시에서 "그러나 흙은/제 몸을 떼어 빚은 사람을 시켜", "하늘에 종을 걸고 치게 한다"라는 시구를 통해서도 확인된다. 달리 말하면 흙은 사람을 생성하고 사람을 통해 스스로를 드러내거나 실현시키는 존재의 근원이기 때문이다.

흙은 소리를 낼 수가 없어서 제 자식들이 죽어도 울지 못하고, 그들의 "덧없는 주검을/가슴에 묻어두고 삭일 뿐"이다. 표현되지 못한 흙의 슬픔은 곧 생의 본질에 깔려 있는 원초적이고 원형적인 비천민생의 정서에 해당한다. 이와 같은 우주적인 비정을 드러내기 위해서 흙은 제 몸으로 빚은 사람을 시켜 종소리를 내게 한다. 흙에서 나온 사람은 흙의 내재성으로 인해 "소리 없는 가슴"이 될 수밖에 없고, 숙명적으로 슬픔의 정서를 지닐 수밖에 없다. 그러한 슬픔은 끝내 해소되지 않는 것이므로 그들 또한 아무리 소리를 내려고 해도 결국 그것은 침묵의 소리일 뿐이다. 자연을 있는 그대로 직관하는 시의 화자에게 흙가슴의 침묵은 한없이 깊어서 무한히 극대화되어 인간의 청각역을 초월해 있는, 이른바 들어도 들리지 않는 소리와 다를 바 없다. 이처럼 "존재의 진실을 전면적으로 파악하고자 할 때, 또 불완전한 감각을 거부하고 개념적인 인식을 거부할 때 전동성이 야기하는 역설"50)은 어김없이 나타난다.

모든 돌은 한때 새였다

하늘에서 오래는 머물지 못하고
새는 제 몸무게로 떨어져
돌 속에 깊이 잠든다

풀잎에 머물던 이슬이
이내 하늘로 돌아가듯
흰 구름이 이슥고 빗물 되어 돌아오듯

어두운 새의 형상
돌 속에는 지금
새가 물고 있던 한 올 지평선과 푸른 하늘이
흰 구름 곁을 스치던
은빛 바람의 날개가 잠들어 있다.

—「모든 돌은 한때 새였다」 전문

제3시집의 표제작인 위의 인용시는 동양의 사유 방식인 일여적 사고가 분명하게 드러난 실례에 속한다. 여러 면에서 대립되는 '돌'과 '새'라는 두 가지 형상을 하나의 원형에서 나오고 다시 공동적으로 지니고 있던 근원으로 돌아가는 동질적인 것으로 인식하고 있다. 무거움, 하강, 부동, 또

50) 김영석, 『새로운 도의 시학』, 앞의 책, 202쪽.

는 무생물의 표상인 '돌'과 가벼움, 상승, 생동이나 생명체의 표상인 '새'가 표면적으로 서로 구별되는 것 같으나 실제로 이들 사이에는 아무런 차이도 없다. 이는 모든 존재는 궁극적으로 끊임없이 생성, 변화하는 태극운동의 일시적인 양상에 불과하다고 보는, 이른바 더 높은 존재론적 차원에서만 유추 가능한 사실이다. 달리 말하면 음과 양이라는 두 가지의 기가 시간을 축으로 하여 지속적으로 순환하는 것과 같이 음양이기로 수렴될 수 있는 모든 현상 또한 시간을 통하여 같은 궤적을 따라 계속적으로 순환하고 있다. 이런 의미에서 새와 돌의 차이는 일시적이고 표면적인 것일 뿐, 순환이라는 큰 틀에서 보면 이들은 본질적으로 동일한 것이 될 수밖에 없다. 즉 태극의 내재성으로 인해 우리의 일상적인 경험에서 차별화되는 이들의 성질은 결국 배타적으로 분별되는 성질이 아니라는 역설이 발생한다.

지금까지 이 시를 해석하는 데 제기된 견해는 바라보는 관점에 따라 대표적인 두 가지로 정리해 볼 수 있다. 하나는 '돌'과 '새'를 각각 사대(四大) 중의 지(地)와 풍(風)의 환유로 인식하는 관점[51]이고, 다른 하나는 이들을 무주상(無住相), 또는 무자상(無自相)의 존재로 보는 관점[52]이다. 전자는 모든 존재를 지수화풍(地水火風)이라는 사대의 합성체로 인식하고 결국 천지만물은 이 사대의 순환 질서를 따라 생성·변화할 수밖에 없다는 도학적인 세계관에서 바라보는 것이고, 후자의 경우는 어떤 사물이든 애초부터 특정한 이미지로 존재하지 않거나, 모든 존재는 다른 존재와

51) 이러한 시각을 견지한 논자는 정효구, 「고요의 시인, 침묵의 언어」, 배재대학교 현대문학회 엮음, 『김영석 시의 세계』, 앞의 책; 안현심, 「허정(虛靜)의 상상력」, 『진안문학』, 2010. 등이다.

52) 이와 같은 시각을 견지한 논자는 유성호, 「언어 너머의 언어, 그 심원한 수심」, 김영석, 『모든 구멍은 따뜻하다』, 앞의 시집 및 신덕룡, 「길에서 바람으로의 여정」, 배재대학교 현대문학회 엮음, 『김영석 시의 세계』, 위의 책 등이다.

의 인연 속에서 파악해야 하기 때문에 시간이나 우주의 흐름에서 볼 때 만물은 결국 다를 바 없다는 불교적 관점이다. 어떤 견해든 간에 사물의 표면적인 차이를 인정하면서도 표면적인 차원을 넘어, 겉모습에서 보이는 차이는 비본질적이고 일시적인 것일 뿐 심층적인 면에서 모든 존재는 동일하다는 사실에 초점을 맞추고 있다. 다시 말하면 이들 논의는 모두 화자가 여러 가지 시적 심상 및 그것들 사이의 관련성을 통해 보여주는 전동성의 역설에 주목하고 있다는 것이다.

위에서 말했듯이 '돌'과 '새'는 일견 서로 개별적이고 비교되는 형상으로 보인다. 이들은 각자 다른 모습으로 나타나 있을 뿐만 아니라, 여러 면에서 상대적인 성질을 지니고 있기 때문이다. 그런데도 시의 화자는 첫 행에서부터 "모든 돌은 한때 새였다"라는 경이로운 표현을 던진다. 물론 도의 초월적 내재성을 인정하는 한 모든 존재는 궁극적으로 같다고 볼 수밖에 없으나, 이와 같이 고도로 함축된 말로 쉽게 발견되지 않는 두 형상 사이의 동질성을 단정하면서 시적 긴장감을 극대화한 시인의 기법은 주목을 요한다. 이어서 2연에서부터 화자는 위의 역설에 담고 있는 의미를 차차 풀어놓기 시작한다.

새는 하늘로 향해 자유로이 날아오를 수 있지만 높은 곳에서 오래 머물지는 못한다. 중력에 이끌리거나 죽음을 맞이한 새는 "제 몸무게"로 땅에 떨어질 수밖에 없다. "돌 속에 깊이 잠든다"는 말은 하늘을 날아다니던 새의 형상에 내포되고 있는 가벼움, 상승, 또는 생명이나 생동의 이미지가 지상에 있는 돌의 무거움, 하강, 죽음이나 정지의 이미지로 전환된다는 뜻이다. 다시 말하면 새와 돌이 지니고 있는 이들 상반된 성질이 서로 작용하거나 융합되어 하나가 된 것이다. 이처럼 돌 속에는 새의 성질이 포함되고 있기 때문에 서로 다른 형상인 돌과 새 또한 궁극적으로 하나가 될 수밖에 없는 이른바 전동성의 역설이 발생한다. 이러한 역설에 대해 『도덕경』에서의 기술을 옮겨오면 아래와 같다.

> 천하가 다 아름다운 것을 아름다운 줄 알지만 이것은 추악한 것이 있기 때문이다. 다 착한 것을 착한 줄 알지만 이것은 착하지 않은 것이 있기 때문이다. 그러므로 있음과 없음이 서로 낳고, 어려움과 쉬움이 서로 성립시킨다. 긴 것과 짧은 것이 서로 비교됨으로써 형태를 드러내는 것이고, 높은 것과 낮은 것이 서로 기울어져 생기는 것이다. 음(音)과 성(聲)이 서로 조화를 이루고, 앞과 뒤가 서로 따르는 것이다. 그런 까닭에 성인(聖人)은 무위의 일에 처하여 무언의 가르침을 행한다.[53]

노자가 여기서 말하는 것은 모든 시·공간적인 존재와 가치에 대한 인식은 대립적인 상대나 대립된 가치가 있기 때문에 비로소 그 존재성과 가치가 확인되고 인식된다는 사실이다. 그렇지 않으면 그것은 전일한 혼돈의 상태일 뿐이므로 우리의 분별적인 의식 범위를 벗어날 수밖에 없다. 다시 말하면 모든 대립자는 서로 뿌리가 되어주면서 서로 생성적으로 작용한다. 이런 의미에서 시·공간적으로 대립된 존재는 대립되는 만큼 서로 다르면서도 본질적으로는 같은 것이다. 어느 한쪽에 기울어지는 것은 결핍을 초래하므로 결국은 참된 도리로써 구현될 수 없다. 그러므로 모든 대립이 통합되어 있는 중심의 자리, 즉 도 위에서 “작위함 없이 일하고 말하지 않고 가르친다.”[54]는 전동성의 역설을 깨달은 자야말로 성인이라고

---

53) 『도덕경』, 「제2장」. <天下皆知美之爲美 斯惡已 皆知善之爲善 斯不善已 故有無相生 難易相成 長短相較 高下相傾 音聲相和 前後相隨 是以聖人處無爲之事 行不言之教.>

54) 김영석, 『새로운 도의 시학』, 앞의 책, 188쪽.

할 수 있다는 것이다.

인용시의 화자가 바로 이와 같은 참된 도리 위에서 세상을 관조하고 있다. 거듭 말하거니와 도는 유기적이고 순환적인 전체성 위에서만 성립되는 개념이다. 이러한 도의 순환적인 특징이 인용시의 3연에서 그대로 반영되어 있다. 이슬이 풀잎에 머물다가 증발하면 하늘에서 흰 구름으로 떠돌다가 다시 지상으로 돌아온다. 이 과정은 마치 태극에서 분화되어 나온 음양이기의 운동과도 같이 시간에 따라 끊임없이 반복되고 순환된다. '돌아가듯'과 '돌아오듯'의 표현에서 화자가 중심의 자리에서 천지만물을 바라보고 있다는 사실이 확인된다. 한편 이슬뿐만 아니라, 모든 존재가 음양이기의 조화로 이루어진 것이므로 이러한 지속적인 순환운동의 궤적을 따를 수밖에 없다. 인용시의 첫 연에 보이는 "모든 돌은 한 때 새였다"라는 단정이 바로 이와 같은 인식의 바탕 위에서 성립된 표현이다.

이처럼 '돌'과 '새'를 서로 구별되는 형상으로만 보는 개념적이고 불완전한 시점을 떠나 화자는 전체성으로서의 자연을 있는 그대로 직관하고 있다. 그럼으로써 돌을 "어두운 새의 형상"으로 인식할 수 있고, 그 돌 속에는 "새가 물고 있던 한 올 지평선과 푸른 하늘", 즉 새가 살아온 세상이 잠겨 있다는 것을 목도하게 된다. 새가 살아온 세상은 곧 살아있는 동안 새가 구속되어 온 한계이므로, 전체로서의 세계와 존재를 관조하고 있는 화자의 입장에서 보면 이와 같은 한계는 이미 깨끗이 지워져 존재하지 않는 것과 다르지 않다.

예전에 나는
눈 속으로 들어가서
아름다운 풍경에서 일어나고

귓속으로 들어가서
맑은 솔바람 소리에서 일어나고
콧속으로 들어가서
향그러운 과일에서 일어났다
그러나 요즈음 나는
쓰레기 속으로 들어가서
눈부신 장미꽃에서 일어나고
새소리 속으로 들어가서
막막한 바닷소리에서 일어나고
거름 속으로 들어가서
쓰디쓴 씨앗에서 일어난다
그리고 더러는
참말 속으로 들어가서
거짓말에서 일어나고
거짓말 속으로 들어가서
참말에서 일어난다.

—「나의 삼매(三昧)」 전문

상기 인용시는 제목에서 드러나는 대로 지극히 강한 선(禪)적인 색체를 지니고 있다. 삼매(三昧)란 널리 알려진 바와 같이 불교의 수행 방법 중의 하나로 잡념을 배제하고 마음의 평화를 유지하거나 마음을 한 곳이나 하나의 대상에 집중하는 정신작용이다. 불교적으로 말한다면 수행하는 자는 마음이 삼매에 들어가야 진정한 지혜를 터득하고 진리를 깨닫게 됨으로써 비로소 불탑이 눈앞에 보이는 더 높은 생명의 경지에 도달할 수 있다. 이 높은 경지는 마치 현묘한 도에 통하는 것과도 같다. "덕이 당신을 아름답게 해 줄 것이며 도가 당신의 삶을 이룩해 줄 것이다."[55]라는 장자의 말에서

55) 『장자』, 「지북유」, <德將爲汝美 道將爲汝居.>

유추할 수 있는 것과 같이 도는 곧 삶의 이치이고 진리이다. 거듭되는 말이지만 도를 통달하려면 우선 상아(喪我)의 상태에 들어가야 한다. 그래야만 잡스러운 객관 세계가 완전히 소멸되고 주객합일이라는 도의 순수하고 전일한 경지에 이를 수 있기 때문이다. 이와 같은 상아의 경지가 곧 인용시 제목에서 말하는 삼매이다. 결론적으로 불교적 관점에서 보든 도학적 관점에서 보든 간에 이 시는 시적 화자가 직관적 사고를 통해 이르게 되는 세계에 대한 성찰, 또는 진정한 깨달음을 내용으로 담고 있다.

내용의 전개로 보았을 때 상기시는 세 개의 의미론적 단락으로 나누어 볼 수 있다. 첫 번째 단락은 "예전에 나는"으로 시작하여 과거형 어미가 쓰이는 화자의 회상적인 내용이다. 그 시기에 화자가 "눈 속으로 들어가서/아름다운 풍경에서" 일어난다고 한다. "눈 속"이라 하면 대부분의 사람들이 "아름다운 풍경"을 떠올리듯이 이는 단지 평범하고 심상한 경험을 묘사한 것에 불과하다. 다시 말하면 정신력이 강하든 약하든, 또는 마음의 경지가 높든 낮든 상관없이 누구나 쉽게 체험할 수 있는 영역이다. 마찬가지로 '귓속'에서, 즉 귀를 통해 "솔바람 소리"를 들은 것과 '콧속'에서, 바꾸어 말하면 코를 통해 "향그러운 과일" 냄새를 맡은 것도 이와 같은 현실적이고 세속적인 경험일 뿐 성찰이나 깨달음과는 거리가 먼 내용이다. 이를 통해서 '예전'이라는 시기에 시적 화자가 아직 제목에서 말하는 삼매에 이르지 않았다는 사실을 감지할 수 있다.

두 번째 의미론적 단락은 "그러나 요즈음 나는"으로 이끄는 시구로 이루고 있다. 이는 '그러나'에서 암시하고 있듯이 앞의 단락과는 사뭇 대조적인 내용을 담고 있다. 한마디로 말한다면 이는 일반적이거나 상식적인 인식을 벗어난 이른바 직관적인 인식에 기초한 존재론적 깨달음에 가까운 내용이다. 위의 구조와 같이 화자가 여기서 제시한 상황은 세 가지가 있다. 하나는 “쓰레기 속”이고, 또 하나는 “새소리 속”이며 나머지 하나는 “거름 속”이다. 상식적으로 생각할 때 “쓰레기 속”은 먼지, 찌꺼기나 파리, 쥐 등과 같이 추악한 것밖에 보이지 않는 부패의 공간이다. 그러나 화자가 “쓰레기 속으로 들어가서/눈부신 장미꽃에서” 일어난다고 한다. 쓰레기로 함의된 더러움과 장미꽃으로 표상되는 아름다움의 경계를 무화시킨 이 시구는 더 말할 나위 없이 하나의 분명한 역설이다. 비록 시의 본문에서는 이러한 역설이 성립하기 위한 조건에 대해 언급하지 않았지만, 제목을 통해서 우리는 이것이 화자가 삼매, 다시 말하면 상아나 주객합일의 경계에 들어감으로써 비로소 경험하게 된 것이라는 사실을 짐작할 수 있다. 『도덕경』에는 이 과정에 관해서 아래와 같이 기술한다.

> 허에 이르기를 극진히 하고, 고요함을 지키기를 돈독히 하면, 만물이 함께 일어나는 것으로써 나는 돌아가는 것을 본다.[56]

온갖 현상적인 존재는 모두 초월적인 태극에서 분화되어 나온 것이므로 궁극적으로 모든 존재는 태극이 낳은 음양이기의 이치에 따라 전변하고 움직인다. 음과 양이 표면적으로 대립을 이루고 있으면서도 본질적으로는 서로의 뿌리가 되어 화합을 이루고 있는 것과 같이, 현상적이거나 개념적인 모든 대립자들도 그것과 상반되는 존재나 가치를 존재의 근거나 뿌리로 지니고 있다. 앞에서 인용한 『도덕경』 제2장의 내용에서 보듯이 우리가 상식적으로 생각하는 미(美), 선(善), 또는 있음이나 어려움 등의 모든 가치는 홀로 독립되어 존재하는 것이 아니다. 그것은 단지 악(惡), 불선(不善), 그리고 없음이나 쉬움과 같은 대립적인 상대가 있으므

56) 『도덕경』, 「제16장」. <致虛極 守靜篤 萬物竝作 吾以觀復.>

로 비로소 분별되고 존재한다. 모든 대립자는 이와 같이 서로 다르면서도 같은 것이고, 어느 한 쪽이 없어지면 다른 한 쪽도 따라 없어진다. 한마디로 말한다면 그것들은 "서로 생성적인 관계에 있으며 서로의 존재 근거"[57]가 되고 있는 것이다.

결국 참된 도리에 이르기 위해서는 모든 대립이 하나로 통일되는 자리가 요구된다. 즉 어느 한쪽에도 기울어지지 않고 대립되는 양쪽을 모두 포괄할 수 있어야만 가능하다. 그러므로 인용문에서는 "만물이 함께 일어나는 것으로써 나는 돌아가는 것을 본다."고 한다. 여기서 "돌아가는 것"이란 곧 모든 현상적인 존재가 공동적으로 지니고 있는 고요한 뿌리, 즉 초월적이고 미분된 전일성으로서의 태초의 시간으로 돌아간다는 뜻이다. 그렇기 위해서는 "허에 이르기를 극진히 하고 고요함을 지키기를 돈독히 하"여야 한다. 달리 말하면 근원적인 도는 마음을 깨끗이 비우고 무위의 고요함을 고수하여야만 터득할 수 있는 경지이다. 인용시 제목에서 화자가 말하는 삼매가 바로 여기에 해당한다.

'지금'의 화자는 '예전'과 달리 '쓰레기'의 추악함에서 '장미꽃'의 아름다움을 보게 되고, 가까이서 지저귀는 '새소리'에서 막연하고 아득한 '바닷소리'를 듣게 되며, 유익한 '거름' 무더기에서 "쓰디쓴 씨앗"을 느끼게 된다. 즉 현상적인 존재 및 개념적인 인식에서 벗어나 화자는 삼매나 상아에 기초한 직관적이고 일여적인 사고를 통해 세계 및 존재의 본질에 더 가까이 다가간 것이다. 나아가 시의 세 번째 의미론적 단락에서 화자는 "더러는/참말 속으로 들어가서/거짓말에서", 그리고 "거짓말 속으로 들어가서/참말에서" 일어난다고 하여 역설적으로 진실과 거짓의 경계를 넘나들고 있다. 진실 속에는 거짓이 잠재해 있고, 거짓의 이면에도 진실이

57) 김영석, 앞의 책, 187-188쪽.

존재한다는 것은 마치 표면적으로 음기만 보이는 태극 운동의 본체인 수좌(☵) 속에는 일양이 있고, 양기가 가장 강한 세력을 떨치는 화좌(☲) 속에도 일음이 있는 것과 상통한다. 정리하면 이 시의 화자는 삼매, 또는 주객합일의 경험을 통해 일상적이고 현실적인 인식에서 벗어나 전동성이라는 존재의 본질을 깨닫게 된 것이다.

이상에서 살펴본 대로 김영석 시인은 동양의 도학사상에 뿌리박은 일여적 이해를 통해 전동성의 역설적 과정을 다양한 심상을 통해 표현함으로써 존재와 세계의 진실을 전면적으로 파악하고 있다. 시인은 시적 직관의 세계에서 참된 도리의 위치, 즉 상반되고 모순되는 모든 시점의 교차점인 형이상학적인 중(中)의 자리에 서 있다.[58] 의도적이든 의도적이지 않든 간에 이는 동양철학에 대한 시인의 첨예한 인식이 표출된 결과로 보인다. 이와 같이 불완전한 감각과 인식을 뛰어넘어 존재와 세계의 본질을 전면적으로 파악하고자 하는 사유는 그의 시의 한 특징이기도 하다.

> 고요한 꽃이 없으면
> 해도 달도 뜨지 않고
> 바람조차 일지 않습니다
> 고요한 꽃은 없기에
> 언제나 거기 피어 있습니다.
>
> ―「거기 고요한 꽃이 피어 있습니다」 부분

> 바람에 날리는 지푸라기와
> 바람에 낡은 문이 덜컹거리는 소리는
> 누가 보고 들었는가?

---

58) 앞의 책, 201-204쪽 참조.

시를 쓰는 내가?

나는 거기에 없었다.

—「나는 거기에 없었다」 부분

시「거기 고요한 꽃이 피어 있습니다」의 초점은 여기에 인용한 마지막 연에 맞추어져 있다. "고요한 꽃이 없으면" 해와 달이 뜨지도 않고, 바람이 일지도 않는다는 내용을 통해 알 수 있듯이 화자가 이 시에서 형상화한 "고요한 꽃"이란 도의 근원적인 생성력을 지닌 하나의 형이상적인 심상이다. 시간과 공간을 초월해 있는 그것은 인간의 지각역을 벗어난 존재이므로 고요함으로밖에 달리 표현될 수가 없다. 중심 상징물로서의 "고요한 꽃"은 모든 가능성이 열려 있는 곳, 곧 고도의 중심에 위치하여 어느 한 쪽으로도 치우치지 않는 이른바 존재 및 생성의 근원을 표상한다. 바로 이 위치에서 "고요한 꽃이 없기에/언제나 거기 피어 있습니다."로 표현되는 '무즉유(無卽有)', 다시 말하면 '부재즉존재'나 '없음즉있음'이라는 전동성의 역설이 필연적으로 발생한다.

인용시「나는 거기에 없었다」 역시 전동성의 구조 위에서 있음과 없음을 동시에 파악하고 있는 경우다. 인용되지 않는 시의 1연에서 화자는 가을걷이가 끝난 텅 빈 들판에서 지푸라기가 서늘한 가을바람에 날리는 쓸쓸한 모습과 아무도 살지 않는 외딴 빈집의 낡은 문이 바람에 덜컹거리는 적막한 풍경을 그대로 묘사하고 있다. 이어서 2연에서는 위의 풍경 묘사를 반복한 뒤 쓸쓸하고 적막한 이와 같은 풍경을 보고 듣는 자가 누구냐고 질문한다. 물론 이것은 존재와 부재의 경계가 지워진 하나의 명백한 역설적 표현이다. 비록 아무런 감정 개입 없이 자연을 있는 그대로 묘사하고 있는 1연에서는 명시적으로 나타나 있지 않지만, 분명히 풍경의 배후에 숨어 그것을 보고 듣고 묘사한 사람이 곧 질문을 던진 화자 자신이기 때문이다. 이를 올바르게 이해하려면 화자가 여기서 형상화한 '바람'의 심상이 담당하고 있는 매개 역할을 놓쳐서는 곤란하다. 김영석 시인의 시에서 바람의 상징성에 대해 이형권은 다음과 같이 분석한 바 있다.

> '바람'은 눈에는 보이지 않지만 피부 감각으로는 분명히 느낄 수 있는 실체이기 때문에, 현상이나 형상으로는 존재하지 않지만 본질로서는 실재하는 대상을 드러내는 데 적실하다.
>
> …<중략>…
>
> '바람'은 또한 세상에 존재하는 온갖 사물과 인간을 상관적으로 아우르는 에너지를 표상한다. 세상에 존재하는 것들은 겉으로 보기에 저마다 독립적으로 존재하는 듯하지만, 깊이 생각해보면 모두가 전일적 일체를 이루고 있다는 사실을 부정하기 어렵다. 이는 만물은 하나와 같다는 동양적 생명 원리에 연결된 것으로 볼 수 있거니와, 또한 만물을 생성시키고 그것들을 하나로 연결시켜 주는 공통적 에너지는 기라고 할 수 있다. 김영석의 시에서 '바람'은 기가 만물을 만든다는 차원에서의 기와 아주 흡사하다.[59]

위의 인용문에서 보는 바와 같이 그 자체로 인식의 대상이 될 수 없는 바람은 존재와 부재의 사이에 놓여 있어 객체와 주체, 달리 말하면 풍경과 그것을 보고 듣는 화자를 하나로 연결시키는 에너지로 작용한다. 이는 또한 기와 같이 만물을 생성시키는 근원이기도 하여 결국 천지만물은 모두 바람에 속해 있고 바람에 의해 초월적 미분성과 역설적 동일성이 동시

59) 이형권, 「바람의 감각과 실재의 탐구」, 김영석, 『바람의 애벌레』, 앞의 시집, 119쪽과 121쪽.

에 얻게 된다. 바로 바람이 지니고 있는 위와 같은 함의를 매개로 하여 화자가 단면적이고 불완전한 감각과 인식에서 벗어나 존재와 세계의 본질을 원초적인 느낌을 통해 파악할 수 있는 것이다. 느낌의 세계에서 주체와 대상이 지니고 있는 개별적인 의미가 모두 사라졌으므로 풍경과 그것의 배후에 숨어 있는 화자가 분별없는 하나가 되고, 있음과 없음 또한 하나가 된다. 정리하면 화자가 여기서 보여준 존재론적 역설이 발생하는 근원은 바람으로 표상되는 도의 초월적 내재성, 즉 전동성이다.

나아가 화자는 다시 "시를 쓰는 내가?"라고 되묻는데, 이는 또한 역설로 읽힐 수밖에 없는 대목이다. 언뜻 보면 실제의 시인 자신이 시에 등장한 것처럼 보이지만, 정확히 말하면 "시를 쓰는 내"가 곧 김영석 시인이 시를 위해서 창조한 화자나 다름없다. 따라서 이 질문도 위의 질문과 같이 시적 주체의 존재성을 무시함으로써 비로소 있음과 없음, 또는 존재와 부재의 경지를 뛰어넘은 이른바 존재론적 역설의 차원에서 이해해야 한다. 마지막으로 시의 화자는 "나는 거기에 없었다."라고 단언하면서 자기 자신의 존재성을 확실하게 부정하여 전동성이 야기하는 역설을 단적으로 현현하고 있다.

지금까지 몇 편의 예시를 통해 김영석 시인의 시에 나타난 역설적 표현의 양상을 살펴보았다. 위에서 보는 바와 같이 시인은 시적 직관의 세계에서 시·공간적으로 모순되고 상반되는 다양한 사물 또는 가치를 일여적인 관계에 속하는 하나의 전체로 포착하고 있다. 이는 한마디로 말하면 동양의 도학사상에 바탕을 둔 시인의 시적 인식에서 기인한 것이다. 동양의 사유 구조에 근거하여 시인은 태극의 초월적 미분성과 경험적 내재성이 공동으로 작용한 결과로 만물은 각각 다른 형상을 하고 있는데도 불구하고 모두 본질적 속성으로서의 동일성을 지니고 있다는 사실을 정관하고 있다. 이와 같은 인식에서 출발하여 그의 시는 현상 세계에 대한 단면적이고 비본질적인 인식의 차원을 넘어, 느낌 및 직관을 통해 전동성이라는 존재와 삶의 본질에 맞닿아 있었던 것이다.

비록 이쪽의 현상계에서는 무수한 대립과 갈등으로 때도 없이 시끄럽지만, 시인은 이 시끄러움의 뿌리에 잠재해 있는 고요함에 주목하여 '종소리'를 "흙덩이가 온 몸으로 부서지는 소리"로 표현하고 있다. 생생불식한 도의 본원성을 지닌 흙은 전일한 존재이므로 소리를 낼 수가 없다. 결국 종소리는 소리 없는 소리가 되고 만다. 다시 말하면 속세의 시끄러움은 무한하고 영원하기 때문에 인간의 지각역을 초월해 있는 고요한 정적으로 반전되는 것이다. 이와 같은 역설적 표현에서 시인이 전동성의 구조 위에서 세계와 자연을 있는 그대로 직관함으로써 이쪽의 분열되는 온갖 현상의 세계와 저쪽의 미분된 전일성의 세계를 하나의 전체로 파악하고 있다는 사실이 확인된다.

인용시 「모든 돌은 한때 새였다」에서 '돌'과 '새'의 합일 또한 시인의 위와 같은 동양적인 사고방식에서 그 근거를 찾을 수 있다. 표면적으로 봤을 때 돌과 새 사이에는 적지 않은 차이가 존재하지만, 모든 대립이 통합되어 있는 참된 도리의 자리에서 관조할 때 음양이기를 비롯한 모든 대립자가 그렇듯이 이들 형상 사이의 대립적인 성질 역시 어느 한쪽이 지워지면 다른 한쪽도 따라 없어지는 것이다. 결국 개념적이고 불완전한 시점에서 벗어나 동시적으로 전체를 보는 시점을 선택했을 때 돌과 새는 서로 순환적이고 분리될 수 없는 하나의 전체로 수렴되는 것이다.

시 「나의 삼매(三昧)」의 경우에서도 시인은 위와 같이 모든 대립이 하나로 통일되는, 이른바 참된 도리의 자리에서 존재의 본질을 개념적인 인식에 의해 훼손되지 않는 상태로 보여주고 있다. 세계와 삶의 진실을 전체로써 인식하고 있으므로 시에서 드러나는 바와 같이 화자는 '쓰레기'를 통해서 '장미꽃'을 인지하게 되고, '진실'과 '거짓'의 경계 또한 넘나들 수 있게 된다. 다시 말하면 대립되는 양쪽을 모두 포괄하는 중(中)의 자리에서 화자는 이것이면서 동시에 저것이 되는, 또는 「거기 고요한 꽃이 피어 있습니다」에서처럼 '없음'이 곧 '있음'이라는 전동성의 역설적 과정을 경험하게 된다. 이처럼 동양의 철학적 사고방식에 입각하여 세계를 관조할 때 시적 표현에는 전일성의 세계에 대한 지향과 더불어 도의 전동성과 그 역설 또한 필연적으로 동반된다.

더욱이 시 「나는 거기에 없었다」에서 시인은 위에서 말한 '있음'과 '없음'의 통합뿐만 아니라 직관적 경험 속에서의 주체와 객체의 합일도 동시에 보여주고 있다. 이는 전동적인 생성의 세계에서 형상적 상이성(相異性)의 감각이 지워짐으로써 시적 자아가 경험하게 되는 동일성의 감각이다.[60] 바람으로 표상되는 '기(氣)'를 매개로 하여 모든 존재가 음양이기의 모임과 흩어짐에 따라 생성된다. 이런 의미에서 이 기의 보편적인 내재성으로 인해 시적 세계에서 화자가 바람 속의 풍경과 분별없는 일체가 될 수 있는 것이다. 『도의 시학』에서는 이와 같이 만유에 내재되어 있는 태극에 의해서 시적 화자가 경험하게 되는 역설적 동일성의 감각을 자기 일체성이라고 일컫는다. 이에 관한 설명을 옮겨오면 다음과 같다.

> 천지만물이 음양이기의 생성물이며, 그 생성물들이 수(☵)가 화(☲)가 되고 화가 수가 되는 굴신 왕래의 생성 운동을 지속하고 있다면 근본적으로 이것과 저것, 그리고 주관과 객관은 일체일 수밖에 없다. 이와 같은 생성 논리 속에서 시적 자아는 자기 일체성을 발견

60) 김영석, 『새로운 도의 시학』, 앞의 책, 217쪽 참조.

하게 되고 시적 상상력의 본질이라 할 수 있는 친화감을 낳게 된다. 바 꾸어 말하면 <세계와의 만남>은 <자기와의 만남>이 되는 것이다.[61]

상기 인용문에서 보는 바와 같이 자기 일체성은 곧 전동성의 전제 하에 시적 화자가 객관 세계에 대한 직관을 통해 느끼게 되는 세계와의 동질감, 또는 친화감이다. 전동성의 역설을 전제하고 있으므로 근본적으로 이것 또한 역설이 될 수밖에 없다.

창을 통해
저 광대한 허공을 내다보는 것은
내 속의 허공을 들여다보는 일이다
허공은 나를 알처럼 품고 있고
나 또한 내 속의 허공을 품고 있으니
나는 구멍이 숭숭 뚫린 알껍질 같은 것이다
내 속의 허공 속에서 부화한
하얀 새들이 창을 통해 이따금
푸른 하늘 속으로 햇살처럼 날아오르곤 한다.

—「알껍질」 전문

인용시 「알껍질」에서 화자는 창밖의 허공을 자신 속의 허공과 동일시하고 있다. "허공이 나를 알처럼 품고 있"다는 것을 의식할 때 화자의 시선이 주체의 바깥쪽에 있다면, "나 또한 내 속의 허공을 품고 있"다고 할 때 그 시선은 바깥에서 자신의 안쪽으로 이동한다. 여기서 화자의 시선은 그것이 포착한 범위와 대상에 따라 두 가지로 분열되어 있다는 사실이 확인된다. 이를 알기 쉽게 도식으로 표시하면 아래와 같다.

---

61) 앞의 책, 217-218쪽.

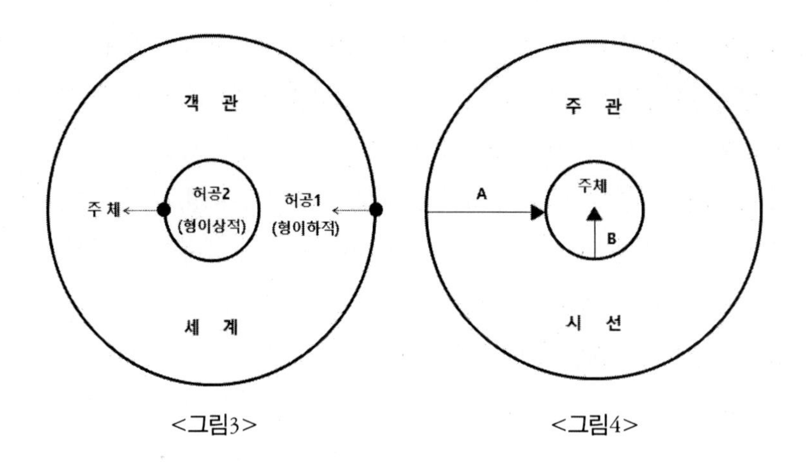

<그림3> <그림4>

<그림3>에서 실재의 허공이 속해 있는 객관 세계는 큰 원으로 표시되고, 화자, 즉 시적 주체의 존재는 그 안의 작은 원으로 표시했다. 허공이 자신을 알처럼 품고 있다고 의식할 때 화자의 시선은 <그림4>에서의 A로 표시되는 바와 같이, 실재의 허공으로 둘러싼 객관 세계와 그 속에서 객관화된 자신을 바라보고 있다. 반면에 "나 또한 내 속의 허공을 품고 있"다고 말할 때 화자의 시선은 B의 방향에 따라 객관 세계에서 주체인 자신의 내부에 존재하는 형이상적인 공간으로 이동한다. 이와 같이 의식과 시선의 분열에 따라 화자의 내면 또한 전체의식 속에서 보이는 객관화된 자아와 주체로서의 의식적 자아로 분열되어 있다. 따라서 화자가 여기서 보여준 시적 주체의 내면 분열은 곧 일상적인 경험에서의 자아와 객관 세계의 대립이고, 주관과 객관 사이의 거리에서 발생하는 모순 감정과 다르지 않다.

다른 한편 시적 화자는 "창을 통해/저 광대한 허공을 내다보는 것은/내 속의 허공을 들여다보는 일"이라고 진술한다. 여기서 자아와 세계의 대

립이란 결국 화자가 이 시에서 형상화한 창밖의 형이하적 허공과 자신 속의 형이상적 허공이라는 두 가지 대립된 심상에 의해 역설적인 합일을 이루고 있다. 도학적인 관점에 따르면 모든 사상(事象)은 초월적인 태극, 즉 일자의 내재성으로 인해 "일자적 다자성, 능생적 소생성, 초월적 내재성 등으로 표현되는 역설적 존재성"[62]을 지닌다. 다시 말하면 모든 존재는 궁극적으로 서로 다르면서도 동시에 같은 것이 될 수밖에 없는 동질성이 내재되어 있다. 위에서 살폈던 자아와 세계, 또는 주관과 객관 사이의 대립 또한 이와 같은 일여적인 관계 속에서 이해해야 한다. 그러므로 "창을 통해/저 광대한 허공을 내다보는" 이른바 세계와의 만남은 "내 속의 허공을 들여다보는" 자기와의 만남이 될 수밖에 없고, 대립되었던 주관과 객관 또한 분별없는 일체로 수렴될 수밖에 없다.

정리하면 갈라진 시선과 의식에 따른 화자의 내면 분열이 허공으로 통합될 수 있는 것은 전동성의 역설 때문에 시적 화자가 경험하게 되는 주체로서의 자아와 객체 사이의 동일성, 즉 자기 일체성의 감각 때문이다. 객관 세계 속에서 자기 일체성을 발견한 화자는 창밖의 허공을 바라봄으로써 비로소 동시에 자신 속의 허공을 들여다볼 수 있게 된다. 실재의 허공이 자신을 알처럼 품고 있는 것과 같이 화자 스스로도 "구멍이 숭숭 뚫린 알껍질 같은 것"이 된다. 따라서 창밖의 푸른 하늘이 알처럼 품고 있는 "하얀 새"도 그 하늘과 일체인 자신이라는 알껍질에서 부화한 것으로 인식하게 된다. 이상의 분석을 통해 알 수 있듯이 인용시에서 화자의 시적 상상력은 자아와 세계가 하나로 아우르는 자기 일체성을 지향하고 있다. 시인이 전동성의 구조 위에서 세계와 존재를 인식하고 있는 한, 이와 같은 주객 일여적인 자기 일체성의 발견은 당연한 결과일 것이다.

62) 앞의 책, 186쪽.

어느 봄 물오르는 갈매나무 아래서
나는 문득 깨달았네
내 마음이 아주 오래된 물이란 것을
맨 처음 한 방울의 물에서 생명이 움트던
그 아득한 날부터
높고 낮은 온 세상을 돌고 돌아
내게 흘러와 고인 한 줌 물이란 것을
내 마음도 물비늘을 반짝이며
갈매나무 푸른 잎사귀와 함께 찰랑거릴 때
나는 문득 깨달았네
아직 가보지 않은 미지의 산과 바다
그리고 먼 나라 낯선 땅이 그리운 것은
아주 오래된 내 마음의 뒤안
그 깊고 먼 곳이 알고 싶기 때문인 것을
홀로 걷는 숲길이
바로 내 안으로 가는 길인 것을
갈매나무 곁에서 나무가 되어
나는 문득 깨달았네

— 「오래된 물이여 마음이여」 부분

인용시 「오래된 물이여 마음이여」는 제목에서 드러나 있듯이 화자의 마음이 "오래된 물"과 일체를 이루고 있다. 다시 말하면 이 시에서 화자가 전하고 있는 것 역시 전동성의 역설을 전제하고 있는 세계와의 친화감, 즉 자기 일체성의 경험이다. "갈매나무 곁에서" 나무와 일체가 된 화자는 전동성에 의한 자아와 세계가 하나로 연대하는 세계와의 친화감을 있는 그대로 표현하고 있다. 이와 같은 자기 일체성의 원리를 발견하는 데에 '물'이라는 심상의 매개적인 역할은 매우 중요하다. 자기 일체성은 개별적인 형상들 사이의 일리(一理) 때문에 발생하는 동일성의 감각이라면 인용시에서의 물은 바로 그런 일리에 해당한다.

시의 첫 3행을 보면, 화자는 봄날에 "물오르는 갈매나무 아래서" 자신의 마음도 "아주 오래된 물이란 것"을 문득 깨달았다고 진술한다. 물은 만유에 내재된 것으로서 무한한 생성력 또는 순환성을 표상한다. 봄이 되면 물이 만물 속으로 스며듦으로써 소생하는 기운을 불어넣어 생명을 깨운다는 점에서 그것이 세계 및 생명의 궁극적인 근원이라고 해도 과언은 아니다. 2장에서 전동성의 개념을 소개하면서 이율곡의 비유를 인용해 관통원리(貫通原理)와 방통원리(旁通原理)에 대해 간략하게 설명한 바 있다. 거기에 따르면 모든 생명의 궁극적인 근원인 물은 곧 일자인 태극, 또는 도의 상징으로도 볼 수 있다.[63] 물은 그것을 담는 그릇의 모양에 따라 다르게 나타날 수는 있지만, 그러한 차이는 어디까지나 표면적이고 현상적인 것일 뿐 본체, 또는 본질은 결국 하나의 물에 불과하다. 이와 같이 모든 존재를 떠받치고 있는 영원한 물의 내재성으로 인해 화자는 자신과 현상적으로 변별되는 갈매나무에 공명할 수 있게 된 것이다.

여기서 화자가 자신의 마음이 그냥 물이라고 하지 않고, "아주 오래된 물"이라고 한 것은 그 물이 아주 오래 전부터 변함없이 상존하고 있었다는 의미다. "맨 처음 한 방울의 물에서 생명이" 움튼다는 내용을 통해 이 영원불변의 물의 생성력이 확인된다. 이 내용은 또한 『도덕경』에서 도에 대해 "천지보다 먼저 생겼다."[64]거나 "독립되어 변형되지 않는다."[65]거

63) 실제로 김영석 시인의 시에서 만물의 궁극적인 근원 또는 바탕으로서의 물의 이미지가 자주 등장한다. 인용시 외에도 시 「맹물」에서의 "태초에/모든 것이 물에서 시작되었다고 한다/산천초목 날짐승 길짐승이/모두 물에서 나왔다고 한다" 등을 그 예로 들 수 있다.

64) 『도덕경』, 「제25장」. <有物混成 先天地生>

나 "만물을 생성하는 천하의 어미가 될 수 있다."[66]는 기술과 그대로 일치한다. 이어서 이 도의 상징으로서의 물은 "그 아득한 날부터/높고 낮은 온 세상을 돌고" 돌았다는 구절은 그것이 무한한 시간과 공간을 뛰어넘어 마침내 화자의 마음으로 고인 초월적인 존재라는 사실을 말해준다. 이 초월적인 물, 다시 말해 만물의 궁극적인 근원인 도가 내재됨으로써 화자의 마음 또한 "물비늘을 반짝이며/갈매나무 푸른 잎사귀와 함께" 찰랑거리면서 공명하게 된다. 방통원리로 설명하자면, 화자와 갈매나무는 비록 현상적으로 서로 다르지만, 본질적으로는 모두 '물', 즉 도에 의해 생성된 것이다. 물은 그릇에 따라 그 모습이 아무리 변화하더라도 본질에는 아무런 변화가 없다. 결국 물이라는 영원불변의 본체에 의해 공간적으로 대립된 이들은 그저 동일성의 서로 다른 대상에 불과한 것이다.

이상의 분석에서 보는 바와 같이 인용시는 갈매나무 속으로 스며들어 그것을 소생시키는 물의 심상에서 출발한다. 이러한 소생의 기운을 담는 물이야말로 온 세상을 순환하면서 만물을 생성시키는 궁극적인 바탕으로 인식하기 때문이다. 이어서 이 물로 표상되는 태극, 즉 일리로 말미암아 화자는 자기의 마음 또한 갈매나무와 본질적으로 다를 바 없다는 진리를 발견한다. 한편 화자의 이러한 자기 일체성의 발견은 여기서 그치지 않는다. "아직 가보지 않은 미지의 산과 바다/그리고 먼 나라 낯선 땅"에 대한 그리움이 곧 "아주 오래된 내 마음의 뒤안"이 알고 싶었기 때문이라는 시구가 이 점을 명시적으로 방증한다. 이는 쉽게 말하면 하나의 태극으로 인해 만리(萬理)가 통회(統會)되어 결국 온 세상의 모든 존재가 '나'와는 본질적으로 같다는 논리와 일맥상통한다.[67]

---

65) 『도덕경』, 「제25장」. <寂兮寥兮 獨立不改>

66) 『도덕경』, 「제25장」. <周行而不殆 可以爲天下母>

이처럼 "내 마음"이 "아주 오래된 물"이고, 그 물은 곧 천지만물을 생성시킨 근원적인 일자이므로 궁극적으로 말한다면 이 시에서 화자가 전하고 있는 것이 "천지의 도=마음의 도"라는 깨달음이다. 천지만물의 생성 및 변화의 원리와 사람의 마음의 생성 변화의 원리가 이와 같은 일여적인 관계에 놓여 있기 때문에 마음과 세계 또한 연속된 하나의 실재가 될 수밖에 없다. 그러므로 "홀로 걷는 숲길"이 "내 안으로 가는 길"이 될 수 있었던 것이다. 나아가 화자는 "갈매나무 곁에서 나무가 되어"라고 하면서 나무에서 자기 일체성을 발견한다. 위와 같은 생성 논리에 의지한다면 이러한 발견 역시 지극히 자연스러운 정관의 산물이다.

정효구는 「고요의 시인, 침묵의 언어」에서 김영석의 시에 대해 아래와 같이 말한 바 있다.

> 김영석은 그의 시에서 세계 전체를 하나의 에너지 장으로, 아니 기氣의 흐름으로, 달리 말하면 우주법계의 춤이 구현되는 물결로 본다. 그러므로 에너지와 에너지는 격의없이 넘나들고, 기와 기 또한 구분 없이 넘나들며, 춤과 춤 역시 경계가 없다.[68]

---

67) 『성리대전』(경문사 영인, 1981), 445-446쪽. <태극은 단지 천지만물의 이(理)다. 천지로 말하면 천지 중에 태극이 있고, 만물로 말하면 만물 중에도 각기 태극이 있는 것이다. 아직 천지가 생기기 이전에 필경 이 이가 먼저 있었을 것이니, 움직임이 있어 양을 낳는 것도 오직 이 이요, 고요히 움직이지 않아서 음을 낳는 것도 오직 이 이일뿐이다.……만물은 각기 하나의 이를 갖추고 있으니 만물은 하나의 근원에서 같이 나온 것이다. 이른바 만물이 비롯한 하나의 근원은 태극이다. 태극이란 것은 곧 만리가 통회한 것의 이름이다.> (太極只是天地萬物之理 在天地言則天地中有太極 在萬物言則萬物中各有太極 未有天地之先 畢竟是先有此理 動而生陽亦只是理 靜而生陰亦只是理…… 萬物各具一理 萬物同出一原 所謂萬物一元者 太極也 太極者乃萬理統會之名.) 김영석, 『새로운 도의 시학』, 앞의 책, 191쪽에서 재인용.

68) 정효구, 「고요의 시인, 침묵의 언어」, 배재대학교 현대문학회 엮음, 『김영석 시의 세계』, 국학자료원, 2016, 32-33쪽.

인용문에서 말한 에너지와 기(氣), 그리고 춤은 곧 이것과 저것, 나아가 주관과 객관을 통회하는 만물의 궁극적인 바탕인 태극과 다르지 않다. 전동성의 원리에 의하여 김영석 시인은 그의 시에서 만유에 내재되어 있는 일리를 직관함으로써 자기 일체성, 즉 형기에 가려진 주관과 객관 사이의 동일성을 발견하게 된다. 위의 분석에서 알 수 있듯이 자기 일체성을 드러내는 데 그 형이상적인 일리는 다양한 경험적 심상으로 나타날 수 있다. 인용시 「나는 거기에 없었다」에서 그것은 존재와 부재 사이에 놓인 '바람'으로 나타나고, 시 「알껍질」에서는 화자의 내면 분열을 통합할 수 있는 '허공'으로 나타난다. 또한 위의 시 「오래된 물이여 마음이여」에서 드러낸 바와 같이 그 하나의 이(理)는 만물의 궁극적인 바탕인 '물'로 표상되기도 한다. 중요한 것은 어떤 형상이든 간에 시적 화자는 만물의 배후에 엄존하고 있는 그러한 일리를 관조함으로써 비로소 형기의 차이를 넘은 자기 일체성을 발견할 수 있다는 사실이다.

한편 위와 같은 도학적 사상에 근거한 자기 일체성의 원리와 더불어 김영석 시인의 시에는 인간중심주의의 관념을 전면으로 거부하는 생태학적 사유도 도처에 드러나 있다. 이 점에 대해 강희안은 「김영석 시의 심층생태학적 윤리 의식 연구」에서 감정 중심적 동물화, 생명 중심적 식물화, 생태 중심적 유기화란 세 가지 시각에서 자세하게 논한 바 있다. 그에 따르면 김영석의 시에는 동물, 식물, 나아가 "전통적 환경생태주의와는 전혀 다른 자연의 무기물까지 인간의 범주로 편입한 근본적인 윤리관을 제시하고 있"[69]어 주목된다. 그리고 이와 같이 전례가 없는 우주공동체 윤리관이 김영석 시 전반을 관류하고 있는 것은 자연과 인간을 동등하게 파악하는 탈인간중심주의적 관념, 달리 말하면 심층생태학적 세계관

69) 강희안, 「김영석 시의 심층생태학적 윤리 의식 연구」, 『비평문학』, 2015, 57호, 10쪽.

이 시인의 의식에 잠재해 있기 때문이라고 분석하고 있다.[70] "시적 관점과 생태적 관점, 그리고 도의 사상은 실재에 대한 인식에서 상호 포괄된다"[71]는 사실을 고려할 때 궁극적으로 시인의 이러한 생태적 상상력 역시 동양사상의 맥락과 일치한다. 아래의 인용시에는 이 점이 비교적 명확히 드러나 있다.

> 옛사람들은 그림을 그릴 때
> 푸나무나 꽃만 그리지 않고
> 눈에 잘 띄지 않는 어느 구석일망정
> 작은 벌레 하나가
> 그 속에서 조용히 살게 하는 일을
> 결코 잊지 않았다
>
> 오늘은 내 홀로
> 하염없는 생각에 잠겨 있으면서
> 그 생각의 등불 곁에
> 작은 벌레 하나를 숨 쉬게 하여
> 그 가느다란 더듬이로
> 먼 세상을 조용히 그려 본다.
>
> ―「등불 곁 벌레 하나」 전문

상기 인용시에는 "작은 벌레 하나"를 상상력의 중심으로 삼아 우주법계 전체를 걸림 없이 동등하게 바라보는 생태적 세계관, 또는 전체론적 세계관이 바탕에 깔려 있다. 이는 서구 철학의 전통적인 명제이자 현대문

70) 앞의 논문, 26쪽 참조.

71) 김영석, 『도와 생태적 상상력』, 국학자료원, 2000, 14쪽.

명이 깊게 뿌리 박혀 있는 인간중심주의의 세계관과 사뭇 대조를 이룬다. 후자의 기준에서 볼 때 벌레는 주체적 인간에 비하면 너무나 하찮고 보잘 것없는 존재에 불과하다. 인간중심주의 철학에서는 인간을 세계의 중심으로 인식하고 객체인 천지만물과 철저히 분리시켜 바라보고 있기 때문이다. 다시 말하면 인간만이 궁극적인 목적이므로 동물을 비롯한 자연 전체는 인간의 욕구 성취를 위한 수단, 또는 도구로 전락하므로 벌레는 쓸모없는 존재에 불과하다는 인식이다.

이에 반하여 동양의 전통 철학에서는 인간을 자연의 일부로, 나아가 객체적 천지만물을 자기 자신으로 인식하는 태도를 취해 왔다. "사람은 땅을 본받고, 땅은 하늘을 본받고, 하늘은 도를 본받으며, 도는 자연을 본받는다."[72]는 노자의 말이 이 점을 입증하고 있다. 이 내용에 따르면 자연은 인간의 욕구 충족을 위한 이용 대상이 아닐뿐더러 오히려 인간과 천지를 생동시키는 궁극적인 근원이며 그것들이 따라야 할 도이고 순리이다. 거듭되는 말이지만 인간을 포함한 천지만물은 모두 자연의 도에 의해 생성된 것이고, 또 공동으로 지니고 있는 이 도의 내재성으로 인해 사람의 마음은 천지만물과 통하게 되므로 시적 화자는 마침내 그것들을 자기와 한 몸으로 여기게 된다. 결국 이와 같은 자기 일체성의 경험과 인식은 시인에게 모든 것을 인간 중심으로 이해하는 인간중심주의의 세계관과 대조되는 생태적 세계관을 배태시킨 결과로 나타난다.

인용시의 1연에서는 "옛사람들은 그림을 그릴 때", 눈에 잘 보이지도 않는 "작은 벌레 하나"까지 "결코 잊지 않"고 화폭에 넣었다는 묘사를 통해 동양 전통의 생태적 자연관을 보여주고 있다. 서구의 인식론적 자연관에서는 "푸나무나 꽃"을 인간의 경제적이거나 미학적인 욕구를 충족시키

72) 『도덕경』, 「제25장」. <人法地 地法天 天法道 道法自然.>

기 위한 수단으로 인식할지 몰라도 '벌레' 같은 미미한 존재를 "결코 잊지 않았다"고 단언할 만큼 그 가치가 인정받기란 거의 불가능한 일이다. 위에서 말한 바와 같이 이런 인간중심주의적 사고는 "모든 가치판단의 척도를 인간을 중심에 놓는 편향적인 사유체계"[73]이기 때문이다. 반면에 동양의 전통적 관념을 기준으로 볼 때 인간이든 동물이든, 또는 생물이든 무생물이든 간에 천지자연은 만물에게 공평하므로 어느 한쪽으로도 기울지 않는다. 이에 대해 『도덕경』에서는 아래와 같은 말로 설명한다.

> 천지는 어질지 않아 만물을 추구(芻狗)로 여긴다.[74]

여기서 말하는 '추구'란 풀이나 짚으로 만든 개인데 주로 제사를 지낼 때 액운을 쫓기 위해 쓰이다가 제사가 끝나면 들판에 그대로 버려지는 것이다. 천지에게 만물은 모두 이 풀이나 짚으로 만든 개나 마찬가지이므로 결국 어떤 특성을 지니든 간에 비정한 자연의 이치 앞에서 모든 종은 평등하고 무분별하다. 이와 같은 인식을 바탕으로 '옛사람들'은 그림에서 "푸나무나 꽃" 외에도 "눈에 잘 띄지 않는 어느 구석"에 "작은 벌레 하나"를 함께 그린 것이다. 달리 말하면 인용시의 1연을 통해서 자연의 힘 앞에서 초목이나 벌레 같은 미물도 인간과 다름없이 공존하고 있다는 '옛사람들'의 의식과 태도가 확인된다. 물론 이는 "오늘날 자연을 착취와 이용의 대상으로만 보는 인간의 오만한 태도"[75]와는 분명히 대조되고 있다.

인용시의 화자는 '벌레'에 대해 자연의 품안에서 인간과 함께 사는 평

---

73) 강희안, 앞의 논문, 11쪽.

74) 『도덕경』, 「제5장」. <天地不仁 以萬物爲芻狗.>

75) 김영석, 『말을 배우러 세상에 왔네』, 앞의 책, 146쪽.

등한 생명체로서의 존재일 뿐만 아니라, 그것 또한 제 방식대로 세상을 살아간다는 점에서 "인간의 입장과 동일한 개체 중의 하나"[76]로 인정한다. 정신적 존재로서의 인간이 생각하거나 세상을 그릴 수 있는 능력을 지니고 있듯이 작은 벌레도 조용히 숨 쉬며 그 더듬이로 세상을 더듬어 보고 있다. 그리고 거대한 자연 앞에서 등불만한 인간의 생각이 결국 벌레의 더듬이와 같은 미미한 것이 되므로 범우주적 차원에서 보면 벌레와 인간이 개별적 생명체가 아닌, 이른바 전일적 실재로 상존한다. 그리하여 화자가 "하염없는 생각에 잠겨 있으면서", 어느새 작은 벌레와 일체가 되어 "그 가느다란 더듬이로/먼 세상을 조용히 그려 본다."는 범우주적 인식에 도달하게 된다.

창문 밖 상수리나무에
부러져 죽은 나뭇가지와
살아 있는 가지가 얽혀 생긴
액틀 하나가 걸려 있다
그 액틀을 통해 바라보는 마을이
색지를 오려 놓은 듯 작고 선명하여
처음 보는 동화의 나라처럼 낯설다
…<중략>…
문득 바람이 불자
상수리나무가 풍경을 말끔히 지우더니
그 큰 액틀의 눈을 뜨고서
창밖을 보는 나를 물끄러미 바라본다
창문을 벗어나려 안타까이 파닥거리는
흰나비 한 마리를 조용히 바라본다

76) 강희안, 앞의 논문, 17쪽.

내 눈은 상수리나무의 눈이었다
내가 본 것은 상수리나무가 본 것이다.
—「내가 본 것은 상수리나무가 본 것이다」 부분

상기 인용시는 제목에서 말해주고 있듯이 식물을 인간과 동등한 가치의 생명 내지 의식을 소유하고 있는 이른바 인간과 다를 바 없는 존재로 정관한 작품이다. 인간인 '나'만이 처해 있는 환경, 또는 다른 존재를 보고 인식하는 것이 아니라, 자연의 표상인 '상수리나무' 또한 "내가 본 것"을 '눈'으로 지각하고 있다. 2연에서 "내 눈은 상수리나무의 눈"이라고 표현한 대로 화자의 '눈'과 자연물인 '상수리나무'의 '눈'이 하나가 되므로 궁극적으로 '나'와 '상수리나무' 역시 분별없는 하나의 실체가 된다. 다시 말하면 표면에 보이는 형기의 차이를 넘어서 시적 화자가 나무에서 자기 일체성을 발견한 것이다. 이와 같은 전제 아래 "내가 본 것"과 "상수리나무가 본 것"은 하나가 될 수밖에 없다.

시적 화자는 '창문' 안쪽에서 '창밖'의 풍경을 바라보고 있다. 창밖에는 '상수리나무'와 '마을'이 있는데, 정확히 말하면 화자는 '상수리나무'에 걸린 '나뭇가지'들이 "얽혀 생긴" 하나의 '액틀'을 통해 '마을'을 바라보고 있다. 그러다가 "문득 바람이 불자/상수리나무가 풍경을 말끔히 지우"는 것과 동시에 시적 화자의 위와 같은 인간적인 시각도 지워지고 만다. 앞에서도 언급했듯이 김영석 시인의 시에서 '바람'은 "세상에 존재하는 온갖 사물과 인간을 상관적으로 아우르는 에너지"[77]이기도 하다. 이 공동적인 에너지로서의 '바람'에 힘입어 '상수리나무'는 "그 큰 액틀의 눈을 뜨"는 실재로 현현된다. 이어서 화자는 창문 안쪽에 있는 '나'가 창밖을 바라보

77) 이형권, 앞의 글, 121쪽.

듯이 창밖의 '상수리나무' 역시 "그 큰 액틀의 눈"을 통해 창문 안쪽의 나를 "물끄러미 바라본다."고 진술한다. 서로가 바라보는 순간에 시선의 일치와 더불어 '나'와 '상수리나무', 다시 말하면 인간과 자연 대상물이 조화와 균형을 이루는 평등한 인격적 존재로 동일화된 것이다.

이처럼 인용시의 화자에게 자연은 인간의 정복 대상 또는 인간의 필요에 따른 수단으로서의 존재가 아니라 오히려 인간과 똑같이 생명에 관여하는 동등한 인격체로 파악된다. 물론 이와 같은 인식은 자연과 인간의 합일을 지향하는 동양의 생태적 자연관에서 기인한 것이다. "'도'라는 초월적이고 우주적인 개념으로 인간과 자연의 관계를 설정하고 있"[78]는 도가 사상에 따르면 천지만물은 모두 이 '도'라는 추상적 질서로 수렴된다. 그러므로 인간과 동·식물은 물론 우주에서의 모든 만물은 궁극적으로 동등한 생명 가치를 지니고 있는 평등한 존재다. '나'와 '상수리나무'가 동시에 주시하고 있는 '흰나비' 또한 "창문을 벗어나려"는 생명의 의지를 지니고 있다. 시의 화자는 전일적인 자연관의 시각에서 온갖 상대적 개념 및 가치를 지우고 인간과 동물, 그리고 식물에 이르기까지 모두 동일한 지위로 인정한 것이다.

한편 '상수리나무'가 '나'와 '흰나비'를 바라보는 시선에 대해 화자는 '물끄러미', '안타까이' 또는 '조용히'라고 표현하고 있다. 여기서는 "모든 생명들이 인간과 닮은 정도에 따라 동감과 연민의 대상이 되는 것이 아니"[79]라고 인식하는 동양의 생명 윤리관이 거듭 확인된다. 다시 말하면 만물은 하나와 같다는 동양적 생명원리에 따르면 개개의 생명체는 각기 지니고 있는 특성 때문에 하나의 동등한 인격체가 되어 거대하고 전일적

---

78) 강희안, 앞의 논문, 24쪽.

79) 위의 논문, 같은 쪽.

인 우주공동체를 형성하고 있다. 그러므로 '상수리나무'의 시선과 '나'의 시선은 하나가 되고, 나아가 '나'와 '상수리나무', 즉 화자와 타자 사이의 형상적인 경계까지 무너져 서로가 상통하게 된다. 바로 이와 같은 인식을 바탕으로 인용시의 화자는 "내 눈은 상수리나무의 눈이었다/내가 본 것은 상수리나무가 본 것이다."로 표현되는 자기 일체성의 원리를 발견한 것이다.

지금까지 살펴본 시는 전통적 환경생태주의의 관점에서 동·식물 등의 자연 생명체를 인간과 동등한 인격체로 파악하고 있다면, 아래의 인용시는 이와 달리 자연의 무기물까지 도의 질서로 편입함으로써 비교적 더 높은 차원에서의 생태적 사유와 상상력을 담아내고 있다.

> 산속의 호젓한 호수
> 그 맑은 외눈
> 내가 한눈팔고 다니며
> 두 눈 뜨고 보지 못한
> 하늘과 바람과 별을
> 혼자 보고 있었네.
>
> ―「호수」 전문

> 푸른 산빛이 눈 되어
> 나를 바라보고
> 흐르는 물소리 귀가 되어
> 내 숨소리를 들으니
>
> 어디선가 풀꽃 하나
> 고요히 피었다 지네.
>
> ―「꽃 소식」 전문

인용시 「호수」에서 형상화한 '호수'는 생명이 없는 단순한 자연 대상물이 아니다. 그것은 "맑은 외눈"이므로 "하늘과 바람과 별을" 인지하는 존재로 표명된다. 즉 화자에게 자연 무기물인 '호수'는 보는 행위에 관여하고 있어 인간과 다름없는 생명적이며 의식적인 존재다. 여기서 "내가 한눈팔고 다니며/두 눈 뜨고 보지 못한" 풍경을 '호수'가 보고 있다는 것은 그것이 지닌 호젓함이라는 특성 때문이라고 분석된다. 복잡하거나 시끄러운 것에 눈이 가려져 인간인 '내가' 보지 못한 소박한 자연의 본모습을 '호수'는 맑고 호젓해서 정관할 수 있다는 논리다. 다시 말하면 인용시에서 '호수'는 자연 무기물로서 그것만의 특성을 지니고 있는데, 이것은 인간인 화자가 소유하지 않는 특성이므로 결국 이와 같은 개별적인 특성으로 인해 '호수'와 나는 평등한 존재로 귀결된다.

시 「꽃 소식」에서 표현한 대로 인간인 내가 "푸른 산빛"을 바라보거나 "흐르는 물소리"를 듣는 것이 아니다. 오히려 시적 화자는 그것들이 각각 '눈'과 '귀'가 되어 "나를 바라보고", '내 숨소리를' 듣는다고 진술한다. 이는 인간을 자연의 지배자, 또는 모든 현상의 중심으로 인식하는 서구의 인간중심주의와 전혀 다른 생태중심주의의 시각을 단적으로 보여주고 있다. 거듭 말하거니와 생태중심주의적 세계관은 동양의 도학사상에 연계되어 인간을 자연의 일부로 여기며, 나아가 모든 자연 대상물을 인간과 동등한 지위로 인정하는 태도를 취한다. 도학적 관점에 따르면 인간을 포함한 자연의 모든 존재자는 비록 각기 다른 형상으로 나타나지만, 궁극적으로는 모두 태극의 생성물이며 태극의 도에 따라 움직이고 변화한다. 이러한 태극의 초월적 내재성에 의해서 우주 만물은 하나의 그물망과 같이 유기적으로 연결되어 있다. 근본적으로 배타적인 이원론적 사고가 틈입할 여지가 없으므로 모든 존재는 상호 의존적이며 평등하다.[80] 화자는 이와 같은 도학적 관점에 입각하여 '산'과 '물'을 자신과 동등한 인격체로 현시함으로써 자연과 인간의 온전한 합일을 추구하는 전일적인 자연관을 보여주고 있다. 그리고 이러한 전일적인 자연관에서 보면 인간을 포함한 모든 존재는 그저 어디인지도 모르는 곳에서 "조용히 피었다 지"는 '풀꽃'과 같이 자연의 도에 따라 똑같이 생멸하고 순환하는 것에 불과하다는 사실이 환기된다.

오늘날 중요한 시대적 의제로 떠오른 환경 위기와 관련하여 많은 학자들은 자연을 인간의 이용 내지 착취 대상으로 보는 인간중심주의의 세계관에서 벗어나, 상생·공존이라는 시각으로 자연과 인간의 관계를 재정립할 필요가 있다고 역설한다. 그리하여 "탈인간중심주의를 바탕으로 자연과 인간이 동등하게 길항하는 생태 의식과 우주공동체로서 긴밀한 연대감으로 이어지는 휴머니즘 의식까지 포괄하는 인문학적 비전"[81]도 활발하게 제시되고 있다. 이와 더불어 문학, 특히 시적 담론에서도 생태적 상상력이라는 새로운 방법론이 제기되면서 심층생태주의의 사유가 담겨 있는 이른바 생태시, 생명시 등이 나타나기 시작하였다.[82] 그러나 한국 현대 서정시의 경우, 강희안이 말한 바와 같이 그것이 "거개가 생명중심주의 관점에서 불교의 연기론과 맞물려 자연과 인간의 연대감을 조성하는"[83] 데 초점을 맞추고 있다. 이와는 달리 김영석 시인의 서정시에는 생명체는 물론 자연의 무기물까지 범우주적인 차원에서의 자연 전체와 인간의 조화의 공간이 마련되어 있다. 지금까지의 분석에 따르면 시인의 이

80) 김영석, 『도와 생태적 상상력』, 앞의 책, 24쪽 참조.

81) 강희안, 앞의 논문, 8쪽.

82) 김영석, 위의 책, 11쪽 참조.

83) 강희안, 위의 논문, 9쪽.

러한 사유는 인간과 자연의 온전한 합일을 지향하는 도학사상이 그 중심부에 자리 잡고 있다.

도학적인 세계관에 따르면 생생불식한 생성력을 지닌 태극은 우주 만물 및 온갖 현상의 배후에 엄존하고 있어 만유의 궁극적인 일자에 해당한다. 이러한 태극이 만유로 분화되어 전동성이라고 일컫는 초월적 내재성이 성립됨으로써 주체와 객체는 궁극적 동일성을 이루게 된다. 시인은 이와 같은 인식에 의거하여 형기에 가려진 객관 세계 속에서 자기 일체성을 직관하게 된다. 앞서 분석한 대로 인용시 「등불 곁 벌레 하나」에서의 "작은 벌레", 「내가 본 것은 상수리나무가 본 것이다」에서의 '나무'와 같은 자연 생명체, 또는 「호수」나 「꽃 소식」에 등장하는 '호수'나 '산' 등의 자연 무기물까지 김영석 시인의 시에는 자연의 모든 대상을 인간과 동등한 인격적 유기체로 부각하여 자기 일체성을 드러내고 있다. 물론 이러한 자기 일체성의 경험과 직결되어 있는 시인의 생태적 상상력은 전동성을 전제하고 있다. 이 같은 사실에서 착안해 본다면, 김영석의 시에는 위에서 언급한 시적 관점과 생태적 관점, 그리고 도의 사상이 상호 포괄되어 있다는 명제가 확인된다.

2. 시적 기법과 인식론적 특질

앞장에서는 김영석 시인의 단형 서정시에서 도의 초월적 전일성과 역설적 전동성이 각각 어떻게 투영되며 형상화되고 있는가에 대해 살펴보았다. 이를 근간으로 이 장에서는 시인의 사상적인 바탕인 동양의 도학사상이 그의 '사설시'와 '관상시'에서 수용된 양상에 대하여 고찰해 보고자 한다. 앞에서 정리한 내용에 따르면 사설시는 김영석 시인이 시도한 새로운 형식의 시로서 산문과 운문이 하나의 구조로 결합되는 작품이다. 이와 같은 시도는 "비교적 더 높은 수준의 새로운 시적 영역"[84]을 여는 데 그 목적을 두고 있다고 시인은 자신의 시집에서 밝힌 바 있다. 이 사설시에 관한 그간의 연구를 보면, 오홍진은 이것을 시인이 "시의 형식으로 담아낼 수 없는 이야기를 시 바깥에 존재하는 발화로 표현함으로써 시의 영역을 확장시키는 '시적 모험'"[85]으로 보고 있으며, 강희안은 "이 사설시는 시인의 사유의 크기와 넓이를 감안할 때 기존의 형식으로써는 담아낼 수 없는 곤혹스러움에 의한 자연스런 귀결"[86]이라고 말한 바 있다. 한편 관상시는 상(象)을 직관하는 것을 중시하는 동양철학의 전통에 그 뿌리를 두고 있다. 다시 말해서 "눈에 보이는 것 너머의 그리고 의미 이전의 보이지 않고 개념화되지 않은"[87] 기의 움직임을 느껴지는 그대로 표현한 시를 말한다. 따라서 이것 또한 도학사상에서 유래된 시인의 철학적인 사유와 밀접하게 관련되어 있다. 시집에서 수록된 편수로 보나 시적 사유의 깊이로 보나 김영석 시인이 구축한 독특한 시세계의 전모를 탐구하는 데는 이러한 새로운 시 형식에 대한 논의가 반드시 수행되어야 할 작업이다.

84) 김영석, 「시인의 말」, 『거울 속 모래나라』, 황금알, 2011.

85) 오홍진, 「무량(無量)한 마음의 에로티즘」, 강희안 엮음, 『김영석 시의 깊이』, 앞의 책, 106쪽.

86) 강희안, 「엄격한 자유인의 초상」, 『현대시』, 2017, 11월호, 207쪽.

87) 김영석, 「관상시에 대하여」, 『외눈이 마을 그 짐승』, 문학동네, 2017, 171쪽.

1) 사설시와 경험론적 전일성

산문적인 이야기를 배경으로 두고 쓴 사설시는 김영석 시인의 여섯 번째 시집 『바람의 애벌레』를 제외한 나머지 여섯 권의 시집에 두루 수록되어 있다. 첫 시집인 『썩지 않는 슬픔』에는 「두 개의 하늘」, 「지리산에서」, 「독백」, 「마음아, 너는 거름이 되어」와 같이 네 편이 실려 있고, 두 번째 시집 『나는 거기에 없었다』에 역시 네 편이 수록되어 있다. 「매사니와 게사니」, 「바람과 그늘」, 그리고 「거울 속 모래나라」와 「길에 갇혀서」가 거기에 해당된다. 이어서 시인의 세 번째 시집 『모든 돌은 한 때 새였다』에서는 「세설암을 찾아서」라는 사설시가 서문의 형식으로 실려 있고, 네 번째 시집인 『외눈이 마을 그 짐승』에도 「외눈이 마을」, 「그 짐승」과 「포탄과 종소리」와 같이 세 편이 게재되어 있으며, 마지막 시집인 『고양이가 다 보고 있다』에는 「나루터」라는 사설시 한 편이 실려 있다. 시인의 다섯 번째 시집인 『거울 속 모래나라』는 12편의 사설시를 한 권의 사설시집으로 묶어 놓은 것인데, 이 중에서 「아무도 없느냐」를 제외한 나머지 11편이 모두 이전의 시집에 수록된 작품들이다.

종합해 보면 첫 시집부터 마지막 시집에 이르기까지 김영석 시인이 발표해온 사설시는 총 14편에 달한다. 이들 사설시의 구조와 형식에 대해 이미 안현심이 「김영석 시의 새로운 기법과 의식의 지평」이라는 글에서 자세하게 논의한 바 있다. 거기에 따르면 산문과 운문이 연결되는 자리에 놓인 "이러매 내가 노래한다", "대강 맞추어서 여기에 적어본다" 등의 표현은 향가에서 배경설화와 운문 형식 사이에 놓인 '讚曰' 등의 표현과 크게 다르지 않다. 그리고 이들 사설시에서 산문과 운문의 관계는 마치 시인의 주관이 배제된 문제 제기 및 그 문제에 대한 시인의 주관적인 해답과도 비슷하다.[88] 거듭되는 말이지만 이와 같이 특이한 형식의 시는 시인 본인이 밝힌 대로 새로운 시적 영역의 창출을 위한 시도의 산물이다. 물론 여기서 이 새로운 시적 영역이란 형식적인 새로움만을 의미하지 않는다. 시가 시인의 내면의 표현이기도 하므로 결국 어떤 형식을 취하든간에 한 편의 시에는 반드시 시인의 의식이나 사상이 개입될 수밖에 없다. 따라서 시인이 말하는 새로운 시적 영역은 비교적 더 높은 수준의 시적 인식도 함께 포함된다. 이 절에서는 김영석 시인의 사설시를 대상으로 하여 시인이 이와 같은 새로운 형태의 시작(詩作)을 펼치게 된 원인을 거기에 스며들어 있는 그의 철학적인 시의식을 통해서 밝혀보고자 한다.

「마음아, 너는 거름이 되어」라는 제목의 사설시에서 시인은 15세기 조선시대의 기인 매월당(梅月堂)의 죽음과 그의 죽음에 대한 화자의 생각을 산문 부분에서 다루고 있다. 매월당 김시습의 임종 시의 행위에 관한 이야기를 그의 말년을 의탁하고 있었다는 만수산의 무량사(無量寺)에서 한 늙은 스님이 들려주었다고 서술한다. 화자에게 "좀 황당하게 들리는" 그 "파천황의 이야기"의 줄거리를 옮겨오면 아래와 같다.

> "그전부터 내려오는 이야기를 그저 주워들은 것이긴 합니다만, 그분이 생전에 보인 여러 기행들을 생각하면 미상불 그럴 듯도 해요. 죽고 난 뒤 화장을 하지 말라는 유언을 남기고 그분은 곧바로 똥통 속으로 들어갔다고 합니다. 그리고 똥통 속에 들어앉아서 무슨 노래를 부르다가 열반에 드셨다는 거지요. …<중략>… 그리고 또 이상한 것은 관곽을 이 무량사 곁에 3년 동안 모셨다가 장사 지낼 적에 관을 열어보니 그 얼굴이 마치 살아있는 것과 같다는 것입니다.

88) 안현심, 「김영석 시의 새로운 기법과 의식의 지평」, 강희안 엮음, 『김영석 시의 깊이』, 앞의 책, 190-191쪽 참조.

그래서 모두들 그 분이 부처가 되었다고 말했다는 것이지요."

—「마음아, 너는 거름이 되어」 부분

이 기이한 이야기를 듣고 화자는 널리 전해지고 있는 매월당의 생전의 삶을 떠올리다가 이것이 "사실일지도 모른다는 생각이 들었다"고 회고한다. 한편으로는 상식적인 생각으로는 "그의 사상과 행위에 얽혀서 하나의 뜻 깊은 문맥을 이루고 있는 그 분뇨의 상징적 의미"가 도저히 이해되지 않는다고도 고백한다. 이와 같은 의문을 품고 화자는 "그도 생전에 이 무량사의 도량에서 무연히 바라보았을 먼 하늘"을 바라보면서 "그가 똥통 속에서 불렀다는 그 노래"를 "한번 희미하게 떠올려"보게 된다. 다시 말해 화자가 매월당의 시선으로 '그'가 보았던 똑같은 '하늘'을 바라봄으로써 결국 이 순간에 "몇 세기의 까마득한 세월"도, '나'와 '그'의 분별도 모두 사라져버린 것이다. "부정하고 혼탁한 세속의 현실과 권세를 풍자하고 냉소하는, 그리고 엄격한 자기 책벌의 가열한 도덕적 의지를 보여준다는 차원"에서 잘 이해되지 않는 그 '분뇨'의 의미를 화자는 매월당과 일체가 된 채 아래 운문을 통해 함축적으로 제시한다.

너희들이 내어버린 세상을
내가 가지마
너무 커서 손아귀로 움켜잡지 못한 것들
너무 작아 육신의 눈으로는
볼 수 없었던 것들
이제는 바람 재워 내가 기르마

세상의 크고 작은 모든 책들과
한 줌 내 머리칼을

캄캄한 무쇠 속에 불 지르고
나는 창자를 비워버렸다
너희들이 그토록 즐기는 고기와 떡을
이제 마음은
입이 없어 먹지 못한다

이제 나는
너희들이 더럽게 내어버린 오물을
다툼 없이 홀로 차지한다
오물의 감추인 뼈와 씨앗을
그 맑은 하늘과 흰 구름을
대지의 더운 입김으로 껴안는다

마음아, 무량한 마음아
너는 언제나
이 세상의 가장 더러운 거름이 되어
늘 푸른 만민의 허공으로 눈 떠 있어라.

—「마음아, 너는 거름이 되어」 운문 전문

비록 매월당이 입적하기 전에 '똥통' 속에서 불렀다는 노래를 그대로 인용한 것이라고는 했지만, 실제로 상기 시는 온전히 김영석 시인의 작품이다.[89] 다만 이 운문은 앞의 산문 부분에서 제시한 매월당의 이야기를 배경으로 창작한 것이므로 마치 매월당이 발언하는 것처럼 보이도록 그를 화자로 설정한 것뿐이다. 그러므로 그 내용이 무엇이든 간에 상기 시에는 김영석 시인의 인식 및 사유가 드러날 수밖에 없다.

1연에서 매월당, 즉 화자는 "너희들이 내어버린 세상을/내가 가지마"

89) 이 사실은 실제 김영석 시인을 만난 자리에서 연구자가 확인한 부분이다.

라고 선언하면서 '너희들'이 사는 이쪽 세상과 단절되겠다는 의지를 표출하고 있다. 산문 부분의 내용과 연관지어 볼 때 화자가 가겠다는 곳은 곧 '똥통'으로 상징되는 세상이다. 그곳에서 화자는 바람을 재우면서 "너무 커서 손아귀로 움켜잡지 못한 것들"과 "너무 작아 육신의 눈으로는/볼 수 없었던 것들"을 기르겠다고 단언한다. 『여씨춘추』에서는 도에 대해 "크기로는 밖이 없고, 작기로는 안이 없다."[90]고 표현한 바 있는데, 이로 미루어 보면 너무 큰 것과 너무 작은 것도 결국 도를 형상화한 것에 불과하다. 따라서 화자에게 '똥통', 또는 '분뇨'는 곧 도가 있는 곳이고 도 자체와 다르지 않다. 이는 장자가 말하는 "(도는) 똥과 오줌에도 있다."[91]는 내용에서도 그 근거를 찾을 수 있다.

이어서 2연에서 화자는 "세상의 크고 작은 모든 책들과/한 줌 내 머리칼을" 모두 불로 태웠다고 한다. 바꾸어 말하면 책으로 표상되는 인간의 언어, 그리고 그 언어에 따른 단면적인 사유, 나아가 그러한 사유로부터 구속받았던 자기 자신을 모두 지웠다는 뜻이다. 앞에서도 언급했지만 우리의 언어와 사유는 거칠게 분할하고 분별하기 위한 실용적인 도구에 불과하다. 분별적인 언어의 세계에 갇힌 결과 인간은 도와 실재로부터 멀어질 수밖에 없었던 것이다. 그 이유에 대해 『장자』에서는 아래와 같이 말한 바 있다.

> 그러므로 작은 풀줄기와 큰 기둥, 문둥이와 서시(西施), 보기 드문 모든 괴상한 것들은 도의 관점에서 볼 때 모두가 통하여 하나가 된다.[92]
>
> 다만 분별하는 것이 나쁘다는 것은 분별함으로써 모든 것이 갖추어

---

90) 『여씨춘추』, 「하현」. <其大無外 其小無內.>

91) 『장자』, 「지북유」. <東郭子問於莊子曰 所謂道 惡乎在 莊子曰 無所不在 …<중략>… 曰 在屎溺.> 참조.

92) 『장자』, 「제물론」. <故爲是擧莛與楹 厲與西施 恢恑譎怪 道通爲一.>

지기를 바라기 때문이다. 갖추어지기를 바라는 것이 나쁘다는 것은 밖에 존재하는 것이 자기에게 모두 갖추어지기를 바라기 때문이다.
…<중략>… 형체가 있는 몸으로서 형체가 없는 도를 본받아야만 안정되게 되는 것이다.93)

위에서 보는 바와 같이 궁극적으로 작은 것과 큰 것, 추한 것과 아름다운 것 등을 비롯한 모든 현상적인 대립은 공히 도라는 바탕을 지니고 있다. 이 공동의 바탕인 도에 의해서 모든 현상은 궁극적으로 미분의 하나로 통하게 된다. 다시 말해서 인간의 언어와 사유가 지시하는 분별적인 의미는 실재, 즉 도의 세계와 어긋나 있는 비본질적인 의미이다. 이와 같은 비본질적인 분별은 결핍을 초래하고, 결핍은 다시 욕망을 초래한다. 결국 인간의 삶은 무수한 대립과 분별로 인한 욕망과 다툼으로 가득 차 있어 한시도 안정된 몸을 유지할 수가 없다. 안정을 되찾으려면 "형체가 있는 몸", 즉 현상적으로 분별되는 존재가 "형체가 없는" 초월적인 도를 본받아 다시 그 도에 의해 하나가 되어야만 가능하다.

인용시에서 화자는 '책'과 자신의 '머리칼'로 표상되는 인간의 분별적이고 비본질적인 언어와 사유를 지움으로써 안정을 되찾는다. 그러한 안정의 상태가 곧 "창자를 비워버렸다"에서 보는 바와 같이 욕망을 버리고 아무것도 차지하지 않는 상태이다. 김영석 시인의 화법을 빌려 말한다면 인용시의 화자는 언어와 사유의 세계에서 벗어나 느낌의 세계로 들어간 셈이다. 느낌의 세계는 곧 마음의 영역이다. 그리하여 화자가 "이제 마음은/입이 없어" 세상 사람들이 "그토록 즐기는 고기와 떡"을 못 먹는다고 단정한다. 물론 여기서 입이 없다고 한 진술에는 입을 통해 전해지는 말

---

93) 『장자』, 「경상초」. <所惡乎分者 其分也以備 所以惡乎備者 其有以備 …<중략>… 以有形者象無形者而定矣.>

을 깨끗이 지웠다는 의미가 함축되어 있다. 이러한 마음의 영역에서 화자가 다시 “고기와 떡”을 “먹지 못한다”고 한 구절은 헛된 욕망에 더 이상 지배받지 않고 무위의 길을 택했다는 뜻으로 해석된다. 『도덕경』의 내용을 인용하여 이를 설명하면 아래와 같다.

> 오색(五色)은 사람의 눈을 멀게 하고, 오음(五音)은 사람의 귀를 먹게 한다. 오미(五味)는 사람의 미각을 마비시키고, 말을 달리고 사냥을 하는 것은 사람의 마음을 미치게 한다. 얻기 어려운 물건은 사람의 행실을 방해한다. 이로써 성인은 배를 위하고 눈을 위하지 않는다. 그러므로 저것을 버리고 이것을 취한다.[94]

상기 인용문에서 말하는 ‘오색’, ‘오음’, ‘오미’ 및 뒤이은 “말을 달리고 사냥하는 것”, “얻기 어려운 물건” 등은 모두 인간이 살아가는 데 필수적으로 요구되는 조건이 아니다. 그것을 차지하거나 가지려는 것은 욕망을 배제하지 못하는 행위이므로 결국은 눈이 멀거나 귀가 먹거나, 또는 입맛이 상하거나 행실이 방해되는 일을 초래할 뿐이다. 그러므로 무위의 성인은 헛된 꾸밈을 비롯한 온갖 비본질적인 것을 택하지 않고 오직 참다운 것만을 취하여 뱃속에 쌓아 두는 것이다. 인용시에서의 “고기와 떡”은 전자에 해당되는데, 이루 미루어 보면 화자가 선택한 삶은 바로 성인이 도달한 무위자연의 길과 다르지 않다.

시의 3연을 보면 화자가 세상 사람들이 “더럽게 내어버린 오물을” 자신이 “다툼 없이 홀로 차지한다”고 한다. 표면적인 의미로 해석한다면 사람들이 “더럽게 내어버린 오물”은 곧 ‘분뇨’이므로, 그것을 차지하려고

---

94) 『도덕경』, 「제12장」. <五色令人目盲 五音令人耳聾 五味令人口爽 馳騁畋獵令人心發狂 難得之貨令人行妨 是以聖人爲腹不爲目 故去彼取此.>

다투는 사람은 없을 것이다. 그러므로 화자가 그 오물을 "다툼 없이" 차지할 수 있는 것도 지극히 당연한 일이다. 그러나 조금만 더 자세히 살펴본다면 이 당연한 일을 통해 화자가 전달하려는 의미는 결코 표층적 의미만은 아니다. 앞의 2연에 대한 분석에 따르면 화자는 인간의 언어와 사유가 지워진 느낌의 세계에서 무위의 길을 선택한다. 노자는 성인의 무위자연의 모습을 물에 비유하면서 아래와 같은 말을 한 바 있다.

> 상선(上善)은 물과 같다. 물은 만물을 잘 이롭게 하면서도 다투지 않는다. 뭇사람이 싫어하는 곳에 처한다. 그러므로 도에 가깝다. … <중략>… 오직 다투지 않으므로 허물이 없다.[95]

또 여기서 나온 이 "다투지 않는다"에 대해 다음과 같은 설명의 내용도 보인다.

> 오직 다투지 않으므로 천하가 능히 더불어 다툴 수 없다.[96]

화자가 처해 있는 '똥통' 속은 곧 위의 인용문에서 말하는 "뭇사람이 싫어하는 곳"이다. 이처럼 도에 가까운 곳에서 무위를 행하는 화자는 마치 물과도 비슷하다. 그러므로 다툼이 없고 세상 사람들도 "능히 더불어 다툴 수 없"는 것이다. 비록 무위를 행하여 아무것도 차지하지 않으려고 하지만 "도의 떳떳함은 무위로서 하지 않는 것이 없다."[97] 등의 구절이 뜻

---

95) 『도덕경』, 「제8장」. <上善若水 水善利萬物而不爭 處衆人之所惡 故幾於道 …<중략>… 夫唯不爭 故無尤.>

96) 『도덕경』, 「제22장」. <夫唯不爭 故天下莫能與之爭.>

97) 『도덕경』, 「제37장」. <道常無爲 而無不爲.>

하는 바와 같이 결국은 역설적이게도 일체를 "홀로 차지"하게 된다. 지금까지 분석한 대로 화자가 3연에서 이 당연한 일을 배치한 것은 표면적으로 보인 의미보다는 도의 본모습과 더불어 무위자연의 철학적인 이치를 담아내고자 했기 때문이다.

바꾸어 말하면 도에 가까운 곳은 영원하고 초월적인 전일성의 세계에 가까운 영역이다. 전일성의 세계에서는 미와 추, 이것과 저것 등을 비롯한 모든 대립이 근원적으로 존재하지 않으므로 궁극적으로 모든 존재가 분별없이 하나로 합일되어 있다. 뒤에서 말하는 "오물의 감추인 뼈와 씨앗"도, "맑은 하늘과 흰 구름"도 모두 분별없는 하나가 되었으므로 "대지의 더운 입김"이란 영향권에 있다. 여기서 '대지'는 도의 본원성을 지닌 하나의 중심 상징으로 기능한다. 이런 각도에서 본다면 이들의 형상이 대지의 품에 안기게 된 것은 곧 『도덕경』에서 말하는 '귀근(歸根)'[98], 즉 뿌리로 돌아간다는 것과 다르지 않다.

이상을 종합해 보면 인용시에서 '오물'로 표현되어 있는 매월당의 삶을 관통하는 '분뇨'는 도의 상징이며, 그가 들어갔다는 '똥통'은 도에 이르는 경지로 해석된다. 도의 세계는 무위의 세계이므로 만물이 분별없이 하나로 통합되어 일체의 갈등도 욕심도 존재하지 않는 공간이다. 결국 이 '똥통'은 인간의 말의 의미가 사라진 나머지 헛된 꾸밈과 분별이 모두 배제된 실재 느낌의 세계이자 도의 영역이다. 지금까지 살펴본 이 시의 첫 3연에서 화자가 응시하는 공간이 도의 전일성의 세계라면, 마지막 연에서 화자는 갈등과 결핍 속에서 영위되는 현실 세계를 응시하고 있다. "푸른 만민의 허공"이란 현실 세계를 표상하는 것이고, "무량한 마음"에게 늘 현실 세계로 "눈 떠 있"으라고 한 것은 초월적이고 영원한 도의 세계에

98) 『도덕경』, 「제16장」. <萬物竝作 吾以觀復 夫物芸芸 各歸其根.> 참조.

대한 화자의 끊임없는 갈망이 엿보이는 대목이다.

이상의 분석에서 알 수 있듯이 「마음아, 너는 거름이 되어」라는 사설시에서 산문 부분과 운문 부분은 각각 다른 역할을 담당하고 있다. 구체적으로 산문 부분은 매월당의 기이한 죽음이라는 사건을 소개하는 데에 충실하고 있다면 운문 부분은 그 사건에 대해 시인의 철학적인 사유를 응집하여 담아내고 있다. 물론 이와 같은 구성은 산문의 언어와 시의 언어가 각각 담당하고 있는 기능의 차이에서 비롯된 것으로 여겨진다. 산문의 언어는 일차적인 의미 전달을 첫째 목표로 삼고 있는 실용적인 언어로서 표면적이고 지시적인 의미를 중시한다. 반면에 시의 언어는 사건 또는 사물을 통해 정서 및 사상을 표현함으로써 감동을 불러일으키는 것을 목표로 삼아 지시적인 의미 전달보다는 함축적인 의미를 더욱 중시한다. 그렇다고 김영석 시인의 사설시에서 산문 부분의 내용은 운문보다 가치가 없거나 불필요한 부분은 아니다. 위에서 살펴본 바와 같이 아무리 다양한 철학적인 사유를 담고 있다 하더라도 운문은 앞의 산문 부분의 이야기를 바탕으로 하고 있기 때문이다. 다시 말해 근원적인 배경으로 작용하고 있는 산문 부분의 내용이 없다면 운문 또한 창작되지 않거나 그만큼 많은 정서 및 사상을 담아내지 못했을 것이다. 매월당의 이야기와 똥통, 또는 분뇨의 문맥이 없었다면 위와 같은 군더더기 없는 절제된 시어를 통해 시인의 깊은 인식 및 사유를 유감없이 드러내기란 결코 쉬운 일이 아니다.

사설시 「외눈이 마을」은 실크로드의 관문이면서 동서 교역의 중심지로 번창했던 둔황(敦煌)의 남쪽 변두리에 남아 있는 작은 유적지를 둘러싼 기묘한 이야기가 산문 부분에서 제시되어 있다. 지금은 모래로 뒤덮인 그곳에는 규모가 큰 신전의 흔적이 보이는데, 화자는 그것이 그 위에 놓여 있는 이상하게 생긴 바위의 정체와 같이 둔황 유적지 연구의 미완의 과제로 남아 있다고 전제한다. 그러다가 그는 "다행스럽게도 놀랍게도 이 수수께끼를 풀어주는 문서 하나가 최근에 발견되었다"고 하면서, 『척안동외기隻眼洞外記』라고 하는 이 문서의 내용을 소개하고 있다. 문서에서 기록된 이야기는 이 사설시 운문 부분 내용의 배경이 되므로 그 이야기의 줄거리를 간추려 정리할 필요가 있다.

외눈이가 살고 있는 마을이라는 뜻으로 '척안동', 즉 "외눈이 마을"이라고 불리는 이곳은 처음부터 그렇게 불리지 않았다. 이 배경설화는 이 평범한 마을을 척안동으로 만든 한 괴승으로부터 시작된다. 거대한 체구와 왼쪽 눈이 없는 외눈이의 모습으로 예사롭고 기괴한 느낌의 괴승은 어느 날 갑자기 이 마을에 흘러 들어와 살기 시작한다. 그리고 얼마 지나지 않아 그는 마을 사람들을 상대로 그들이 믿고 있던 수리야(首利耶) 신 대신 자신이 믿고 있는 옴비라(唵嚭羅) 신을 믿어야 한다고 설득한다. 처음에 마을 사람들은 아무도 그의 설득에 쉽게 넘어가지 않았다. 다만 괴승에 대한 두려움 때문에 그가 자신이 옴비라 신의 역사를 대신하고 있는 진인이라는 주장대로 그를 <진인님>이라고 불렀을 뿐이다.

그러다가 어느 날 괴승은 옴비라 신의 권능을 증명할 수 있는 기적을 행한다고 하면서 마을 사람들을 한 데 불러 모은다. 사람들이 모두 모인 뒤 그는 단상으로 올라가 "알아들을 수 없는" 주문을 외우며 자신의 동굴 같은 왼쪽 눈구멍 속에서 값비싼 보석을 여러 번 꺼내는 신비를 보여준다. 그리고 그 진귀한 보석을 모든 사람에게 골고루 분배하며, 앞으로 필요할 때마다 이 기적을 행할 것이라고 사람들과 약속을 한다. 그 뒤로 사람들의 마음도 마을의 환경도 모두 빠르게 달라져 간다. 이에 대해 화자는 "수리야 신의 소박한 시대가 물러가고 옴비라 신의 화려한 시대가 도래하고 있었다."고 묘사하고 있다.

기록에 따르면 유적지에서 지금은 잔해로 남아 있는 신전은 그 시기에 옴비라 신을 모시기 위해 괴승이 각처에서 불러온 기술자들이 지은 것이다. 그리고 신전의 완성과 함께 사람들은 이미 진인이 내린 율법과 계율을 지키면서 옴비라 신을 철석같이 믿게 된다. 진인이 생산하는 보석으로 영화를 마음대로 누리는 사람들은 더 이상 농사나 길쌈 같은 일조차 하지 않는다. 그들이 하는 유일한 일은 날마다 신전에 모여 진인이 불러주는 알 수 없는 주문을 따라 외우는 것이다. 바로 그때 진인은 그들에게 "왼쪽 눈은 온갖 마귀가 들어와 장난을 치는 곳이"라면서 자신과 똑같이 옴비라 신의 계시와 은총을 받으려면 "두려워하지 말고 기꺼이 왼쪽 눈을 바쳐라"하고 지시한다. 그리고 마을 사람들은 아무도 그의 말을 의심하지 않았고 오히려 복받치는 환희와 열광을 느끼면서 왼쪽 눈을 모두 옴비라 신에게 바치게 된다. 당분간 두 눈을 가지고 세상을 볼 수 있는 아이들도 열네 살이 되면 모두 왼쪽 눈알을 신에게 바쳐야 비로소 성인이 된다는 의식도 동시에 생겼다. 이 마을이 외눈이 마을이라는 이름을 얻게 된 것이 이때부터였다고 화자는 진술한다.

이처럼 사람들이 율법과 질서, 그리고 모자람 없는 안락한 생활에 완전히 적응해 갈 무렵, 진인의 보석 생산량이 현격히 줄어들면서 그의 몸은 점차 석화되어 가는 상황이 벌어진다. 결국 그는 사람들에게 옴비라 신의 계시와 은총을 계속 받으려면 "그동안 익혀온 진언 주문을 한 자도 틀리지 말고 일심으로 외워야 한다."는 유언을 남기고 기괴한 형상의 바위가 되어버리고 만다. 두려움에 휩싸인 마을 사람들은 옴비라 신을 향한 굳은 믿음으로 날마다 신전에 모여서 주문을 외우며 바로 잡아 나간다. 드디어 중간쯤에 있는 한 구절만 빼고 그들은 뜻도 모르는 긴 진언 주문을 본래대로 복원하는 데에 이르게 된다. 그 구절에서 <다나야혹>과

<아나야혹> 중 어느 것이 맞는지 아무도 장담할 수가 없었고 결국 사람들이 각기 자신이 옳다는 신념에서 다나야파와 아나야파로 갈라진다.

두 집단이 따로 집회를 가지면서 각각이 믿고 있는 주문을 외웠는데 기대하던 신통력이 생기지 않는다. 그러나 아무도 자신의 믿음을 의심하지 않았고, 점점 심각해지는 생활의 궁핍과 미래에 대한 두려움은 끝내 두 집단 사이의 갈등과 반목을 가져오기에 이른다. 그 결과 "모두가 피에 굶주린 아귀가 되어 밤낮으로 서로 죽이고 죽이는 끔찍한 살육전이 계속되었"다가 이 지역은 결국 인적이 없는 사막이 되고 만다. 화자는 외눈이 마을의 이야기는 여기서 끝났다고 마무리한다. 그리고 이 이야기는 "그 사건 자체의 끔찍함에서라기보다 끔찍한 인간성의 한 비의를 보여주는 것 같다는 점에서 매우 충격적이다."라고 진술한다. 배경설화에 대한 소개가 끝나자 화자는 『척안동외기』의 끝을 맺고 있다는 의미심장한 경전 구절을 그대로 인용한 뒤, 문서 내용의 신빙성에 대한 논의를 덧붙인다. 산문 부분의 내용을 전체적으로 바라볼 때 이러한 논의는 앞의 둔황 유적지에 대한 소개와 같이 시 해석의 단서를 제공하기 위한 것이라기보다는 단순히 글의 완성도를 위해서 붙인 것으로 여겨진다.

이야기의 너머에서 화자는 아래와 같이 노래하면서 배경설화에서 보여준 충격적이고 끔찍한 인간성에 대한 자신의 견해를 운문으로 제시하고 있다.

> 무명(無明)의 어둠 속에서 두 눈을 뜨니
> 문득 한 줄기 바람이 일고
> 바람이 일어나 흔드니
> 온갖 바람의 형상들이 생기는도다
> 살과 뼈에 갇힌 그대여

네가 바라보는 모든 것들이
이제는 살과 뼈에 갇혀 있구나
육추(六麤)*의 구멍 속에서 숨쉬는 그대여
네 마음의 곳간 가득히
온 세상의 지식이 쌓이면 쌓일수록
지식 밖의 무지의 영토는 더욱 넓어지고
네 굳은 믿음의 지층에서 채굴하는
보석들이 눈부시게 빛나면 빛날수록
너는 캄캄한 바위로 굳어지는도다
외눈이로 건공중을 바이없이 헤매도는 그대여
아는 것이 없으면 모르는 것도 없다 하느니
네 마음의 곳간마다 가득한
지식과 보석은 모래를 낳고
모래는 끝없이 번식하여 사막을 이루는도다
사막의 신기루는 네 마음이 세웠느니
바람이 물결짓는 마음을
이제는 고요히 잠재워야 하리라
그 고요의 맑은 거울을 보아야 하리라.

—「외눈이 마을」 운문 전문

상기 인용시는 종교적 사건으로서의 외눈이 마을 이야기를 배경으로 삼고 있으므로 시어 역시 강한 종교적 색채를 띠고 있다. 첫 행에 나오는 '무명(無明)'이란 불교 용어의 하나로서 잘못된 집착 때문에 진리, 즉 만물이 본래 무차별이라는 사실을 깨닫지 못하는 마음의 상태를 이른다. 따라서 "무명(無明)의 어둠 속에서 두 눈"을 뜬다는 것은 이러한 무명의 상태에서 벗어나지 못한 채 그릇된 시각으로 세상을 인식하려는 것으로 해석된다. 결론부터 말한다면 이와 같은 그릇된 시각으로 바라보는 대상은 물론 실재가 아니고, 그러한 시각에 결부되어 있는 인식 및 사유 또한 개념적이고 비본질적인 것이 될 수밖에 없다.

전술한 바와 같이 인간의 인식은 언어에서 파생되는 것이다. 언어란 "이 세상의 구체적인 사물이나 일을 가리키는 한낱 추상적인 기호"99)에 불과하므로 그것이 느낌의 세계, 또는 실재 세계의 온전한 모습을 드러내기에는 극명한 한계를 지닌다. 앞서 도의 전동성을 소개하면서 잠깐 언급했듯이 태극론의 입장에서 본다면 실재 세계에서 우주만물은 궁극적으로 경계도, 분별도 없는 하나의 유기체이다. 분별하고 분할하기 위한 인간의 언어는 이와 같은 존재의 본질을 외면하고 있는 인위적이고 실용적인 도구에 지나지 않는다. 그 결과 언어에서 파생되고 언어를 전제로 지니고 있는 한, 인간의 인식 또한 불연속적이고 단편적인 것이 되어 결국은 연속된 일체로서의 실재와 어느 정도 어긋나기 마련이다.

이런 맥락에서 볼 때 뒤에 나오는 '바람'은 가변적이고 정처가 없다는 의미에서 실재 세계와 거리가 먼 인간의 비본질적인 사유의 표상이다. 따라서 "온갖 바람의 형상"이란 단편적이고 불완전한 언어 및 사유에 의해 차별됨으로써 비로소 인간에게 인식되는 온갖 감각적이고 현상적인 존재를 말한다. 거듭되는 말이지만 이와 같은 존재는 언제나 현실적으로 인간이 인식하는 것이지 실제로 분별없이 하나의 유기체를 이루고 있는 천지만물의 본모습은 아니다.

이어서 5행에서 7행까지의 내용은 대상에 대한 구체적인 묘사를 통해 위에서 형상화한 현상 세계의 비본질적이고 불완전한 모습을 더욱 선명하게 드러내고 있다. 사람은 자기 자신을 온갖 만물과의 차별 속에서 인식하고 있으므로 결국 '그대', 즉 사람의 주관적 의식 속의 자기 자신은

99) 김영석, 『말을 배우러 세상에 왔네』, 앞의 책, 121쪽.

"살과 뼈"로 표상되는 형체에 갇혀 있는 존재에 불과하다. 그리고 사람에게 천지만물도 그것들 서로 간의 표면적인 차별을 통해서야만 비로소 그 개별적인 존재성이 확인된다. 이와 같은 이치에 따르면 궁극적으로 사람들이 "바라보고 있는 모든 것들", 다시 말해 사람들이 인식하는 천지만물 또한 "살과 뼈에 갇혀 있"다고 할 수밖에 없다. 이처럼 엄격한 의미의 차이를 전제한 언어의 논리에 의지한 결과 인간은 형체, 또는 표면적인 것에만 집착하게 될 뿐 끝내 본래적인 존재의 차원으로 진입할 수 없었던 것이다.

지금까지 전개되어 온 내용이 무명으로 일어난 잘못된 인식이나 집착으로 세계와 존재의 본질을 깨닫지 못하는 인간의 삶을 형상화하고 있다면, 인용시의 나머지 시구는 이와 같은 인식과 집착의 원인, 나아가 여기서 벗어나기 위한 근본적인 방법을 제시하고 있다. 우선 화자는 위에서 형상화한 인간의 현실적인 삶을 "육추(六麤)의 구멍 속에서 숨쉬는" 것으로 인지하고 있다. 쉽게 말하면 '육추'란 무명으로부터 비롯되는 인간의 여러 가지 거친 번뇌를 일컫는다. 기신론에서는 육추의 형태를 지상(智相), 상속상(相續相), 집취상(執取相), 계명자상(計名字相), 기업상(起業相), 업계고상(業繫苦相) 등으로 분류한다. 인간이 일상적 현실 세계에서 이처럼 여러 가지 번뇌의 구멍 속에서 겨우 숨을 쉬고 있다는 것은 다름이 아닌 무명으로부터 비롯되었다는 설명이다. 이를 깨닫지 못한 인간은 "마음의 곳간 가득히/온 세상의 지식"을 쌓아 가는데, 결국은 "지식이 쌓이면 쌓일수록/지식 밖의 무지의 영토는 더욱 넓어"지는 결과를 초래한다는 것이다. 궁극적으로 말한다면 인간의 지식은 "이 사실을 저 사실로 교체하면서 끝없는 동어반복을 하고 있"[100]는 일에 불과하다. 그야말로 모든 것을 의미화하는 것을 목적으로 삼고 있으므로 분별을 위한 언어의

100) 앞의 책, 93쪽.

지시적인 의미에만 사로잡혀 있기 때문이다.

이와 같은 언어의 지시적인 의미에 대해 시인은 자신의 저서 『도의 시학』에서 공손용의 백마론(白馬論)[101]와 견백론(堅白論)[102]의 논리를 인용하여 자세하게 설명한 바 있다. 그에 따르면 언어의 지시적인 의미는 오직 차이성에 의해서야만 성립한다는 것이다. 다시 말해서 "한 기의(記意)는 다른 기의와의 차이에 의해서 구조적 의미를 갖게 될 뿐이지 그것이 언어 바깥의 무엇을 지시하기 때문에 고유한 의미를 갖게 되는 것"[103]이 아니다. 결론적으로 언어의 의미는 제각기 분리되어 있으므로 불상영(不相盈), 즉 서로 비어 있을 수밖에 없고, 의미마다 무의미라는 빈틈을 본질적으로 지닐 수밖에 없다. 그리고 좀 더 극단적으로 말한다면 언어의 의미란 역설적이게도 그것이 지닌 무의미의 빈틈을 드러냄으로써 비로소 성립된다는 논리다. 이는 아래의 『도덕경』의 내용을 통해서도 확인된다.

---

101) 『공손용자』 권 상. <흰 말은 말이 아니다. …… 말이라는 것은 형(形)을 명명한 것이요, <희다>고 하는 것은 색을 명명한 것이다. 색을 명명한 것은 형을 명명한 것이 아니다. 그러므로 흰 말은 말이 아니다.> (白馬非馬……馬者 所以命形也 白者 所以命色也 命色者 非命形也 故曰白馬非馬.) 김영석, 『새로운 도의 시학』, 앞의 책, 234쪽에서 재인용.

102) 『공손용자』 권 하. <굳고 흰 돌을 셋이라고 할 수 있는가. 할 수 없다. 둘이라고 할 수 있는가. 할 수 있다. 어째서 그러한가. 굳다는 데에서 흰 것을 얻을 수 없으니 그 든 것이 둘이요, 흰 것에서 굳은 것을 얻을 수 없으니 그든 것이 둘이다. 볼 때는 그 굳은 것을 얻지 못하고 흰 것을 얻으니 굳은 것이 없는 것이요, 만질 때는 그 흰 것을 얻지 못하고 그 굳은 것을 얻으니 그 굳은 것을 얻는 데에 흰 것은 없다. …… 그 흰 것도 얻고 그 굳은 것도 얻는 것은 보는 것과 보지 않는 것이다. 보는 것과 보지 않는 것은 분리되어 그 하나하나가 서로 차(盈) 있지 않다. 그러므로 분리되어 있다.> (堅白石三 可乎 曰不可 曰二可乎 曰可 曰何哉 曰無坚得白 其举也二 無白得坚 其举也二 视不得其所坚 而得其所白者 無坚也 拊不得其所白 而得其所坚 得其坚也 无白也……得其白 得其坚 見與不见 見與不见离 一一不相盈 故离.) 김영석, 위의 책, 234-235쪽에서 재인용.

103) 김영석, 『새로운 도의 시학』, 위의 책, 235쪽.

> 서른 개의 바퀴살이 한 바퀴통을 이룬다. 마땅히 그 바퀴통은 비어있어야 수레로서의 쓸이 있다. 흙을 개어서 그릇을 만든다. 마땅히 그것이 비어있어야 그릇으로서의 씀이 있다. 문과 창을 뚫어 방을 만든다. 마땅히 그 공간이 비어있어야 방으로 씀이 있다. 그러므로 있는 것이 이로움이 되는 것은 없는 것이 씀이 되기 때문이다.[104)]

상기 인용문에서 보는 바와 같이 형체가 있는 것이 인간에게 이익이 되는 것은, 형체가 없는 것이 그것을 뒷받침하고 있기 때문이다. 이러한 논리는 언어의 지시적인 의미와 그것이 지닌 무의미의 빈틈의 관계를 거론할 때도 동일하게 적용될 수 있다. 곧 언어의 의미는 그 자체로서 고유의 가치를 지니는 것이 아니라, 오히려 아무것도 의미하지 않는 그 무의미의 빈틈에 의해서 가치를 획득하는 것이다. 인용시에서 "온 세상의 지식이 쌓"인다는 것은 바꾸어 말하면 언어의 의미가 쌓인다는 것과 다르지 않다. 언어의 의미가 쌓이면 쌓일수록 "지식 밖의 무지의 영토는 더욱 넓어"진다는 표현과도 같이 화자는 그 의미들이 지니고 있는 무의미의 빈틈도 더욱 커질 수밖에 없다는 점을 강조한다.

이어서 화자는 산문 부분에서 소개한 외눈이 마을의 이야기에 대한 사유를 다루고 있다. 여기에서는 위에서 인간의 지식에 담긴 역설을 보여주는 것과 비슷한 서사 구조를 통해 '진인'에게 벌어진 일에 대해 소개하고 있다. 산문의 내용에 따르면 화자는 '진인'이 자신의 동굴 같은 왼쪽 눈구멍에서 보석을 꺼내다가 드디어 그의 몸은 바위가 되어버렸다고 진술한다. 운문에서 화자의 시선은 진인이 생산한 보석과 석화되어 가는 그의 몸 사이의 상관성을 드러내는 데 집중하고 있다. 즉 그의 "믿음의 지층에

---

104) 『도덕경』, 「제11장」. <三十輻共一轂 當其無 有車之用 埏埴以為器 當其無 有器之用 鑿戶牖以為室 當其無 有室之用 故有之以為利 無之以為用.>

서 채굴하는/보석들이" 빛날수록 그의 몸은 "캄캄한 바위로 굳어지는도다"라는 시구에서 확인된 바와 같이, 이들 사이에는 비례적이고 직접적인 연관성이 존재한다. 이로 미루어 보면 화자가 여기서 말하는 '보석'과 '바위', 또는 '믿음' 등은 이야기 속에서 보인 그것과 같이 단순한 문자적인 의미로만 쓰인 것이 아니란 사실이 확인된다. 이들 시어의 상징성을 이해하기 위해서는 산문 부분에 나온 경전 구절의 내용을 살펴볼 필요가 있다.

> 경은 말한다. 지혜는 잡독이요 형체는 질곡이다. 깊고 고요한 도(道)는 이 때문에 아득히 멀어지고 환란은 이 때문에 일어난다. (經曰 智爲雜毒 形爲桎梏 淵默以之而遼 患亂以之而起)
>
> —「외눈이 마을」 부분

화자는 이 내용이『척안동외기』에서 외눈이 마을 이야기가 끝난 자리에 덧붙이는 것으로써 문서의 끝을 맺고 있다고 전달한다. 이야기의 내용을 총체적으로 개관하여 간결하고 절제된 언어로 거기에 대한 화자의 사유를 담는다는 점에서 이 경문은 뒤에 나온 운문과 비슷한 기능을 하고 있다. 이야기의 내용과 연관지어 볼 때 여기서 말하는 '지혜'는 대상에 대해 차별을 일으키는 인간의 지혜의 작용, 곧 인간의 지식이다. 앞의 내용에 따르면 지식은 쌓이면 쌓일수록 인간에게 더욱 넓어진 무지의 영토밖에 가져다주지 못한다. 그리하여 화자가 여기서 그것을 '잡독'이라고 명명한다. 더구나 '형체'란 진리, 또는 본질과 무관한 사물의 표면적인 형상을 말하는데, 운문에서 함축한 인간이 인식한 비본질적인 천지만물의 모습이 이에 해당된다. 인간은 만물의 차별화된 형체에 눈이 가려져 진리를 깨닫지 못한다는 점에서 그 형체는 질곡과 다르지 않다. 이와 같은 분별적이고 비본질적인 언어에 집착한 인간은 끝내 환란, 즉 갈등 속에서 살게 되므로 도라는 존재의 본질에서 멀어질 수밖에 없다는 것이다.

이상의 경문 내용에 대한 검토를 통해서 쉽게 알 수 있듯이 화자가 운문에서 말하는 진인의 '믿음'이란 존재의 본질과는 무관하다. 이는 만물의 형상적인 차이에 대한 인간의 집착에서 비롯되기 때문이다. 그러한 집착의 "지층에서 채굴하는/보석"은 대상을 차별함으로써 비로소 얻어진 즐거움과 같다. 그러나 실상 그 차별을 지을 수 있는 대상이란 "살과 뼈"로 표상되는 형체에 불과하므로 그 즐거움 또한 주관의 작용일 뿐 실재하는 것은 아니다. 이 사실을 깨닫지 못하고 '보석', 즉 헛된 즐거움에만 얽매인 진인이 "캄캄한 바위로 굳어지는" 고통을 받게 된 것은 어쩌면 당연한 결과일 것이다. 이렇듯 화자는 이 부분에서 이야기 속의 진인을 불러냄으로써 현실적인 인간의 삶에 대한 성찰을 극명하게 보여주고 있다.

한편 뒤에 나오는 "외눈이로 건공중을 바이없이 헤매도는 그대"는 얼핏 보면 외눈이 마을의 사람을 가리키는 것처럼 보인다. 그러나 실제로는 잘못된 집착에 빠진 인간 자체를 표상한다. 이야기 속에서 마을 사람들을 외눈이로 만든 것은 진인이 말하는 "왼쪽 눈은 온갖 마귀가 들어와 장난을 치는 곳"이라는 것에 대한 그릇된 믿음 때문이다. 도학적인 사유 체계에 따르면 인간을 포함한 천지만물은 모두 음양이기에서 분화되어 나온 것이고, 또 이 음양이기의 반복적인 순환 운동의 법칙에 따라 변화하고 움직인다. 앞서 음양 운동의 법칙을 살펴보면서 『근사록』의 기술을 인용한 바 있는데, 거기에 따르면 음양이기가 질서정연하게 운동하는 모습이 바로 귀신(鬼神)이다. 귀(鬼)는 음기가 돌아오는 것을 지칭하는 것으로 귀(歸)에 통하고, 반대로 신(神)은 양기의 확장 운동이므로 신(伸)이라고 설명한다. 한편 음과 양이라는 두 가지의 기는 표면상으로는 갈등을 보이지만, 실제로는 서로 상보적이고 또 서로의 존재 조건이기도 하다. 음양이기가 영원히 생성 변화할 수 있는 까닭은 바로 이들이 애초부터 고정 불변하는 것이 아니라 서로의 뿌리가 되어 있기 때문이다.

이야기에서 마을 사람들이 진인의 지시에 따라 파버린 왼쪽 눈은 마귀의 표상이므로 음기의 순환 운동인 귀(鬼)로 이해할 수 있다. 이는 그들이 음양이 이이일(二而一)이라는 진리를 깨닫지 못했다는 사실을 암시한다. 그러므로 여기서 화자가 형상화한 '외눈이'는 이야기 속의 마을 사람만을 가리키는 것이라기보다는 위와 같은 진리를 외면하고 단면적인 인식에 구속되어 있는 인간 자체를 지칭한다. 『도덕경』 전체를 관통하는 모순어법으로 쓰여진 "아는 것이 없으면 모르는 것도 없다"는 구절을 통해 화자는 인용시 전반부의 내용을 총괄하면서 동양 철학에 기반을 둔 자신의 시적 사유의 핵심을 분명하게 제시한다. 결국 뿌리를 잃은 양기가 홀로 온전한 순환 운동을 진행할 수 없는 것과 같이, '외눈이'가 된 인간, 곧 대상을 차별하여 온갖 가치 및 특성 중에서 한쪽만 택하는 인간에게 남은 것은 희망도 생명도 보이지 않는 '사막'뿐이다. 그리고 이 '사막'은 인간의 "마음의 곳간마다 가득한/지식과 보석", 즉 잘못된 차별과 집착이 낳은 모래로 이루어진 것이라고 화자는 명시한다.

나아가 화자는 이와 같은 '사막'에서 벗어나기 위한 근본적인 방법을 제시하고 있다. 이는 '고요히', '맑은', 또는 '거울' 등의 시어가 암시한 바와 같이 잘못된 집착을 버리고 도라는 존재의 본질로 돌아감으로써 비로소 이룩할 수 있다는 것이다. 이를 살펴보기 전에 우선 여기에 관련되어 있는 『도덕경』의 기술을 옮겨오면 아래와 같다.

도의 떳떳함은 무위로서 하지 않는 것이 없다. 후왕이 만일 이를

> 능히 지키면 만물이 장차 스스로 화하게 된다. 화하여 작위하려고 하면, 내 장차 이름 없는 박(樸)으로써 그것을 가라앉히리라. 이름 없는 박은 대저 역시 장차 욕심이 없다. 욕심을 내지 않고 고요한 것으로써 하면 천하는 장차 스스로 정해지리라.[105]

> 도의 떳떳함은 이름이 없다. 박(樸)은 비록 작아도 천하가 능히 신하로 하는 일이 없다. …<중략>… 천지가 합하여 그로써 단비를 내린다. 백성이 시키는 일이 없이 저절로 균등하게 된다. 처음에 이름을 만들기 시작하면, 이름이 이미 있게 되므로, 또 장차 그침을 알아야 한다. 그침을 알아야 위태롭지 않다. 비유하건대 도가 천하에 있는 것은 마치 계곡이 강과 바다에 이르는 것과 같다.[106]

위의 두 인용문은 비록 서로 다른 각도에서 논의를 전개하고 있지만, 그 논지와 사상은 다수 공통되는 요소가 발견된다. 즉 도는 천지와 만물의 근본이고 천하가 이 도에 의해서 스스로 평온을 유지하는 질서다. 이와는 달리 인간의 삶이 위태로운 것은 분별과 욕심이므로 이름이라는 인위적인 분별을 지워야만 인간은 무위의 도에 이를 수 있다는 것이다. 인용시의 마지막 4행이 바로 이와 같은 동양적인 사유의 핵심을 상징적으로 응축하고 있다. "사막의 신기루"는 온갖 현상적이고 비본질적인 것을 뜻하는데, 이는 사람의 마음이 세운 허상에 불과하다. 그리고 "바람이 물결짓는 마음"이라는 표현에서 확인된 바와 같이, 인간의 마음이 이러한 '신기루'를 세우게 된 까닭은 그것이 '바람'으로 표상되는 비본질적인 사

105) 『도덕경』, 「제37장」. <道常無爲 而無不爲 侯王若能守之 萬物將自化 化而欲作 吾將鎭之以無名之樸 無名之樸 夫亦將無欲.不欲以靜 天下將自定.>

106) 『도덕경』, 「제32장」. <道常無名 樸 雖小 天下莫能臣也 …<중략>… 天地相合以降甘露 民莫之令而自均 始制有名 名亦旣有 夫亦將知止 知止所以不殆 譬道之在天下 猶川谷之於江海.>

유를 따르고 있기 때문이다. 그리하여 신기루의 사막에서 벗어나는 길이란 바람을 잠재우면서 마음을 '고요히' 닦는 일이라고 화자는 제시한다. 이는 위의 첫 번째 인용문에서 보인 "고요한 것으로써 하면 천하는 장차 스스로 정해지리라."는 내용과 그대로 일치한다. "그 고요의 맑은 거울을 보아야 하리라."에서 이와 같은 동양 정신에 근거한 화자의 사유의 얼개가 거듭 확인된다. 맑고 고요한 것은 곧 무위의 도를 말하는 것인데, 장자가 도에 이른 사람의 마음을 거울에 비유한 것[107]과 같이 화자 역시 잠재운 마음을 '거울'이라고 표현하고 있다. 거울은 모든 사물을 가리지 않고 수용하여 비춘다는 점에서 무위로써 하지 않는 것이 없는 도와 비슷하다. 결국 화자가 여기서 제시하는 방법은 한마디로 말하면 위의 인용문에서 보는 바와 같이 무명(無名)의 도를 지켜야 한다는 것이다.

이상에서 살펴본 바와 같이 사설시 「외눈이 마을」은 무엇보다도 실재 세계에 비해 너무나 얕고 빈약한 인간의 대립적이고 상별적인 언어와 인식이 지니는 한계에 도전한 인식의 산물이다. 산문 부분에서 화자는 외눈이 마을에 있었다는 끔찍한 사건을 소개하고, 그 사건을 통해 끔찍한 인간성을 읽어내기에 이른다. 그러나 이야기의 내용과 아울러 제시되고 있는 의미심장한 경전 구절은 외눈이 마을 이야기와 결부되어 화자가 말하는 것보다 훨씬 깊고 풍부하다. 산문의 영역에서 다루기에 다소 어려운 이와 같은 함축적인 의미를 화자는 뒤에서 운문의 형식으로 담아내고 있다. 비록 이야기 속에서 나온 '보석'이나 '바위', 또는 '사막' 등의 말을 그대로 시어로 쓰고 있고, 또한 진인의 몸이 바위로 굳어지는 것과 마을이 끝내 사막이 된다는 일을 시에서 다시 제시하고 있지만, 위에서 살펴본 듯이 이들의 시어 및 사건에는 산문에서 보인 그것보다 훨씬 깊은 뜻이

107) 『장자』, 「응제왕」. <至人之用心 若鏡.> 참조.

부각되어 있다. 물론 이는 시의 언어적 특성에서 연유된 필연적인 일이기는 하지만, 이와 같은 절제된 언어로 화자의 사유 및 인식을 막힘없이 전달하기에는 산문에서 묘사한 이야기의 배경 역할도 간과할 수 없다. 한편 이 시에서 나온 경전 구절은 이야기의 일부로 산문 부분에서 제시되어 있으나, 실상은 시인이 운문에서 다루고자 하는 문제를 미리 함축하여 제시한 내용이다. 더욱이 운문에서 나온 일부 시어의 상징성을 이해하는 데 단서가 된다는 점에서 산문과 운문을 연결해주는 역할을 담당하는 요소로써 기능하고 있다. 결국 김영석 시인의 사설시에서 이야기와 시의 관계는 오홍진이 거론한 바와 같이 "이야기의 세계는 시의 세계로 이어지고, 시의 세계는 다시 이야기의 세계를 이끌어낸다."[108]는 상호보족적인 관계로 상존한다.

위에서 살펴본 두 편의 시와는 달리 사설시 「포탄과 종소리」는 역사적 인물이나 신화적 세계의 황당하거나 비현실적인 이야기 대신에 시인의 개인적인 체험을 소재로 삼아 산문 부분에서 다루고 있다. 여기에 등장한 '하(荷)섬'은 시인이 고등학교 시절에 1년 동안 휴학했을 때 실제로 살았던 장소이기도 하다. 이 회상록과 비슷한 성격의 산문에서 화자는 자신이 "열일곱 살이 되던 소년 시절"에 이 작은 섬에서 독거할 당시의 실제 체험을 온화하고 담담하게 진술하고 있다. 이야기의 중심에는 하나의 종이 있는데, 그것은 "처음부터 정상적인 종으로 주조된 것이 아니"라 "6·25 전란의 유물임이 분명한 커다란 포탄 껍데기"였다. 그 포탄 껍데기를 섬 한가운데에 위치한 본체 "마당가의 대추나무에 걸어놓고 하루 세 번씩 종소리를" 울려 "하루 세끼 공양 시간을 알리"는 데에 쓰였다. 이에 대해 화자는 "이 포탄이 얼마나 많은 파괴와 살상을 했는지는 알 수 없지만 이

108) 오홍진, 앞의 글, 111쪽.

제 분명한 것은 그 죽음의 포탄이 지금은 생명의 종소리로 바뀌었다는 사실"이라고 설명하고 있다.

종소리를 듣고 화자는 밥을 먹으러 자신이 거주했던 초가집에서 본체까지 하루에 세 번씩 걸어 다녀야 했다. 이 길에서 봄의 보리밭과 가을의 수수밭, 그리고 그 밭 위에 떠 있는 달을 자주 보게 된다. 한편 "초승달도 없는 칠흑 같은 밤에" 이 길을 가다보면 "섬뜩한 무섬증이 들곤 했는데" 그때마다 화자는 섬에 거처한 스님이 일러준 비주(秘呪)와 같은 구절을 외웠다고 한다. "천지여아동일체(天地與我同一體) 아여천지동심정(我與天地同心正)"이라는 그 구절은 "천지와 내가 한몸이요 나와 천지가 한마음일세"의 뜻을 지니고 있는데, 화자는 나중에도 이것을 자주 외웠다고 회상한다. 그러다가 어느 날 자신에게 공양 시간을 알리는 그 종소리가 위의 구절을 음송하는 듯이 들렸다고 고백한다. 바꾸어 말하면 이 종소리는 "그 비주와 같은 구절의 뜻에 밥 먹어라 밥 먹어라 하는 또 다른 속뜻을 함축시켰던 것"이다.

하섬에서의 일상과 더불어 거기서 본 인상이 깊었던 포탄 껍데기 종에 대한 묘사가 끝난 다음 화자는 아래와 같이 노래하고 있다. 여기에 나오는 '포탄', '종소리' 및 '대추나무' 등의 시어가 모두 산문에서 보이던 것으로 미루어 보면, 이 운문 역시 앞의 산문의 내용을 근원적인 배경으로 설정하고 있다.

> 하나의 쇠붙이가 종과 포탄으로 나뉘어
> 한쪽에서는 폭음이 울리고
> 또 한쪽에서는 종소리가 울리네
> 한몸 한마음이 천지와 만물로 나뉘어

저저금 제 소리로 외치고 있네
대추나무에 포탄 종을 걸어놓은 까닭은
이제는 포탄과 종이 하나가 되어
하늘 끝까지 땅 끝까지 울리라는 뜻이네
잘 익은 대추가 탕약 속에서
갖은 약재를 하나로 중화시켜
생명을 살려내고 북돋우듯이
대추나무 포탄 종을 울리라는 뜻이네
천지는 나의 밥이고
나는 또한 천지의 밥이니
쉼없이 생육하고 생육하라는 뜻이네

푸른 바다의 천 이랑 만 이랑 물결들이
안타까이 어루만지다가 돌아가는
작은 연꽃 섬에서는
봄 가을 날마다
대추나무의 포탄 종을 울렸었네.

—「포탄과 종소리」 운문 전문

비록 산문에서 소개된 대상을 그대로 시어로 쓰고 있지만, 산문보다 한층 더 깊어진 사유를 표출하고 있는 만큼 상기 운문에서 이들의 시어는 동양 정신에 근거한 형이상학적 상징성을 분명하게 드러난다. 물론 이와 같은 상징적 의미가 부각된 것은 시인의 인식과 밀접하게 결부되어 있다. 김영석 시인의 세계에 대한 인식은 궁극적으로 동양의 전통 철학에 뿌리를 내리고 있다는 점을 감안한다면, 상기 시에서 동양적인 사유의 흔적이 보인다는 것은 자연스럽고 당연한 귀결이라고 하겠다.

"하나의 쇠붙이가 종과 포탄으로" 나뉘었다는 것은, 바꾸어 말하면

'종'과 '포탄'이라는 두 가지의 형상은 애초에 분별이 없는 한 몸에서 나왔다는 뜻이다. 산문의 내용과 연관을 지어 보면, '종'이란 공양 시간을 알리는 것으로서 생명의 표상으로 유추된다. 이에 대비된 '포탄'이란 파괴와 살상을 한다는 의미에서 종과는 반대로 죽음의 상징으로 파악된다. 이처럼 생명과 죽음이라는 두 가지 확연한 대립이 하나의 '쇠붙이'로 수렴되고 있으므로 여기서의 '쇠붙이'는 곧 미분된 전일성의 세계를 함축한다. 그러한 전일성의 세계에서 일단 '종'과 '포탄'이 분화되어 나왔으니 그 세계 또한 "폭음이 울리"는 한쪽과 "종소리가 울리"는 한쪽으로 갈라져 있을 수밖에 없는 형국이다. 물론 이 갈라진 양쪽은 서로 분리되어 있는 만큼 결핍되어 있기 마련이다.

이어서 화자는 "한몸 한마음이 천지와 만물로 나뉘어/저저금 제 소리로 외치고 있네"라고 하면서 분리되고 대립되는 온갖 현상적인 천지만물을 예거한다. 이들을 통해 화자는 천지만물이 모두 위의 "종과 포탄"과 마찬가지로 미분되었던 "한몸 한마음"에서 분화되어 나왔다는 사실을 강조한다. 위에서 형상화한 종과 포탄이 하섬에서 보았다는 구체적이고 특정한 그것을 가리키는 것이라면, 이 부분에서는 보편성 혹은 일반성에 입각하여 분별적인 현상에 내재된 관계의 원리가 부각되어 있다. 전일성으로서의 태극에서 '천지'와 '만물'이 분화되어 나왔다는 것은 이와 같은 개별적인 존재의 생성과 동시에 태극의 초월적인 전일성이 상실되었다는 뜻이 전제되어 있다. 현실 세계의 구체적이고 현상적인 천지만물은 모두 전일성의 상실로부터 비롯되었다는 사실이 강조된다. 그들은 결핍과 갈등의 구조 속에 놓여 있을 수밖에 없으므로 결국은 서로 부딪치면서 "저저금 제 소리로 외치고 있"을 수밖에 없는 처지로 전락했던 것이다.

한편 여기에 나오는 '한몸' 및 '한마음' 등의 시어는 산문에서 소개된

"비주와 같은" 구절을 상기시켜 준다. "천지와 내가 한몸이요 나와 천지가 한마음"이라는 것은 '천지'와 '나', 즉 객관과 주관이 일체화되었다는 의미다. 이는 태극의 초월적 내재성에서 비롯되는 전동성이라는 존재의 진실을 전면적으로 파악할 때 비로소 경험하게 되는 세계와의 친화감이다. 산문에서 화자가 이 구절을 외우면 "신통하게도 무슨 비주(秘呪)의 효력처럼 무섬증이 가시는 것이었"다는 상황은 바로 이 구절이 암시하고 있는 세계와의 친화감에서 기인한 것이다.

위에서 말한 결핍과 갈등 속에서 영위되는 바람직하지 않은 현실적인 삶은 궁극적으로 전일성의 상실로부터 비롯한다는 사실을 화자는 자각한다. 인간은 태극의 전일성을 회복하고자 하는 욕망을 선험적으로 지닌 존재이기 때문이다. 태극의 전일성의 세계란 "현실의 분열된 상대적 가치와 대립물들이 하나로 통합되어 있는, 그리고 자아와 세계가 순일하게 통합되어 완전한 전체를 이루었던 태초의 시간"[109]이다. 인용시에서 이와 같은 바람직한 태초의 시간은 '대추나무'에 걸어 놓은 "포탄 종"의 형상으로 함축되어 있다. 화자가 표현한 대로 "대추나무에 포탄 종을 걸어 놓은 까닭은/이제는 포탄과 종이 하나가 되"라는 뜻이다. '포탄'과 '종'이 하나가 된다는 것은 곧 '죽음'과 '생명'이 하나이므로, 대립적 현상 또는 가치 사이의 분별과 갈등이 사라진다는 의미다. 그렇게 되어야만 비로소 이 종소리가 초월성을 획득하여 걸림 없이 "하늘 끝까지 땅 끝까지" 울릴 수 있기 때문이다.

이로 미루어 보면, 화자가 말하는 '대추나무'는 만유에 내재됨으로써 온갖 대립적인 현상과 가치를 하나로 연결해주는 일리(一理)와 같은 대상이다. '대추나무'의 이와 같은 상징성에 대해 화자는 '탕약' 속의 "잘 익

109) 김영석, 앞의 책, 136쪽.

은 대추"에 비유하면서 설명한다. "갖은 약재", 즉 현상적으로 분별되는 온갖 만물이 그러한 '대추'에 의해 중화되어 하나가 되듯이, 죽음의 표상인 '포탄'과 생명의 표상인 '종' 또한 대추나무에 의해 현상적으로 다르면서도 본질적인 동일성을 획득한다. 그리하여 "잘 익은 대추"가 "생명을 살려내고 북돋우"는 것과 같이 '대추나무'에 의해 일체가 된 "포탄 종"도 생생불식한 생명력으로써 영원하고 초월적인 종소리를 울릴 수 있게 된 것이다.

영원하고 초월적인 종소리를 화자는 산문에서 "천지와 내가 한몸이요 나와 천지가 한마음이니 밥 먹어라 밥 먹어라"라고 표현하기도 한다. 다시 말해서 천지와 나, 즉 객체와 주체를 비롯한 모든 존재 및 가치의 대립이 한몸 한마음으로 융해되어 있으니 한몸 한마음인 태극의 귀신 운동에 따라 영원히 생성 변화하고 있다는 뜻이다. 이 과정에서 대립된 존재 및 가치는 "천지는 나의 밥이고/나는 또한 천지의 밥"이라는 구절에서 보는 바와 같이 서로가 서로의 존재 및 생성 조건으로 작용하고 있다. 이는 마치 태극에서 분화되어 나온 음양이기가 표면상 갈등을 보이면서도 본질적으로는 궁즉통(窮則通)하고 극즉필반(極則必反)의 법칙에 따라 부단히 반동하면서 순환하는 이치와도 같다. 여기에는 태초의 시간으로 돌아간 '천지'와 '나' 또한 서로의 자양분의 되어 "쉼없이 생육하고 생육하"게 되는 전일한 질서가 표방되어 있다.

2연에서 화자는 위에서 보여준 철학적인 사유를 잠시 멈추고 이야기의 영역에서 묘사된 추억 속의 하섬의 일상으로 돌아간다. 마지막 행의 "대추나무의 포탄 종"이란 위에서 살펴본 바와 같이 전일성의 세계를 표상하는 객관적 상관물이다. 무한한 순환성을 형상화하고 있는 "천 이랑 만 이랑 물결들" 및 "봄 가을 날마다" 등의 시구에는 이 세계가 영원하고 초월적이라는 인식이 내재되어 있다. 영원하고 초월적이기 때문에 그 성취가 애초부터 구현될 수 있는 질서는 아니다. 그리하여 화자에게 그것은 그저 "대추나무의 포탄 종을 울렸었네."에서 드러난 바와 같이 영영 돌아갈 수 없는 옛 추억으로만 남겨진다. 더구나 '안타까이'라는 시어에서는 분열과 분별의 현실에 대한 화자의 안타까운 마음뿐만 아니라, 바람직한 전일성의 세계를 향한 그의 동경 및 그리움의 감정도 함께 표백되어 있다.

결국 이 시는 "종과 포탄", 그리고 '천지'와 '내'가 하나로 융합되어 있는 초월적인 세계에 대한 동경과 그리움의 노래다. 운문에서 이러한 초월적인 세계는 "하나의 쇠붙이" 또는 "한몸 한마음" 등으로 제시되어 있었던 것이다. 이상의 분석에서 알 수 있듯이 화자가 산문의 영역에서 제시한 내용에 대한 이해가 이들 시어의 상징성을 파악하는 데에 중요한 구실을 담당하고 있다. 반대로 함축적인 언어로 구성되어 더 깊은 사유로 응집된 운문은 산문과는 달리 몰이해적 상황이 왜 벌어졌는지에 대한 해답을 암시하기도 한다. 이처럼 김영석 시인의 사설시에서 산문과 운문은 화자의 인식과 사유를 전달하는 데에 서로 다른 기능을 맡고 있다. 그리고 각 영역은 그것 본래의 기능에 충실하면서도 그것으로만 그 역할이 끝나는 것이 아니다. 한마디로 말한다면 산문은 이야기를 전달하면서 운문의 배경으로 작용하기도 하고, 운문은 화자의 사유를 보여주는 것과 동시에 산문에서 제기한 문제에 대한 해답의 단서를 제공하기도 한다.

「나루터」는 김영석 시인의 마지막 시집인 『고양이가 다 보고 있다』에서 유일하게 사설시의 형식을 빌리고 있는 작품에 해당한다. 이는 시인이 그동안 발표해 온 이 독특한 형식의 시 중에서 가장 최근의 작품이다. 오홍진에 따르면 이는 시인의 "사설시에 대한 관심이 여전히 지속되고 있음을 보여주"[110]는 작품이기도 하다. 다른 작품과는 마찬가지로 이 시의

110) 오홍진, 앞의 글, 142쪽.

산문 부분에서는 하나의 이야기를 들려주고 있다. 그러나 그 서사 방식 및 구조 면에서는 다른 대부분의 작품과 사뭇 다른 특질을 지니고 있다. 위에서 살펴본 시의 경우, 산문 영역에서 다루고 있는 서사가 허구적이든 경험적이든 간에 화자는 사건을 논리적으로 기술하는 데에 충실하고 있다면, 시 「나루터」에서는 이러한 이야기의 논리성을 확보하기보다는 화자의 관심이 등장인물의 내면세계를 묘사하는 데 집중되어 있다. 그 결과 이야기의 맥락이 토막으로 끊어지는 것과 동시에 사건의 전개 과정에 비해 여러 가지 심리 묘사에 담긴 화자의 사유가 더 강조되는 특질을 지닌다.[111)]

> 볼 때마다 빛깔이 달라진다는 것은 한 빛깔의 안개가 생겨났다가 사라지고 또 다른 빛깔의 안개가 생겨났다가 사라지곤 한다는 뜻이다. 처음에 있던 안개가 변함없이 그 자리에 있는 것이 아니라 새로운 안개가 늘 생겨나는 것이다.
>
> …<중략>…
>
> 확실하게 말할 수 있는 것은 안개가 안개를 낳고 있다는 사실뿐이다.
>
> ―「나루터」 부분

위의 사설시는 안개가 낀 강가의 풍경에 대한 묘사로부터 이야기를 시작한다. 강 저쪽은 안개에 가려져 아무것도 보이지 않고, 이쪽은 투명한 망사로 가려진 것처럼 엷은 안개가 감돌고 있다. 그리고 "볼 때마다 안개의 빛깔은 미묘하게 달라 보였다."고 하면서 겹겹이 싸인 안개에 대해 화

---

111) 이와 같은 특징은 시집 『나는 거기에 없었다』에 수록된 「거울 속 모래나라」라는 사설시에서도 보인다. 이 작품 역시 「나루터」와 같이 산문 영역에서 사건의 전개 과정과 더불어 화자의 사유가 담긴 주인공의 심리 묘사가 여러 단락에서 등장한다. 후술할 바와 같이 이들의 작품에서 화자의 주관이 개입된 심리 묘사의 부분이 운문과 깊이 관련되어 있는 화자의 인식과 사유를 전달하는 기능에 충실한다.

자는 위와 같이 진술한다. 안개가 계속해서 전변하는 것과 같이 강변의 나루터에서 일어난 상황 역시 끊임없이 전변한다는 것이다. 이야기에 등장한 사람은 그림자처럼 조용히 움직이는 "벙어리 노파" 한 명과 똑같이 그림자처럼 움직이면서 "영 오지 않는 나룻배"를 기다리는 '맹목 씨', '고향 씨'와 '분신 씨'이다. 이름에서 암시된 것처럼 '맹목 씨'는 "아무 이유도 목적도 없"이 '맹목적으로' 이 나루터에 머물고 있는 것이고, '고향 씨'는 "이름도 모르고 기억에도 없는 고향"을 찾아 가려고 온 것이다. '분신 씨' 역시 강을 건너서 "이름도 모르고 기억에도 없는 분신"인 자신의 쌍둥이를 찾기 위해 나루터에서 기다리고 있는 정황이다. 그리고 이 세 사람은 모두 자신이 살아온 과거의 내력을 분명하게 설명하지 못할 뿐만 아니라, 이 나루터에 온지 얼마나 됐는지, 심지어 셋 중에 누가 먼저 와있었는지에 대한 기억조차 서로 얽히는 관계로 상존한다. 이 헤어날 수 없는 미궁 같은 상황 속에서 '맹목 씨'는 "한없는 나락으로 떨어지는 듯한 아찔한 현기증을 느끼면서" 모든 것이 안개 탓이라고 생각하기 시작한다.

> 이 모든 것이 안개 때문이다. 안개가 세 사람의 기억과 분별력을 반죽처럼 주물러서 안반 위에 납작하게 펼쳐 놓은 때문이다. 이것과 저것을 분별하는 분별선의 흔적이 희미하게 섞여서 평면으로 늘어나 버린 것이다. 안개의 반죽으로 과거가 사라지고 강 건너 안개의 장막으로 미래도 사라져 버린 것이다. 지금 과거도 미래도 없이 오도마니 이곳에 섬처럼 떠있는 것이다.
>
> —「나루터」 부분

위에서 인용한 '맹목 씨'의 심리묘사가 말해주고 있듯이 이 나루터에서는 이것과 저것, 그리고 과거와 미래 등이 하나로 섞여 경계도 분별도 모두 사라져 버린 상황이다. 다시 말해서 나루터에 있는 세 사람이 공간과 시간을 구분할 수 있는 기억과 분별력을 상실했다는 뜻이다. 이는 위에서 그들이 서로가 진술한 바를 반박함으로써 그 말을 무화시키는 것과 더불어 지금 이곳에서는 언어의 의미나 인간의 의식이 모두 무의미하다는 인식이 강조된다. 비록 이야기에서는 객관적인 묘사만 보이지만 이와 같은 상황으로 인물의 내면을 설정함으로써 화자는 안개가 모든 것을 반죽해 놓은 이 나루터야말로 분별없는 실재 세계에 더 가깝다는 사실을 환기하고 있다.

이어서 화자는 강가 구릉에 있는 돌거북에 관한 전설을 소개한 뒤, 이 전설을 중심으로 하는 세 사람의 대화를 기록하고 있다. 물론 모든 것이 불분명한 상황에서 이들의 대화는 다시 "터무니없는 말", 또는 '맹물' 같은 무의미한 것이 되고 만다. 더 이상 말을 잇지 못하는 그들의 침묵 속에서 '맹목 씨'는 다시 깊은 생각 속으로 빠져들게 된다.

> 안개가 안개를 낳고 또 그 안개가 안개를 낳는다. 안개는 살아 있다. 살아 있는 생물들은 끊임없이 세포를 만들어낸다. 일정 기간 세포는 살다가 죽는다. 생성과 사멸을 거듭하는 세포에 의해 삶이 지속된다.
>
> 연한 물빛 세포들. 살아 있는 생물. 살아 있는 안개.
>
> …<중략>…
>
> 이쪽과 저쪽의 같은 안개. 내 머릿속에서 피워 올리는 안개. 살아 있는 동안 살아 있으므로 안개의 세포는 생멸을 거듭한다. 살아 있는 생물들은 하나같이 제 속의 안개를 피워 올린다. 안개에 싸여 있다. 그렇다면 그렇다면 강 건너 저쪽의 안개는 내가 피워 올린 것인가. 아니 그게 아니라 내 속의 안개에 가려져 강 저쪽의 풍경이 가려진 것인가. 이쪽에서 가리면 저쪽은 가려진다. 가리는 것이 있으면 가려지는 것이 있다. 그러니까 저쪽의 안개는 실은 이쪽의 안개인가. 만약 사태가 그러하다면 강 저쪽에서 이쪽을 바라볼 때는 이쪽

에서 저쪽을 볼 때와 같이 이쪽은 안개에 가려져 아무것도 볼 수 없을 것이다. 결국 이쪽은 저쪽이 되고 저쪽은 이쪽이 되고 만다. 분별이 되기도 하고 분별이 되지 않기도 한다.

—「나루터」 부분

비록 산문의 형식을 취하고 있으나 그 언어가 지니고 있는 강한 상징성과 그러한 상징적인 언어를 통해 함축적으로 전달되고 있는 사유의 깊이를 감안한다면 인용된 부분은 시의 범주에서 다루어야 마땅할 것이다. 우선 화자가 여기서 제시한 형상은 '안개'와 '생물', '세포'와 같이 세 가지가 있다. 그리고 이들은 "안개의 세포는 생멸을 거듭한다. 살아있는 생물들은 하나같이 제 속의 안개를 피워 올린다."에서 보는 바와 같이 상호 포괄적인 관계에 놓여 있다. 한편 "살아 있는 생물들은 하나같이 제 속의 안개를 피워 올린다."는 것은 바꾸어 말하면 '안개'가 만유에 내재되어 있다는 진술이다. 지금까지 '안개'에 대한 내용을 종합해보면, 그것은 만유에 내재됨으로써 경계와 분별을 지워주고 모든 것을 하나로 연결시키고 있는 이른바 경험적 내재성과 초월적 전일성을 동시에 지니고 있는 도의 다른 이름일 것이다.

이러한 도의 양상에 대한 『도덕경』의 기술을 옮겨오면 아래와 같다.

이를 일러 형상이 없는 형상이라 하고 실체가 없는 모양이라 한다. 이를 일러 황홀이라 한다. 맞이해도 그 머리를 보지 못하고 따라가도 그 뒤를 보지 못한다.[112]

---

112)『도덕경』,「제14장」. <是謂無狀之狀 無物之象 是謂惚恍 迎之不見其首 隨之不見其後.>

> 도라는 것은 오직 황하고 오직 홀하다. 홀하고 황하여 그 속에는 모양이 있고, 황하고 홀하여 그 속에는 물건이 있다.[113]

위의 인용문에서도 유추되듯이 도는 형상과 물질의 차원을 초월한 모양도 실체도 없는 존재이면서도 그 속에는 어렴풋하게 모양과 실체가 실재하고 있다. '황홀'로밖에 표현할 수 없는 도의 이와 같은 특성은 화자가 여기서 형상화한 '안개'의 이미지와도 흡사하다. "강 저쪽은 부연 안개에 가려져 아무것도 보이지 않았다."의 구절과 "강 이쪽의 세상도 아주 옮기는 하지만 이내가 낀 듯이 언제나 안개가 감돌고 있었다. …<중략>… 눈에 보이는 것은 무엇이나 온통 투명한 망사로 가려진 것처럼 먼 듯 가까운 듯 몽롱하였다." 등의 내용에서 이 점이 확인된다. 이로 미루어 볼 때 생멸을 거듭하는 "안개의 세포"는 태극에서 분화되어 끊임없이 순환하고 있는 기의 표상이다. 만물은 모두 태극에서 분화되어 나온 것이고 태극의 운동 방식을 그대로 본받고 있다. 결국은 천하의 움직임은 일자인 태극의 움직임과 같은 것이 되는데, 이와 같은 사실을 화자는 "생성과 사멸을 거듭하는 세포에 의해 삶이 지속된다."는 것에 비유하고 있다.

앞에서 여러 번 강조한 바와 같이 태극의 초월적 내재성으로 인해 천지만물은 형상적으로 대립되고 있으면서도 본질적으로는 동일한 대상이다. 다시 말해 이것과 저것을 비롯한 모든 시·공간적 대립자는 둘이면서 하나가 되는 일여적인 관계에 놓여 있다. 대립자들은 어느 하나가 없어지면 다른 나머지도 따라서 없어지고, 또 어느 하나가 생기는 것과 동시에 다른 나머지도 같이 생긴다는 이른바 상호 의존적이고 생성적인 관계다. 인용시에서 화자는 '이쪽'과 '저쪽'이라는 공간적인 대립을 상정하여 이

---

113) 『도덕경』, 「제21장」. <道之爲物 惟恍惟惚 惚兮恍兮 其中有象 恍兮惚兮 其中有物.>

것을 설명하고 있다. "이쪽과 저쪽"은 비록 공간적으로 서로 대립되고 있지만, 실상은 "내 속의 안개"에 의해 "이쪽에서 가리면 저쪽은 가려진다"는 것이다. 안개에 가리거나 가려지는 것은 시야에서 사라지는 것이므로 이 내용은 곧 이쪽이 사라지면 저쪽도 사라진다는 의미망으로 구축된다. 태극 또는 도의 표상인 안개에 의해 이들의 대립은 서로 생성적인 관계에 있으며 서로의 존재 조건이 된 것이다.

한편 화자는 강 "저쪽의 안개"가 곧 "이쪽의 안개"이므로 "저쪽에서 이쪽을 바라볼 때"도 "이쪽에서 저쪽을 볼 때와 같"다고 진술한다. 즉 이쪽도 "안개에 가려져 아무것도 볼 수 없"다는 논리다. 이는 태극도설에서 제기된 "무극이태극(無極而太極)"이라는 구절을 연상시킨다. 『도의 시학』에서 시인은 이 구절에 대해 아래와 같이 해석하고 있다.

> 대강을 간단히 말한다면 무극과 태극은 하나의 도체를 전면과 후면에서 바라본 것이라고 할 수 있다. …<중략>… 수좌를 중심으로 본다면, 사물이 최초로 발생하여 유행해 갈 때의 기점이라는 의미에서 태극이고, 유형 변화(流形變化)해 가던 사물이 봄과 여름과 가을을 지나 다시 수좌에 돌아와 사멸할 때는 그 종점이라는 의미에서 무극이다. 즉 현상 쪽에서 보는 전면이 태극이라면 현상의 배면은 무극이다.[114)]

위의 내용을 그대로 적용해 보면, '현상 쪽에서' 전면으로 볼 때 강 '이쪽'은 가리는 쪽이므로 '저쪽'은 가려지는 이치다. 반대로 '현상의 배면', 즉 '저쪽'에서 볼 때는 가리던 것이 가려지는 것이 되고, 가려지던 것이 가리는 것이 된다. 결국은 전면에서나 배면에서나 하나의 도체를 사이에

---

114) 김영석, 앞의 책, 100쪽.

두고 논하는 것이므로 결론 또한 동일할 수밖에 없다. 그리고 이와 같은 현상의 궁극적인 원인은 '안개', 즉 만유에 내재되어 있는 태극 때문이다. 천지만물은 모두 태극으로부터 비롯되었으므로 아무리 미세하게 분화된다고 하더라도 결국은 현상만 다를 뿐 궁극적인 태극의 이치는 변함이 없다. 그러므로 대립되고 분별되는 '이쪽'과 '저쪽'의 거리는 지워질 수밖에 없듯 결국은 "이쪽은 저쪽이 되고 저쪽은 이쪽이 되"는 이치다. 공통적으로 지닌 태극의 원리에 따라 대립자는 역설적 동일성을 획득하게 된 것이다. "분별이 되기도 하고 분별이 되지 않기도 한다"는 내용에서 이와 같은 전동성의 역설이 확인된다.

이 부분에서 '맹목 씨'의 심리 묘사를 통해 화자는 전일성과 전동성에 의해서 천지만물이 상호 의존하면서 서로 유기적으로 길항하고 있다는 사실을 보여주고 있다. 이어서 화자는 다시 전설과 관련된 세 사람의 대화를 기록하고 있다. 전설에 의하면 돌거북이 학 울음소리를 내며 울 때마다 "어김없이 나룻배가 나타났고 누군가 그 배를 타고 강을 건넜다"는 것인데, 이번에 이들은 모두 "어젯밤에 돌거북이 우는 소리"를 들었다고 주장한다. 그러면서도 그것이 환청일지도 모른다는 생각에 "벙어리 할멈"을 데려와 확인한다. 의외로 할멈은 "거북이고 돌멩이고 도대체 아무것도 보이지 않는데 이 무슨 난리 법석을 떨고 있냐는 뜻으로 고개를 좌우로 몇 번 크게 흔들면서 두 손을 저어 보"이는 행동을 취한다. 그러다가 결국은 이 혼란스러운 상황까지 다시 안개 탓으로 돌리다가 이들은 "저쪽이 곧 이쪽"이라는 결론에 도달한다.

> 그래서 말인데요. 이제 강을 건널 생각을 접고 이곳을 떠날 때가 되었다는 생각이 자꾸 들어요.

아. 당신도. 실은 나도 그런 생각을 했습니다. 조만간 떠나야겠다고.
그럼 이제 우리가.

—「나루터」 부분

세 사람이 모두 위와 같이 이 나루터를 떠나겠다는 의사를 표명하자 공중에서 "학 울음소리가 들"리면서 "바로 왼편에서 저쪽을 향해 허공을 날아가는 한 마리 학이 보였다."고 화자는 진술한다. 그리고 돌거북이 있던 자리가 감쪽같이 하얀 억새꽃이 학의 날갯짓을 하듯 눈부시게 흔들리고 있는 모습을 묘사하면서 산문 부분의 내용은 끝이 난다. 뒤이어 화자는 "이러매 노래한다."면서 아래와 같은 운문을 덧붙인다.

안개가 피운
멀고도 가까운 한 송이의 꽃

겹겹이 깊고 깊은 꽃잎 골짜기마다
놀빛 물든 난장이 서고
난장에서 들려오는 목쉰 아우성 소리
쫓고 쫓기는 어지러운 발자국 소리
그 어드메 홀로 속살거리는 등불 하나
푸른 밤 칼날에 비치는 저 별빛들
그대는 이 모든 것을 보고 듣는가
한 송이 꽃을 바라보는 그대는
바로 그 꽃 속에 있나니
꽃 속에서 비로소 꽃을 보는 그대여
꽃 같은 돌에 귀를 대고
끝없이 흐르는 물소리를 들어 보라
멀고 먼 돌 속의 에움길 따라

아스라이 강물은 흐르고
어디로도 갈 곳이 없는 그대는
그러므로 어디론가 길을 떠나야 한다
새를 따라 허공을 날아가는 물고기처럼
물고기 따라 강물 속을 헤엄치는 새처럼
갈 길이 없으므로 갈 길이 있으니
그대는 살아서 떠나야 한다

그대는 보는가
실바람에 안개가 흩어질 때
한 송이 꽃이 머문 자리
저 깊고 푸른 하늘빛.

—「나루터」 운문 전문

인용시의 1연에 보이는 '꽃'은 하나의 명백한 중심 상징으로 차용되어 있다. "안개가 피운" 꽃이라는 시적 진술에서 그것이 실제적이거나 일상적인 꽃이 아니라는 사실이 확인된다. 앞에서도 여러 번 언급한 바와 같이 도는 지극히 크면서 동시에 지극히 작은 것이다. 곧 모든 대립적인 가치와 현상을 하나로 융해시키고 있는 개념인데, 이와 같은 도의 역설적 양가성을 인용시에서는 '꽃'이라는 형이상적 심상으로 드러내고 있다. 이 '꽃'이 있는 중심의 자리는 모든 상반적 시점이 교차되어 조화를 이루고 있는 곳이므로 그 거리 또한 "멀고도 가까운" 것이 될 수밖에 없다. 즉 중심의 위치에서 바라볼 때 모든 대립자는 서로 다르면서 같은 것이 되므로 결국은 하나로 통일된다는 것이다. 물론 이와 같은 거리는 인간의 감각과 분별지를 초월한 미분성으로서의 태극의 세계에서만 성립되는 개념이다.

이 시에 나타난 꽃이 중심 상징으로 작용하고 있다는 것은 달리 말하면 그것이 생생불식하는 도의 본원성 또는 생성 그 자체를 상징한다는 뜻이다. 이러한 도의 본원성에서 비롯된 구체적인 시·공간 존재와 그 변화를 화자는 '꽃'에서 분화되어 나온 "겹겹이 깊고 깊은 꽃잎 골짜기"로 형상화하고 있다. "멀고도 가까운 한 송이의 꽃"이 전일성으로서의 존재라면 겹겹한 "꽃잎 골짜기"는 시·공간적 분화세계 또는 일상적인 세계의 표상이다. 이 세계는 곳곳마다 "놀빛 물든 난장이 서고", 그러한 난장은 또한 "목쉰 아우성 소리"와 "쫓고 쫓기는 어지러운 발자국 소리"로 가득 차 있다. 다시 말하면 적연부동한 전일성의 세계와 달리 현실적이고 일상적인 삶의 세계는 무수한 대립과 분열과 갈등 속에서 영위된다는 것이다.

위와 같은 현실을 자각한 화자는 대립과 갈등이 근원적으로 존재하지 않는 전일성의 세계를 갈망하게 되는데, 인용시에서 그것은 "그 어드메 홀로 속살거리는 등불"과 "푸른 밤 칼날에 비치는 저 별빛들"의 형상으로 제시된다. '등불'은 "홀로 속살거리는" 절대적이고 자족적인 일자로서의 존재이다. 이는 '어드메'가 말해주고 있듯이 어디에 있는지도 불명한 이른바 인간의 인식을 초월한 것이므로 그 성취 또한 애초부터 불가능하다는 인식이 깔려 있다. 뒤에 나오는 "푸른 밤 칼날"에 비치는 '별빛'도 이와는 마찬가지로 거대한 극소성을 지니고 있는 전형적인 중심 상징으로서 영원하고 초월적인 미분성의 세계를 암시한다.

앞서 전일성과 전동성의 개념을 소개할 때 언급했듯이 태극은 초월적 전일성과 경험적 내재성을 동시에 지니고 있는 개념이다. 다시 말하면 그것은 초월적 내재성 위에서 비로소 성립하는 개념이다. 화자가 여기서 "그대는 이 모든 것을 보고 듣는가"하고 묻는 것은 곧 이와 같은 태극의 온전한 개념을 인식하고 있느냐 하는 질문과 다르지 않다. 여기에 나오는 "이 모든 것"은 위에서 형상화한 시·공간적 분화세계의 무수한 구체적이고 상반되는 소리와 움직임, 그리고 전일성의 세계의 고요하고 초월적인 모습을 아울러 지시한다. 바꾸어 말하면 이 질문에는 일여적인 관계에 속하는 다자와 일자를 하나의 전체로 보아야 한다는 인식이 내재되어 있다. 동시에 모든 것을 보는 시점이 있다면 그것은 1연에 형상화한 "멀고도 가까운 꽃"의 위치, 즉 형이상적인 중심이다. 이처럼 중심의 위치에서 세계와 삶의 진실을 전체로써 드러내려고 하는 데서 우리는 고요한 도의 세계에 대한 화자의 동경과 갈망을 확인하게 된다. "삶이 지속되는 한 욕망 혹은 의지는 인간의 삶을 중심으로부터 이탈"[115]시킬 수밖에 없으므로 이와 같은 형이상적인 중심은 시적 직관의 세계에서만 현현되는 것이다.

시의 화자가 "한 송이 꽃을 바라보는 그대는/바로 그 꽃 속에 있"다고 단언한 것은 전동성의 역설 안에서 우주가 걸림 없이 하나의 전체를 이루고 있다는 사실의 방증이다. 이는 "꽃 속에서 비로소 꽃을 보는 그대"라는 표현에서 나타나 있듯이 태극이라는 일리(一理)에 의해서 이것과 저것, 그리고 주관과 객관이 결코 다르지 않은 일체가 된다는 진리의 발견이다. 이로 미루어 볼 때 산문 부분에서 형상화한 '돌거북'이 "하얀 억새꽃"이 될 수 있는 것의 원인은 자명해진다. 물론 이는 그 "꽃 같은 돌" 속에도 "끝없이 흐르는 물소리"로 표상된 영원한 태극, 또는 일리가 내재되어 있기 때문이다. 뒤에 묘사된 "멀고 먼" 에움길, 그리고 그러한 에움길을 따라 '아스라이' 흐르는 '강물' 등은 모두 원형적인 순환성, 나아가 영원성을 상징한다는 점에서 위와 같이 영원하고 초월적인 태극의 세계를 지시하는 지표다. 결국 이 '돌'이라는 심상 또한 1연의 '꽃'과 같이 하나의 중심 상징의 기능을 담당한다.

그리하여 이 "꽃 같은 돌에 귀를 대"고 있는 '그대'가 있는 자리가 바로

---

115) 앞의 책, 204쪽.

형이상적인 도의 세계이며 존재 및 삶의 중심이다. 중심에서는 “만물은 저것이 아닌 것이 없고 이것이 아닌 것이 없다.”116) 또는 “도 위에서는 모든 것이 통하여 하나가 된다.”117)는 장자의 말과 같이, 둘이면서 동시에 하나가 되고, 이것이면서 동시에 저것이 된다. 바로 이 지점에 서 있을 때, “어디로도 갈 곳이 없는 그대는/그러므로 어디론가 길을 떠나야 한다”는 전동성의 역설이 어김없이 발생한다. 불완전한 감각이 지워진 중심의 위치에서 ‘돌’과 ‘꽃’이 하나인 것처럼 ‘물고기’와 ‘새’, 그리고 ‘허공’과 ‘강물’ 등 역시 분별없는 일체가 된다. 이에 따른 세계 및 존재에 대한 화자의 역설적인 인식은 “새를 따라 허공을 날아가는 물고기”와 “물고기 따라 강물 속을 헤엄치는 새”로써 분별적 인식을 해체하는 데까지 나아간다.

이 내용은 또한 산문 부분에서 ‘돌거북’과 ‘억새꽃’, 그리고 흔들리는 ‘억새꽃’과 “학의 날갯짓” 사이에 보인 이이일(二而一)이면서 일이이(一而二)의 역설과 그대로 중첩되어 있다. 화자가 이 시에서 엮어내고 있는 역설들은 비록 사상(事象)에 따라 각기 다른 양상으로 나타나 있지만 종내는 모두 하나의 원리로 수렴되어 있다. 산문에서 세 사람이 “저쪽이 곧 이쪽”이라는 사실을 깨달은 것은 곧 화자가 여기서 보여준 전동성이라는 존재와 삶의 진실을 깨달았기에 가능한 인식이다. 앞에서 “어디로도 갈 곳이 없는 그대는/그러므로 어디론가 길을 떠나야 한다”는 구절은 산문에서 세 사람이 자가당착에 처해 있는 상황의 아이러니에 해당된다. 그렇다면 인용시 2연의 마지막 2행은 이와 같이 무조건 떠나야 하는 상황의 궁극적인 원인인 셈이다. 곧 “갈 길이 없으므로 갈 길이 있”다는 시구에 보인 무즉유(無卽有)의 존재론적 역설 때문이다. 거듭 말하거니와 이는

116) 『장자』, 「제물론」. <物無非彼 物無非是.> 참조.

117) 『장자』, 「제물론」. <道通爲一.> 참조.

모든 대립이 하나로 통일된 중심의 자리, 즉 "꽃 같은 돌"로 표현되는 도위에서만 경험될 수 있는 것이다.

인용시의 마지막 연은 여러 가지 감각적 심상을 통해 위에서 형상화한 초월성이면서 내재성이라는 도의 본질을 거듭 드러내고 있다. '안개'가 표상하는 초월적 일자인 도가 '실바람'에 의해 흩어진다고 한 것은 미분된 전일성으로서의 도가 그것이 지닌 가발성으로 인해 음양이기로 분화된다는 뜻이다. 음양이기가 계속해서 취산화합하면서 드디어 형상적인 천지만물을 이루는데, "한 송이 꽃"의 형상으로 나타난 그러한 존재는 더 말할 나위 없이 가변적이고 일시적인 것이므로 결국은 머물다 사라질 수밖에 없다. 음양이기로 분화된 도는 그림에서의 흰 바탕과 같이 오채의 형상, 즉 온갖 만물 속에 내재 분유되면서 그 만물을 통하여 감각적인 존재로 발현된다. 그러나 아무리 다양한 형상을 그려낸다고 하더라도 무한한 형상을 산출해 내면서 끝내 소진될 수 없는 흰 바탕이 완결한 제 모습을 드러내지 않는 것과 같이, 형상 세계의 너머에 비가시적 은폐성과 초월성으로서의 도 또한 다양한 형상을 통해 부분적으로 접근될 수 있을 뿐, 그 완전한 모습은 결코 드러나지 않는다. 이 점을 인식한 화자는 "한 송이 꽃이 머문 자리", 즉 형상의 부재, 또는 소멸의 공간을 설정하여 전일성으로서의 도의 역설적 존재성을 강조하고 있다.

그 공간에는 "깊고 푸른 하늘빛"이 보이는데, 이와 같은 묘사는 허공과 같은 도가 지닌 이른바 형상이 없는 형상, 또는 텅 비어 있음의 특질을 단적으로 보여주고 있다. 앞에서 이야기한 바와 같이 『도덕경』의 기술에 의하면 심원한 도가 천지만물의 궁극적인 근원이 될 수 있는 것은 그것이 지닌 비어 있음으로서의 무(無)의 생성력 때문이다.[118] 물론 여기서 말하는

118) 『도덕경』, 「제4장」. <道沖 而用之或不盈. 淵兮似萬物之宗.> 참조.

무는 절대적인 무가 아니라 언제나 유(有)로 전환될 가능성을 내포하고 있는 상대무를 뜻한다. 이 상대적인 무야말로 무한하고 영원한 도의 본모습인데, 이것은 없음이기 때문에 스스로 나타날 수가 없고 오직 존재의 소멸을 통해서만 자신의 본모습을 드러낼 뿐이다. 인용시에서의 "한 송이 꽃"의 형상은 상대무로서의 도가 외면화된 모습이므로 그것은 필연적으로 사라짐을 전제로 존재한다. 요약컨대 이 부분에서 '꽃'의 형상은 오히려 없음으로서의 도의 역설적 존재성을 강조하는 대리적 표상물이었던 것이다.

이상의 분석에서 알 수 있듯이 사설시 「나루터」에서 화자가 그리고 있는 것은 이쪽과 저쪽, 없음과 있음, 나아가 초월성과 내재성 등을 비롯한 온갖 대립적인 현상과 가치가 순일하게 통합되어 완전한 전체를 이루고 있는 실재 세계의 모습이다. 모든 대립과 갈등을 결국은 하나로 융해될 수밖에 없는 동질적인 것으로 파악하고 있다는 사실로 미루어 보면, 이 시는 시인이 지금까지 줄곧 보여 온 바와 같이 동양의 일여적인 사유 체계를 바탕에 깔고 있다. 물론 이와 같은 시적 발상은 동양 철학의 핵심적인 개념이면서 존재론과 우주론, 그리고 심성론의 핵심적인 개념인 태극에 대한 시인의 깊은 인식에서 비롯된다. 여기에 보인 '안개', "꽃 같은 돌", "허공을 날아다니는 물고기", "강물 속을 헤엄치는 새" 등의 시적 형상은 하나같이 초월적이고 내재적인 태극의 본질을 함의하고 있기 때문이다.

한편 이 시는 비록 시인의 다른 대부분의 사설시와 같이 산문으로 된 이야기를 먼저 제시하고, 그것을 배경으로 삼아 다시 한 편의 운문을 제시하고 있지만, 그 이야기의 내용이 산문의 영역을 뛰어넘는 맥락을 제공한다는 측면에서 위에서 거론한 사설시와는 사뭇 다르다. 결론부터 말한다면 이 부분에 나타난 등장인물의 심리 묘사는 사건의 전개 과정을 객관적으로 보여주기 위한 것이라기보다는 주인공이 처해 있는 상황에 대한 화자의 사유를 전달한다는 점에서 뒤의 운문과 비슷한 기능을 담당하고 있다. 이상의 분석에서 알 수 있듯이 운문에서 핵심적인 이미지로 작용하고 있는 '안개'에 대한 사유는 산문에서 '맹목 씨'의 심리 묘사를 통해 제시되어 있고, 산문에서 객관적으로 서술되기만 하여 결국은 하나의 의문으로 남은 마지막 장면에 대한 해답은 운문에서 구현되어 있다. 사설시에서 이들 두 가지의 영역이 이처럼 서로 지탱해주고 있으면서도 서로에 의해 더욱 확대된 기능을 발휘하게 된다. 요약하건대 이와 같은 산문과 운문의 결합을 통해 김영석 시인은 기존의 단형 서정시에서 구축한 영역보다 더욱 깊고 넓은 사유의 영역을 확보할 수 있었던 것이다.

지금까지 김영석 시인의 사설시에 관한 논의를 종합해 보면, 이와 같은 독특한 형식의 시를 창작함으로써 시인은 기존의 단형 서정시로는 담아내기 어려운 사유의 공간을 확장했다는 사실이 확인된다. 이는 일차적으로 산문에서 소개된 이야기가 운문의 배경으로 작용하고 있고, 또 운문의 핵심적인 사유를 이해하는 데 필요한 단서를 제공해 주기 때문으로 분석된다. 사설시의 이야기 부분에서 시인은 역사적인 인물의 일화에서부터 신화적이거나 환상적인 이야기, 또는 개인적인 체험에 이르기까지 다양한 내용을 소재로 다루고 있지만, 전체적으로 볼 때 어떤 내용의 이야기든 간에 그 속에는 분별없는 실재 세계의 편모가 어렵지 않게 발견된다. 그것이 「마음아, 너는 거름이 되어」에 보인 것처럼 깊은 사유가 요구되는 질문으로 제시되거나 「포탄과 종소리」나 「외눈이 마을」에서처럼 간심한 경전 구절을 통해 직설적으로 드러나거나, 그리고 「나루터」에서 보는 바와 같이 화자의 주관이 개입한 심리묘사에 담긴 채 논리적으로 드러나든 간에, 이야기 속에는 도와 실재 세계에 대한 화자의 사유가 반드시 내재되어 있다.

더욱이 이야기를 바탕으로 작성한 운문은 거기서 암시되거나 명시적이지만 어느 한 측면에서만 보인 동양적 사유의 구조를 다양한 심상을 통해 깊이 있게 형상화하고 있다. 결국은 이 산문과 운문을 결합한 새로운 형식의 시에서 시인이 지향하는 바는 영원하고 초월적인 세계, 즉 초월적 전일성과 경험적 내재성이 통합되어 있는 도에 의해 현상적인 대립과 분별, 그리고 욕망에서 비롯된 결핍과 갈등이 모두 소거된 바람직한 시·공간이다.

위의 분석에 따르면 산문에서 묘사된 형상이 운문의 시어로 그대로 등장한 것도 있지만 그것은 대부분 산문에서 보인 문자의 지평을 훌쩍 벗어나는 함축적인 의미를 내포하고 있다. 그렇다고 그것은 산문에 쓰인 것과 아무 관련이 없다는 것은 아니다. 그들의 시어를 통해 화자가 지향하는 바를 이해하기 위해서는 그것이 본래 지니고 있는 문자적인 의미와 산문에서 제시된 문맥에 대한 이해가 중요한 단서가 되어 주고 있기 때문이다. 한편 산문에서 질문으로 제시되거나 상식적으로 이해하기가 어려운 상황은 또한 운문에서 그 해답의 실마리를 찾을 수 있다. 요컨대 김영석 시인의 사설시에서 산문과 운문은 그것들의 문체적 특성에 따라 각각 이야기의 문맥을 제공하거나 그러한 이야기의 너머에 쉽게 발견되지 않는 인식과 사유를 담아내는 기능을 담당하고 있지만, 이들이 하나로 구조화되는 과정에서 시인의 사유는 이미 장르의 경계를 넘나들고 있다. 그리하여 이 새로운 형식의 시에 담겨진 세계를 이해하려면 여기에 관여된 두 가지 영역을 포괄적으로 바라보는 인식의 전환이 필요하다.

2) 관상시와 전언어적 요해성

'관상시'는 동양 철학과 맥이 닿아 있는 김영석 시인의 또 다른 독창적인 형식의 시로서 그의 네 번째 시집 『외눈이 마을 그 짐승』에서부터 선보이기 시작한 이후 학계의 꾸준한 관심을 끌어왔다. 이는 시인의 말대로 "의미 위주의 시가 아니라 느낌 위주의 시"[119]를 의미하는 것인데, 곧 인식론적 측면을 떠나서 의미화 이전의 자연 및 현실 자체를 느껴지는 대로 표현한 시를 말한다. 시인이 그동안 발표한 관상시를 정리해 보면, 『외눈이 마을 그 짐승』에 수록된 「성터」, 「어느 저녁 풍경」 등의 21편과 『바람의 애벌레』에 실린 「나침반」, 「달」 등의 9편은 모두 '기상도(氣象圖)'라는 부제가 붙여 있으며 실리는 순서대로 일련번호가 주어져 있다. 한편 시집 『바람의 애벌레』의 서문에서 시인은 자신의 대부분의 작품들은 관상시적 요소를 지니고 있다는 사실을 감안해서 더 이상 이와 같은 부제를 붙이지 않겠다고 밝힌 바도 있다. 지금까지 그의 시에 줄곧 드러난 인간의 언어와 사유에 대한 인식에서 볼 때, 인위적 조작으로서의 의미 또는 지식 작용을 철저히 배제한 이러한 관상시는 시인의 시적 인식을 가장 절실하게 드러낸 작품이라 여겨진다.

관상시에 대한 시론은 시집 『외눈이 마을 그 짐승』의 부록으로 수록된 「관상시에 대하여」라는 글에서 자세하게 소개되어 있다. 여기에 의하면 상(象)을 직관하는 시라는 의미에서 시인이 직접 관상시라고 명명한 이 부류의 시는 동양의 전통적 시정신에 그 뿌리를 내리고 있다. 이차적이고 문화적인 의미의 사고를 중시하는 서양의 시적 전통과 달리 동양에서는 일찍부터 일차적이고 자연적인 상을 직관하는 것을 중시해왔다. 상이란

---

119) 김영석, 「서문」, 『외눈이 마을 그 짐승』, 앞의 시집, 5쪽.

기(氣)가 움직이는 모습으로서 태극에서 분화되어 나온 음양이기를 지칭한다. 위에서 여러 번 강조하였듯이 그것은 끊임없이 생성 변화를 거듭하면서 우주 전체의 원리를 지배하는 개념이다. 만물은 기의 생성이 아닌 것이 없다는 점에서 기는 우주 및 자연의 본체라고도 할 수 있다. 그러나 기는 눈에 보이는 현상적인 것이 아니므로 그 움직임 또한 거기서 생성되고 또 그것의 움직임을 그대로 본받은 구체적인 사물과 현상의 움직임을 통해서 느낄 수밖에 없다. 그리하여 상을 직관한다는 것은 바꾸어 말하면 천지자연의 미묘하고 순수한 움직임, 곧 순수 동작[120)]을 느낀다는 것이 된다. 이와 같은 느낌에 대해 시인은 아래와 같이 설명하고 있다.

> 느낌은 두뇌의 사고를 통해서 간접적으로 이루어지는 것이 아니라 직접적인 몸의 접촉을 통해서 이루어진다. 다시 말하면 느낌은 가슴이나 창자와 같은 내장기관의 앎과 같은 것이다. 그러므로 느낌은 모호하고 무정형적인 것이기는 하지만 사고에 의해 자연을 왜곡하기 이전의 가장 확실한 앎이라 할 수 있다.[121)]

위의 인용문에서 알 수 있는 바와 같이 직접적인 몸의 접촉을 통해서 이루어지는 느낌의 대상은 의미 또는 사고의 지적 조작에 의해 왜곡되기 이전의 자연이다. 결국 관상시가 겨누고 있는 것은 자연 또는 실재가 나

---

120) 상이란 공간적인 형태나 구체적인 동작이 아니라 시간 형식을 통하여 생성 변화하는 움직임 자체를 가리키는 것이므로 순수 동작이라고도 한다. 이는 인식의 대상으로서의 순수 형상과는 상반되는 개념이다. 순수 동작에 대한 설명은 『도의 시학』에서 자세히 나와 있다. 거기에 따르면 순수 동작이란 "사물의 구체적이고 다양한 동작들이 아니라 그와 같은 사물의 구체적이고 다양한 동작들로 나타날 수 있는 가발성 또는 가동성으로서, 감각으로는 깨달을 수 없는, 그러나 직관에 의해 느낄 수 있는 동작을 말한다." 김영석, 『새로운 도의 시학』, 앞의 책, 380쪽.

121) 김영석, 「관상시에 대하여」, 『외눈이 마을 그 짐승』, 앞의 시집, 167쪽.

타난 현실을 있는 그대로 마주하고 조용히 관상하자는 것, 즉 의미 이전의 개념화되지 않은 순수 동작이나 상을 느껴보자는 것이라고 시인은 밝히고 있다. 눈에 보이는 것이나 의미만을 생각하는 인식론적 측면을 떠나 기상에 대한 느낌 또는 직관을 잘 드러내고 있을 때야 비로소 참된 시적 감동을 불러일으킬 수 있다고 믿기 때문이다. 여기서 감동이란 "어떤 것의 상을 느끼게 되면, 그 상의 움직임과 하나가 되어 마음이 같이 움직이는 것"[122]인데, 관상시가 겨누고 있는 이 참된 시적 감동을 시인은 "감각-직관의 느낌과 섞여져 있는 미분된 감정"[123]으로 파악하고 있다. 요컨대 지적인 조작을 최소한으로 축소한 관상시에서 감동이란 질서정연한 도에 감응하여 그것과 함께 움직여 나가는 수동적인 감정이지 사고-감정이 능동적으로 작동하여 형성한 것이 결코 아니다.

이러한 관상시와 비슷한 계열의 작품으로는 오규원의 '날이미지시'가 있다. 전자가 극사실적인 기법으로 언어 관념으로 개념화되기 이전의 실재 세계를 가감 없이 보여주는 양식[124]이라면, 후자는 오규원 시인의 말대로 "사변화되거나 개념화되기 이전의 의미, 즉 관념화되기 이전의 의미를 존재의 현상에서 찾아내어 이미지화하는 시"[125]이다. 다시 말해서 날이미지시가 서구의 경우처럼 기존의 언어 관념을 적극적으로 해체하려는 데 중점을 두는 사유 위주의 시인 데 반해, 관상시는 동양의 전통에 따라 의미의 빈틈을 보여주는 수동적인 묘사 위주의 시라는 점에서 변별된다.[126]

---

122) 김영석, 『새로운 도의 시학』, 앞의 책, 270쪽.

123) 김영석, 「관상시에 대하여」, 『외눈이 마을 그 짐승』, 앞의 시집, 172쪽.

124) 강희안, 『새로운 현대시론』, 천년의시작, 2012, 121쪽 참조.

125) 오규원, 「대담」, 『시와세계』, 2004년 가을호.

126) 오규원은 날이미지시의 종류를 사실적 날이미지, 발견적 날이미지, 직관적 날이

실제로 관상시뿐만 아니라 김영석 시인의 시세계 전체를 관통하고 있는 인식은 궁극적으로 말한다면 동양적 도문일체(道文一體) 문학 사상을 전제로 한다. 이는 유협이 『문심조룡』에서 최초로 제기한 원리로 『역경』에 나타난 <도=역=문>의 사상과 그대로 일치한다. 『문심조룡』의 첫 장 「원도(原道)」에서 유협은 문학의 기원을 도에서 추궁하면서 그것을 천지자연, 즉 우주의 생성과 함께 보고 있으며, 본질적으로 도문(道文)일 수밖에 없는 글의 의미를 자연 또는 우주적인 의미로 확장시키고 있다.[127] 여기에 나타난 도문일체의 논리, 그리고 그러한 도문의 의미에 대해 김영석 시인은 아래와 같이 명쾌하게 설명하고 있다.

> 자연 현상은 천지자연의 문이고, 천지의 마음인 사람이 그 마음을 표현하는 언어로 세워 놓은 것은 언어의 문식, 즉 글이라고 한다. 그러므로 사람이 천지의 마음인 까닭에 글은 다시 천지의 마음이 될 수밖에 없고, 천지의 마음인 글은 자연 현상으로 나타나는 천지자연의 문과 근원적인 일체성을 지닐 수밖에 없다. 그래서 글은 <천지와 더불어 함께 생성>하는 것이며, 그렇게 생성하는 까닭은 자연의 도에 있으므로 글은 본질적으로 <도문(道文)>이 될 수밖에 없다. 그리고 도문이기 때문에 세상의 움직임을 고무할 수 있다는 것이다.[128]

인용문에서 표현한 대로 하나의 도를 통하여 글은 인간을 포함한 천지

미지시로 나눈다. 관상시는 객관적으로 묘사에 치중한다는 측면에서 직관적 날이미지와 흡사하다. 날이미지시가 의미를 지향하는 시로서 이미지의 전면에서 인간이 왜곡한 관념을 해체하려는 시도의 산물이라면, 관상시는 의미의 빈틈을 지향하는 시로서 이미지의 배후에 있는 실재 세계를 드러내는 데 초점을 맞춘다.

127) 김영석, 『새로운 도의 시학』, 앞의 책, 105-106쪽 참조.

128) 위의 책, 106-107쪽.

만물과 근원적인 일체성을 지니게 되어 마침내 세상의 움직임을 고무할 수 있게 된다. 세상의 움직임을 고무한다는 것은, 바꾸어 말하면 천지와 귀신을 감동시키는 일과 다르지 않다. 물론 이는 글이 천지와 같이 질서 정연한 도를 따라서 생성된 것이기 때문이다. 이러한 논리는 시와 천지와 도의 관계를 유추할 때도 그대로 적용될 수 있다. 『상서』에서는 일찍이 시언지(詩言志)라고 하면서 시의 본질을 꿰뚫은 바 있는데, 여기서 지(志)란 뜻을 말한다.[129] 한편 이 뜻(志)이라는 개념은 앞서 소개된 태극의 본질을 이해하는 데에 가장 핵심적인 요소이기도 하다. 태극의 본질은 무이유(無而有)이고 부동이동(不動而動)이므로 그것이 고요히 움직이지 않다가 한번 느끼게 되면 끝없이 움직이는 가동성(可動性)과 가발성(可發性)을 내재하고 있다. 태극에 내재된 이러한 가동성과 가발성은 결국 천하의 뜻(志)과 통한다는 「계사전」의 기술로 미루어 보면, 이 뜻은 곧 생성 변화하고자 하는 의지와 다르지 않다.[130]

태극의 가발성과 가동성, 즉 생성 변화하려는 뜻은 거기서 분화되어 나온 음양이기의 움직임을 통해서 실현된다. 한편 만물은 모두 우주와 자연의 본체인 기의 생성이고 귀신(鬼神)이라고 이르는 그 기의 움직임에 따라 생성하고 변화한다. 결국 천지의 귀신 운동과 사람의 귀신 운동은 동일한 원리에 바탕을 두고 있으므로 천지의 뜻과 사람의 뜻 또한 일치할 수밖에 없다. 따라서 사람의 마음을 뜻하는 시는 사람의 귀신 운동이 생

---

129) 『상서』, 「요전」. <시(詩)란 뜻을 말하는 것이고, 가(歌)는 말을 읊조리는 것이다.> (詩言志 歌永言.) 참조.

130) 「계사전」 상. <역은 생각도 없고 하는 것도 없어 고요히 움직이지 않다가 느껴, 드디어는 천하의 일이 되어지는 까닭으로 통한다. …<중략>… 오직 심원하기 때문에 천하의 뜻(志)과 통할 수 있다.> (易无思也 无爲也 寂然不動 感而遂通天下之故 …<중략>… 故能通天下之志.) 참조.

성해낸 것이므로 궁극적으로는 천지의 귀신 운동의 산물이다. 그리하여 시적 상상은 귀신의 조화를 드러낼 수밖에 없으므로 시는 결국 "궁극적 생성의 본체인 태극의 작용, 즉 음양이기의 조화에 의해서 생성된"[131] 수많은 생성자 중의 하나에 불과하다. 시의 이와 같은 본질은 아래의 인용문을 통해서도 확인할 수 있다.

> 시란 뜻(志)이 가는 바다. 마음속에 있을 때는 뜻이 되고 말로 표현되면 시가 된다.[132]
>
> 사람의 마음이 입에서 나온 것이 말이고, 말이 절주(節奏)가 있으면 가(歌), 시(詩), 문(文), 부(賦)가 된다. 사방의 말은 비록 같지 않으나 진실로 말을 잘할 줄 아는 자가 각기 그 말로써 절주하면 모두 천지를 감동시키고 귀신과 통할 수 있다.[133]

첫 번째의 인용문은 시에 대한 『상서』의 정의를 더욱 구체적이고 분석적으로 설명한 것이다. 이 뜻의 개념을 참조하여 해석한다면, 시는 사람의 마음속에 지니는 생성 변화하려는 의지, 즉 순수한 가발성과 가동성이 구체적으로 실현된 결과이다. 사람이란 궁극적으로 음양이기의 생성이고 그 음양이기의 움직임에 따라 생성 변화할 수밖에 없으므로 그 뜻 또한 귀신의 조화, 곧 기의 움직임을 통해 실현될 수밖에 없다. 바꾸어 말하면 시는 천지의 마음과 일체인 인간의 고요한 마음이 외물의 미묘하고 순수한 움직임에 감응한 말이므로 결국 그것은 천지가 말하고 도가 말하는

131) 김영석, 앞의 책, 2006, 273쪽.

132) 『시경』, 「대서」, <詩者志之所之也 在心爲志 發言爲詩.>

133) 김만중, 『서포만필』(통문관, 1971), 653쪽. <人心之發於口者爲言 言之有節奏者爲歌詩文賦 四方之言雖不同 苟有能言者 各因其言而節奏之 則皆足以動天地 通鬼神.> 김영석, 『새로운 도의 시학』, 앞의 책, 270쪽에서 재인용.

것과 다르지 않다는 것이다.

두 번째 인용문에서 김만중은 마음의 표현으로서의 말이 절주를 얻으면 시가 된다고 한다. 여기서 절주란 도를 말하는 것인데, 곧 보이지 않는 음양이기의 규칙적이고 질서정연한 움직임이다. 다시 말해서 좋은 시란 물론 절주가 잘 드러나고 온전히 도에 따라 생성된 시를 의미한다. 그러므로 당연히 그 시적 상상력과 심상에는 기의 움직임, 즉 음양운동의 원리가 필연적으로 수반될 수밖에 없다. 도와 합일되어 움직이는 시는 마침내 천지와 귀신을 감동시킬 수 있다는 논리다. 지금까지의 내용을 종합해보면 관상시에 대한 시론은 이와 같은 논리를 그대로 수용한 것이다. 결국 뜻이라고 표현되는 순수한 생성의 가능성이 실제로 실현되는 기상에 대한 느낌과 직관을 드러내는 관상시는 동양의 시적 전통이며 시인이 추구해온 '도의 시학'의 궁극적 귀결점이기도 하다.

이제 위에서 말한 기상, 곧 의미 이전의 보이지 않고 개념화되지 않는 순수한 기의 움직임이 관상시 속에서 어떻게 형상화되고 있으며, 나아가 전일성과 전동성을 비롯한 태극의 본질적 속성이 구체적으로 어떤 방식으로 드러나고 있는가에 대해 살펴보기로 한다.

> 가을볕이 잘 드는 성터
> 여기저기 돌무더기가 보이고
> 더러는 띄엄띄엄 외톨이가 된
> 뭉우리돌 섭돌 너럭돌이 보이고
> 막돌들은 잡풀 그늘 밑에 흩어져 있다
> 키가 큰 붉나무 하나가 서 있는데
> 가지 끝에 밀밀하던 흰 꽃은 없고
> 꽃 대신 온통 붉은 잎을 달고 있다

붉나무 뒤에서 발돋움질로 서 있는
생강나무도 겨드랑이에 달고 있던
노란 꽃 대신 붉은 열매를 달고 있다
옛날에는 이 붉은 열매 기름으로
등잔불을 밝히기도 했다
밝은 갈잎빛으로 비쳐나오던
조선 창호지와 문살 그리매

너럭돌 위에 구름 하나가
그늘로 내려와 쉬다 떠나고
그 옆 돌배나무 아래 앉아 있던
중도 성터 아래 암자로 돌아간 뒤
돌무덤 사이 생강나무 붉은 열매를
박새가 쪼아보곤
쪼아보곤 한다.

—「성터—기상도氣象圖 1」 전문

관상시는 언어의 의미가 지닌 불상영(不相盈)의 빈틈을 통하여 실재세계를 체현하도록 유도하는 특질을 지닌다. 이를 위해서는 주관적 의미화의 움직임을 최대한으로 억제하여 무의미를 활성화할 수 있는 시적 전략이 요구된다. 인용시 「성터」를 보면, 시적 화자가 "가을볕이 잘 드는 성터"의 풍경을 응시하고 있다. 그러나 기존의 서정시와는 달리 이 관상시에는 어떠한 인간적 감정이나 판단의 서술도 개입되어 있지 않고 다만 퇴락한 성터의 풍경을 보이는 그대로 객관적으로 묘사하고 있을 뿐이다. 다시 말해서 화자는 철저한 객관적 묘사에 의해 이 시의 여러 대상들을 하나같이 생동감 있고 선명하게 구현하고 있다.

1연의 첫 5행은 '성터'에 보이는 '돌'에 대해 묘사되어 있다. 화자는 '돌무더기'가 여기저기 보이고, "외톨이가 된/뭉우리돌 섭돌 너럭돌" 등이 질서 없이 '띄엄띄엄' 보이며, '막돌들'이 "잡풀 그늘 밑에" 아무렇게나 "흩어져 있"다고 진술한다. 다소 너저분한 느낌의 '여기저기', '띄엄띄엄' 등의 시어에서 짐작할 수 있듯이 인적이 끊긴 이곳에는 지금 인위적인 배치나 조작의 흔적이 전혀 보이지 않는다. 모든 것이 저절로 그렇게 되어 있는 듯한 이 성터는 자연 본래의 모습을 그대로 간직하고 있는 성역이다. 한편 '보이고', "흩어져 있다" 등의 피동적인 표현을 통해 자연을 직관하면서 시적 화자가 지극히 수동적인 자세를 취하고 있다는 점도 확인된다.

이어서 6행부터 11행까지의 내용은 나무의 모습을 그리고 있다. 앞서 돌에 대한 묘사에서 화자의 시선이 공간적으로 이동하고 있다면, 이 부분에서는 공간적인 시선의 이동과 더불어 시간의 흐름에 따른 화자의 상상력의 움직임도 함께 감지된다. 화자의 직관은 "키가 큰 붉나무"와 그 뒤에 서 있는 '생강나무'의 모습 변화를 통해 계절의 변화, 또는 자연의 순환 법칙을 보여준다. '붉나무'는 "가지 끝에 밀밀하던 흰 꽃" 대신 "온통 붉은 잎을 달고 있"고, '생강나무'는 "노란 꽃 대신 붉은 열매를 달고 있"다는 묘사에는 특별한 시적 기교나 사고의 움직임이 거의 보이지 않는다. 시적 화자의 상상력은 오직 자연의 이치에 따라 천연의 모습으로 소극적으로 움직이고 있을 뿐이다. 그리고 이와 같은 의미 부여 없는 객관적 묘사를 통해 공간과 시간이 절묘하게 맞물린 자연 속에서 만물이 시원의 모습으로 생성 변화하는 것이 저절로 느껴진다.

1연의 후반부에서 보는 바와 같이 시간의 궤적을 쫓아 움직이는 화자의 상상력은 계속해서 시간을 거슬러 올라가다가 생강나무 "붉은 열매 기름으로/등잔불을 밝히"던 '옛날'로 소급되어 간다. 이 부분에 등장한 '등잔불', 또는 "조선 창호지와 문살 그리매" 등은 얼핏 보면 인간의 현실적인 삶에 깊이 관여된 이른바 현실세계를 형상화한 것처럼 보이지만, 자세히 살펴보면 결코 그리 평범하고 단순한 심상이 아니다. 먼 기억을 더듬듯이 묘사된 이들의 대상은 이미 화자 내면의 과거적 심상으로 전환되어 있다. 자신의 내부를 시·공간을 초월한 우주적 내부로 확대하면서 화자는 주관 속으로 이주한 그 객관적 사물들을 정관하고 있다. 바로 여기서 전언어적(前言語的) 요해(了解)라는 일종의 특이한 양상의 시적 인식이 확인된다. 세계와의 친화감, 곧 자기 일체성이 빚어내는 이러한 시적 인식에 대해 김영석 시인은 아래와 같이 설명하고 있다.

> 실재에 대한 전언어적 요해감은 사물을 직관하는 한 순간 그 사물들이 뒤집어쓰고 있던 일상적 상투적 모습이 벗겨지면서 그것들이 갑자기 <낯선 모습>으로 나타날 때 발생한다. …<중략>… 요해감에서 발생하는 그것은 낯선 모습이면서 동시에 낯익은 모습이라는 데에 그 특징이 있다.
>
> 사물의 낯선 모습은 일종의 신선한 경이감을 수반하기 마련인데, 그 경이감 속에서 직관의 주체는 낯선 모습이 낯선 것만이 아니라 이미 그것을 본래부터 명징하게 알고 있었다는 신비한 느낌을 아주 강렬하게 자각하게 된다. 이것이 바로 세계와의 만남이 나와의 만남으로 되는, 즉 외부의 사물이 내면의 심상으로 투명하게 인식되는 순간이고, 실재 세계에 대한 요해가 이루어지는 순간이다. 바꾸어 말해서 직관하는 순간 세계가 일상성을 탈각하여 그 현묘한 전동성을 내보이면서 자기 일체성을 이룩하는 것이라고 할 수 있다. 그러므로 요해성은 주객합일의 순간에 이루어지는 실재 세계에 대한 경험의 직접성이다. 따라서 요해성은 실재와 하나로 융합되어 있으므로 또한 전언어적이라고 말할 수밖에 없는 것이다.[134)]

134) 김영석, 앞의 책, 228-229쪽.

위의 인용문에서 알 수 있듯이 전언어적 요해감은 곧 실재 세계에 대한 경험의 직접성이다. 이는 마음과 실재, 또는 의식과 사물이 하나가 되어 있을 때에만 이루어지는 것이므로 주객합일이라는 순수하고 전일한 상태가 전제되어야 한다. 결국 이러한 요해성은 주관과 객관의 구분이 무너져버린 뒤에야 비로소 경험하게 되는 형이상적인 감각이다. 그러므로 엄밀히 말하면 그것은 순수한 객관적 사물도 아니고 순수한 주관적 의식도 아니다. "의식적 물질이면서 동시에 물질적 의식"135)이라고 밖에 표현할 수 없다. 그것은 존재와 의미의 차원을 넘나드는 일종의 역설적인 감각이기 때문에 궁극적으로는 전언어적일 수밖에 없다. 한편 실재 세계에 대한 이와 같은 요해의 감각이 전언어적이라고 해서 그것을 시를 통해, 즉 언어를 통해 드러낼 수 있는 길이 완전히 닫혀 있는 것은 아니다. 결론부터 말한다면 시에서 언어의 의미가 지닌 무의미의 빈틈을 최대한으로 확대하고 활성화할 수만 있다면 실재 세계에 대한 이와 같은 요해의 감각은 얼마든지 훼손 없이 나타날 수 있다.136)

인용시에서 묘사된 '등잔불', 또는 "밝은 갈잎빛으로 비쳐나오던/조선 창호지"와 "문살 그리매" 등의 대상은 인간적 의미와 가치의 지향을 말끔히 벗어나 있다는 점에서 분별적인 의미 차원과 거리가 먼 심상들이다. 바꾸어 말하면 철저한 객관적 묘사를 통해서 화자는 본래적인 존재의 차원, 또는 무분별의 실재 세계를 오롯이 드러내 주고 있다. 특히 술어 대신 '비쳐나오던'이라는 관형어로만 수식된 "조선 창호지와 문살 그리매"라는 구절은 객관적 묘사에서 한 걸음 더 나아가 순수한 명사 지향을 보임으로써 화자가 꾀하는 직관적 실재성을 더욱 선명하게 전달하고 있다.

---

135) 앞의 책, 230쪽.

136) 위의 책, 231-238쪽 참조.

"문장의 술부(述部)는 모든 인간적 의미화의 작용이, 그리고 주관적 해석 작용이 집중되는 곳"[137]이다. 시의 화자는 이것을 생략함으로써 주관적 의식의 움직임을 극도로 억제할 수 있는 효과를 발휘한다. 결국 여기서 화자는 분별없는 실재 세계를 묵묵히 가리켜 보일 뿐이므로 독자 또한 의미를 해독하기보다는 다만 본래적인 존재 차원의 "조선 창호지와 문살 그리매" 등의 대상을 화자가 제시해주는 대로 바라보기만 할 뿐이다. 바로 여기에서 화자가 의도하는 전언어적인 요해성의 감각이 인간적 기호의 소거와 동시에 저절로 이루어진다.

지금까지 묘사된 '돌'과 '나무' 등은 모두 움직이지 않는 무정물이나 식물로서의 대상이라면 시의 2연에서 화자는 성터에 보이는 가동적인 '구름'과 움직이는 생명체인 '박새'로 시선을 돌린다. '구름'은 "너럭돌 위에" 있다가 "그늘로 내려와 쉬다 떠나"고, '박새'는 나무 아래에서 "앉아 있던/ 중도 성터 아래 암자로 돌아간"다. 여기서 화자는 대상들에서 관찰되는 움직임을 인간적인 시점으로 해석하지 않고, 오직 즉물적으로 파악되는 움직임 그 자체를 충실히 기록하고 있을 뿐이다. 바로 이와 같은 주관적인 감정이나 가치의 지향을 배제한 객관적인 묘사에서 일차적인 자연과 상, 즉 사고에 의해 왜곡되기 이전의 자연 본연의 모습과 기의 순수한 움직임이 생동감 있게 펼쳐진다.

한편 박새와 관련된 2연의 마지막 5행의 내용을 보면, 일단 분행을 통해 "앉아 있던"이라는 관형어와 그것이 수식하는 "중도 성터 아래 암자"를 분리시키고 있다. 동시에 "돌무덤 사이 생강나무 붉은 열매"라는 구절을 삽입함으로써 위에서 제시한 일련의 움직임과 그것의 주체인 '박새'까지 멀리 분리해 놓고 있다. 그 결과 여기서는 의미 자체가 지니고 있는 빈틈의 차원을 넘어, 의미와 의미 사이에 존재하는 무의미의 공간까지 확대

137) 앞의 책, 250쪽.

된다. 이때 언어의 의미는 무의미의 여백을 알려주는 표지로밖에 작용하지 않는다. 바로 이 의미가 지시해주는 극대화된 무의미의 빈 공간에서 실재 세계의 풍경이 선명하게 나타난다. 그리고 이와 같은 실재 세계의 풍경이 "박새가 쪼아보곤/쪼아보곤 한다."라는 시구에서 최대한으로 활성화되어 있다. 같은 일이 반복됨을 나타내는 연결어미 '-곤'이 분행과 동시에 거듭 쓰임으로써 결국은 팽창된 여백의 거리감과 영원한 현재라는 무시간성의 감각을 불러일으키기에 이른다. 바로 이와 같은 감각이 의미 이전의 보이지 않고 개념화되지 않는 순수한 상에 대한 느낌이면서 사고에 의해 왜곡되기 이전의 분별없는 실재 세계를 직관할 때의 모호하지만 가장 확실한 깨달음이다.

결국 이 시에서 묘사된 '돌', '구름' 등의 자연 무기물과 '붉나무', '생강나무' 등의 식물, 그리고 '박새'라는 생명체는 모두 철저한 객관적 묘사에 의해 의미가 소거되어 있다. 이들은 오직 동일한 존재 차원 위에서 전동성의 역설을 드러내면서 하나의 근원적인 전체성을 보여주고 있을 뿐이다. 그림 그리는 일에 비유하자면 표면적으로 차별되는 이들의 대상은 곧 흰 바탕에 그려진 오채의 형상과 다르지 않다. 앞에서 여러 번 강조한 바와 같이 그림 그리는 일은 형상을 그리기 위한 것이 아니라, 오히려 형상을 통해서 은폐성과 초월성으로서의 흰 바탕을 정관하고자 하는 작업이다. 따라서 화자가 이 시에서 보여주고자 하는 것이 '돌'이나 '나무' 등의 감각적 대상이라기보다는 그들의 배후에서 초월적 미분성, 또는 근원적인 전체성으로 남아 있는 '성터', 즉 전일성으로서의 흰 바탕이다. 그리고 작품 전체가 드러내고 있는 무의미의 공간, 또는 극대화된 여백의 공간에 의해 흰 바탕의 역설적 존재성과 함께 실재 세계의 온전한 모습이 더욱 명징하게 구현된 것이다.

낮게 흐린 하늘
텅 빈 들판
흰 헝겊조각처럼
여기저기 남은 잔설
연필로 희미하게 그린 듯
가물가물 이어진 길을
누군가 가고 있다
먼 옛날부터
거기 그렇게 가고 있었다는 듯
누군가 아득히 가고 있다

흐린 기억
하늘 저편으로
점점이 꺼지는
예닐곱 철새들.

—「누군가 가고 있다—기상도氣象圖 13」 전문

인용시 「누군가 가고 있다」 역시 엄격한 객관적 묘사로써 미분성의 형상을 정관한 작품이다. 그리고 1연의 후반부에 나오는 "누군가 가고 있다"와 "누군가 아득히 가고 있다"라는 두 구절을 제외한 나머지 내용은 모두 술어 대신 명사로 말하고 있다는 점에서 이 시는 뚜렷한 명사 지향적인 화법으로 전개되어 있다. 전술했듯이 문장에서 술어는 인간의 분별적인 의미화의 작용이 집중적으로 드러나는 부분이다. 따라서 술어를 생략해서 말한다는 것은 곧 인간의 의지와 의식을 지우고, 말하지 않음으로써 말한다는 것과 다르지 않다. 인용시를 보면 비록 명사를 수식하는 몇몇의 관형어들이 군데군데 등장해 술어적인 의미를 미묘하게 전달하고 있지만, 전체적으로 볼 때 술어 위주로 진술하지 않는다는 것은 분명한 사실이다. 언어의 존재론적 특성을 대표하는 명사는 궁극적으로 무엇을 지시하는 것에 지나지 않으므로 결국 이 시의 화자는 의미를 전달하고자 하는 것이 아니라 다만 대상의 배후를 현현하기 위한 표지일 뿐이다.

1연의 전반부에서 화자가 가리켜 보이는 것은 '하늘', '들판'과 '잔설'이다. 그리고 비록 여러 대상들을 가리키고 있지만 여기서는 그 가리키는 행위의 주체, 즉 화자의 존재가 표면에는 부재한다. 술어가 말끔히 지워진 이 부분의 묘사에서 그것은 인간적 의미화의 움직임과 함께 극도로 억제되어 있다. 결국 화자의 존재는 대상들을 수식하는 "낮게 흐린", 또는 "흰 헝겊조각처럼/여기저기 남은"이라는 내용이 전달하는 미세한 주관적인 감정의 떨림을 통해서 간접적으로 유추될 뿐, 결코 눈에 띄지는 않는다. 이와 같이 주관적 의식의 움직임이 개입하지 않는 채 대상을 있는 그대로 그려내는 것은 상아(喪我), 또는 주객합일이라는 순수하고 전일한 경지에 이르러야만 비로소 가능하다. 이와 관련해서 김영석 시인은 『도의 시학』에서 아래와 같이 설명하고 있다.

> 마음을 깨끗이 비워버린 상아의 순수 의식이 허(虛)하고 정(靜)한 상태, 즉 허정이다. 이 허정은 바로 도의 전일성에 대응한다는 점에서는 우주적 직관이 되는 것이고, 궁극적인 예술 정신 혹은 미의 원상에 대응한다는 점에서는 미적 관조가 되는 것이다.
>
> 그러므로 허정이라는 미적 관조에 의해서 대상이 드러날 때는 경험적 의식 위에서 성립되는 것과는 달리 의식과 대상은 상호 동시적인 하나의 상관항(相關項)을 이루게 된다. 다시 말해서 대상과 의식 작용이 전후 관계를 가지거나 인과 관계를 가지고 나타나는 것이 아니라 근원적인 하나의 통일 관계, 즉 주객합일의 병생(竝生) 관계를 보이게 된다.[138]

인용문에서 드러난 바와 같이, '하늘', '들판' 및 '잔설' 등의 대상을 간명하게 점묘하는 화자의 직관적 인식은 도의 전일성이라는 궁극적 예술정신, 곧 근원적인 시정신에 대응한다. 화자는 마음을 텅 비우고 아무 의미도 지니지 않는 텅 빈 기로써 느끼고 말하고 있으므로 결국은 실재를 왜곡하기는커녕 자신의 존재조차 사라진 허정의 세계로 진입한다. 그리고 이와 같은 허정의 경지 위에서 시적 대상들은 하나같이 언어라는 관념의 껍질을 벗은 채 전일한 모습으로 그려져 있다. 그러나 여기서는 각각의 대상보다는 그것들이 이루는 풍경의 배후에 숨어 있는 하나의 근원적인 존재가 더욱 강조된다. 물론 인용시에서 그 하나의 근원적인 존재란 "낮게 흐린 하늘", "텅 빈 들판" 및 끝내 사라질 수밖에 없는 '잔설'이 암시해준 바와 같이 만물의 궁극적 바탕인 없음이며 무의미를 지칭한다. 이처럼 주객합일의 전제 아래 대상을 직관하는 순간 시적 상상력은 일상적인 존재의 차원을 넘어 끝내 실재 세계, 또는 고요한 일체성으로서의 무의미의 세계를 지향하게 된다.

1연의 후반부에서 이 실재 세계의 모습은 "연필로 희미하게 그린 듯/가물가물 이어진", 곧 없는 듯 있는 '길'의 형상으로 제시된다. 이 길을 "누군가 가고 있다"고 말한 뒤, 화자는 곧바로 다시 이 "가고 있다"는 행위에 대해 "먼 옛날부터/거기 그렇게 가고 있었다는 듯" 및 '아득히' 등의 수식적인 내용을 덧붙인다. 길을 가고 있는 자가 정확히 누구인지, 그는 어디서 와서 어디를 향해 가고 있는지, 또는 무슨 사연 때문에 그렇게 '아득히' 가고 있는지 등을 전혀 문제로 삼지 않는다. 이 같은 묘사적 태도에서 감지되듯이 인용시에서 화자는 일상적이고 현실적인 의식과는 무관한 존재로 설정되어 있다. 결국 여기서 일체의 주관과 정서를 배제한 채

138) 앞의 책, 131-133쪽.

화자가 그리고 있는 것은 오직 길의 심상이다. 그 길을 간다는 행위는 곧 움직임 자체이며, 궁극적으로는 "먼 옛날부터" 지금까지 끊임없이 이어지는 그 아득한 궤적일 뿐이다. 실재 세계의 영원한 불변의 움직임은 끝내 전동성의 역설을 환기하면서 시·공간을 초월한 고요한 정태로 전환될 수밖에 없다. 그리하여 여기서 움직임의 주체인 '누군가'는 사라지고 길로 형상화한 그 움직임의 궤적, 곧 느낌 및 직관적 인식의 대상인 순수 동작만이 "연필로 희미하게 그린 듯" 화자의 내면 심상으로 '가물가물' 남게 된다.

나아가 2연에서는 이 기상으로서의 궤적에 이어, 앞에서 형상화한 "낮게 흐린 하늘" 아래의 풍경까지 화자의 내면, 즉 텅 빈 마음속에서 되비쳐 보인다. "흐린 하늘"은 "흐린 기억", 곧 화자의 내부에 이미 존재하던 심상으로 다가오고 화자와 세계는 자기 일체성의 원리에 의해 수일하게 합일된다. 인간의 분별적 의미 지향을 담당하는 술어가 말끔히 증발되어 버린 이 부분의 내용에서 화자가 묵묵히 가리켜 보이는 것은 "예닐곱 철새들"뿐이다. 의미가 사라진 것과 동시에 분별성과 개체성도 사라졌으므로 '철새'는 곧 자연이고 실재이며 평등한 일체적 실재다. 이 "예닐곱 철새들"은 끝내 "하늘 저편으로/점점이 꺼지"고 만다는 표현이 이를 방증한다. 결국 화자의 시적 상상력이란 천지의 도에 따라 움직일 수밖에 없으므로 시적 의미의 기저에는 이러한 순연히 통일된 무의 모습, 즉 태극의 초월적 미분성의 형상이 드러날 수밖에 없다.

> 산역꾼 몇이 초가을 햇살을 받으며
> 그림자처럼 조용히 움직이고 있다
> 파놓은 생땅 흙이 선홍색이다
> 모두 흰 장갑을 끼고

한쪽에서는 낱낱이 백지에 곱게 싼
유골을 조심스레 풀어서 늘어놓고
한 중늙은이는 구덩이에 들어가
흙바닥에 여러 겹 백지를 깔아놓는다
뼈를 가까스로 다 맞추어놓았는데
완전히 삭아서 없어진 곳이
군데군데 비어 있다
하얗게 빈 곳에 햇살이 눈부시다

배롱나무 가지에 앉아 있는
이름 모를 산새 하나가
그림자처럼 움직이고 있는 산역꾼들을
죽 지켜보고 있다.

—「면례(緬禮)-기상도氣象圖 3」 전문

인용시 「면례」의 첫 연은 산역꾼 몇몇이 초가을 햇살을 받으며 면례를 치르는 과정이 담담하게 묘사된다. 둘째 연에는 이러한 인간 세계의 풍경을 들여다보고 있는 "이름 모를 산새", 즉 자연의 모습이 겹쳐 있다. 비록 제목에서 말해주듯이 인간 위주의 문화적인 면례 의식을 소재로 다루고 있지만, 실제로 그 시상의 전개 방식 또는 어조로 볼 때 인용시는 우리가 상식적으로 생각하는 면례와는 상당한 거리가 있다. 널리 알려진 바와 같이 면례는 유교 사상에 입각하여 만들어진 장례 관행의 일종으로서 형식과 절차를 중시하는 풍속이다. 다시 말해 이와 관련되는 모든 대상이나 움직임은 하나같이 지극히 상징적인 의미를 지닐 수밖에 없다. 이 점에 대해서 김영석 시인은 자신의 저서에서 아래와 같이 극명하게 지적한 바도 있다.

> 사람과 동물의 근본적인 차이에 관해서 여러 가지 합당한 지적들이 많이 있어 왔지만, 그러한 근본적인 차이점으로서 사람만이 치러내고 있는 장례 의식에 주목한 경우는 매우 드문 듯하다. 장례의 구체적인 풍속은 조금씩 다를지라도 인류는 먼 상고 시절부터 특별한 방법과 의식을 통해서 엄숙하고 의미심장하게 주검을 다루어 왔다. …<중략>… 그 보편적이고 반복적인 행위 속에 담겨 있는 상징적 의미와 희원이 불멸의 지향, 즉 영원을 향한 안타까운 발돋움이라는 사실은 더 말할 나위 없는 일이다.[139]

위에서 보는 바와 같이 장례는 사람만이 치러내는 것으로서 사람과 동물의 근본적인 차이 중의 하나라고 여길 만큼 지극히 인간적인 행위이다. 그러나 인용시를 보면 엄격한 절차나 예도에 따른 산역꾼들의 움직임, 또는 거기에 관여되는 여러 대상들이 지니고 있을 법한 상징적이거나 현실적인 의미는 화자의 시선에 의해 말끔히 배제되어 있다. 곧 화자의 관심이 오직 눈에 보이는 그러한 움직임 자체와 대상들의 일차적인 형상에만 집중되어 있다. 결론부터 말한다면 인용시에서 화자가 주목한 것은 바로 관상시가 궁극적으로 겨누고 있는 직관 및 느낌의 세계이고, 가치 평가 이전의 순수한 움직임 그 자체였다.

1연을 보면 면례 의식은 '그림자'와 같이 "움직이고 있"는 산역꾼들에 의해 '조용히' 진행되고 있다. 비록 면례를 치르는 산역꾼, 곧 인간의 모습이 여러 자연 대상물들과 같이 제시되고 있지만, 여기서 그것이 특화되어 인식되지 않는다. 대상에 대한 인간적인 정서의 표출이나 의미에 대한 부연 설명 없이 화자는 순일한 하나의 존재 차원에서 자연과 똑같이 인식되는 인간들의 모습을 그저 관찰한 대로 제시하고 있다. 결국 이러한 인

139) 김영석, 「순수 지향과 체관의 거리」, 『도와 생태적 상상력』, 앞의 책, 114쪽.

간의 행위에서 느껴질 만한 엄숙함이나 슬픈 정서를 모두 배제함으로써 인간 존엄성에 대한 고정관념이 철저히 해체되어 있다.[140] 지성적 해석과 설명이 빠진 여백의 공간에서는 실재 세계에 대한 요해, 또는 기의 흐름에 대한 느낌에 좌우될 수밖에 없기 때문이다. 물론 이성적인 사고나 의미 위주의 해석이 익숙한 독자라면 이 부분에서 화자가 말하고자 하는 바를 수용하기란 곤란할 것이다. 본질에 대한 직관과 느낌을 강조하는 이 시에는 분명한 가치 지향의 의미는 물론 주목할 만한 심상마저 찾아볼 수 없기 때문이다.

그러나 "시의 말을 바르게 알아듣기 위해서는 무엇보다 먼저 천지의 마음을 알지 않으면 안 된다."[141]는 시인의 말과 같이, 천지의 마음인 도를 알게 되면 이 관상시의 의미 또한 유추해 볼 수 있다. 천지의 마음이란 "天地不仁 以萬物为芻狗"[142]라는 『도덕경』의 기술이 말해주듯이 모든 종을 평등하고 무분별하게 취급하는 천지자연의 비정한 이치이다. 이미 여러 번 강조한 바와 같이 분별이란 언어 및 지적 사고에 의존하는 인간이 인위적으로 조작한 것에 불과하므로 어디까지나 비본질적인 사유의 산물이다. 이러한 지적 사고는 본질의 직관과 느낌을 중시하는 관상시와는 매우 동떨어져 있다는 사실이다. 결국 관상시를 이해하는 데에 의미나 감상, 또는 이성적인 요해보다는 "직관의 상을 관상하는 태도"[143]를 견지하는 것이 무엇보다도 중요하다. 인용시의 경우 화자는 인간을 시적 대상으로 형상화하되 그들의 움직임을 적극적으로 해석하는 것보다는 다

---

140) 이미순, 「80년대 해체시에 대한 연구」, 『개신어문연구』, 2002, vol.19, 287쪽 참조.

141) 김영석, 『새로운 도의 시학』, 앞의 책, 265쪽.

142) 『도덕경』, 「제5장」.

143) 조미호, 「김영석 시 창작법 연구」, 단국대학교 대학원, 석사학위논문, 2008, 64쪽.

른 대상들과 같이 그저 직관한 대로 묘사하고 있다. 이와 같은 태도를 통해서 천지자연의 이치에 대한 무심한 깨달음, 나아가 존재의 본질인 기의 흐름이 저절로 발현한다. 이 부분에서 화자가 형상화하고 있는 것은 궁극적으로 분별도 경계도 모두 존재하지 않는 실재 세계의 본모습이며 기의 흐름대로 현현된 비정한 우주적 질서이다.

인용시의 화자는 면례의 과정을 묘사하면서 '선홍색'의 생땅 흙과 산역꾼들이 끼고 있는 "흰 장갑", 그리고 흙바닥에 깔아놓은 '백지' 등 색채와 관련된 여러 시각적인 이미지를 제시하고 있지만, 여기에도 주관적 의식의 움직임 또는 인위적인 의미화의 운동이 철저히 배제되어 있다. 다시 말해서 화자는 이들 색체 이미지에 흔히 부여되는 상징적이거나 관념적인 의미에 얽매이지 않고 지극히 평이하고 소박한 진술로 대상들을 있는 그대로 그리고 있을 뿐이다. 이처럼 이미지와 관념의 전형적인 관계를 무시하고 깨뜨린 결과, 이 시는 추리나 판단에 기반을 둔 이성적인 사유 방식으로 쉽사리 설명되지 않는 이른바 현실 또는 자연의 전일한 상태를 여실히 보여준다. 지금까지의 내용을 종합해 보면 이 시에서 묘사된 대상들은 이미 화자의 의식 안에 들어와 있는 대상이 아니라 그저 일차적인 느낌 및 직관의 결과물에 불과하다는 사실을 알 수 있다. 지식 또는 앎 이전의 상태로 되돌아감으로써 화자는 이성적 사고에 의해 왜곡되기 이전의 세계, 곧 현실 너머의 실재 세계를 보여주고 있다. 실재의 세계에는 의미와 같이 대상들 사이의 분별과 경계가 모두 사라질 수밖에 없으므로 궁극적으로 인간이든 자연이든 간에 오직 동등한 가치 위에서 전동성을 드러내면서 하나의 전일한 세계를 이루고 있을 뿐이다.

이차적이고 조작된 의미와 인간적인 정서를 철저히 제거한 1연의 묘사에서 화자의 상상력 역시 극도로 억제되어 있다. 단지 "하얗게 빈 곳에 햇살이 눈부시다"라는 구절만이 상상력과 감성이 개입된 것처럼 보일 뿐이다. 그러나 김영석 시인의 시적 인식 또는 관상시의 본질과 연관을 지어 볼 때 이 내용은 또한 조작적인 상상력이 적극적으로 작동한 결과라고는 보기 어렵다. 논리적, 또는 이성적으로 생각할 때와는 달리 유골로 채워진 곳이거나 뼈가 완전히 삭아서 "군데군데 비어 있"는 곳이거나 간에, 실재의 존재 차원에서 볼 때 결코 분별적인 가치를 부여할 수도 우열을 가릴 수도 없기 때문이다. 물론 여기서 화자가 제시한 '햇살'도 그 이상의 무엇을 상징하거나 의미하기보다는 그저 눈에 포착되는 물리적인 그것, 곧 일차적인 직관의 대상에 지나지 않는다. 따라서 "하얗게 빈 곳에 햇살이 눈부시다"라는 구절 또한 풍경에 대한 있는 그대로의 직관과 느낌을 형상화한 대목일 수밖에 없다. 결국 관상시에서 현실 혹은 자연은 오로지 상을 직접적으로 드러내고 있는 이른바 직관과 느낌의 대상일 뿐 이차적인 추리나 판단의 대상이 결코 아니란 점이다.

2연에서 화자의 시선은 지상의 인간 세계에서 잠시 떠나 "배롱나무 가지에 앉아 있는" 산새, 즉 자연의 세계로 돌린다. "이름 모를 산새 하나가/그림자처럼 움직이고 있는 산역꾼들을/죽 지켜보고 있다."고 묘사한다. 동물로서의 산새는 물론 인간적 감정이나 관념, 또는 추상적인 사고 능력을 지닐 수가 없다. 따라서 '산역꾼들'을 '산새'가 "지켜보고 있다"고 할 때 그 지켜보는 행위는 그저 풍경을 있는 그대로 수용하면서 느끼는 소위 즉물적 직관에 가깝다. 사고에 의해 왜곡되기 이전의 세계를 포착하고 있다는 점에서 이 '산새'의 시선은 1연에서의 화자의 시선과 중첩되고 있다. 이와 같은 시선의 중첩에 의해 화자와 '산새' 사이의 경계, 바꾸어 말하면 주관과 객관 사이의 경계가 허물어지는 동시에 심여물명(心與物冥)이라는 주객합일의 경지가 이루어진다. 정리하면 이 시의 화자는 대상을 대할 때 판단이나 추리의 과정이 없이 오직 날것 그대로의 대상을 직관하고 제시했을 뿐이다. 여기가 바로 대상들에게서 감지되는 개념화되지 않는, 그래서 분별되지도 않는 상을 통해서 주객합일의 순간에만 이루어지는 실재 세계에 대한 전언어적 요해가 저절로 이루어지는 지점이다.

> 오뉴월 뙤약볕이
> 온 세상 소리들을 다 태워 버렸는지
> 산골 마을이 적막에 싸여 있다
> 외딴 빈집을 지나면서
> 울 너머 마당귀를 얼핏 보니
> 길 잃은 어린 귀신 하나가
> 두어 그루 패랭이꽃 뒤로
> 얼른 숨는다.
>
> —「적막—기상도氣象圖 28」 전문

인용시 「적막」 역시 지적 작용을 배제하면서 자연과 현실에 대한 화자의 일차적인 느낌을 그대로 형상화한 작품이다. 이 시의 의미를 글자 그대로 해석한다면 그야말로 아무것도 이야기하는 것이 없는, 그래서 아무것도 의미하지 않는 지극히 평범한 시로 읽힐 수밖에 없다. 감정이나 의미 지향을 철저히 제거한 객관적 묘사에 의해 이 시는 "적막에 싸여 있"는 "산골 마을"의 풍경, 그리고 어느 "외딴 빈 집"을 지나가다가 화자가 목도하게 된 일상적이지 않은 현상을 아무런 편견이나 설명도 없이 그저 오롯이 드러내고 있을 뿐이다. 비록 행간에서 적막하고 평온한 분위기를 어느 정도 감지할 수는 있지만, 분명한 것은 그러한 적막의 정체를 파악하려면 언어의 의미만을 축자적으로 따라가서는 곤란하다는 점이다. 궁극적으로 실재에 대한 전언어적 요해의 감각을 드러내고자 하는 관상시에서 언어의 의미는 언제나 무의미의 빈틈을 알려주는 표지로밖에 쓰이지 않기 때문이다.

"오뉴월 뙤약볕이/온 세상 소리들을 다 태워 버렸는지"라는 시적 진술에서 드러난 바와 같이 화자가 이 시에서 형상화한 "산골 마을"은 현실의 움직임과 소란스러움이 모두 배제된 고요와 침묵의 공간이다. 그리고 풍경을 바라보고 있는 화자마저 주관적 의식의 움직임을 최대한으로 절제하고 있다는 사실에서 유추되듯이, 이 "산골 마을"은 인위적이거나 비본질적인 것에 전혀 좌우되지 않는 순수하고 온전한 고요를 그대로 간직한 공간이다. 시의 화자는 현실 너머의 세계에 닿아 있는 이 순수한 고요 속으로 스며들어 실재 세계의 상을 조용히 들여다보고 있다. 이때 그의 시선에 잡힌 기상은 "길 잃은 어린 귀신"이 "두어 그루 패랭이꽃 뒤로/얼른 숨는다."는 하나의 미세한 움직임뿐이다. 공간적인 형태 또는 구체적인 동작이 아니라는 점에서 이러한 움직임은 인식과 관념의 차원을 초월한 진술로 여겨진다.[144)]

여기서 우리가 주목할 것은 '얼핏'이라는 수식어이다. '언뜻', 또는 "지나는 결에 잠깐"이라는 뜻을 지니고 있는 '얼핏'은 이 순수 동작으로서의 형상이 사고의 과정을 거치지 않는 화자의 일차적인 느낌을 형상화한 사실을 말해준다. 이성적인 해석의 틀로 설명할 수 없는 그것은 의미 이전의 개념화되지 않는 자연의 상에 해당한다. 결국 이 시에서 화자는 자연을 직관한 대로 묘사하고 있을 뿐인데, 바로 이런 사고의 흔적과 감정 표출이 없는 묘사적 태도에 의해 언어와 관념의 체계가 철저히 무화되어 있다. 그리하여 인용시는 실재 세계의 본질, 곧 하나의 전일성로서의 온전

144) 김영석, 앞의 책, 380쪽 참조.

한 고요의 경지와 그 속에서의 순수 동작으로서의 기의 움직임이 동시에 현전하는 특질을 지닌다.

지금까지의 분석에서 알 수 있듯이 관상시가 인간의 언어와 사고에 의해 분별되기 이전의 느낌의 세계를 지향하고 있는 한 결국은 기존의 인간 존재의 존엄성을 비롯한 현실과 세계에 대한 고정된 관념을 해체하는 양상이 드러나기 마련이다. 물론 그것이 어떤 양상으로 드러나든 간에 시적 화자가 의도적으로 현실세계의 어떤 면을 해체시킨다기보다는 실재 세계를 체험하도록 하기 위해서 언어적 의미의 논리를 해체하는 과정에 불가피하게 수반되는 경향에 불과하다. 시인의 말에 따르면 의미를 해체하는 일은 곧 "언어의 의미와 논리를 적극적으로 왜곡하고 파괴하여 의미가 지닌 무의미의 빈틈을 극대화"[145]하는 일이다. 위에서 살펴본 객관적 묘사나 술어 생략의 화법이 관상시에서 사물의 본질과 기의 흐름을 느끼게 하는 데 이용될 수 있는 소극적인 방법이라면 의미의 해체는 실재 세계에 다가가기 위한 적극적이고 근본적인 방법이었던 것이다.

> 의미가 인간의 원초적 의지 혹은 욕망이거나, 그 의지와 욕망에 뿌리를 내린 가치 혹은 목적이거나 간에 결국 그것들은 언어의 의미로 수렴되고 확정되기 마련이다. 의미는 인간적 삶을 뜻하고 인간적 세계를 뜻한다. 그것은 근원적인 뜻에서 인간의 이념이고 일상생활이 영위되는 현실 자체를 뜻한다. 그러므로 의미를 해체한다는 것은 바로 현실 혹은 인간적 세계를 해체한다는 뜻이고, 우리 모두가 이미 <인간>이라고 알고 있는 그 인간의 의미와 그것의 가치 체계를 뿌리째 해체한다는 뜻이다.[146]

145) 앞의 책, 238쪽.

146) 위의 책, 254쪽.

위의 인용문에서 보는 바와 같이 의미를 해체한다는 것은 곧 인간적 세계를 해체한다는 것과 다를 바 없으므로 결국은 우리가 이미 알고 있는 모든 관념과 가치 체계를 온전히 해체한다는 것과 통한다. 한 가지 예를 든다면 우리가 알고 있는 '존재'라는 개념은 "'부재' 또는 '차이'라는 개념과의 차이 속에서만 비롯"[147]되는 것이다. 여기서 이 차이 또는 대립 개념이란 작위적이고 임시적인 것일 뿐만 아니라 언제나 제한적이며 상대적이다. "저것은 이것에서 나오고 이것 또한 저것에 말미암는다."[148]는 장자의 논리에 따르면 대립되는 '이것'과 '저것', 또는 '존재'와 '부재'는 서로에 의존함으로써 비로소 존재하는 것이므로 결국은 서로 섞이고 서로 뒤바뀔 수 있다. 그러므로 궁극적으로 절대적인 존재, 또는 완전한 존재란 있을 수 없다는 것이다. 이로 미루어 본다면 우리가 인식하는 개념들은 모두 비본질적인 것이 되므로 실재 세계, 또는 근원적인 존재 차원의 그것들과 괴리되어 있을 수밖에 없다. 그리고 이와 같은 현상은 궁극적으로 세계를 인식하는 도구로서의 언어의 의미 체계가 완전하지 않다는 사실에서 기인된다. 따라서 시를 통해 실재를 훼손되지 않은 온전한 모습으로 현현하기 위해서는 언어의 관념이나 논리를 근본적으로 해체하여야만 가능하다.

> 나지막한 돌담 너머
> 낡은 기와집 한 채가
> 인기척 없이 고즈넉하다

---

147) 이종선, 「장자미학의 해체론적 성격연구」, 『동양예술』, 2005, vol.10, 266쪽.

148) 『장자』, 「제물론」. <彼出於是 是亦因彼.> 참조.

가을볕이 잘 드는 툇마루에
보자기만하게 널려서
고실고실 마르는 산나물
그리고 노오란 탱자 몇 알

아무도 없는데

마당귀에선 듯
잎 떨군 오동나무 가지에선 듯
맑고 투명한 햇살에 실려오는
자꾸 비질하는 소리

돌아서면 문득
장독대께에서 들려오는
신발 끄으는
적막한 소리

아무도 없는데

—「비질 소리—기상도氣象圖 14」 전문

상기 인용시는 언어의 의미에 대한 해체를 통해 도가 드러난 곳, 다시 말해 실재에 대한 전언어적 요해가 이루어지는 데로부터 인간 삶의 직접성이 회복되고, 나아가 의미 이전의 개념화되지 않는 사물의 순수한 상이 어김없이 드러난다는 사실을 명시하고 있다. 김영석 시인의 관상시에는 '빈집', 또는 "잊어버린 공간"을 헤매는 화자가 많이 등장한다. 인용시 외에도 위에서 살펴본 「적막」, 또는 「벙어리 박씨네 집」, 「잊어버린 연못」 등이 그 예에 해당한다. 안현심에 따르면 이와 같은 정황은 관상시의 표현 기법과 깊이 연관된다. 곧 관상시는 자연 또는 실재가 나타난 현실의 상을 조용히 느끼고 직관하는 것을 중시하는데, "시끄러운 배경이나 복잡한 사물들이 작품에 개입되는 것은 직관을 방해하는 요소로 작용하"[149]기 때문이다.

인용시의 경우 화자는 "나지막한 돌담 너머"의 "인기척 없"는 "낡은 기와집"을 들여다보고 있다. 2연에서는 "아무도 없"는 이 고즈넉한 집안을 기웃거리면서 화자가 본 풍경을 사실적으로 표현하고 있다. 비유, 투사 또는 감정이입 등을 비롯한 일체의 상상적 형식을 모두 벗어나 있는 만큼 이 부분의 묘사에서는 주관적 의미화의 움직임이나 인간적 의미 지향이 일체 거세되어 있다. 다시 말해서 여기에 등장하는 "고실고실 마르는 산나물", 또는 "노오란 탱자 몇 알" 등의 이미지는 사고·감정을 비롯한 지적 조작의 과정을 거치지 않은, 곧 주관적 해석의 작용이 말끔히 지워진 일차적인 감각·직관의 대상에 불과하다. 함축적 의미 체계 및 인위적 문화 체계를 모두 배제하고 화자는 이들의 직관적 이미지를 통해서 본래의 존재 차원으로 진입하여 실재의 세계를 탐구한다.[150] 요약하건대 2연에서는 비록 여러 가지 심상이 선명하게 제시되어 있지만, 각각의 심상에 대한 사색이나 해석보다는 그것들이 이루고 있는 하나의 전체성으로서의

149) 안현심, 「김영석 시의 새로운 기법과 의식의 지평」, 강희안 엮음, 『김영석 시의 깊이』, 앞의 책, 190쪽.

150) 직관적 이미지란 대상이나 현상에 대한 신체 기관의 즉각적인 느낌에 대한 표현을 말한다. 추리나 판단 등을 비롯한 일체의 지적 작용을 배제하고 순전히 인간 본연의 직관력에 의존할 때에야 비로소 깨닫게 되는 즉각적인 느낌은 직접적인 몸의 접촉을 통해서만 얻을 수 있는 것인데, 실제로 김영석 시인의 관상시에서 이러한 즉각적 느낌에 대한 표현은 많이 등장한다. 인용시에서 화자가 청각적으로 느끼는 "비질 소리" 등외에도 후각적인 이미지(「달-기상도氣象圖 23」), 시각적인 이미지(「나침반-기상도氣象圖 22」) 등이 그 예이다. 궁극적으로 관상시에서 의미나 관념의 해체는 이와 같은 즉각적인 느낌에 대한 표현에 의해 완성된다고 볼 수 있다.

'툇마루'의 풍경, 그리고 거기에 담겨 있는 자연의 기에 대한 느낌이 더욱 강조될 뿐이다.

3연에서 화자는 "아무도 없는데"라고 독백하면서 이 여유롭고 평화로운 느낌에 고요함을 한층 더한다. "아무도 없"다는 것은 한편으로는 상을 직관하는 데 방해하는 요소로 작용하는 인간의 움직임이 말끔히 소거되었다는 뜻이고, 다른 한편으로는 인간적 기호, 즉 현실의 소리가 없다는 뜻이기도 하다. 고요에 대한 『근사록』의 기록을 보면, "무극이면서 태극이다. 태극이 움직여 양을 낳는다. 움직임이 지극하면 고요해지고 고요해지면 음을 낳는다. 고요함이 지극하면 다시 움직이게 된다."[151]는 것이다. 결국 고요란 만물의 근원인 무와 통하는 것으로서 천지자연의 궁극적인 원리에 해당한다. 지성적인 이해를 거부하고 오직 상의 직관에 의해서만 접근하기 가능한 실재의 세계는 고요의 경지를 지향한다. 그러므로 인용시에서 "인기척 없"는 "낡은 기와집"으로 그려진 이 고요한 시적 공간이야말로 자연 또는 우주의 기가 상하지 않고 온전히 보유된 곳이다.

이어서 4연과 5연을 보면, 화자는 이 고요한 집에서 자꾸 "비질하는 소리"를 듣기도 하고, 또는 문득 "신발 끄으는/적막한 소리"를 듣기도 한다. 논리적으로 생각한다면 그러한 소리가 들린다는 것은 그것을 만들어내는 인간이 주변에 있다는 뜻이다. 그러나 곧이어 마지막 연에서 화자는 다시 "아무도 없는데"라고 하면서 인용시에서는 이와 같은 논리적인 사고방식이 더 이상 통하지 않는다는 점을 거듭 확인시켜 준다. 논리적인 사고란 언어를 사용하는 논리 법칙에 적합한 사고방식으로서 궁극적으로는 언어의 의미 체계를 그대로 수용하고 있다. 이런 점에서 인용시의 메시지는 곧 배타적인 언어의 의미와 논리, 나아가 언어 위에 세워진 이분법적 가치 질

151) 『근사록』, 133쪽. <無極而太極 太極動而生陽 動極而靜 靜而生陰 靜極復動.> 참조.

서와 폐쇄적인 사유 체계가 온통 해체되었다는 의미로 귀결된다.

전술했듯이 언어적 의미와 논리 자체를 이용하는 객관적 묘사나 술어 생략의 화법과는 달리, 적극적인 의미 해체의 화법에서는 의미가 완전히 지워졌으므로 대상들 사이의 분별도 끝내 사라질 수밖에 없다. 인용시에서 화자가 "아무도 없"는 빈집에서 신발 끄는 소리와 비질 소리를 듣는다는 표현은 이 점을 극명하게 보여준다. 다시 말하면 이 시는 최소의 의미와 논리로 '있다'와 '없다'라는 두 가지 모순되고 상반된 개념을 세우고 있으면서도 동시에 그것들 사이의 경계와 분별을 깨끗이 지워 나간다. 결국 하나이면서 둘이고, 둘이면서 하나가 되는 이른바 상호 생성적이고 상호 순환적인 관계를 보이는 시적 대상들은 고정불변한 관념의 세계에서 벗어나 미분적 무의미의 세계를 가감 없이 드러내준다.

상대적인 대립 개념을 아우르고 뛰어넘는다는 점에서 이 미분적 무의미의 세계가 도의 세계에 해당한다. 우리는 여기서 다시 한 번 시적 화자가 궁극적으로 도의 전일성을 지향하고 있다는 사실을 확인할 수 있다. 한편 「제물론」에서 장자가 도를 말하면서 도추(道樞)라는 개념을 제기한 바 있다. 도추란 시(是)와 피(彼), 곧 이것과 저것을 비롯한 모든 대립이 그 상대를 얻지 못하는 것을 말하므로 궁극적으로는 모든 대립적인 개념을 없애버린 절대적인 경지이다.[152] 이어서 그는 이 '지도리'로서의 추(樞)에 대해 "비로소 그 비어있는 원의 중심(環中)에 맞추어지면 무궁하게 응한다."[153]고 설명하고 있다. 빈 중심에서는 "옳음도 하나의 무궁함이고 그름도 하나의 무궁함"[154]이라 옳음과 그름, 또는 이것과 저것을 구

152) 『장자』, 「제물론」. <彼是莫得其偶, 謂之道樞.> 참조.

153) 『장자』, 「제물론」. <樞始得其環中, 以應無窮.> 참조.

154) 『장자』, 「제물론」. <是亦一無窮, 非亦一無窮也.> 참조.

별해주는 언어의 지시적 의미는 끝내 사라지고 만다. 이로 미루어 보면 인용시의 화자가 '있음'과 '없음'을 동시적으로 파악할 수 있는 것은 그가 도추, 또는 빈 중심의 자리에서 언어에 의해 왜곡되기 이전의 자연의 상을 직관하고 있기 때문이다.

지금까지의 내용을 정리해 보면, 인용시 「비질 소리」에서 화자는 객관적 묘사와 술어 생략의 화법에서 한 걸음 더 나아가, 언어의 의미와 논리를 적극적으로 해체함으로써 초월적 미분성으로서의 실재 세계를 훼손하지 않는 태도를 보여주고 있다. 관상시가 의미화 이전의 자연 및 현실 자체를 느껴지는 대로 표현하고 있는 한 그것은 궁극적으로 반언어적일 수밖에 없다. 따라서 인용시에서 보인 의미의 해체는 화자가 의도적으로 해체를 위해 해체한다기보다는, 언어를 이용해 의미화되지 않는 실재 세계에 대한 느낌을 표현하는 과정에서 자연스럽게 발생하는 화법이다. 느낌이란 "자연발생적 기로써 이루어진 생명 현상"[155]이므로 인위적인 사유 개념으로서의 생각과는 근본적으로 다르기 때문이다. 바로 이런 면에서 관상시는 말과 생각을 앞세우고 그에 맞추어 언어 또는 형식의 파괴를 시도하는 기존의 해체시와는 구별된다. 그 결과 "기존의 해체시들은 아무리 충격을 주고자 하여도 그저 그대로의 현실에 머물러 있"[156]는 데 반해, 김영석 시인의 관상시는 의미의 해체를 통해 현실 너머의 실재 세계, 곧 무의미의 세계를 가감 없이 현상하는 것이다.

거듭 말하거니와 관상시란 자연 및 현실을 있는 그대로 직관함으로써 기상, 즉 기가 움직이는 모습을 조용히 느껴보자는 것이다. 만물은 기의 생성이 아닌 것이 없을뿐더러 우주의 본체로서의 기의 움직임에 따라 생

155) 강희안, 「엄격한 자유인의 초상」, 앞의 글, 215쪽.

156) 송기한, 「해체적 감각과 사물의 재인식」, 『시와시학』, 1999, 겨울호, 101쪽.

성하고 변화한다. 결국 기를 읽어내고자 하는 관상시의 기저에는 음양이기 및 그것들이 교합하여 이루게 되는 오행의 형상과 원리가 반드시 깔려 있다. 물론 앞서 살펴본 남효온의 등식에 의거한다면 궁극적으로 시는 천지가 말하고 도가 말하는 것에 지나지 않으므로 결국 이 음양이기 및 목·화·금·수·토라는 오행의 형상은 관상시뿐만 아니라 모든 시 형식에 두루 나타나야만 하는 것이다. 다만 김영석 시인의 관상시가 "사고-감정의 수직적 깊이를 최소한으로 축소하고, 감각-직관의 수평적 넓이를 극대화하"[157]는 한 천지자연의 질서정연한 도를 훼손하지 않고 온전하게 드러내기에는 더없이 적절한 시 형식일 수밖에 없다. 다음은 한 편의 시를 예거하여 음양이기와 오행의 생성·변화 과정이 관상시 속에서 어떻게 사상(事象)을 통해 구체화되어 있는가에 대해 간략히 살펴보기로 한다.[158]

---

157) 김영석, 「관상시에 대하여」, 『외눈이 마을 그 짐승』, 앞의 시집, 171쪽.

158) 이 연구의 목적이 음양 및 오행기 자체를 전문적으로 연구하는 것이 아니기 때문에, 여기서는 오행의 개념 및 그것들의 생성 원리, 그리고 각 오행의 상징적 의미의 유추 과정에 대한 구체적이고 분석적인 설명을 생략하도록 한다. 다만 생성론적 관점에서 시를 해석할 때 다소 관련이 될 수 있다고 판단되는 오행의 상징적 의미만을 『새로운 도의 시학』(2006) 309-310쪽에서 제시한 대로 다음과 같이 정리, 요약한다.

오행	상징적 의미
수 (북·겨울)	물, 응고성(凝固性), 내장(內藏), 통일과 분열의 기반, 모든 생명과 형체의 본원, 달, 질곡, 여성 원리, 하강, 겨울, 물고기류, 공포, 검은색, 밤, 북쪽, 노년기, 상잔지기(相殘之氣), 외상(外象)은 해체와 죽음이지만 내정(內情)은 집약과 재생(☵)···
목 (동·봄)	나무, 신장성(伸張性), 출생, 재생, 의욕, 직향성, 추진성, 봄, 아침, 네발로 달리는 동물들, 기쁨, 푸른색, 동쪽, 소년기, 청초, 따뜻함, 외상은 유약하지만 내정은 가전함(☳)···
화 (남·여름)	불, 분산성(分散性), 크게 자라남 혹은 무성함, 겉모양의 겉치레, 정욕, 정점, 성장, 정화, 상승, 여름, 해, 대낮, 뜨거움, 날짐승, 환희, 맹렬, 붉은색, 남쪽, 청년기, 화려, 외상은 창성하지만 내정은 공허함(☲)···

봄이 더디 오는 염전
허름한 소금 창고 양달받이에
한 노인이 늙은 누렁개와 함께
해바라기를 하고 있다
노인이 일어서면
개도 일어서고
노인이 바다를 바라보면
개도 바다를 바라본다
썰렁한 염전을 파수 보듯 지키는
낡은 무자위에
갈매기가 이따금 앉았다 가고
수퉁게가 기어 다니던 고랑은
아직 치운 바람이
마른 바닥을 핥으며 지나간다
노인이 한 손을
누렁이의 어깨에 얹고
나란히 바라보는 뻘밭에는
노랗게 허기진 봄을 채워 주던
나문재 숲이 바람에 흔들린다
머지않아 여름 뙤약볕에
노른 풀빛 이삭들을 달고

금 (서·가을)	쇠, 수렴성(收斂性), 끌어당기는 힘, 결실 작용, 견고함, 저녁, 가을, 흰색, 갑각류 동물, 슬픔, 장엄, 서쪽, 장년기, 살기(殺氣), 훼절(毁折), 결렬, 외상은 분열 조락이지만 내정은 내실과 합일의 힘을 뜻함(☱)…
토 (중앙사계)	흙, 중개와 조화의 힘, 화순, 불편부당, 중화 작용, 풍요, 무성한 번식, 중앙, 머물음, 사계, 인류, 사려, 믿음, 영원, 어머니, 외상은 유화(有化)작용과 창조력을 나타내지만 내장은 무화(無化)작용과 해체력을 뜻함…

제 정강이까지 밀물을 부를 것이다.

—「염전 풍경—기상도氣象圖 25」 전문

상기 인용시는 크게 "나문재 숲이 바람에 흔들린다"라는 구절까지의 전반부와 나머지 3행으로 이루어진 후반부의 두 단계로 나누어 볼 수 있다. 전반부는 "봄이 더디 오는 염전"의 풍경을 있는 그대로 묘사하고 있는 데 반해 후반부는 자연을 마주하면서 그것의 순환법칙을 그대로 밟고 나가는 화자의 상상력이 형상화되어 있다. 먼저 전반부의 내용을 보면, "소금 창고", '노인', "늙은 누렁개", 그리고 "낡은 무자위" 등의 여러 가지 감각적인 이미지가 제시되어 있다. 이들을 앞서 인용한 오행의 상징적 의미를 적용하면서 분류, 정리하면 아래와 같다.

우선 "허름한 소금 창고 양달받이에/한 노인이 늙은 누렁개와 함께/해바라기를 하고 있다"의 내용에 등장한 "허름한 소금 창고", "한 노인", 그리고 "늙은 누렁개" 등의 심상은 노년기, 하강, 또는 "양기를 내면에 포장하여 극도로 응축 통일시키는 음기의 힘"[159]을 표상한다는 점에서 겨울, 또는 수성의 의미를 드러내고 있다. 이어서 나오는 "낡은 무자위"는 나무, 추진성 등의 의미를 내포하고 있으므로 봄, 또는 목성의 의미를 상징한다. 또한 "이따금 앉았다 가"는 '갈매기'는 상승하는 이미지이므로 여름, 그리고 화성을 표상한다고 볼 수 있고, '고랑'을 '기어다니'던 '수통게'는 물론 갑각류 동물이라는 점에서 가을, 금성의 형상으로 볼 수 있다. 지금까지의 내용을 좀 더 분명하게 파악하기 위해서 도표로 간략히 정리하면 아래와 같다.

159) 김영석, 『새로운 도의 시학』, 앞의 책, 310쪽.

<표9> 「염전풍경」에서 나타난 오행적 상상력

사상(事象)	속성	오행적 상상력
노인	노년기/하강	수성, 겨울
무자위	나무/추진성	목성, 봄
갈매기	날짐승/상승	화성, 여름
수통게	갑각류 동물	금성, 가을

위에서 보는 바와 같이 첫 행부터 "마른 바닥을 핥으며 지나간다"라는 구절까지의 내용에서 화자는 여러 가지 감각적 이미지를 나열하면서 "수(☵)→목(☳)→화(☲)→금(☱)"과 같은 기상을 흐름을 그대로 보여주고 있다. 겨울의 수좌, 즉 감괘(☵)는 태극의 움직임이 최초로 비롯되는 자리인데, 이는 표면적으로 볼 때 음기가 극도로 강성해진 지점이다. 그러나 실제로 표면의 음기가 강성해질수록 그 속에 잠복해 있던 한 올의 양기가 궁즉통(窮則通)하고 극즉필반(極則必反)의 법칙에 따라 그 발동력은 오히려 역설적으로 강대해지게 마련이다. 그러므로 표면적으로 가장 음기가 세력을 떨치고 있는 겨울이 그 내부는 양기가 세력의 주도권을 잡고 있는 것이다. 이와는 반대로 여름의 화좌(☲)는 표면적으로 양기가 가장 강성한 세력을 보이고 있지만 실제로 그 내면은 음기가 하나의 핵심에 집중 통일되어 가장 완전하게 충실한 때다.[160] 이처럼 음양이기는 서로 뿌리가 되어 끝없이 밀고 당김으로써 끝내 순환하게 되는데, 이 과정에서 소멸은 오직 표면적인 현상일 뿐이고 실제로는 새로운 탄생을 의미하는 것이다. 이를 알기 쉽게 그림으로 나타내면 아래와 같다.

160) 앞의 책, 97-98쪽 참조.

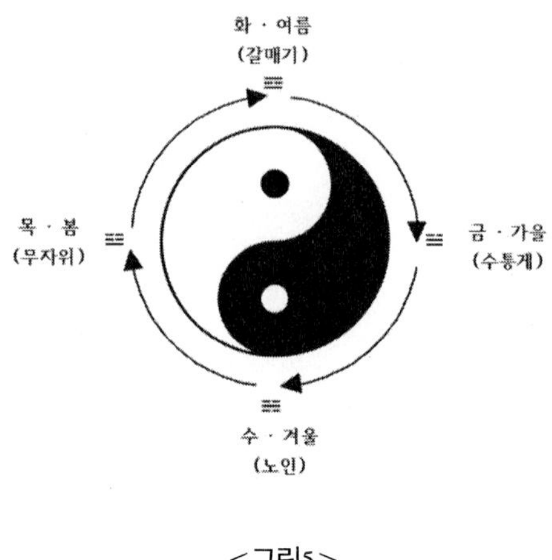

<그림5>

위의 <그림5>에서 보듯이 인용시에서 "노인→무자위→갈매기→수통게"라는 이미지의 연쇄가 드러내주는 기상의 흐름이 바꾸어 말하면 곧 겨울부터 시작하여 봄, 여름을 차례로 경과해서 가을까지 가고 있는 계절, 또는 시간의 흐름과 다르지 않다. 이어서 화자는 다시 '노인'과 늙은 '누렁이'를 응시하게 되는데, 이러한 시적 상상력의 구조는 가을에서 겨울까지의 경로를 밟고 나가는 계절의 궤적과는 그대로 일치한다. 여기까지 이 시는 겨울의 수좌에서 시작하여 봄, 여름, 가을을 순서대로 지나다가 다시 겨울로 돌아오는, 곧 시작과 끝이 서로 꼬리를 물고 순환하는 하나의 완전한 음양의 율려 운동에 따라 조직되어 있다. 이와 같은 계절의 유형 변화 과정에서 수좌는 양기가 최초로 발생하는 기점이기도 하고, 또 한편으로는 사멸하는 종점이기도 하다. 바로 여기에서 우리는 "무극이태극(無極而太極)"이라는 말의 뜻을 다시 한 번 확인하게 된다.

위에서 말한 대로 음양이기는 서로 뿌리가 되어 끝없이 순환하게 되는

데 결국은 음양의 이치에 따른 사계절의 순환 또한 끝없이 진행될 수밖에 없다. 인용시 전반부의 마지막 구절인 "나문재 숲이 바람에 흔들린다"는 내용이 이 사실을 극명하게 보여준다. "나문재 숲"이란 강한 힘과 생명력의 상징으로서 하나의 대표적인 목성 심성으로 볼 수 있다. 이를 통해서 화자는 사멸의 종점으로부터 한 올의 양기가 용출하여 목기로 싹트는 과정을 보여주고 있다. 바로 이 양기가 수좌의 위치에서 극도로 응축되다가 드디어 용출하여 다시 새로운 생장의 길을 걷게 되는 것이 끝없이 순화하며 영원히 생생불식하는 도의 이치이기 때문이다.

시의 후반부를 보면 화자가 "나문재 숲"이라는 목성의 심상에 이어 화성의 의미를 표출하는 "여름 뙤약볕"을 제시하고 있다. 이는 곧 양기가 계속해서 번성해지다가 끝내 그 세력을 최대한으로 발휘하여 절정에 도달한 상태를 뜻한다. 물론 사계, 또는 자연의 순환은 극즉필반이라는 법칙에 따라 한시도 쉬지 않고 계속 진행된다. 표면적으로 절정에 도달한 양기는 결국 그 내면의 갈수록 번성 발전해가는 음기의 세력에 눌려 점차 쇠퇴와 하강의 길로 접어들 수밖에 없다. 이러한 자연의 순환적인 모습은 마치 서로 연속성을 지니고 있는 밀물과 썰물의 관계와도 같다. 결국 마지막 행의 "제 정강이까지 밀물을 부를 것이다."라는 표현을 통해 끝없이 순환하는 도의 이치를 그대로 밟고 있는 화자의 상상력의 구조가 거듭 확인된다.

이상의 내용에서 알 수 있듯이 인용시에서 화자는 염전이라는 공간의 다양한 사상(事象)에 대한 직관을 통해서 계절의 순환 과정을 고스란히 드러내고 있다. 여기서 수·목·화·금은 각각 '노인', '무자위' 또는 "나문재 숲", '갈매기'와 '수통게' 등의 이미지가 덧입혀져 시적 의미와 심상으로 구체화되어 있다. 그리고 제목에서 제시된 염전은 이들의 개별적인 사상을 모두 수렴하고 있다는 점에서 사계절이 완전한 생성적 순환을 이루게 하는 근원, 즉 가장 완전한 음양의 합실체인 토성의 형상에 해당한다. 계절의 순환은 궁극적으로 기상, 즉 귀신의 조화에 따라 진행하게 되는데, 바로 이 생장수장(生長收藏)하는 질서정연한 귀신의 조화가 천지의 마음이다. 결론적으로 말하자면 관상시가 기상에 대한 느낌을 중시하는 한 인용시에서 보인 도정을 이루는 오행의 형상 및 그 원리가 구현되는 것은 지극히 자연스러운 결과이다. 소우주로서의 화자는 천지의 마음을 그대로 본받고 있으므로 그의 상상력 또한 거기에 따라 소극적으로 움직일 수밖에 없기 때문이다.

이로써 김영석 시인의 관상시를 몇 가지 측면으로 나누어 간략히 살펴보았다. 지금까지의 분석에서 살폈듯이 자연 및 현실에 대한 일차적인 느낌을 중시하는 관상시를 창작함으로써 시인은 분별적인 언어의 한계에서 벗어나 직관과 통찰에서 얻어지는 실재 세계에 대한 즉각적인 깨달음을 그대로 전달하고 있다. 바로 이러한 즉각적인 깨달음이란 실재에 대한 참다운 인식, 곧 사고에 의해 왜곡되기 이전의 자연에 대한 신체 기관의 가장 확실한 앎이자 궁극적으로는 시인이 추구하는 순수한 도의 경지에 직접 닿아 있는 것이다. 따라서 이 새로운 형식의 관상시야말로 동양의 시적 전통이며 시인의 세계에 대한 인식 및 시적 사유를 가장 잘 드러낸 양식일 것이다.

관상시에서 말하는 상이란 눈에 보이는 구체적인 형태나 동작이 아니라 시간 형식을 통하여 생성 변화하는 순수한 움직임 그 자체다. 인식론적 차원을 초월해 있는 그것은 직접적인 몸의 접촉을 통해서 조용히 감득할 수밖에 없으므로 결국 관상시에서 느낌과 직관은 언제나 사고와 감정의 기능에 선행하여 작동한다. 다시 말해서 관상시는 개별적인 대상이나 현상을 인식하기 위해서 의미화하거나 개념화하는 것을 거부하고 오직 모든 대상 및 현상 속에 일관되어 흐르는 모호하고 무정형한 기상을 체현시켜 준다. 이 과정에서 언어의 의미는 그것이 지닌 무의미의 빈틈을 드러내주는 표지로밖에 작용하지 않으므로 궁극적으로 분별을 위한 그것의 지시적인 의미는 끝내 사라지고 만다. 이런 점에서 관상시는 기존의 시 형식과는 현저히 구별된다.

위에서 살펴본 대로 의미 위주의 시가 아니라 느낌 위주의 시로서 관상시가 의도하는 바는 주객합일의 순수하고 전일한 상태에서 마음과 실재, 그리고 의식과 사물이 하나가 되어 있을 때 비로소 경험하게 되는 실재 세계에 대한 전언어적 요해의 감각이다. 의미 이전의 개념화되지 않는 그것을 왜곡함 없이 드러내기 위해서 관상시는 끝내 반언어적인 화법을 동반한다. 인용시 「성터」에서 보인 객관적 묘사, 「누군가 가고 있다」에서의 술어 생략, 그리고 「면례」, 「적막」 및 「비질 소리」 등에서 보인 관념과 의미의 해체 등은 모두 이에 해당한다. 지금까지 살펴본 결과 이와 같은 특이한 화법의 바탕에는 실재 세계를 드러내기 위해서는 기존의 언어의 의미 체계가 불완전하다는 인식이 짙게 깔려 있다.

전체적으로 볼 때 관상시에서 화자의 존재란 표면에 드러난 경우가 없다. 이는 한편으로는 상을 직관하는 데 사고와 감정을 비롯한 일체의 인간적이고 주관적인 작용을 최대한으로 억제하기 위한 것이고, 다른 한편으로는 본래적인 존재 차원의 대상들을 느끼면서 화자 역시 그와 같은 차원으로 진입하여 대상들과 일체가 되어 있기 때문이다. 그렇게 함으로써 관상시는 끝내 천지가 말하고 도가 말하는 것이 되므로 궁극적으로는 인용시 「염전 풍경」에서 보듯이 과거와 현재 그리고 미래까지 걸림 없이 아우르는 천지자연의 도를 가감 없이 그대로 드러내줄 수 있었던 것이다.

제5장
김영석 시의 시사적 의의

본 연구의 대상으로 삼은 김영석 시인은 1970년에 등단하여 반세기 가까운 시력을 지닌 한국 시단의 중견 시인이다. 등단한 지 23년 만인 1992년에야 첫 시집을 펴낸 그는 비록 과작의 시인으로 알려져 있으나, 한편으로는 그만큼 염결성을 지닌 시인이기도 하다.[1] 지금까지 김영석 시인의 시에 관한 논의를 종합해 보면 그의 작품 세계는 주목할 만한 변모 과정을 겪지 않은 채 한결같이 노장사상에 근거한 심층적이고 철학적인 사유와 직결되어 있다. 그 결과 그의 시는 시종일관의 역설적인 화법으로 전개되면서 언어의 의미와 존재의 본질 사이의 괴리, 나아가 궁극적인 실재에 대한 탐구 등의 근본적인 문제에 주목한다. 지금까지 선행 연구자들에 의해 지적된 바와 같이 그의 시는 순수하고 철저한 철학적인 시로서 "주체가 지워진 개아 너머의, 그리고 현실 너머의 근원적인 세계"[2]를 현시한다는 점에서 한국 현대시의 인간중심주의 풍토에서 멀리 비껴나 있다.

그러나 1장에서도 거론했듯이 그간 김영석의 시에 대한 연구는 어느 한 측

---

1) 최동호, 「삶의 슬픔과 뿌리의 약」, 김영석, 『썩지 않는 슬픔』, 창작과비평사, 1992, 150쪽 참조.

2) 정효구, 「고요의 시인, 침묵의 언어」, 배재대학교 현대문학회 엮음, 『김영석 시의 세계』, 국학자료원, 2016, 27-28쪽 참조.

면에 주안점을 두고 있는 논문 몇 편을 제외하고는 대부분 단편적인 논평으로 한정되어 있다. 그렇기 때문에 결과적으로 그의 시세계에 대한 체계적이고도 총체적인 논의는 아직 출발 단계에 있다고 해도 과언은 아니다. 이에 본 연구는 지금까지의 논의를 바탕으로 김영석 시의 문학사적 의의를 종합적으로 정리해 보고자 한다. 무엇보다도 동양 철학에 입각하여 서정시의 전통을 이어가면서도 그 흐름을 창조적으로 계승함으로써 자신만의 독특한 시세계를 구축한 김영석 시인의 시를 문학사적으로 새롭게 조명해야 할 시점이라고 판단했기 때문이다.

그간 매너리즘에 빠져 있던 한국 시단에서 김영석 시인은 다음과 같은 몇 가지 측면에서 시사하는 바가 크다고 하겠다.

첫째, 김영석 시인은 개인의 현실 또는 삶의 풍경을 소재로 삼으면서도 엄격한 자기 절제의 시학으로 자신의 주관적인 정서를 대상에 표백하지 않는다는 점이다. 그의 시에는 자신의 체험과 관련된 시어가 대거 등장한다. '감옥'이나 '거울', 또는 '바다'나 '바람' 등의 감각적 이미지 외에도 그의 삶을 관통하는 '슬픔'이나 '외로움'의 정서에 관한 표현이 바로 그 실례에 해당한다. 비록 시인의 과거의 경험에서 얻은 소재들이기는 하나, 실제로 시 속에서 이들은 이미 그의 사적으로 닫혀 있는 개인사나 개인감정의 차원에서 벗어나 한층 더 고양된 정신의 실재로 기능한다. 시를 단순히 기술로 이해하지 않는 김영석 시인은 시를 통해 현실의 대상들을 근원적인 세계 속으로 편입시켜 존재의 본질을 관통하는 의식을 드러낸다. 바로 이와 같은 대상을 대하는 태도에 의해 그의 시는 한국 전통 서정시의 맥을 이어가고 있으면서도 서정시에 대한 주관적이거나 사적인 장르라는 고정관념을 철저히 배격하면서 참신하고 초월적인 서정적 상상력의 지평을 제시한다.

한 가지 예를 든다면 「말을 배우러 세상에 왔네」의 경우 시인은 교사로서, 그리고 시인으로서의 자신의 삶 및 이러한 현실의 삶을 살아오면서 수없이 느꼈던 슬픔이나 쓰라림 등의 감정을 진솔하게 보여준다. 그러나 전체적으로 봤을 때 이 시는 "더 깊고 더 많은 말을 배우기 위해/이제는 익힌 말을 다시금 버려야 하네"라는 내용이 전달해 주듯이 인간의 말에 얽힌 시인 개인의 현실이나 역사나 정서에 대한 표출이라기보다는 "더 깊고 더 많은 말", 즉 우주적 시각에서 인간 세계 및 존재의 본질을 파악하고자 한다. 이와 같이 현실 또는 삶의 풍경을 주제로 형상화하되 주관적이거나 개인적인 정서의 표백을 경계하고 언제나 개아 너머에 있는 천지(우주)의 관점에서 인간 존재의 실상을 통찰한다는 점에서 그의 시는 주관적인 독백 위주의 기존의 서정시 일반과는 현격히 구별되는 지점에 위치한다.

둘째는 김영석의 시는 순수한 철학적인 사유를 바탕에 두고 창작한 것으로서 삶과 존재의 본질에 깊이 천착한다는 점이다. 시가 시인의 정신적 산물인 이상 한 시인의 시세계는 그의 의식과 사상, 곧 사물이나 세계를 바라보고 인식하는 방법과 밀접하게 관련된다. 일찍부터 동양 사상에 관심을 기울여 온 김영석 시인은 동양의 사유 전통에 따라 있음과 없음, 의미와 무의미, 그리고 자아와 세계 또는 언어와 존재 등 무수한 대립항들을 상호 생성적이고 상호 순환적인 관계에서 동시적으로 파악하고자 한다. 그리고 이와 같은 일여적 사유가 아니면 "무수한 대립과 분열을 초래하고 생명과 삶의 세계를 황폐화시킨 오늘날의 기술적 이성의 일방적 횡포로부터 벗어나기는 매우 어렵다"[3]고 하며 자신의 시를 통해 동양의 철학적인 사유의 깊이와 함께 걸림 없이 순환하는 우주적 상생의 질서에 대한 통찰의 세계를 지속적으로 보여준다.

그는 사상(事象) 배후에 엄존하는 형이상적인 고요와 침묵, 또는 텅 비어 있는 공간을 생성의 동인으로 인식하는 역설적 인식을 통해 순수하고 분별없는 근원적인 세계의 모습을 현현해 낸다. 바로 이와 같은 근원적인 세계의 질서에 따라 그의 시는 현상 세계에 대한 단면적이고 비본질적인 인식과 가치의

3) 김영석, 「서문」, 『나는 거기에 없었다』, 시와시학사, 1999, 7쪽.

차원을 넘어 언제나 초월적 내재성이라는 존재와 삶의 실재를 반영한다. 그의 시에 줄곧 드러난 한(恨)의 정조로 굴절된 바람직한 세계에 대한 향수, 또는 형기(形氣)의 차이를 넘은 주체와 객체 사이의 본질적인 동일성에 대한 발견, 나아가 생명체로서의 객체는 물론 자연 무기물까지 인격으로 파악하는 생태적 세계관의 표출이 바로 이 점을 방증한다. 궁극적으로 그의 시는 도학사상을 바탕으로 한 것으로서 동양적 심미성을 보여주는 것과 동시에 시적 사유와 상상력의 깊이를 한층 더한다는 측면에서 독자적인 가치를 지닌다.

셋째는 동양의 사유 구조와 시적 전통에 의거하여 한국 시의 일반적인 원리를 제시하면서 자신의 독특한 시세계를 확보해 나갔다는 점이다. 지금까지 김영석 시인은 일곱 권의 시집 외에도 시론서, 평론집 및 자작시 해설집 등에 걸쳐 다양한 경향의 시와 시 관련 학술서적을 출간하였다. 이 중에서도 특히 그의 박사학위 논문인 「한국 현대시의 생성이론 연구」(1984)를 바탕으로 한 저서 『도의 시학』[4]은 동양과 한국의 전통적 문학관을 원용하여 한국 시 논의의 새로운 길을 제시한 것으로서 한국 시단과 학계의 각별한 관심을 받아왔다.

이 책에서 시인은 동양과 한국의 고전들을 새롭게 조명하면서 태극론과 음양오행의 원리를 통해서 동양의 철학과 문학의 가장 핵심적인 개념인 도의 의미를 밝히고, 이 도의 사상과 개념 위에서 새로운 한국의 시학 이론을 전개하고 있다. 구체적인 논의를 보면, 시인은 태극을 체와 용으로 나누어 각각 설명한 뒤, 초월적 전일성으로서의 태극을 궁극적 시정신으로 파악하는 동시에 중심 상징이라는 개념도 함께 제시한다. 이어서 전동성이라는 태극의 경험적 내재성에 대한 논의에서 출발하여 세계와 존재의 역설적 실상의 전체를 그대로 표현하고자 하는 욕구야말로 모든 시적 표현의 비일상적 긴장 체계를 만드는

4) 2006년에 출판된 『새로운 도의 시학』은 증보판으로 『도의 시학』이 절판된 뒤, 그것을 부분적으로 수정, 보완한 것이다.

가장 본질적인 시정신의 동력이라고 분석한다. 그리고 이 전동성의 원리에 의하여 시적 화자가 불가피하게 직관하게 되는 자기 일체성의 원리와 더불어 전언어적 요해성이라는 특이한 양상의 시적 인식에 대해서도 자세하게 소개한 바 있다. 나아가 음양오행의 생성 원리를 따라 시적 상상력을 해명하면서 목화·금·수·토의 시적 형상, 기상과 천득론 등을 밝히기에 이른다.

결국 이 책에서 시는 천지가 말하고 도가 말하는 것에 지나지 않는다는 것과, 시적 상상력의 운동이 귀신이라고 이르는 음양이기의 율려 운동과 동일하다는 사실을 구체적인 현대시 작품을 통해 논리적으로 증명한 셈이다. 정효구에 따르면 이 『도의 시학』은 『도와 생태적 상상력』과 더불어 한국 학계의 문제작이며 보기 드문 학술적 결과물이다.[5] 물론 거시적인 관점에서 볼 때 생태주의, 또는 생태적 상상력에 대한 논의 또한 『도의 시학』에서 시인이 천착하는 동양 철학과 맥을 같이 한다.

여기에서 나아가 시 창작과 병행하여 새로운 시론을 정립하는 작업은 조지훈의 경우[6]처럼 시와 시론이 어긋나는 한계에 봉착하기도 하지만, 김영석 시인은 그러한 우려를 불식시킨다. "철학이 근원적인 체험을 논리화하고 문학이 또한 그 체험을 형상화하"[7]듯이 동양의 생성론적 입장을 전제하여 전개된 이 논의의 방법과 목적 또한 유기적인 관계를 유지하고 있기 때문이다. 궁극적으로 역리와도, 그리고 태극과 음양오행 등의 철학적인 개념과 논리를 적용하여 직접 시 작품의 해석을 시도한 이 책은 시인의 세계와 시에 대한 인식을 논리적이고도 총체적으로 보여준 것이기도 하다. 다시 말해서 동양철학에 바

---

5) 정효구, 앞의 글, 41쪽 참조.

6) "1960년대 조지훈이 시론에서는 서정성과 역사성, 사회성을 통합해야 한다고 주장했지만, 실제 창작에서는 이렇다 할 성과를 내어놓지 못했다." 최서림, 「김영석, 서정에 대한 고정관념에 도전하다」, 강희안 엮음, 『김영석 시의 깊이』, 국학자료원, 2017, 15쪽.

7) 김영석, 『새로운 도의 시학』, 국학자료원, 2006, 78쪽.

탕을 둔 김영석 시인의 세계에 대한 인식과 도문일체의 전통 문학관을 전제한 그의 시적 이론은 하나의 공통된 도에 의해 서로 유기적인 통일성을 지닌다. 요약하건대 이 연구는 기존의 시에 대한 관념과 인식의 틀을 해체하는 데 기여할 뿐만 아니라, 김영석 시인의 인식과 사유의 구조를 체계적으로 보여준다는 점에서 그의 시 분석에 하나의 지표로도 작용할 수 있다는 것이다.

넷째는 끝까지 고도의 실험정신을 견지하면서 '사설시(辭說詩)'와 '관상시(觀象詩)' 등의 새로운 형식의 시를 일관되게 추구한다는 점이다. 자신이 직접 '사설시'라고 명명한 전자에 대해서 김영석 시인은 "산문으로 된 이야기를 배경으로 두고 쓴 시로서, 시와 산문이 하나의 구조로 결합되면서 좀 더 높은 수준의 새로운 시적 영역이 열릴 수 있도록 시도해 본 것이다."[8]라고 설명한 바 있다. 지금까지 사설시에 대한 논의를 보면, 산문, 즉 이야기 부분에서 시인은 역사적인 인물의 일화에서부터 신화적이거나 환상적인 이야기, 또는 개인적인 체험에 이르기까지 다양한 내용을 소재로 다루고 있다. 그리고 전체적으로 볼 때 어떤 내용의 이야기든 그 속에는 분별없는 실재 세계의 편모가 어렵지 않게 발견된다. 한편 이야기를 바탕으로 작성한 운문은 거기서 암시되거나 명시적이지만 어느 한 측면에서만 보인 동양적 사유의 구조를 다양한 심상을 통해 깊이 있게 형상화하고 있다. 결국은 이 산문과 운문을 결합한 새로운 형식의 시에서 시인이 지향하는 바는 영원하고 초월적인 세계, 곧 대립과 분별, 그리고 결핍과 갈등이 틈입할 수 없는 바람직한 시·공간이다. 기존의 단형 서정시로 담아내기가 어려운 순수하고 전일한 형이상학적인 세계를 시인은 사설시를 통해 여실히 보여주고 있는 것이다.

김영석 시의 귀결점인 관상시는 "눈에 보이는 것 너머의 그리고 의미 이전의 보이지 않고 개념화되지 않은"[9] 기(氣)의 움직임, 곧 인식론적 측면을 떠나

---

8) 김영석, 「시인의 말」, 『거울 속 모래나라』, 황금알, 2011.

9) 김영석, 「관상시에 대하여」, 『외눈이 마을 그 짐승』, 문학동네, 2007, 171쪽.

서 사고에 의해 왜곡되기 이전의 자연 및 현실 자체를 느껴지는 그대로 표현한 시를 말한다. 위에서 살펴본 바와 같이 자연과 현실에 대한 일차적인 느낌을 중시하는 관상시에서 시인은 객관적 묘사, 술어 생략, 그리고 의미의 해체 등의 특이한 양상의 시적 화법을 통해 인간적 의미화의 움직임을 최대한으로 억제한다. 인간적 의미는 인간적 세계를 뜻하므로 인간적 의미화의 움직임을 억제한다는 것은 곧 인간적 세계 또는 현실을 해체한다는 것과 다르지 않다. 결과적으로 인간적 주체를 깨끗이 지워버리고 오롯이 자연과 우주의 기의 흐름으로써 근원적인 세계를 정관하는 관상시에서는 주관 의식과 객관 대상이 항상 일여적인 관계를 보이며 동시적으로 드러난다. 바로 이런 면에서 관상시는 일이이(一而二)하고 이이일(二而一)하는 동양의 일여적인 사유 구조와 일맥상통한다.

지금까지 논의한 바와 같이 김영석 시인은 이러한 동양 철학의 한 핵심에 닿아 있는 사설시와 관상시를 창작함으로써 끝내 분별적인 언어의 한계에서 벗어나 인간을 포함한 천지만물이 서로 경계 없이 소통하는 합일의 세계를 그리고 있다. 이런 측면에서 그가 시도한 사설시와 관상시는 노장사상에 바탕을 둔 본연중심주의의 시로서 한국 시단에 팽배한 주관적 함몰주의를 극복한 사례라 할 만하다. 유성호에 따르면 김영석 시인이 시도한 이와 같은 새로운 형식의 시는 "시인이 직접 자신의 관념을 설파하는 고답한 차원을 넘어, 사물이 스스로 말하게 하거나 이야기와 노래를 결속하는 방법을 통해 시의 권역을 넓히는 데 기여했다"[10]고 할 수 있다. 궁극적으로 이러한 사설시와 관상시를 통해서 시인은 자신의 철학적 사유의 깊이와 크기뿐만 아니라 한국 서정시의 새로운 가능성을 보여주었다는 점에서 그의 시가 지닌 시사적 가치는 돋보일 수밖에 없다.

---

10) 유성호, 「언어 너머의 언어, 그 심원한 수심」, 김영석, 『모든 구멍은 따뜻하다』, 황금알, 2012, 197쪽.

제6장

마무리

현대문학에서 특히 시는 일차적으로 그것을 생산해낸 시인의 정신적 영역의 산물이다. 달리 말해서 직접적이건 간접적이건 간에 창작자 개인의 체험이나 세계 인식 등의 요소가 작품의 창작 과정에 다소 영향을 미치기 마련이다. 따라서 궁극적으로 하나의 작품에는 그것의 원인인 창작자의 삶과 사상이 필연적으로 투영될 수밖에 없다. 그리하여 한 시인의 시세계의 형성 및 본질을 이해하기 위해서는 그의 생애, 사상 등에 대한 탐구가 필수적으로 요구된다. 지금까지 본 연구는 이와 같은 믿음에서 출발하여 역사·전기적 문학연구 방법론을 원용하여 김영석 시인의 삶과 작품과의 상관관계를 통해 그의 시적 형식과 시세계의 특질에 대해 조감해 보았다. 그 결과 시인의 시적 화법과 상상력, 그것의 배후에 작용하는 그의 독특한 사고 유형을 분류해낼 수 있었다. 나아가 시 속에 나타나는 심상의 정체와 더불어 그의 시가 궁극적으로 지향하고 있는 시의식을 구명해 내는 데 초점을 맞추었다.

김영석은 1970년대에 등단한 이래 지금까지 총 일곱 권의 시집을 상재한 시인이다. 시 전체를 조망해 볼 때 그는 깊은 철학적인 사유를 바탕으로 하여 시종일관 본질적인 세계를 고집해 왔다. 더불어 그동안 시인은 남다른 시적 실험정신으로 '사설시(辭說詩)'와 '관상시(觀象詩)'라는 새로운 형식의 시를 창안해낸 점이 특기할 만한 사실이다. 그 결과 한국 현대시의 영역과 지평을 또 한 차원 확장시키기도 했다는 기존의 평가에서도 살필 수 있듯이 한국 현대시사에서 그의 업적을 소홀히 평가해서는 곤란하다. 그간 그의 시를 대상으로 삼은 거개의 연구가 이러한 사실을 방증하고 있다. 따라서 본 연구는 김영석 시인이 구축한 독자적인 시세계를 그의 학문적 업적과 결부시켜 독특한 시적 인식과 사유 체계에서 비롯되었다는 사실을 밝히는 데 주안점을 두었다.

전술했듯이 김영석 시인은 일찍이 동양과 서양의 인식 구조가 서로 다르다는 사실에 주목하여 한국 현대시를 서구의 이론에 의거하여 평가하는 기존의 연구 관행에 대한 문제 제기와 함께 『도의 시학』이라는 자신만의 독특한 시론을 펴낸 바 있다. 지금까지 분석한 바에 의하면 이 『도의 시학』의 바탕인 동양의 도학사상은 시인의 세계 인식 및 사유 구조의 기저를 이루고 있다. 한편 한 시인의 세계 인식과 사유 구조 등을 비롯한 정신세계는 그가 살아온 삶의 궤적, 곧 과거의 내력 또는 그를 둘러싼 외적인 조건과 밀접하게 관련되어 있다. 그리하여 이들 사이의 상관관계를 해명하는 일은 작품 속에 표출된 시인의 정신적 지향태를 이해하는 동시에 그의 시세계 전반을 고찰하는 데 중요한 척도가 된다. 이와 같은 사실에 착안하여 본 연구에서는 본격적인 논의에 앞서 우선 김영석 시인의 생애와 사상적 바탕에 대해 간략하게 살펴보았다.

거기에 따르면 김영석 시인이 태어난 전북 부안의 바닷가 가까운 작은 시골 마을은 그의 유년시절 편력의 대부분을 차지한다. 지극히 내성적인 성격의 소유자였던 시인은 그 시절 혼자만의 놀이에 취한 적이 많았다고 고백하는데, 제2시집 서문에서 소개된 '가랑이 사이 보기'와 '거울보기'가 그것이다. 이와 같은 생체험은 그 당시의 시인에게 적지 않은 충격을 주었을 뿐만 아니라 그 후에도 그에게 여러 가지 각성의 계기로 기능했다. 구체적으로 말한다면 김영석 시인의 시 전반을 관류하고 있는 언어의 본질에 대한 반성적인 사유가 결국 시인이 '가랑이 사이 보기'와 '거울보기'에서 어렴풋이 깨닫게 된 텅 빈 허공의 의미에서 그 단초를 찾을 수 있다. 앞서 본문에서 「마음-고조 음영古調 吟詠」, 「꽃과 꽃 사이」 등을 비롯한 많은 시편을 통해 살펴본 시인의 '텅 비어 있음', 곧 없음의 있음의 의식이 바로 이러한 유년시절의 경험에서 배태된 것으로 여겨진다. 나아가 시인의 시 전반을 살펴볼 때 '거울', 또는 '허공'을 형상화한 양질의 작품들이 다수를 차지한다는 것 또한 여기에서 동인을 찾을 수 있다.

이 외에도 김영석의 시에는 그의 유년의 생체험과 깊이 관련된 '바다'나 '바람', 또는 고교 시절 폭력범으로 피체된 생체험에서 비롯된 '감옥' 등의 심상이 대거 등장한다. 여기에는 대부분 시인의 삶을 관통하는 '슬픔'이나 '외로움'에 대한 비극적 정조가 주조를 이루고 있다. 중요한 것은 자신의 경험을 소재로 삼고 있지만, 시인은 언제나 개인의 현실이나 역사를 단순히 표출하는 것을 경계한다는 점이다. 앞서 살펴본 대로 시인이 지나온 1970-80년대는 한국 사회에서 가장 엄혹한 독재의 시대였으므로 부조리한 현실의 벽 앞에서 그는 혹독한 좌절감을 겪게 된다. 그런데도 불구하고 앞서 거론한 「단식」이나 「감옥을 위하여」 등 몇 편의 초기작을 제외하고는 그의 시편에는 억압의 현실에 대한 직설적인 진술들은 엄격하게 배제되어 있다. 그 대신 개아 너머의 인간 실존에 대한 성찰, 또는 존재와 세계의 본질에 대한 탐구의 내용이 그의 시세계 전반을 관류하고 있다. 이처럼 사회·역사적 현장성을 뛰어넘어 순수서정이라는 시의 본령을 올곧게 지키고 있다는 점에서 김영석 시인의 시는 염결적 견인주의를 표방한다고 여겨진다. 그가 누구보다도 서정성을 고수한 것은 시라는 장르가 역사의 진보를 꿈꾸기 위한 수단이나 도구가 될 수 없다는 미학적 믿음에서 가능했을 것이다.

시가 시인의 내면의 표현이라고 할 때, 그 속에는 시인 자신의 삶의 궤적뿐만 아니라, 그의 의식과 사상 또한 반드시 내재될 수밖에 없다. 궁극적으로 시적 인식과 사유야말로 한 시인의 시세계의 본질을 이해하는 데 긴절하게 다루어야 할 요소이다. 본문에서 분석한 바에 의하면 김영석 시인은 동양의 도학사상을 중심 소재로 사용하여 자신만의 독특한 시적 사유를 전개하고 있다. 도학사상은 시인의 세계 인식과 사유의 바탕을 이루고 있을 뿐만 아니라 그의 시세계를 철학적으로 구성하여 관통하는 중심적인 바탕이기도 하다. 한편 시인이 일찍부터 동양사상에 관심을 기울게 된 것은 앞서 분석한 대로 그가 고교 시절에 섬에서 독거했을 때의 독서 경험과 밀접하게 관련된다.

시간 원리를 중시하는 동양적인 인식 태도는 모든 존재를 개별적이거나 독립적으로 인식하지 않고 이것과 저것이 하나이면서 둘이고 둘이면서 하나라고 하는 일여적인 세계관으로 응집되어 있다. 시인의 저서 『도의 시학』은 바로 이와 같은 일여적인 정신을 토대로 한 도문일체(道文一體)의 전통 문학관의 산물로서 궁극적으로는 시인의 사상적 배경과 시의식을 동시에 보여주고 있다. 『도의 시학』을 통해서 시인은 도체인 태극을 궁극적인 시정신으로 파악하고, 이를 중심으로 태극, 곧 도의 핵심적인 내용인 '전일성'과 '본원성', 그리고 '전동성'과 '자기 일체성' 등에 대해 자세하게 소개한다. 이에 따라 본 연구에서도 김영석 시인의 시를 형식에 따라 두 부류로 나눈 뒤, 시인의 사상적 바탕을 이루고 있는 이러한 동양적인 인식과 정서가 그의 단형 서정시와 새로운 시도로서의 사설시, 관상시에서 각각 어떻게 투영되며 형상화되고 있는가에 대해 고구해 보았다.

단형 서정시의 경우 전일성의 세계는 영원한 순환성으로서의 그네의 운동 궤적, 또는 무수한 형상을 창출해 내는 동시에 그 형상의 배후에서 은폐성으로서 존재하는 형이상적인 '절'의 이미지 등과 같이 다양한 각도에서 형상화되어 있다. 이 외에도 그의 시에서는 무한한 신기루를 만들어 내는 '사막'이나 만물의 근원으로서의 "오래된 물"이나 "태초의 진흙"과 같은 중심 상징을 통해 본원성이라고 일컫는 도의 생성력을 실재화하기도 한다. 이는 한편으로 김영석 시인이 제기한 도가 바로 시정신이라는 사실을 입증하면서도 다른 한편으로는 그가 동양 철학에 대해 깊이 인식하고 있다는 사실을 말해준다. 그러나 이러한 전일성에 대한 지향은 시인의 말대로 인류의 보편적이고 근원적인 갈망이지만 전일성의 세계가 미분되고 초월적인 만큼 그 성취는 애초부터 불가능한 일이다. 그의 시가 다양한 각도에서 출발하여 형이상의 세계에 대한 향수와 그리움의 정서를 형상화한 것은 분절된 인간세계에서는 이룩될 수 없는 전일성의 세계에 대한 갈망 때문이었다.

한편 태극론의 입장에서 본다면 천지만물은 모두 태극에서 분화되어 나온 것일 뿐만 아니라, 그 움직임과 변화 역시 태극의 운동을 그대로 본받는다. 그 결과 우리가 변별적으로 인식하는 모든 존재와 가치는 일이이(一而二)이면서 이이일(二而一)이라고 하는 일여적인 관계에 놓이게 된다. 이와 같은 동양의 사유 구조에 근거하여 김영석 시인은 시적 직관의 세계에서 시·공간적으로 모순되고 상반되는 다양한 사물 또는 가치를 일여적인 관계에 속하는 하나의 전체로 포착하고 있다. 앞서 「종소리」에서 보인 소리 없는 소리, 또는 「모든 돌은 한때 새였다」에서 보인 모든 면에서 대립되는 '돌'과 '새'의 합일 등의 역설적인 표현은 모두 이에 해당한다.

나아가 김영석의 시세계에 줄곧 드러난 객관세계에 대한 자기 일체성의 원리의 발견, 모든 자연 대상물을 인간과 동등한 인격체로 파악하는 생태적 사유와 상상력 역시 근본적으로 이 전동성의 역설을 전제하고 있다. 이는 한마디로 말한다면 동양의 도학사상에 바탕을 둔 시인의 시적 인식에서 기인한 것이다. 이와 같은 동양적인 관점에서 출발하여 그의 시는 현상 세계에 대한 단면적이고 비본질적인 인식의 차원을 넘어, 느낌과 직관을 통해 전동성이라는 존재와 삶의 본질로 수렴되는 특질을 지닌다. 현상적인 대립이 시·공간적 존재의 본질이라면, 태극의 초월적 내재성에서 비롯되는 이 전동성의 역설이야말로 모든 존재의 존재 구조이자 존재 근거이기 때문이다.

김영석 시인이 첫 시집에서부터 지속적으로 시도한 새로운 형식으로서의 사설시의 경우 이야기의 부분에서는 역사적인 인물의 일화에서부터 신화적이거나 환상적인 이야기, 또는 개인적인 체험에 이르기까지 다양한 내용을 소재로 다루고 있다. 그러나 전체적으로 볼 때 어떤 내용의 이야기든 간에 그 속에는 애초부터 분별도 경계도 없는 실재 세계, 곧 미분된 전일성으로서의 세계의 편모가 어렵지 않게 발견된다. 그리고 이야기를 바탕으로 작성한 운문은 거기서 암시되거나 명시적이지만 어느 한 측면에서만 보인 동양적 사유의 구조를 다양한 심상을 통해 깊이 있게 형상화하고 있다. 이 산문과 운문을 결합한 새로운 형식의 시에서 시인이 지향하는 바는 영원하고 초월적인 세계, 즉 초월적 전일성과 경험적 내재성이 통합되어 있는 도에 의해 현상적인 대립과 분별, 그리고 욕망에서 비롯된 결핍과 갈등이 모두 통일된 바람직한 시·공간이다.

사설시에서 산문과 운문의 관계를 살펴보면 산문에서 소개된 이야기가 운문의 배경으로 작용하고 있고, 또 운문의 핵심적인 사유를 이해하는 데에 필요한 단서를 제공해 주는 역할을 담당한다. 반대로 산문에서 질문으로 제시되거나 상식적으로 이해하기가 어려운 상황은 또한 운문에서 그 해답의 실마리를 찾을 수 있다. 이와 같은 기능의 차이는 산문과 운문의 언어 및 그것들의 문체적 특성의 차이에서 유래된 것이다. 결과적으로 김영석 시인이 사설시라는 독특한 형식의 시를 창작한 것은 기존의 단형 서정시로 담아내기가 어려운 동양의 사유의 깊이를 보여주기 위한 불가피한 선택이었던 것이다. 이러한 사설시는 형식의 새로움과 더불어 기존의 단형 서정시에 비해 더 높은 수준의 시적 인식을 보여준다는 점에서 한국 현대 시문학사의 선구적 업적으로서 시단이나 학계에서 비중 있게 다루어야 할 문제라 여겨진다.

마지막으로 관상시에 대한 분석을 보면 전체적으로 시적 화자의 존재를 표면에 드러내지 않은 채 객관적 묘사, 술어 생략, 그리고 관념 및 의미의 해체 등을 비롯한 반언어적인 화법으로 진술하고 있는 것이 가장 두드러진 특징이다. 이는 분별적인 언어의 한계에서 벗어나 직관과 통찰에서 얻어지는 실재 세계에 대한 즉각적인 깨달음을 있는 그대로 드러내고자 하는 관상시의 창작 의도와 직결된다. 직관과 통찰로써 얻어지는 즉각적인 깨달음이란 실재에 대한 참다운 인식, 곧 언어 및 사고에 의해 왜곡되기 이전의 자연에 대한 신체 기관의 가장 확실한 앎이고 궁극적으로는 시인이 추구하는 순수한 도의 경지일 것이다. 관상시를 통해 시인은 천지만물에 보편적으로 내재하고 있는 기상의 흐름, 곧 우주의 궁극적인 원리를 가감 없이 보여주고 있다. 따라서 이 새로운 형식의 관상시야말로 동양의 시적 전통이며 도학사상에 바탕을 둔 시인의 세계에 대한 인식과 시적 사유가 가장 잘 반영된 작품이다.

지금까지의 내용을 종합해 보면, 김영석 시인이 구축한 독특한 시세계는 시인의 유년기와 청소년기의 실제 체험이 내면화된 결과이면서도 궁극적으로는 삶의 경험에서 얻어진 철학적인 사유에 바탕을 둔 상상력의 소산이다. 시인의 일상적인 체험이 시적 심상이나 언어 구사에 반영된 예는 단형 서정시, 사설시와 관상시를 아울러 그의 시세계 전반을 포괄하고 있다. 그러나 비록 자신의 과거의 경험에서 얻은 소재를 시에서 다루고 있지만, 시인은 언제나 자신의 개인사나 주관적인 감정을 엄격하게 배격한다. 결국 그의 시는 한결같이 언어와 존재의 본질에 대한 탐구를 통해 끝내 현상 너머의 형이상의 세계, 그리고 본래적인 존재의 문제에 천착한다. 이를 통해 시인의 동양 철학에 대한 뿌리 깊은 인식, 그리고 거기에 의거하여 세계 또는 사물에 대해 심도 있게 사유했다는 사실이 확인된다. 결과적으로 바로 이 동양의 철학적인 사유 구조와 거기에 따른 존재의 본질에 대한 인식이 그의 시의 출발이자 궁극적인 지향태였던 것이다.

본 연구는 예술적 창작으로서의 문학 작품이란 일차적으로 작가의 정신을 형상화한 것이라는 믿음을 전제로 하여 김영석 시인의 전기적 사실, 사상적 배경 등의 요소와 작품과의 연관성을 통해서 그의 시세계의 형성 및 본질을 살펴보려는 데 그 목적을 두었다. 그리하여 시인의 전기적인 요소가 그의 독자적인 주제 선택 및 언어 구사에 미친 영향을 해명할 수 있었다. 나아가 그의 시작품에 줄곧 드러난 철학적인 사유, 상상력의 정신적인 배경과 시인이 시도한 새로운 형식의 시 역시 그의 시세계를 관류하는 도학사상과 밀접하게 관련되어 있다는 사실을 밝히는 데에 이르렀다. 그러나 한 시인의 시세계를 조망하는 데에는 여러 가지 방법이 있을 뿐만 아니라 접근하는 방법에 따라 시세계의 본질 또한 달라지게 마련이다. 자신만의 독자적인 시세계를 구축하는 동시에 한국 현대시의 새로운 경지를 열어 보이는 데 기여한 김영석 시인의 깊은 시적 인식을 감안한다면, 그의 시세계에 대한 다양한 측면에서의 접근 및 해명은 후학들의 과제로 남긴다.

참 고 문 헌

1. 기본 자료

1) 시집 및 시선집

김영석, 『썩지 않는 슬픔』, 창작과비평사, 1992.
______, 『나는 거기에 없었다』, 시와시학사, 1999.
______, 『모든 돌은 한때 새였다』, 시와시학사, 2003.
______, 『외눈이 마을 그 짐승』, 문학동네, 2007.
______, 『거울 속 모래나라』, 황금알, 2011.
______, 『바람의 애벌레』, 시학, 2011.
______, 『고양이가 다 보고 있다』, 천년의시작, 2014.
______, 『모든 구멍은 따뜻하다』, 황금알, 2012.

2) 논저 및 학술서

김영석, 『말을 배우러 세상에 왔네』, 황금알, 2015.
______, 『한국 현대시의 논리』, 삼경문화사, 1999.
______, 『도와 생태적 상상력』, 국학자료원, 2000.
______, 『새로운 道의 시학』, 국학자료원, 2006.
______, 『한국 현대시의 단면』, 국학자료원, 2012.

3) 동양고전

『근사록』, 경문사 영인.
『노　자』, 권오현 역해, 일신서적출판사.
『문심조룡』, 최동호 역, 민음사.
『서　경』, 권덕주 역해, 혜원출판사.

『성리대전』, 보경문화사.
『시　경』, 정상홍 옮김, 을유문화사.
『여씨춘추』, 금근 역주, 민음사.
『장　자』, 석인해 역해, 일신서적출판사.
『주　역』, 김경탁 역저, 명문당.
『중　용』, 동양고전연구회, 민음사.

2. 논문 및 평론

강희안, 「김영석 시의 심층생태학적 윤리 의식 연구」, 『비평문학』, 2015, 제57호.
______, 「엄격한 자유인의 초상」, 『현대시』, 2007, 11월호.
고　은, 「백석문학상 심사평」, 『창작과비평』, 2000, 가을호.
고인환, 「성숙한 젊음의 몇 가지 표정」, 『불교문예』, 2008, 봄호.
김교식, 「환상성의 체험과 두타행, 그리고 바람」, 『시와 상상』, 2004, 상반기.
김동중, 「이형기 시 연구」, 한양대학교 대학원 박사학위논문, 2012.
김명환, 「김영석 시 연구」, 『배재문학』, 1997.
김석준, 「의식의 연금술: 환멸에서 깨달음으로」, 『김영석 시의 세계』, 국학자료원, 2012.
______, 「진정성에 관한 포즈」, 『시와 정신』, 2005, 겨울호.
______, 「깨달음의 높이와 심연-문자의 안과 밖」, 『문학마당』, 2005, 겨울호.
김영석, 「순수 지향과 체관의 거리」, 『도와 생태적 상상력』, 국학자료원, 2000.
김유중, 「도(道) · 역(易) · 시(詩)」, 『김영석 시의 세계』, 국학자료원, 2012.
김이구, 「허무에 이르지 않는 절망」, 『오늘의 시』, 1993, 10호.
김정배, 「이내의 기운과 기억의 소실점」, 『김영석 시의 깊이』, 국학자료원, 2017.
김재홍, 「시인정신과 외로움의 깊이」, 『시와시학』, 1999, 겨울호.
김현정, 「관상과 직관의 미학」, 『시에』, 2008, 여름호.
김홍진, 「선 · 성찰 · 상처의 풍경」, 『부정과 전복의 시학』, 역락, 2006.
남진우, 「별과 감옥의 상상체계」, 『현대시』, 1993, 12월호.
민병기, 「작품분석과 전기적 연구」, 『문예비평론』, 고려원, 1984.
박선경, 「결여를 획득하는 시어-'나'라는 존재의 무의미」, 『시에티카』, 2009.

박송이, 「깊이와 높이의 시학」, 『시와정신』, 2008, 봄호.
박윤우, 「삶을 묻는 나그네의 길」, 『시와시학』, 1999, 겨울호.
박주택, 「언어와 인식의 형상으로서의 세계」, 『시와시학』, 1999, 10.
박호영, 「고요와 텅 비어있음을 통한 일여적 통찰」, 『김영석 시의 세계』, 국학자료원, 2012.
송기한, 「해체적 감각과 사물의 재인식」, 『시와시학』, 1999, 겨울호.
신덕룡, 「길에서 바람으로의 여정」, 『김영석 시의 세계』, 국학자료원, 2016.
안현심, 「김영석 시의 새로운 기법과 의식의 지평」, 『김영석 시의 깊이』, 국학자료원, 2017.
______, 「허정의 상상력」, 『김영석 시의 세계』, 국학자료원, 2012.
안현심, 「허정(虛靜)의 상상력」, 『진안문학』, 2010.
오규원, 「대담」, 『시와세계』, 2004 가을호.
오홍진, 「무량(無量)한 마음의 에로티즘」, 『김영석 시의 깊이』, 국학자료원, 2017.
유성호, 「언어 너머의 언어, 그 심원한 수심」, 『모든 구멍은 따뜻하다』, 황금알, 2012.
이가림, 「사람다운 삶의 쟁취를 위한 시」, 『녹색평론』, 9호, 1993, 3.
이경철, 「서정과 형이상학적 교감을 위한 길 없는 길」, 『김영석 시의 깊이』, 국학자료원, 2017.
이만교, 「삶의 비극성과 비장미」, 『문예비전』, 2008, 51호.
이미순, 「80년대 해체시에 대한 연구」, 『개신어문연구』, 2002, vol.19.
이선준, 「새로운 형식의 시창작 방법론 연구」, 배재대학교 대학원 석사학위논문, 2016.
이숭원, 「절제의 미학과 비극적 세계인식」, 『현대시와 삶의 지평』, 시와시학사, 1993.
______, 「존재의 확인, 존재의 부정」, 『현대시학』, 1999, 10.
이윤기, 「산이라면 넘어주고 강이라면 건너주마」, 『시와시학』, 1999, 겨울호.
이종선, 「장자미학의 해체론적 성격연구」, 『동양예술』, 2005, vol.10.
이형권, 「바람의 감각과 실재의 탐구」, 『바람의 애벌레』, 시학, 2011.
이형기, 「종말론적 상상력과 현대적 감수성」, 『현대문학』, 1993, 7.
임지연, 「시적 현상학의 세 층위」, 『미네르바』, 2011, 가을호.
조미호, 「김영석 시 창작법 연구」, 단국대학교 대학원 석사학위논문, 2008.
정효구, 「고요의 시인, 침묵의 언어」, 『김영석 시의 세계』, 국학자료원, 2016.
최동호, 「삶의 슬픔과 뿌리의 약」, 『삶의 깊이와 시적 상상』, 민음사.
최서림, 「김영석, 서정에 대한 고정관념에 도전하다」, 『김영석 시의 깊이』, 국학자료원, 2017.

채진홍, 「우주 · 생명 · 시를 찾아서」, 『작가연구』, 1999, 7~8호.
호병탁, 「무문관 너머를 응시하는 형이상의 눈」, 『김영석 시의 세계』, 국학자료원, 2012.
______, 「존재와 소속 사이의 갈등」, 『문학청춘』, 2011, 여름호.
홍용희, 「무위 혹은 생성의 허공을 위하여」, 『고양이가 다 보고 있다』, 천년의시작, 2014.

3. 국내 · 외 단행본

강희안, 『새로운 현대시론』, 천년의시작, 2012.
강희안 엮음, 『김영석 시의 깊이』, 국학자료원, 2017.
권영민, 『문학의 이해』, 민음사, 2009.
김영석 · 정문권, 『문학의 이해와 감상』, 창과현, 2002.
김홍진, 『부정과 전복의 시학』, 역락, 2006.
박덕은, 『현대문학비평의 이론과 응용』, 새문사, 1988.
배재대학교 현대문학회 엮음, 『김영석 시의 세계』, 국학자료원, 2016.
송영순, 『현대시와 노장사상』, 푸른사상, 2005.
신동욱 편, 『문예비평론』, 고려원, 1984.
오세영, 『문학연구방법론』, 이우출판사, 1988.
이기철, 『시학』, 일지사, 1985.
이상섭, 『문학비평용어사전』, 민음사, 2001.
이선준, 『김영석 · 강희안 시의 창작 방법론』, 국학자료원, 2017.
이숭원, 『현대시와 삶의 지평』, 시와시학사, 1993.
이선영 엮음, 『문학비평의 방법과 실제』, 삼지원, 2007.
리차드 E. 팔머, 이한우 역, 『해석학이란 무엇인가』, 문예출판사, 1988.
레온 에델, 김윤식 옮김, 『작가론의 方法』, 삼영사, 1983.
유시욱, 『시의 원리와 비평』, 새문사, 1991.
최동호, 『삶의 깊이와 시적 상상』, 민음사, 1995.

지은이 **왕립군**

1987년 중국 시안(西安)에서 출생하였다. 2007년 배재대학교 한국어 교육원에서 한국어 공부를 시작하여 이듬해 동 대학교 외국어로서의 한국어학과로 편입하여 학부 과정을 졸업했다. 이후 이화여자대학교 국어국문학과에서 석사학위 과정을 마친 뒤 중국 위남사범대학교 교수로 임용되었다. 그 이후 2016년 배재대학교 한국어문학과 대학원 박사학위 과정에 입학하여 2019년 2월 「김영석 시 연구」로 문학박사 학위를 취득하였다. 2018년 『호서문학』 신인상에 「잠」 외 3편의 시가 당선되어 등단한 바 있다. 현재 중국 위남사범대 교수로 재직하고 있다.

김영석 시와 천득론적 상상력

초판 1쇄 인쇄일 | 2019년 2월 11일
초판 1쇄 발행일 | 2019년 2월 20일

지은이 | 왕립군
펴낸이 | 정진이
편집장 | 김효은
부편집장 | 이성국
편집/디자인 | 우정민 박재원
마케팅 | 정찬용 정구형
영업관리 | 한선희 주호
책임편집 | 남춘옥
인쇄처 | 국학인쇄사
펴낸곳 | 국학자료원 새미(주)
등록일 2005 03 15 제25100−2005−000008호
경기도 파주시 소라지로 228-2 (송촌동 579-4 단독)
Tel 442−4623 Fax 6499−3082
www.kookhak.co.kr
kookhak2001@hanmail.net

ISBN | 979-11-89817-03-9 *93800
가격 | 28,000원

* 이 도서의 국립중앙도서관 출판예정도서목록(CIP)은 서지정보유통지원시스템 홈페이지(http://seoji.nl.go.kr)와 국가자료공동목록시스템(http://www.nl.go.kr/kolisnet)에서 이용하실 수 있습니다.